たまものまえ
玉藻前アンソロジー
殺之巻
朝里樹 編著
文学通信

【目次】

まえがき――憧れであり理想の妖怪、玉藻前（たまものまえ）

❖玉藻前の物語

玉藻前、という妖怪を知っているでしょうか。

九つの尾を持つ妖狐（ようこ）の化身であり、絶世の美女、という話が有名でしょう。歴史上、狐に纏（まつ）わる怪異譚が数え切れないほど語られてきた我が国においても、最も有名な狐のひとつと言っても過言ではありません。

では玉藻前に纏わる物語がどのようなものかといえば、現在広く知られている話を簡単に記すと、以下のようになります。

時は平安時代の末、近衛（このえ）天皇の時代のことです。

鳥羽（とば）上皇の元に、一人の美しい女性が現れました。

その名を化生前（けしょうのまえ）といい、鳥羽上皇はその天女のような美しさに一目で心を奪われ、化生前を宮中（きゅうちゅう）へと迎え入れることにしました。

化生前は仏教を始めとしたあらゆる知識に精通し、詩歌の才にも優れるなど、ただ見目麗しいだけでなく、才知も随一の女性でした。ますます鳥羽上皇の寵愛は深くなり、やがて秋の終わりに行われた宴においても、化生前は上皇の側に置かれていました。

その宴において、突然風が吹き荒れ、灯火を吹き消して辺りが真っ暗になりました。直後、化生前はその体から朝日のように明るい光を放ち、周囲を昼間のように照らしました。これ以来、化生前は鳥羽上皇によって玉藻前の名を与えられ、夫婦の契りを結びます。

しかしそれ以来、鳥羽上皇は体調を崩し、床に臥せるようになりました。そこで侍医が見ると、これは普通の病ではなく、悪霊の類によってもたらされたものと判明し、今度は陰陽師の安倍泰成（安倍晴明や安倍泰親の場合もある）が呼ばれ、鳥羽上皇の病について占いが行われたところ、その原因が玉藻前であることがわかりました。

この玉藻前の正体は、かつて中国においては紂王の后であった妲己、幽王の后であった褒姒として、天竺（インド）においては斑足太子の后、華陽夫人として、次々と国を滅ぼしてきた、とてつもなく長い年月を生き続ける九尾の狐［❶］であるというのです。

安倍泰成が言うことには、泰山府君祭[*1]を執り行い、その御幣取り[*2]の役目を玉藻前に担わせなければならないとのことでした。

これについて、初めは御幣取りなど身分の低い者のすること、と拒否していた玉藻前でしたが、鳥羽上皇の病

❶『古今こん悪狐退治』九尾の狐（部分）
（国際日本文化研究センター蔵）

の平癒のためと説得され、ついにそれを了承することとなります。

そして迎えた祭りの日、儀式の途中で玉藻前に異変が起こり、突然その姿を九尾の狐に変化させたかと思うと、虚空（こくう）に飛び去ってしまいました。

これにより玉藻前の正体が九尾の狐であったことは疑いようもなくなり、彼女を討伐するため、当時優秀な武士として名高かった上総介（かずさのすけ）と三浦介（みうらのすけ）に院宣（いんぜん）がくだされます。

彼らは九尾の狐が潜（ひそ）むという下野国（しもつけのくに）の那須野（なすの）に向かい、そこで原野を探索してついに九尾の狐を見つけ出します。しかし変化自在の九尾の狐を倒すことはできず、大損害を与えられた上で逃げられてしまいます。

❷『百鬼夜行拾遺』殺生石
（国立国会図書館蔵）

そのため、彼らは馬や犬に的を付け、それを弓で射る修行を行い、さらに上総介と三浦介は夢の中で各々が信仰する神から、上総介は槍（やり）を、三浦介は弓を授かり、ついに九尾の狐を追い詰め、仕留めました。

しかし九尾の狐は死した直後に巨大な毒石に変化し、近づく者の命を奪うようになりました。この石は殺生石（せっしょうせき）と呼ばれるようになり、近づく人間はほとんどいなくなりました［❷］。

＊1　泰山府君…中国東部に現存する山、泰山の神。道教において人の生死を司（つかさど）る神とされ、日本においては陰陽道の主神とされ、この神を祀る泰山府君祭は寿命延長、病気平癒、除災招福、死者蘇生など、さまざまな力を持つと考えられた。

＊2　御幣取り…神道、陰陽道等の儀式において、幣を持つ役割を与えられた者を指す。

それから時が過ぎ、室町時代、足利義満が将軍であった頃のこと。曹洞宗の僧である玄翁（源翁）和尚という人物が那須野を訪れ、殺生石の近くを通りかかりました。

そこで一人の女性に呼び止められ、石に近づいてはいけないと警告されます。その理由を問うと、女性は玉藻前の物語を語りました。

そこで玄翁和尚はこの女性こそが玉藻前の亡霊であることに気づき、彼女を成仏させることを約束します。

その夜、殺生石を前にして玄翁和尚が説法を行うと、石が割れ、中から玉藻前の魂が現れました。

玉藻前は玄翁和尚に感謝の言葉を述べ、これより先は一切の悪事をすることはないと誓って、消えました。

そして今では殺生石は生あるものを殺すことはなくなり、玉藻前は神としてこの地に祀られています。

❖玉藻前の歴史

以上がよく知られた玉藻前に纏わる物語の概要となりますが、実はこの話には、中世から近世にかけて語られてきた玉藻前のさまざまな物語の要素が混ざっています。

我が国における玉藻前の歴史を辿ってみると、室町時代にはすでに史書の『神明鏡』、当時の辞書である『下学集』などにその説話が確認できます。さらに玉藻前は御伽草子[*1]の『玉藻前物語』や能『殺生石』によって物語の主役に据えられ、その活躍が描かれました。

また玉藻前が死後変化したという殺生石が残る栃木県那須郡那須町には、玉藻前の伝説を今も伝える那須温泉神社があります。このほかにも彼女の伝説が残る神社仏閣は同県大田原市にあり、玉藻前を祭神として祀る玉藻稲荷神社や、殺生石で作られたという地蔵が安置されている京都府左京区の真如堂、福島県大沼郡会津美里町にあり、殺生石の祟りを鎮めるために作られた摂末社、殺生石稲荷神社が建てられている伊佐須美神社など、各地に存在します。

江戸時代に入り、妖怪たちが娯楽の中で活躍するようになると、玉藻前はその中でも人気者の妖怪のひとつとなり、数々の作品に登場するようになります。

中でも高井蘭山の読本[*2]『絵本三国妖婦伝』や岡田玉山の読本『絵本玉藻譚』は、それまでに語られてきた玉藻前の物語を継承するとともに、中国やインドで暗躍し、三国を伝来する九尾の狐を描いた傑作であり、現在の玉藻前のイメージに多大な影響を与えました。

このほかにも山東京伝の合巻[*3]『糸車九尾狐』、曲亭馬琴の合巻『殺生石後日怪談』といった娯楽本、近松梅枝軒・佐川藤太合作の浄瑠璃『玉藻前曦袂』や鶴屋南北の歌舞伎『玉藻前御園公服』など、彼女の物語はさまざまな形で人々に享受されました。

それから時代が変わり、近代に入っても玉藻前は親しまれていました。大正時代には岡本綺堂の小説『玉藻の前』が刊行されています。

＊1　御伽草子…鎌倉時代から江戸時代にかけて記され、描かれた短編物語類。室町物語ともいう。妖怪、貴族、武家や英雄、僧侶、庶民、芸能者など、さまざまな題材や主人公を扱った四百編を超える物語が残されている。

＊2　読本…中国の白話小説の影響の元、江戸時代に生まれた小説の一種。絵を見るのではなく、文を読むことを主とするため読本と呼ばれた。白話小説の翻案をはじめ、怪奇・伝奇的な要素を持ったさまざまな物語が記された。

＊3　合巻…江戸時代後期に現れた草双紙の一種。黄表紙が内容の複雑化に伴い、長編化したことで数冊を合冊し、一冊として取り扱うようになったことからこの名前で呼ばれる。

そして現代においても、玉藻前や彼女をモデルにしたキャラクターが数多(あまた)に活躍しています。

藤田和日郎(ふじたかずひろ)の漫画『うしおととら』においては、主人公うしおと相棒の妖怪とらの宿敵であり、最恐最悪のバケモノとして「白面のもの」が登場します。

原作・真倉翔(まくらしょう)、作画・岡野剛(おかのたけし)の漫画『地獄先生ぬ～べ～』では、主人公、鵺野鳴介(ぬえのめいすけ)のライバルであり、親友として妖狐「玉藻」が描かれました。またこの作品では殺生石の奥にある洞窟に潜む、玉藻を含む妖狐族の中でも強大な力を持ち、自身も玉藻前がモデルと思しき「九尾の狐」も登場します。

椎橋寛(しいばしひろし)の漫画『ぬらりひょんの孫』で主人公、奴良(ぬら)リクオらの前に立ちはだかる京妖怪たちの長として現れた九尾の妖狐「羽衣狐」は、安倍晴明の母親として知られる狐、「葛葉狐(くずのはぎつね)」の要素も取り込んだキャラクターとして描かれました。

瀬川はじめの漫画『喰霊(がれい)』では、物語の発端となった殺生石が生じる原因となり、自らも強敵として「九尾」および「玉藻御前」が描かれました。またこの作品では殺生石が重要なアイテムとしてたびたび登場します。

ゲーム制作会社 TYPE-MOON の代表的なゲームシリーズ、『Fate』シリーズにおいては、その作品のひとつである『Fate/EXTRA』シリーズで「玉藻の前」がメインヒロインの一人に抜擢されました。天照大神(あまてらすおおみかみ)の分霊という珍しい設定を与えられた彼女は、その後もさまざまな作品に登場しています。本書に登場する挿絵とぜひ見比

❸『Fate/EXTELLA LINK』玉藻の前キャラクター紹介（https://fate-extella.jp/character/tamamonomae.html より引用、最終閲覧 2021.6.24）

べて、その変容も見てください［❸］。

このように、近年でも玉藻前はさまざまな形で描かれています。最近では第六期『ゲゲゲの鬼太郎』のアニメに、鬼太郎を追い詰めた強敵として「玉藻前」が登場しました。

その一方で、玉藻前が描かれた近世以前の作品を実際に読んだことがある方は少ないのではないでしょうか。能『殺生石』についてはその詞章が何度も活字化されており、最近では天野文雄氏の『能楽名作選』（KADOKAWA、二〇一七年）にて現代語訳が紹介されています。また『絵本玉藻譚』についても、須永朝彦氏の訳による『現代語訳・江戸の伝奇小説〈3〉飛騨匠物語・絵本玉藻譚』（国書刊行会、二〇〇二年）が刊行されています。

❖本書の構成

しかし『絵本玉藻譚』と並ぶ近世の傑作『絵本三国妖婦伝』や、そのほか膨大に存在する玉藻前を扱った作品は、原文の活字化がされていればまだ読みやすいほうで、なかなか広く読める現代語訳が公開されていないのが現状でした。

そこで、大の玉藻前好きであった私が、誰でも玉藻前に触れることができ、彼女の魅力を広めることができるならば、と思い付きで個人的に集めていた玉藻前に纏わる作品のコレクションを現代語に訳そうと考えたのが、このアンソロジーのきっかけです。

この本には、数多にある玉藻前の物語の中のいくつかを現代語に訳して掲載しています。

玉藻前の日本における活躍とその死後を描いた御伽草子『玉藻の草子』。

殺生石と化した後、玉藻前の魂の救済を描いた謡曲『殺生石』。

世界の始まりとともに生まれ、世界を魔界に堕とすため、中国、インド、日本の三国に渡った九尾の狐の暗躍とその脅威を描いた読本『絵本三国妖婦伝』。

玉藻前が殺生石と化した後、その魂が救われるまでの空白の期間に起きた玉藻前に纏わる事件を描いた合巻『糸車九尾狐』。

殺生石説話の主役である玄翁和尚と殺生石に纏わる話を記した戦記物語『那須記』。

そのほか、玉藻前や殺生石、九尾の狐に関わる史書の一部を収録しました。

もちろん、玉藻前に纏わる物語はこれ以外にもたくさんあります。歌舞伎や読本、黄表紙(きびょうし)[*1]に浄瑠璃と、さまざまな媒体で玉藻前は描かれてきました。今後、残りの作品も現代語訳できればと思っています。

❖玉藻前の魅力

さて、ここまで玉藻前についていろいろと紹介してきましたが、最後に、私にとって玉藻前がいかなる存在なのか、書かせていただければと思います。

私にとって、玉藻前は憧れであり、理想の妖怪です。

いつの頃から好きになったのか、それは曖昧です。ただもともと妖怪が好きで、狐も好きだったこともあり、妖狐と呼ばれるような妖怪たちの中でも大妖怪として名が知られる玉藻前に心惹かれるのに時間はかかりませんでした。

気がつけば玉藻前が出てくる現代の作品を探し、積極的に収集するとともに、近代以前の彼女が登場する作品を集め、読むようになりました。その過程で、私はますます玉藻前のさまざまな側面に触れることになり、より彼女に嵌（はま）っていきました。

玉藻前にはさまざまな魅力があります。

天地開闢（かいびゃく）（世界の始まりのこと。天と地が初めてできたこと）とともに生まれ、平安時代まで生き続け、死後、殺生石と化しても害をなし続けたしぶとさ。

この世を魔界に堕とそうとする大きな目的。

権力に取り入り、次々と国を滅ぼすほどの人間離れした美貌。

あらゆる事物に精通し、どんな問いにも明確に答えを返す、人を超えた才知。

神通力（じんずうりき）を自在に操り、生身でも数千数万の軍隊を相手に戦うことができる強大さ。

玄翁和尚の説法に己（おのれ）が仏心を受け入れ、善心を得て悪事をなすことを止めた最後。

そして中世から現在に至るまで、さまざまな物語の中でキャラクターのモチーフとなり、生き続けるその人気。

彼女には、私にとっての好きな要素が詰まっているのです。

いえ、私だけでなく、玉藻前が多くの日本人にとって魅力的な存在であったことは、彼女の物語が何世紀にもわたって、人々の手でさまざまに紡がれてきたことからもわかることでしょう。

本書を通し、そんな玉藻前の魅力を少しでもお伝えすることができたならば、彼女を愛好する者の一人として、この上ない喜びです。

＊1　黄表紙…草双紙の一種。江戸時代中期以降に数多く出版された。黄色い表紙を使った絵本であったため、黄表紙と呼ばれる。

凡例

・本書は、高井蘭山作『絵本三国妖婦伝』（文化元年〈一八〇四〉刊）、『玉藻の草子』（室町物語成立）、山東京伝作『糸車九尾狐』（文化五年〈一八〇八〉刊）、小瀬義永編『那須記』（慶長七年〈一六〇二〉成立）より巻四「一、頼朝公那須野御狩」、巻五「一、殺生石のこと」、『殺生石』（成立年未詳）、松尾芭蕉『おくのほそ道』（元禄七年〈一六九四〉以前成立）より「黒羽」「殺生石・遊行柳」、東麓破衲序『下学集』（文安元年〈一四四四〉序）より「犬追物」、瑞渓周鳳『臥雲日件録』（文安三年〈一四四六〉～文明五年〈一四七三〉）より「玉藻前ノ説話、那須ノ狐」、松浦静山『甲子夜話』（文政四年〈一八二一〉～天保十二年〈一八四一〉）より巻六十七の現代語訳を収録している。各作品を現代語訳するにあたり参照した資料は巻末「参考資料」にまとめた。

・『絵本三国妖婦伝』『糸車九尾狐』登場人物の関係性については巻末「主要人物相関図」（文学通信編）参照。

・固有名詞やそのほかの用語はなるべく通行の表記で統一した。

『絵本三国妖婦伝』

・編名（妲己・華陽夫人編・褒姒編・玉藻編）は原文にはないが読みやすさを考慮して転生ごとに付した。

・挿絵は国文学研究資料館蔵本（請求記号ナ 4-945-1~15）より選び掲載した。

『玉藻の草子』

・原文では「玉藻前」という名がつけられる前の名である「けしょうのまえ」「化性の前」「けしょうの前」などさまざまな表記で登場するが、本書では「化生」が「神仏の人の姿で現れたもの」を表す言葉であり、本文中で「けしょうのまえ」が神仏の化身と例えられる場面が多いこと、また「化生」＝「妖怪」の意味を含むことから「化生前」として統一している。

『糸車九尾狐』

・通し番号（一～十七）と見出しは原文にはないが読みやすさを考慮して主に場面の転換ごとに付した。

・挿絵は国立国会図書館蔵本（請求記号 191-150）より選び掲載した。

『那須記』

・読みやすさを考慮して、人名の羅列等省略した部分がある。

『殺生石』

・読みやすさを考慮して、直訳ではなく文章を整えた部分がある。

『絵本三国妖婦伝』

（読本）

殷紂王（イン ノ チウ ワウ）

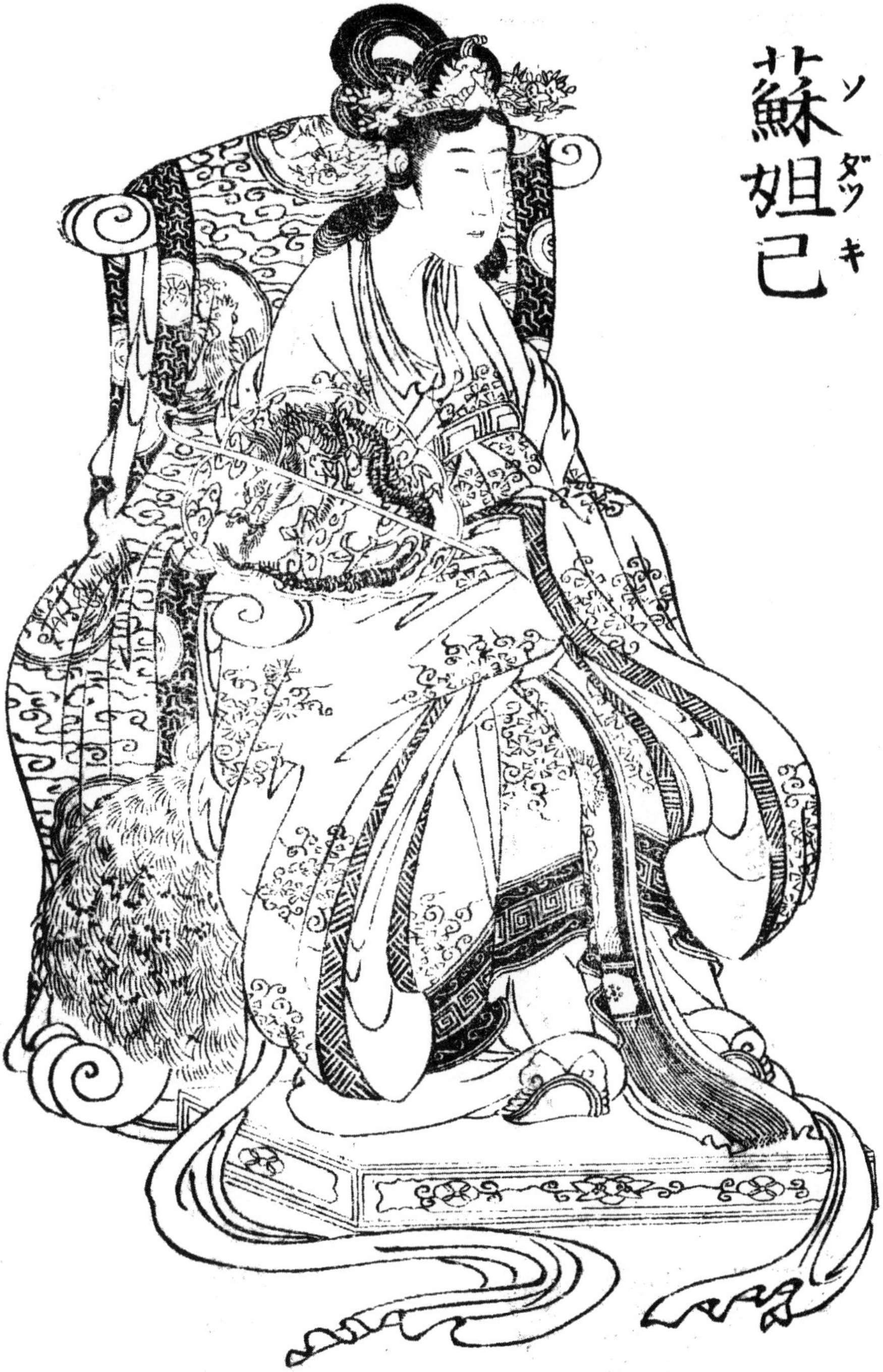
蘇妲己
ソダツキ

妲己編

❖第一章　蘇妲己、殷の紂王を惑わす　并摘星楼にて遊宴する

宇宙の根源である太極が陰陽の両儀と分かれてから、天と地、暑さと寒さ、男と女、善と悪、吉と凶といった、対極に位置するものたちが生まれた。

そして天地開闢の際、呂律[*1]の気のうち、清く軽やかなものは上昇して天となり、一方で濁って重いものは下降して大地となった。そしてそのどちらにも属さない中和の霊気は人となった。

日本では国常立尊[*2]、唐土では盤古氏[*3]、天竺では毘婆尸仏[*4]を人の始めとしている。しかしその中で滞った気が禽獣を形作ったとき、不正の陰気が凝り固まって一匹の狐となるものがあった。この狐は大地開闢以来、歳月を経てついに姿を変え、全身金色の毛に覆われ、顔は白く染まり、尾は九つに裂けた。これを白面金毛九尾の狐という。

白面金毛九尾の狐は、元来、邪悪な妖気から生まれた存在であったため、世の人民を殺し尽くし、この世を魔界となさんと考えた。

釈迦の弟子でありながら彼に背いて逆罪を犯した提婆[*5]がいたように、この世には善があればそれに相反する悪

もある。

中国、天竺、日本の三国において聖王や賢王、神明らが続けて国を治めれば、この悪狐が万遍奇異の術を使い、唐土では殷の紂王の后である妲己と変じて紂王を誑かして国を滅ぼした。その後、天竺に渡ると斑足太子の愛妃、華陽夫人となり、政道を捻じ曲げた。そして再び唐土に帰り、今度は周の幽王の妃、褒姒となって国を傾け、それから日本にやってきた。この国では九尾の狐は玉藻前という女性となり、鳥羽院の元で寵愛されるが、安倍泰親に正体をあらわにされ、那須野の原に隠れて人民を害した。しかしそれも長くは続かず、勅命を受けた三浦介、上総介によって狩り殺された。

それでも魂魄は石となってこの世に残り、なおも世の人々に害をなし、その毒石によって命を落とした鳥や獣は幾千万を数える。それによりこの石は殺生石と名付けられた。

その白面九尾の狐の由来は、次のようなものだ。

*1 呂律…甲乙のようにふたつのものを指す言葉。
*2 国常立尊…『日本書紀』において世界に初めて現れたとされる神。『古事記』では「国之常立神」と表記され、世界で六番目に現れた神とされる。
*3 盤古氏…中国神話における天地創造の神。
*4 毘婆尸仏…釈迦の誕生以前に現れた六人の仏の一人。釈迦を含めた七人を過去七仏という。
*5 提婆…生没年不詳。提婆達多のこと。釈迦の従兄であり、仏教の弟子であったが、後に離反し、仏教教団の分裂を図ったり、釈迦の殺害を企てたなどと伝えられる。
*6 聖王、賢王、神明…いずれも徳の高い、立派な君主を指す言葉。

唐土が殷であった時代、紂王という帝(みかど)がいた。紂王は唐土の初代の帝である湯王(とうおう)[*1]から数えて第二十八代の帝である。この帝は聡明であり、人よりも卓越して勇猛で、智慧でも優れ、天下に及ぶ者はいないと思われるほどだった。

紂王は大小八百国以上の諸侯を従えて政治を行い、万民がこの帝を仰いだ。

この時代、冀州(きしゅう)の候、蘇護(そご)[*2]に一人の娘があった。名を寿羊(じゅよう)という。齢は十六、容貌に優れ、縫物、管絃楽器、文学、筆墨の芸にいたるまで、この世に並ぶ者はいないほど優秀だった。

寿羊の評判を聞いた紂王は、この娘に懸想(けそう)し、父である蘇護に対し後宮(こうきゅう)に迎えるために娘を連れてこいと命じた。しかし蘇護は頷(うなず)かず、こう言った。

「天下の君主でありながら色を好むのは、国を滅ぼす兆(きざ)しにほかなりません。どうして我が娘を宮廷の妾(めかけ)などにするべきでしょう」

そしてそれ以来、貢物(こうもつ)を絶ち、紂王の元に参じることもなくなった。

この態度に紂王は怒り、西伯(せいはく)の候である姫昌(きしょう)[*3]に蘇護の征伐を命じる。

しかし姫昌は蘇護に対して兵を向けることに忍びなく、忠臣である散宜生(さんぎせい)[*4]という者を使いとして、以下のような内容を伝えるため蘇護に送った。

「無道のことだとはいえ、王の命に背けば目の前であなたの国を失うことになります。それは好ましいこととは言えません」

姫昌の言葉で一国全体の利害を考えた蘇護は、苦渋の決断ではあったが紂王の命に服従することとし、自ら寿羊を送り、紂王に捧げることとした。

やがてその時がやってきて、寿羊は母や兄弟にも別れを告げ、涙に袖を濡らしながら蘇護とともに旅に赴いた。

その途中、彼らは恩州（おんしゅう）*5の旅宿を求めた。

その夜、寿羊は数十人の侍女（じじょ）を側に置き、部屋の真ん中で眠っていた。外には守護を任せた武士が、剣を携え、戟（げき）*6を下げて非常時に備えていた。しかし夜も半ばとなった頃、一陣の怪しい風が戸の隙間より吹き込み、燭火をことごとく消してしまった。

その時、侍女のうちの一人で未だ寝ないでいた者が、突如として現れた白面金毛九尾の狐を見た。狐は寿羊が寝ている床に近づこうとしていたため、侍女はすぐに短刀を抜いて斬り付けたが、逆に妖狐に蹴り殺された。

そして狐は寿羊の生き血を吸い尽くし、その亡骸（なきがら）と入れ替わって寝床に臥（ふ）した。これを知る者はこの九尾の狐をのぞき誰もいなかった。

＊1　湯王…紀元前十七世紀頃、古代中国において殷の開祖とされる伝説上の人物。その名は成湯、天乙とも記される。
＊2　蘇護…冀州は中国古代の九州のひとつ（現在の河北省を中心とした地域）。中国元代の歴史小説『武王伐紂平話』、それを参照した明代の歴史小説『春秋列国志伝』、さらにそれらを基にした明代の神怪小説『封神演義』や、日本で『春秋列国史伝』の一巻目を翻訳した『通俗武王軍談』にて、蘇妲己の父親として登場する人物。蘇妲己は千年狐狸精により命を奪われ、体を乗っ取られることになる。
＊3　姫昌…後の周の文王（ぶんおう）。紀元前十一世紀から十二世紀頃、殷代末期の古代中国の人物。周国の君主であり、周辺諸国を従属させ、名君と崇められた。殷の配下にありながら大きな勢力を誇り、子の武王が周王朝を開くための基礎を作った。
＊4　散宜生…生没年不明。周の文王、武王親子に仕えた人物。『史記』等に名前が残り、実在した人物と考えられている。
＊5　恩州…かつて殷の時代に存在したとされる州。現在地は不明。
＊6　戟…槍の一種。

夜が明け、侍女らが蘇護に告げた。

「深夜、邪気が人を襲いました。襟に氷を注がれたように寒気がしましたが、灯火が消えて何があったのかわかりません」

蘇護は驚いて、武士たちに命じてあちらこちらを探させたところ、宿の戸は固く閉じられており、怪しい様子もなかったが、宿の傍らにある池の周辺の草むらに、一人の女の死体が捨てられていた。

これを見て蘇護は大いに驚き、早々にここを出立することを決めたが、彼は自分の娘が知らぬ間に狐に殺されていることを知る由もなかった。

それから数日を経て都に至った。蘇護は紂王に接見し、宮中に寿羊を捧げた。

紂王は喜んでこの娘を召すと、顔色は穏やかで潤いがあり、その美しさは宝玉と見間違うかのようであった。またその姿は雨に濡れた海棠の花のように可憐で、芙蓉の花にこぼれる露を纏うかのように愛らしい。

眉は青く、遠くに見える山の深緑のようで、その上に雲のようにかかる髪もまた麗しく、柳のようにゆるやかにしな垂れていた。

絹でできた美麗な衣服にも勝るその姿に、紂王は限りなく愛でる気持ちを起こした。

紂王は蘇護に普通より多くの金と絹織物を与え、彼を国へと帰らせた。

それから紂王は寿羊を寵愛し、名を妲己と改めさせ、昼夜淫酒に耽った。そして政事を怠るようになったため、国は荒み始めた。

百人の官人が紂王を諫めても気にも留めず、師涓[*1]という音楽に優れた人物を側に置き、歌舞を座興に催した。また師涓の勧めによって受仙宮という宮殿を造り、妲己とともにこの場所に宴を催した。

そんな頃のこと、終南山の道士、雲中子[*2]という仙人がある夜、天文を見ていると、冀州の方から妖気が立ち上っているのに気づいた。

雲中子は怪しみ、照魔鏡を取ってその方角を映して見れば、千年を経た老狐の姿が殷の都に落ちた。雲中子は驚き、自分がこの邪狐を取りのぞかなければ、万民を害して最後には国を滅ぼすだろうと都に赴いてこのことを奏上した。

太史令[*3]の官である杜元銑[*4]も帝城に妖気があると聞いて紂王を諫めたが、妲己は知恵が働いたため、紂王に対してこう言った。

「一体何の祟りがあるでしょうか。あなた様はこの方士の邪術にて惑わされようとしているのです。この方士を速やかに処刑して、見せしめといたしましょう」

紂王はこの言葉を信じ、杜元銑を処刑させ、こう宣言した。

「再び私に対し不吉を唱え、諫めるような者があれば、この男のようになるであろう」

＊1　師涓…殷代の音楽家。司馬遷の『史記』に紂王に命じられて妲己のため、「新淫の声」「北鄙の舞」「靡靡の楽」などの音楽を作成したとの記述がある。実在の人物と考えられている。

＊2　雲中子…明代の中国の神怪小説『封神演義』に登場する仙人。現在の中国でいう陝西省にある山脈、終南山に住み、千年狐狸精が成り代わった妲己の正体を知って以降、さまざまな場面で西岐（周）を助ける。

＊3　太史令…朝廷の記録をつかさどる。

＊4　杜元銑…中国元代の歴史小説『武王伐紂平話』等に登場する人物。殷に三代に渡って仕えた老臣で、天台官（星辰や陰陽、五行の推移を観察し、吉凶を判断する役職）を勤めていたが、宮殿に発せられる妖気が妲己のものと気づき、紂王を諫めるも妲己の言葉により紂王に処刑される。

摘星楼で宴に興じる紂王と妲己

この詔(みことのり)があったため、雲中子の言葉は無視され、重ねて紂王を諫めようとする者もいなかった。

ここにおいて紂王は、蔵に金銀を貯め込み、民から税金を搾(しぼ)り取って、妲己がために高さ十丈(じょう)あまり（約三十メートル以上）の眺望台を建てた。

宝玉をあしらった甍(いらか)はまるで雲の中にそびえ、この眺望台は「摘星楼(てきせいろう)」と名付けられた。紂王は妲己とともにこの楼に上がり、自身に媚(こ)びへつらう家臣たちを集め、盛大な酒宴を開いた。

これは春の半ばのことであり、花は咲き誇り、木々の梢(こずえ)が眼下に広がり、遠くに目を向ければ山水の景色が、霞の中で繊細に美しく浮かんでいる。

紂王は媚びへつらう臣下たちを側に置き、文を綴(つづ)り、万歳を祝した。柳の緑は庭を彩り、梅の枝には鶯が訪れ、麗(うるわ)しい声を響かせる。酒盃を空にすること幾たび、高貴な女性たちを呼んで管絃を演奏させ、興を添えながら紂王は一首の詩を詠んだ。

緋花緑水浮（緋色の花は緑水に浮かび）
黄鶯高枝鳴（鶯は高い枝に止まり、鳴く）
興終不知足（この興は満ち足りることを知らず）
萬年長若斯（万年の長きに渡り続くだろう）

妲己もまた立って舞い、袖を返(かえ)して一曲を奏でながら、錦繡(きんしゅう)の裳(もすそ)を乱れさせる。その様子はまるで天人羽衣の曲もこのようなものであったかと感じさせるものであった。

そして妲己は紂王を称えるようにこう詠んだ。

楼邊黄鳥囀（この楼閣の周りで鶯がさえずっています）
紫白花満枝（紫と白の花が満開の花を枝に咲かせ）
不浴雨露澤（豊かな雨露に浴さないのであれば）
濃香何及斯（どうして濃厚な香りがこのように届くでしょうか）

紂王は妲己のその英才に感じ入り、その寵愛はいよいよ限りのないものとなった。

❖第二章　紂王が妊婦の腹を裂く

并伯侯を囚え、伯邑考の肉を塩漬けにする

そうして紂王は、妲己の色香に迷い、比翼の鳥のように睦まじく語らいあい、死んでも一緒にいようと同穴の契りまで結び、日に増して妲己への恩遇を厚くした。これに三千余人の後宮たちは一斉に顔色をなくした。

その中でも正皇后は、東伯侯の姜桓楚[*1]の娘で、紂王との間に殷郊という太子を生んだが、帝が妲己に惑わされたため、彼を諫め、時には争った。

＊1　姜桓楚…中国元代の歴史小説『武王伐紂平話』等で紂王の皇后とされる姜妃の母親とされる。

さらに佞臣である費仲[*1]が皇后を陥れるべく讒言したため、いよいよ紂王の皇后に対する怒りは甚だしく、ついに皇后を高楼の上から投げ落とさせた。皇后は頭が砕け、脳が裂けて亡くなってしまった。また、太子である殷郊は、遠くへと流されてしまった。

ここで費仲の勧めにより、紂王は妲己を立てて皇后とした。

また、廷臣の蜚簾[*2]と費仲に命じて高台を造らせ、花園を造園することとした。これは三年の時をかけて成就したが、それに莫大な費用を費やしたため、国中が空虚となり、民の苦しみは並々ならぬものではなかった。

紂王はこの高台を「鹿台」と名付け、その下に池を開いて酒を湛えた。また、その池の周りで、一方には糟を重ねて丘を作り、一方には肉を掛けて林に見立て、その間に酒盛りの場を設けて楽しんだ。これは「酒池肉林」と呼ばれた。

妲己もまた、人を殺すことを好み、新たに刑罰の名目を作った。その刑罰とは、銅の柱を鋳させ、中に火のついた炭を入れて燃やし、外に獣の脂を塗り、罪人を裸にしてこの柱を抱かせるというものだった。この罰を受けた者は皮や肉がことごとく焼け爛れ、骨は砕けてたちまち灰となった。これは「炮烙の刑」と呼ばれた。

また穴を掘り、底から五寸（約十五センチ）ばかりの高さを埋めるように蛇や百足、蜂の類を入れ、捕らえた女を裸にして投げ入れれば、虫たちは女の皮と肉とを噛み砕き、この上ない苦しみを味合わせた。この刑罰は「蠆盆の刑」と呼ばれた。

妲己は紂王と共にこの刑を見て、手を打って笑った。その顔はまるで桃李の春雨を浴びるかのようだった。

また紂王も、妲己の笑みをよしとして人を殺すことを楽しんだ。

彼らに仕える官吏たちから下々の民に至るまで、怒りを覚え恨みを抱けども、みな二人を恐れて言葉に出すことはできなかった。

そしてみなが、この国家の行く末を危ぶんだ。

妲己はまた、腹の中にいる子の男女を見分けることができた。紂王はそれを本当のことだとは思わず、「そうであれば、試しに孕み女の腹を裂いてみよ」と勧めた。

すると妲己はたちまち十余人の妊婦を捕らえさせ、その腹にいる赤子の性別を告げた。そこでその女たちの腹を裂いてみると、妲己がその男女を間違うことはなかった。

紂王と妲己はそれを見て手を打って笑い、この遊びを楽しんだ。

このような横行非道が日に日に増長していったため、今や天も怒り、人は罵り、みなが生きながら紂王と妲己が肉を食い千切るような目に合い処刑されることを願った。

紂王の父、帝乙には三人の子がいた。

長子は微子啓[*3]といい、次子は微中衍[*4]といった。二人は側室の子であったが、どちらも賢者であった。

第三子は帝辛といい、この子だけが皇后が産んだ子であったため、兄たちを置いて帝位を継いだ。これが今の紂王だった。

---

*1　費仲…中国元代の歴史小説『武王伐紂平話』等に登場する紂王の側近。賄賂を送らない蘇護を陥れるため、紂王の彼の娘である妲己のことを知らせる、妲己に取り入り、その密命をこなすなど、さまざまな場面で暗躍した。

*2　蜚簾…紂王に仕えた官僚。司馬遷の『史記』には、非常に走るのが速い人物であったと記される。

*3　微子啓…生没年不明。殷の王族であり、帝乙の長子で紂王の兄。

*4　微中衍…生没年不明。殷の王族であり、帝乙の次子で紂王の兄。

また紂王の叔父である比干(ひかん)[*1]や箕子(きし)[*2]などの賢臣は、紂王の所業を深く憂い、諸臣を率いて王に参詣し、「そもそもあなた様の先祖である湯王(とうおう)は聖人にして、夏(か)に代わり国を興された立派な方です。しかし今の王の悪行を鑑(かんが)みるに、国を失うのは遠いことではないでしょう」と諫めた。しかし紂王はそれを聞き入れる様子もない。

西伯も言葉を尽くし諫めたが、妲己は王に提言してこれを捕らえさせた。

そもそもこの西伯姫昌という人物は、姫姓の一族の祖である后稷(こうしょく)[*3]から十五代の孫にあたり、伏羲(ふっき)[*4]の生み出した八卦(はっか)[*5]を民に広めた聖人であった。岐州(きしゅう)[*6]に居を構え、西方の諸侯の上に立ち、束ねていたため、西伯と呼ばれた。彼の臣下には太顚(たいてん)、閎夭(こうよう)[*7]、散宜生(さんぎせい)など、賢者が多くおり、また姫昌は百姓を父母が子を思うかのように大切にしたため、仁恵(じんけい)は天下に聞こえ、国は富み、豊かであった。

紂王はこの西伯を疎(うと)んじていたが、聖人であったゆえ、民の反抗を恐れて殺すことができず、牢獄につなぐにとどめた。

六、七年経ち、西伯の長子である伯邑考(はくゆうこう)[*8]は父の境遇を嘆き悲しみ、ついに都を訪ねて紂王の前に至った。

伯邑考は嘆き、訴える。

「我が父、姫昌は西方の長として諸侯はその仁徳を高く評価しております。今、大王の命に逆らったために囚(とら)えられて数年、父の苦しみを思うと忍びなく、願わくば我が身を父の代わりとして牢獄につないではいただけませんか。父が赦(ゆる)され、帰国することができたのならば、大王の広大な恵みに感謝はすれど、たとえこの身が死すとも恨むことはありませぬ」

そこで紂王が妲己に「この者は忠孝の士である。彼に免じて、西伯を恩赦し、国に帰そう」と言うと、妲己は「彼は上手に琴を弾きなさると聞いております。妾(わらわ)はこれを聞きたく思います。試しに一曲奏でさせて、その後に彼の父をお赦しになってくださいまし」と頼んだ。

そこで伯邑考に琴を下賜し、紂王が一曲の演奏を望むと、伯邑考が答えた。

「私は父母に不幸がある時に琴を弾くことはありませぬ。今、私は父が囚われの身となっていることで、はるばるこの都に参り、願い訴えているのです。どうして琴を弾くことができましょうか」

＊1 比干…生没年不明。殷の王族であり、帝乙の弟。紂王にとっては叔父にあたる。司馬遷の『史記』によれば、紂王を諫めたため、心臓が見えるまでその胸を切り裂かれ、殺されたという。
＊2 箕子…生没年不詳。中国の政治家。帝乙の弟。紂王にとっては叔父にあたる。紂王を何度も諫めた末に幽閉されるが、武王が紂王を倒した後、朝鮮に渡って箕子朝鮮を建国した。
＊3 后稷…中国神話に登場する人物。周王朝の始祖とされる。農耕に優れたとされ、農業神としても信仰される。
＊4 伏義…中国神話における神・皇帝。妻もしくは妹とされる女禍(じょか)とともに、人頭蛇身の姿とされることもある。漁猟を教え、易の八卦を作ったと伝えられる。
＊5 八卦…易(えき)を構成する六十四卦の基本になる八個の卦。乾・兌・離・震・巽・坎・艮・坤の八つで、それぞれ天・沢・火・雷・風・水・山・地を意味する。
＊6 岐州…かつて殷の時代に存在したとされる州。現在地は不明。
＊7 太顛、閎夭…生没年不詳。周の文王、武王親子に仕えた人物。
＊8 伯邑考…生没年不祥。周の文王の長子で、武王の兄。三世紀に記されたという『帝王世紀』の逸文にはすでに伯邑考が紂王によって殺害され、「文王が聖人であれば自分の子を食わないだろう」とその肉が汁物に入れられて文王を試すために食事として出される話が載せられている。文王は自分が試されていることを知り、泣く泣くその肉を食らったという。塩漬けにされる描写は元代の歴史小説『武王伐紂平話』、明代の小説『春秋列国志伝』や、これらの小説を参考にしたという『封神演義』、『春秋列国志伝』の和訳である『通俗武王軍談』にも見られる。

これに対し、紂王は言った。

「皇后が汝の奏でる雅曲を聞くことを望んでいるのだ。辞すのであれば、お前の父を解放することはできぬ」

そのため、伯邑考はやむを得ず琴を引き寄せ、歌に王を諌めるための言葉を乗せ、曲を奏でた。


明君は徳を敷き仁を行う。しかし、紂王からは未だその心を聞かない。重き剣を煩(わずら)わせる刑を行い、炮烙(ほうらく)の刑は盛んであり、人々の肋骨が砕かれる。蠆盆(たいぼん)の惨状は肺腑を疼(うず)かせ、万民の精血により酒池が湛えられる。百姓は脂膏(あぶら)を絞り取られ、肉林に吊るされている。民の富は空となり、鹿台に財が満ちる。百姓の使う鎌や鋤(すき)は折れたにもかかわらず、紂王の蔵である鉅橋(きょきょう)には粟(あわ)が充(み)ちている。我が願いは明王が讒言(ざんげん)をやめ、淫楽に耽ることを終え、国の規律を定め、天下が和平となることだ。


この曲を聴き終えた妲己は嘲(あざけ)るように紂王にこう告げた。

「この歌の真意は紂王様の政事を誹(そし)り、あなた様の非を誹ることにあります。速やかに鉄槌を下すべきでしょう」

しかしこれを聞いた伯邑考もまた、妲己の顔に唾を吐きかけ罵る。

「お前が王を惑わして諸々の悪行をなし、我が父を苦しめ、さらに我をも殺そうとしている。我が死は父のためであり、惜しむべき命ではない。惜しむべきは湯王の血を継いで二十八代の王である紂王、あなたが、遠からずして滅ぶであろうことです」

そして伯邑考は琴を妲己に向かって投げつけたが、妲己は素早い身のこなしでそれを避けた。

紂王は大いに怒り、兵士に命じて伯邑考を斬り殺させた。

その時、妲己が紂王に提案した。

「聖人と呼び声の高い西伯ですが、この伯邑考の肉を食べさせてみて、自らの子であるとわかるか否か試してみましょう。伯邑考の肉を干して塩に漬け込み、西伯に与えましょう。もし悟って口をつけなければ彼は真の先智の聖人です。死罪としてしまいなさい。知らずして食べてしまうのならば、聖人ではなくただの人です。赦して帰してしまえばよいでしょう」

紂王はその言葉に従い、伯邑考の肉を塩に漬け、使者を囚獄に遣わせて西伯に与えた。

西伯は国を出る際、易占*1により七年の厄があることを知っていた。

それゆえ、たとえ都においてその身がどのような状態にあっても、厄が終わるまでは運命なのだから、驚くことはしまいと自身を深く戒めていた。

しかし、西伯はまだ知らないが、息子の伯邑考がついに父の苦難を聞くに忍びず都に至り、命を落としてしまった。

この頃、西伯は囚われの身で、終日易卦*2を行っていた。そんなある日、怪しい鳥がやって来て庭で鳴いた。これを怪しみ、西伯が卦の結果を見ると、それは長男の死の予兆であることがわかった。これにより西伯は伯邑考が父の罪を贖おうと都に来たことを知った。

---

*1　易占…占法のひとつ。単に易ともいう。陰、陽を象徴する画（陰爻・陽爻）を三本ずつ組合せ、八種の卦を作る。さらにそれをふたつずつ重ねた六十四種の卦にそれぞれ意味を持たせ、その卦を読み取ることで吉凶などを判断する。

*2　易卦…易において読み取る卦のこと。

息子が妲己の謀略に陥れられてはいないだろうかと案じていたところ、紂王の使いがやってきた。そして王の勅命で数年の間、篭居させていたが、近々赦しが出て国に帰ることができるだろうと言い、ひとつの壺を鬱積を癒すためにと差し出した。

西伯はこれを受け取った。この時、彼は壺の中に入っているのが我が子の肉であることを察したが、これは自分を試すための謀略であることを察し、その肉を食らい尽くして感謝の意を述べた。

紂王の使いはそれを見て都に帰り、報告した。さらに彼の故郷である岐州からは美女十人と金の絹が献上された。これはこの辛い年月を想い、散宜生などの賢臣たちが西伯の恩赦を願って紂王に献じたものだった。

これを見た紂王は大いに喜び、西伯を呼んで言った。

「お前は西方の伯として徳政がある。それゆえ殺すに忍びず、拘留するにとどめてすでに七年に及ぶ。このたび、帰国を許そう。ただし、国政を預かったお前が私に従わなければ、私がお前の国を征伐することなど意のままであることを覚えておけ」

そして西伯に白旗と黄金の鉾を与えた。西伯は深く感謝し、岐州に帰った。帰国した西伯の姿を見て、彼の君臣らははじめて安堵したという。

西伯は自分のために殺された伯邑考のことを歎き悲しんだ。それから限りなく徳政を施し、国を豊かにしていった。これを知った殷の民たちは、彼らの王である紂王の無道を恨み、怒り、多くの者たちが岐州に逃げて西伯に従った。その数は日々増え続け、ついに天下の三分の二は西伯の元に集い、自然とその勢い強大なものとなった。

❖第三章 呂子牙(りょしが)の奇術が樵夫(しょうふ)の難を救う

幷(ならびに)西伯(せいはく)が熊を夢に見る

西伯侯は虎の口から逃れたような心地で帰国した後、ただ慈しみと情けの心を持って政治をなし、人を罰することはなかった。しかし民はみな自ら善行に励み、稀に罪を犯す者がいれば土を掘って牢屋とし、木偶(でく)人形を作って見張りの代わりとした。それでもみな、西伯侯の徳に伏(ふ)し、牢から自ら逃げようとする者はいなかった。

ある時、国を観察するため、西伯侯が城外に高い望楼を築くよう命じたところ、その命を授かった百姓たちは、まるで自分の父母のために働くかのように励み、すぐに望楼を完成させた。この楼は「霊台(れいだい)」と名付けられ、その下には庭園を開き、そこに鹿や鳥などを放し飼いとした。また沼を掘って魚や亀を放ち、遊覧の楽しみとした。その景色は素晴らしいものだった。西伯侯はこの場所に諸臣を集め、酒宴を催し、望楼と庭園を造るため働いた民へは報酬として金銀を渡した。

西伯は告げる。

「楽しみを願う心は国の君主も下民も変わらない。下層の民であれど、この場所で遊覧することを禁じてはならない。私一人が楽しむために造ったものではないのだから」

このように仁徳の深い君主であったため、天下の人々はみな、彼を慕い、自然のうちに西伯侯の威風は強まっていった。

諸臣もみな、殷の都に討ち入って紂王を攻め殺し、七年の苦難の恨みを晴らし、伯邑考の仇を取り、万民の愁(うれ)いを絶つことを勧めたが、西伯はこれを叱り、「たとえ紂王様が無道であろうとも、臣である私はその職を全うせねばならぬのだ」と言い、紂王を重んじて彼に仕え続けた。

この頃、姓は姜、名は尚、字は子牙[*1]という人物がいた。

後に周の世では太公望と呼ばれた彼は、禹王[*2]の時代、四獄と呼ばれた家臣の一人の末裔で、その先祖が呂[*3]と呼ばれる土地を領知にしていたことから、その地の名から取って、この年の夏、「呂尚」という名を自らに付けた。子牙は、今は殷の民であった。

この子牙は鬼神を使役し、雲を呼んで雨を招くという奇術に熟練し、その叡智は誰にも劣らなかったが、時代にそぐわず、誰かに仕えることを望まなかったため、齢七十を過ぎても家は貧しかった。しかしそんな彼も紂王の暴悪を見て思うところがあった。

「君子は乱心している。この時世に倣ってはならぬ」

そして家族を引き連れ、東海の浜辺に移り、漁猟で生計を立てていた。そして西伯の仁政を聞いて殷を出て岐州に移り、山深くにある磻渓というところで釣り糸を垂れて隠棲していた。

彼の妻である馬氏は、貧する夫との生活に苦しみ、離別することを願っていた。これに対して子牙はこう言った。

「私が八十になれば、諸侯の位に登るであろう。今しばらくの間、貧困を耐えてくれれば、富がお前の前に現れるだろう」

またある日、馬氏は昼餉を持って釣り場に赴いた際、こっそりと魚篭を覗いてみると、一匹の魚も入っていなかった。さらに子牙は釣り竿をしまおうとしていたが、その針には餌さえついていなかった。これを見た馬氏は怒り、詰め寄った。

「私は今まで、あなたは時世に合わせることなく、貧困を致し方なしと考え、それを受け入れる人だと思っておりましたが、愚かでした。今日、あなたの様子を見たところ、あなたが落ちぶれた理由はもはや考えるまでもありません。餌を付けず、針を曲げることもしないでどうやって魚を釣ることができるのですか。困窮は日に日に増しています。朝も晩も飢え死にを恐れながら百歳の齢を待つというのですか。たとえ夢のようなことだとしても、立身出世を目指さないのですか」

子牙は笑ってこれに答えた。

「これはお前の知るべきことではないが、私が釣り糸を垂れているのは魚を取るためではないのだ。目的は王侯を釣るためだ。そのためになぜ曲がった針を用いようか。西北の方を見たところ、雲が吉祥の兆し（きざし）を見せていた。三年の内に王、西伯様がここに現れるであろう。指を折って富貴を待ちなさい」

しかし馬氏は納得しない。

「私は早く故郷へ帰り親を養うことだけを望みます。ここにいては餓死（がし）を待つだけです」

そう袖を翻（ひるがえ）して去って行った。子牙は彼女の望むに任せ、止めることもなかった。

その後、子牙が岐州に入った時、隠棲するのによい場所を知らなかったため、出会った一人の樵（きこり）に地理を尋ねた。するとこの磻渓の地理について丁寧に教えてくれた。子牙がその名を問うと、「武吉（ぶきつ）」と答えた。

それから子牙は一日いつものように磻渓で釣りして過ごしていたが、武吉が訪ねてきたため、そのまま釣りを

＊1　子牙…中国周代の政治家。文王に見いだされ、その子武王の二代に渡って仕えた。太公望の名で知られる。武王が殷を滅ぼす際にも力を尽くした。後に斉国の創始者となる。
＊2　禹王…古代中国の伝説上の人物。夏（か）王朝の始祖とされる。大洪水の治水に成功したという伝説が残る。
＊3　呂…かつて中国にあった地名。現在の河南（かなん）省南陽市西部。

やめて草の庵に案内し、「どうして訪ねてきたんだい」と問うた。

　すると武吉はこんな風に答えた。

「暇を得たのでこの辺りの親しい友を訪ねており、君の庵にも寄ろうと思ったのだ」

　子牙はこの友情を喜び、酒を酌んで語り合ったが、子牙が武吉の相を占ってみると、彼の相は大変に悪かった。

　そこで武吉がいかなる凶事があるのか詳しく教えてくれと尋ねると、子牙はこう言った。

「他人を傷つけることをしなければ、必ずや君は他人に傷つけられるだろう。黒い気が天へと昇っている。この兆候が明白に現れた証左だ」

　武吉はこれを聞いて言う。

「俺は死ぬことなど惜しくもない。しかし家には老いた母がいて、俺のほかに養ってくれる者はいない。子牙よ、いかなる術を俺のために使ってくれるだろう」

　子牙はそれを聞いて笑う。

「死と生、禍(か)と福はみな天に係るものだ。人の力によってどうにかできるものではない。しかし、君の身に何か変事があれば私の元に来るとよい。何らかの策を講じて、君をきっと救おう」

　武吉は礼を言って別れたが、心の内でこれをひどく気にかけ、悩んだ。その様子を見た母に理由を問われたが、母の心労が増すことを恐れ、適当な説明をして子牙に言われたことは語らなかった。

　そんなある日、樵として切った木を西伯の城に持って行って売ろうとしたところ、門番が通行料を取ろうとした。武吉はこれに憮然(ぶぜん)とし、言った。

「西伯の仁政の下、あなたが城門を守らされているのは非常時に門を閉じるためであり、商人に追加の徴税を行うためではなかろう。ましてや、俺は柴を売ってわずかな金銭を得て身を保っている賤(いや)しい者だ。あなたはいかなる理由があって上の命に背(そむ)き、下々の民を欺(あざむ)いて銭を貪(むさぼ)ろうとするのだ」

しかし門番はこの言葉に怒り、武吉を打とうとした。武吉は仕方なく斧(おの)を取り出してこれを防ごうとしたが、誤って斧が門番の眉間に当たり、その一撃で門番は死んでしまった。

城中が大騒ぎとなって、兵士を遣わされ、武吉はたちまち囲まれて西伯の元に連れて行かれた。

西伯が説明を求めると、武吉は事の顛末を訴えた。そこで西伯が言った。

「ああ、これは私の教えが至っていなかったために起きたことだ、汝(なんじ)を許したいところだが、人の命ひとつは軽いものではない。死罪を取りやめ、三年間牢に入ってもらうこととしよう」

このため武吉は土牢(つちろう)に入れられることとなった。武吉は衛士(えじ)に引き立てられ牢に至ったが、その門には錠もかけられず、監視する者も置かれず、ただ木を削って作った人形があった。武吉は訝(いぶか)しみ、その理由を問うと、衛士はこう答えた。

「西伯様の徳政においては、罪人を縛る縄も、堅獄も用いない。愚かな民が西伯様の教えに従わなければ、土を掘って牢とし、木を削って獄吏(ごくり)とする。罪人もまた、その徳義を慕(した)い、脱走することはしないのだ」

武吉はこれに涙を流して訴えた。

「君主の仁恵はそのようなものなのか。ならば、俺はたとえ死んでも恨むことはないだろう。しかし老母を一人残してきてしまい、養う者もいない。三年の間どうすればよいだろうか」

すると衛士はこれを憐れみ、言う。

「お前に母がいて兄弟がいないのならば、お前の願いを伝えよう」

そして西伯の元にこの願いが聞き届けられ、西伯は再び武吉を呼び、言った。

「私は仁徳をもって民を治めている。それにもかかわらず人の子を捕らえることでその母を殺すことができようか。お前は家へ帰り、母を養うための準備を整え、またこの牢に来なさい。十日の内に来ないならば、兵士を集めてお前を捕らえ、死刑を行わなければならなくなるから気をつけなさい」

武吉はこの温情に大変に感謝して家へ帰ると、彼の母は武吉が陥(おちい)った処遇を聞いて涙に沈んでいた。そんなところに武吉が帰ってきたため、母は怪しみ「お前はどうやって家に帰ることができたんだい」と尋ねた。

武吉は西伯の仁徳によるものであることを母に告げると、母は涙にむせび、そして言った。

「お上の慈悲がこのようなものであるならば、お前は速やかに戻り、罪を償(つぐな)わなければならないね」

武吉はこれを聞き、泣きながら答えた。

「俺が牢に入れば、誰が老いた母を養うというのだ」

これに母が答える。

「私には糸を紡ぎ、布を織る仕事があるから、年月を過ごすことができる。お前が心配することはないよ。ほら、行きなさい」

しかし、武吉はこれには従わず、子牙に相談しようとその日の内に磻渓に行き、彼に会った。そして自身を自由にするための案を求めると、子牙はこう言った。

「先日も言ったように、人間の死生を定めるのは天だ。人の力をもって救うことはできない。しかし、お前の教えがあったおかげで私はこの場所に居を構えることができた。この恩に報わぬ選択は私にはない」

子牙はここにひとつの術があると言い、石室の中に入って壇を用意し、武吉の年齢を尋ねた。そしてその背丈に合わせて草を束ね、武吉の代わりとなる人形を造り、壇の中に置いた。さらに五星二十八宿[*1]の陣を敷き、火を灯して髪を乱し、素足になり、壇に向かって密かにまじないを唱え、口に清水を含んでその灯明を吹き消した。そして西方に向かって左の手を掲げ、ひとたび招くとにわかに黒雲が現れた。この雲はやがて五星二十八宿の陣を覆い隠したため、子牙は武吉の人形を渭水[*2]という川に投げ入れ、祭祀して武吉に告げる。

「しばらく家に籠もり、七日間出てはならない。そうすれば、このたびの災難を逃れることができるだろう」

これを聞いた武吉は大いに喜び、家に帰って言われた通りに家に籠った。

それから十日が過ぎ、武吉が姿を現さないことを怪しんだ西伯の群臣たちは口々に言った。

「あの愚民は重ね重ね罪を犯した。この罪は軽くはない。兵士に命じ、捕らえて首を刎ね、後の戒めとしなければなりますまい」

しかし西伯は易卦を見てこう言った。

「易卦の結果によれば、武吉は川に身を投げて死んでしまったようだ。死体はすでに沈んでいる。もう探す必要はないだろう」

それに対し、河川を司る役人が報告した。

「渭水に水死体があったため検分させたところ、牢から出したあの樵夫の罪人が、乱杭にひっかかって死んでい

*1　五星二十八宿…水星、金星、火星、木星、土星の五つの星と赤道付近を巡行する天体を二八に分けたもの。
*2　渭水…黄河の支流のひとつ。甘粛省渭源県から東に流れ、陝西省渭南市潼関県で黄河に合流する。

たとの報告がありました」

これにより、武吉の件はそれ以上追及されることはなかった。


それから西伯は岐州にて、ある夜の夢に一匹の熊が東南の方から彼のいる殿中に飛び込んできて、座の側(かたわ)らに立ったところ、西伯の群臣が各々拝み、ひれ伏すという場面を見て、目覚めた。

翌日、この夢の意味を群臣に問うたが、答えられる者はなかなかいなかった。そんな中、散宜生(さんぎせい)という家臣が進み出て西伯に申し上げた。

「これは、我が君が賢相を得るべきとの兆しであります」

これに対し西伯は問いかける。

「汝は、何をもってそれを知るのか」

散宜生が答える。

「熊は良獣ですから、さらに翼を生やして現れたとなれば、我々が知りえぬほどの賢人がいることを示しているのです。御座の側らに侍立し、百官が拝み伏したのは、熊が諸臣の上に立って君主の左右に仕える賢相となるべき者だからです。飛熊(ひゆう)が東南から飛び込んできたのは、この賢人がまさにその方角にいるということです。東南に赴き、賢者をお探しくださいませ」

これに対し西伯はさらに問う。

「夢に見たことを、深く信じるに足る理由はあるか」

散宜生が答える。

「昔、殷の高宗[*1]は天神より賢人の臣下を賜る夢を見て、その賢人の姿を探し、あまねく天下を行き、ついにその賢人を見つけ出した伝説があります、この賢人を側近としたところ、天下はよく治まり、初代の殷の王、湯王の国家を再興することができたのです。君は、どうして夢を軽んじて賢相を棄てるというのでしょうか」

西伯はこれに対し、「汝が言うことはもっともだ」と大いに喜んだ。

そして散宜生の言葉に従い、兵を遣わせて、九の龍車[*2]を引かせ、数十の武官を従えて行脚した。すぐに西伯たちは洛陽[*3]の渓の辺りまでやってきていた。

❖第四章 西伯が子牙の庵を訪れる

并子牙の名を太公望に改め、軍師として雇い入れる

こうして西伯は、今日の狩りは猪や鹿の類を捕らえるためではない、王の側近となるべき賢人を探し求めるためだとただ一筋に渓谷に流れる川を伝って進んだ。

途中、三人から五人の者たちが漁や釣りをしていたが、磐石の上で休息して竿を弾き、石を叩いてみなで歌う歌を聞いていると、その歌詞に紂王の無道を謗る言葉が多かったので、西伯は辛甲[*4]という将に「何者であるか」

＊1　高宗…武丁。殷朝の二十二代王。夢の中で「説」という名前の聖人を見て、役人たちに探させたところ、傅巌という場所で罪人として働いているのを見つけ、話してみるとまさに聖人であったため、傅説の名を与え、重用すると、殷が再興したという伝説がある。

＊2　龍車…天下を治める君主が乗る車のこと。

＊3　洛陽…現中国においては河南省北西部の都市。周の時代に建設され、洛邑と呼ばれた。その後、漢代に洛陽と改称され首都として栄えたほか、唐代にも長安と並んで経済、文化の中心を担った。

＊4　辛甲…生没年不詳。周の武将で、文王、武王に仕えたとされる。

と尋ねさせた。すると男たちはこう答えた。

「我々はこの辺りに住む賤(いや)しき者で、釣りや漁を生業として露命(ろめい)をつないでいます。将軍様はどこよりお越しなすったのですか」

辛甲は「西伯様が狩りのためにやってきたのだ」と答えた。

これに男たちはみな、驚き、跪(ひざまず)き、そして拝み伏(ふ)した。

「西伯様がお越しになられたとは知りませんでした」

西伯はこれを見て男たちに言う。

「汝(なんじ)らが釣りを生業とする民であるにもかかわらず、歌の風雅なのはどうしてなのか」

男たちはみな、伏したまま答えた。

「この場所より西へしばらく行くと、一人の老翁がいます。世俗を忘れた賢人ですが、磻渓(はんけい)に隠棲し、釣り糸を垂れて過ごすこと数年、自らこの歌を作って我々に教えてくれたので、歌っていたのです」

この答えに、西伯は群臣たちを見てこう言った。

「賢者は実際にいたのだ。里に君子がある時は、辺境の民にまでその影響が及ぶという。それがこれなのだろう」

渭水(いすい)の漁家にはみな、清く高き風があると感じながら、西伯らは道を進んでいくと、しばらくして鋤(すき)を担ぎ、土を耕し草を刈る農民たちが笛を横たえてお互いに奏で、歌っている音が聞こえてきた。その歌を聞き、西伯はこう言った。

「鳳凰(ほうおう)も麒麟(きりん)もいないわけではない。龍が現れれば雲が出て、虎が現れれば風が生じる。殷の湯王(とうおう)も三度も言葉を卑(いや)しくしてまで頼みなさったからこそ、伊尹(いいん)[*1]という賢人を側に置くことができたのだ。大才を抱きながらも山谷の中に隠れている。古(いにしえ)より賢者は貧しく辱(はずかし)めを受けることもあるが、賢君に出会えば富貴を得ると言われている。いま聞こえる歌は、この意を一章の詩(からうた)にしたものだ」

西伯は嘆息し、群臣に向って命じた。

「この場所にこそ賢人がいる。探し、尋ねよ」

群臣たちは畏(かしこ)まり、数人を探して連れてきた。西伯は車から下り、揖礼(ゆうれい)[*2]をして、賢明の君子と出会うことを望むが、俗眼にしてそれを見分けることができないと伝えると、連れてこられた者たちは驚き拝伏し「我々は賤しき民です」と申し上げた。

そこで西伯が彼らのうち、歌の雅なる者を問うた。すると彼らはこう答えた。

「この渭水を辿って行き、しばらくすると賢翁がいます。我々にこの歌を教えてくれた人です」

これを聞き、西伯は重ねて問う。

「その翁はどこにいるのだろうか」

彼らはまた答える。

「この渓(たに)に沿ってお進みください。その人は釣りをしていますが、釣り針を曲げず、餌もつけないため、魚を釣っているのではありません。王侯を釣るのだと言い、常に磻渓の岸の入り口に座っております」

---

*1 伊尹…生没年不詳。殷王朝初期に初代王である湯王を助けたという伝説的人物。湯王が夏(か)王朝を滅ぼす際、その大きな助けとなり、殷王朝の成立に多大な貢献をしたとされる。
*2 揖礼…相手に敬意を表し、礼をする動作のひとつ。手を胸の前で組み合わせ、上下または前後に動かすことで行う。

これを聞いた西伯は大いに喜び、車に乗ってすぐに聞いたところに行ったが、老翁の姿はなかった。そこで車を停めて降り、休憩していたところ、岩山の後ろから一人の樵夫（しょうふ）が出てきた。その男は斧（おの）の柄を叩き、歌を歌いながら山を下っていた。

その歌の内容は次のようなものだった。

「金のためではなく、磻渓に隠れる賢者がいることを世の人は知らない。もし彼を尋ねる君子がいるのであれば、彼は渓の傍らの磯辺で釣りをしているぞ」

これを聞いた西伯が歌声の方を見ると、それは以前囚（とら）われていた武吉（ぶきつ）であった。西伯の左右に仕えていた兵士がこれを捕まえ、引き連れて西伯の車の前に至った時、西伯は武吉に対しこう言った。

「私は、汝が河に沈んで死んだと聞いていた。身の上を偽り、刑を逃れようとしたのか」

武吉は頭を地につけて、弁解する。

「私はお上を蔑（さげす）んでこのようなことをしたわけではないのです。この辺りに一人の年老いた漁師がいます。彼は善と陰陽（いんよう）の理（ことわり）に通じ、兵法（へいほう）の奥義を究（きわ）めています。私はこの人と交友があったため、彼は私の元に災（わざわ）いが起こったことを知り、今日に到るまで命をとどめ、老母を養うことができるようにしてくれたのです。願わくば、先の罪を許してください」

西伯はこれを聞いて驚き、尋ねた。

「その老翁はどこにいるのか」

武吉が答える。

「西伯の石室に隠れて住んでおります。もし彼にお会いになるというのならば、道案内をいたします」

これに西伯は大いに喜び、先の罪を許して武吉を先に立たせ、磻渓に到った。

子牙は三日前、西の方角、岐州（きしゅう）の空に瑞祥である一筋の雲が生じ、渭水に近づいてくるのを仰ぎ見た。ついに賢君がやってきて、自分を訪問する証（あかし）であることを知った子牙は、わざと釣竿を岸のほとりに捨て置き、隠れて出てこないようにしていた。

その頃、武吉はすでに西伯らを案内して石室に到着していたが、一人の童子が入り口に出てきた。西伯は数人の従臣と共に歩いて庵に入り、童子に「主（あるじ）の翁はどこにいるのか」と問うた。

童子はそれに対し、こう答えた。

「今朝薬を採るために山深く入って行きました。三日後には帰ってくるでしょう」

西伯は嘆いて、「逢わぬことは我が不幸であろう」と筆を執（と）り、二十八字を書き記した紙を子牙の机の上に置いた。その詩には次のように記されていた。

宰割山河布遠猷（国の長である私は、山河に分け入り遠い未来までのことを思う）
大賢抱負可充謀（大賢（たいけん）の抱負は謀（はかりごと）に充ちている）
此来不見垂竿老（しかしここまで来て、竿は見えどもそれを垂れる老人の姿は見えない）
天下人愁幾日休（世の人に賢人がいったい幾日休むのかと愁（うれ）う）

散宜生（さんぎせい）が言う。

「昔、湯王が伊尹をお招きになった時、使者を莘野（しんや）[*1]に赴かせること、三度目にしてやっと会うことができたと言います。我が君も賢者と語り合おうと思うのならば、誠の志を尽くさなければ、会うことさえも叶（かな）わないでしょう。ここは一度戻り、群臣とともに三日間の物忌（ものい）みをして身を清め、再び来られるのならば、お会いすることも叶うでしょう」

これを聞いた西伯は「よきかな、よきかな」と言い、子牙の草の庵を出て、車を促（うなが）して帰ることとした。

それから三日間の物忌みをし、沐浴（もくよく）した後、再び西伯が子牙の元に赴こうとした際、辛甲が西伯の前に進み出て、歯を食いしばってこう言った。

「我が君は西方の諸侯の総領として、その身は貴（たっと）く、威名（いめい）は天下に聞こえています。国の広きことは殷に比べ倍にもなり、文武に優れた臣下も少なくありません。一人の老いぼれの漁夫にお会いするのであれば、自ら赴かずとも一封の書を送り、こちらに来るように命じるべきです。驕（おご）り高ぶり、自ら来ないというのであれば、兵士を遣わせて捕らえてくればよいでしょう。何も難儀なことはありません。それなのになぜ、その男を神や父母のように敬（うやま）うのですか」

これに対し、西伯は笑って答えた。

「汝は誤っているぞ。古人も君子の里に入る時は、車を降りて礼をしてから行き過ぎたという。これが賢人を敬う道なのだ」

これに辛甲は伏してその身を慎み、自らも物忌みをすることとした。

こうして殷の紂王十五年九月、西伯侯姫昌（きしょう）は再び子牙の庵を訪れることとなった。このたびは同行させる者を絞り、わずかの文武に優れた臣下を従えて車に乗って出発した。

その際、武吉を将の列に加え、賢人を求めるための篤（あつ）き志を表明するため、先頭に立たせて渭水に進んだ。

子牙は西伯が狩を名目として来た時には、賢者を求めるための精神としては至らぬものと考え、隠れて出てこなかった。

しかし西伯の残していった句を見て、その志が本物であることを感じ、三日後に必ずまたお越しになるだろうと磻渓に出て釣りをしていた。するとはたして西伯一行が北よりやってきたのであった。

子牙はこのとき、磐石の上に座して釣り糸を垂れて動かずにいた。西伯は駕籠（かご）が近くなると、やがて車から降りて子牙の元に歩いて行き、水辺に近づいてこの人を見た。その顔は子どものように額が広く、辮髪（べんぱつ）の白さはまるで鶴の羽毛の毛先に似ていた。その容貌が普通の人間とは異なっていることがすぐにわかった。そのため、西伯は礼をしようとしたが、子牙は竿を垂れたまま振り返ることもせず、石を投げて歌った。

西風が起き、また白雲が飛ぶ

歳月はすでに暮れ、なすべき時が来た

西伯はうやうやしく石の側に立ち、子牙が歌う声が終わるのを待って、群臣らとともに首を垂れた。

＊1　莘野…有莘（ゆうしん）という国のこと。現在の河南（かなん）省開封（かいふう）市の辺りだとされる。

子牙は彼らが自分を謹み、敬い、誠意を見せたことで、急いで竿を放り投げ、西伯を助け起こして礼を返して拝伏した。

西伯は子牙にこう言った。

「私は西方諸侯の司、姫昌です。紂王が政治の道を失い、天下の衆民を殺し尽くさんとしている。私はこれを救いたいと思うが、仁は薄く、智は足らず、民の望みに添うことが難しい。今、あなたの道が誇り高く、徳の重きことを聞き、もし私を捨てず、私に足らぬものを補ってくれるのであれば、天下万民は幸福を得られるでしょう」

子牙はこれに答える。

「私は辺境の小民にして、深きことを慮（おもんぱか）ることもない。しかしわざわざ私を訪ねてきてくださった主君に、愚かながらも忠義を尽くさぬことはありませぬ。主君よ、あなたは仁徳を民に施（ほどこ）し、国の富や財は豊かになりました。天下の三分の二を領有し、群臣は多く、今こそ殷を討つときが来ようとしています。しかし今はまだ、私の策略を練る時ではありません。紂王は無道でありますが、天文を見る限りまだ湯王が残した力が残っています。しかも殷には未だ百万の兵がおります。まずはさらなる徳政を布（し）き、下々の民を味方につけるのです。それでもなお、紂王が民を陥（おとしい）れる無道を改めなければ、時を待って戦に挑む人々を集め、殷に向かえば、攻めることなく打ち破ることができるでしょう」

これに西伯は大いに喜び、謹んで子牙の教えを受けようと言った。

「先生の姓名は何というのでしょう」

西伯が尋ね、子牙（しが）が答える。

「姓は姜（きょう）、名は尚（しょう）、字は子牙飛熊（ひゆう）といいます。紂王の迫害を避け、西伯の政治が老人を憐れみなさると聞いて、殷からここに逃れてきたのです」

これを聞いた西伯は、諸臣を見てこう言った。

「飛熊が現れた夢が、うつつのものとなったのだ」

さらに西伯は感嘆し、続ける。

「我が先祖である太公は、かつて数十年の後、聖人がここに至り、我が国を興すだろうと言った。その時より太公があなたのような賢人を望んで久しい時が過ぎた」

これにより、子牙は名を「太公望」と改め、西伯と同じ車で城へ帰り、吉日を選んで鎮国大軍師に任じられた。

その時、すでに西伯の歳は八十を超えていた。

その後、西伯が病に臥し、命が危うくなった。よって西伯は自身の地位を継ぐ長男、後に周の武王と呼ばれることとなる姫発に、[*1]太公望に仕えることは私に仕えるものと同じことと心得よ、と伝え、亡くなった。

崩御の際の西伯の歳は九十七、後に謚号として文王という名が贈られた。後の世に言う周の文王とは西伯のことを指す。

---

*1　姫発…紀元前十一世紀頃の君主。中国における周王朝の創始者。父、文王（西伯）が亡くなった後、太公望の補佐を受けて殷の紂王を討ち滅ぼし、天下を統一した。封建制度を確立した人物としても知られる。

❖第五章　太公望が雲中子に会い、照魔境を譲り受ける　并雷震の伝説

西伯が崩御した後、太公望は姫発を立て、西伯の位を謹呈した。周の武王が生まれたのはこの時だ。一方、殷の紂王は妲己と供に昼夜に渡って淫楽に耽り、昼は寝て、夜は歌舞酒宴に明け暮れ、これを長夜の宴と号した。

この悪行の増長ゆえに、紂王の民は日を追うごとに国を去り、武王の元に帰すること限りがなかった。妲己はこれを知り、「刑罰が軽いためにこのようなことが起きるのです」と紂王に進言した。そのため紂王は国の四方に関所を構え、国から逃れようとする者を捕らえて酒の池に追い込み、蠆盆に投げ込んでみな殺しとした。これにより殺される人々の泣き叫ぶ声が毎日のように天地を震わせた。

箕子は紂王の叔父でありながら賢人であったため、これを歎き、紂王を厳しく諫めたところ、紂王は箕子を南牢に収監してしまった。紂王の兄である微子も彼を諫めたが、聞き入れなかったため、紂王の元を去ってしまった。続いて紂王の叔父の一人である比干が紂王を強く諫めた。すると妲己が紂王に対してこう言った。

「妾はこんなことを聞いたことがありますわ。聖人には心に七つの穴があって、諸々のことを覚えているのだと。比干はみなに聖人と呼ばれております。胸を刺し、開いて中身をご覧になるというのはいかがでしょう?」

これにより紂王は比干を殺害し、その胸を裂いて中身を見た。紂王の親族である賢者はみなこのような処遇を受けたため、今は天下に紂王を諫める者もなく、彼の悪行は増長するばかりであった。

妲己はこれを好機として、人の種を絶やすべき時節が来た、我が願いが成就するときだと、心中で喜び、日々、人の命を奪うことを紂王に勧めた。

その頃、岐州にいた太公望が天文を占うと、殷の命運も尽きようとしていることがわかった。そこで太公望は武王に対しこう進言した。

「進むべきときだ。殷を討伐し、滅ぼしましょう」

太公望は武王に対し、こう続ける。

「私はもともと殷の民でしたから、ここ岐州に入りあなたの父君に仕えたことは、道理に背くことに思えます。しかし、明君の招きを辞することは却って天命に背くことになるのです。それゆえ、私は西伯候の誠意に応えるべく身を投じて愚忠を尽くす所存です。今、殷の命運はすでに尽きようとしています。私が君主であるそなたを助け、古国の主を討つことは道理に反することでありましょう。しかし天下は紂王のためにあるのではありません。天下に生きる人々すべてのためのものでしょう。あなた様もまた、殷の臣として紂王を討ちなされば君上を裏切る兵となりますが、このままでは殷の徳はますます昏く、生きる民を陥れることばかりです。今をもって滅ぼすことは、天に代わって民を救うことと何の違いがありましょうか」

武王はこれを了承し、吉日を選んで兵を挙げることを決定した。

そして太公望は考える。

「終南山の雲中子なる仙人が先年、妲己を取りのぞこうとしたが、紂王はその言葉を信じなかったという。この人の元を訪れ、我が内心について相談しよう」

そこで太公望は、ただ一人城を出て密かに終南山に登った。松や柏の枝が互いに重なり合い、深い森の流泉が細石を転がし、白露が樹上から落ちる。いずれの地にこの風景に勝るものがあるだろうか。

岩は尖り、空を削るかのようだ。雲を開き、霧を払い、数百歩行けば景色に竹藪、草花の垣根を巡り、辺りは閑々としていて、薫風が袖を翻す。百の滝が天より流れ、高く大きな山々が連なり合っている。

そんな中、洞窟の入り口を覗くと大きな建物があり、楼や屋根が連なってその姿を深い穴の中に隠していた。

その様子は仙境のようで、太公望は思わず感嘆しつつも洞窟の入り口から案内の者はいないかと尋ねたところ、小童が出てきて「どなたでしょう」と問いかけた。

「私は呂尚。ここに住む先生にお会いしたく思い、やってきました」

太公望がそう告げ入ると、小童は中に入ってから再び出てきて太公望の手を引いて階段に至った。すると雲中子が直々に太公望を出迎えに現れた。

その容貌は身に道服を纏い、手に如意[*1]を携えているという世俗を捨てたものだった。雲中子は礼をして、瓊台[*2]の書簡が高く積みあがっている文机の辺りに座し、太公望にも座らせ、言った。

「我はそなたの名と姓を聞いていたが、いまだ直接会うことがなかった。しかし、今ここで幸いにもそなたの姿を見ることができた。これ以上の喜びがあろうか」

それに答え、太公望が言う。

「愚老も先生の名を聞いて久しくなります。その下風に立って高論を聞くことを願っても、家は貧しく、生きることに精一杯でした。齢は八十に至り、怠惰のままに虚しく過ぎました。その間に殷の天下において、湯王の残した恩恵は尽きようとしており、紂王は妲己に溺れ、民は罪もなく害せられています。私もまた、これを恐れて逃亡の民となって渭水の磻渓に隠れ、時を待っていたところ、西伯様が自ら駕籠を降りて愚老に頭を下げ、岐州に伴ってくださり、後には側近として仕えさせていただくことになりました。それから西伯様はお亡くなりになり、子の武王様が後継ぎとなりましたが、こちらも仁徳に溢れております。愚老は大軍師に任じられ、すぐにでも殷を討ち、万民の塗炭(とたん)の苦しみを救うべきだと思えども、殷には百万の軍勢があり、容易の敵ではないのに加え、神変不測の妖婦が傍らにあり、この女は機を察することに長け、内密のはずの情報も筒抜けです。西伯様でさえも囚(とら)えられ、箕子(きし)や比干(ひかん)といった賢者たちもみな紂王に苦しめられました。先生は以前、妲己が妖物であることを知り、紂王を諫め、あの女を排除しようとしましたが、妲己はそれをすぐに察知し、その諫めの口を塞(ふさ)がせました。今、私はこの紂王と妲己を討つという大義を任せられるに至って、先生のご高論があるならばその教えを受けたいと思い、密かにやってきたのです」

この太公望の言葉に雲中子は頷(うなず)いた。

「私は軍学や兵法(へいほう)の党略においてはその極意を秘め極めぬものはない。よくこれらについて知っている。また、天文を見るに殷の命運は尽き、改命の時に至ったようだ。武王の大軍は、一度殷に至れば戦わずして殷を滅ぼすことができるだろう。ならばあなたに誠心をもって応えよう。あなたにひとつ贈るべきものがある」

雲中子は錦の袋に納めたひとつの鏡を取り出し、太公望に渡した。

「これは照魔鏡と名付けられた無二の宝器である。知慮の及びがたい存在を照らし、映し見れば、照然としてその真の姿が明らかになるであろう。隠し持ち、しかるべき時に使われよ」

太公望は三度礼をしてこれを受け取った。

「先生は、愚老の丹心(たんしん)*3を無下にするどころか、奇代の宝鏡を恵んでくださいました。これは愚老の幸いではあり

---

*1 如意…僧が手に持つ仏具。「まごの手」に似た形をし、長さ約一メートルで、骨角(こっかく)や竹木を刻んでつくられる。

*2 瓊台…立派な宮殿のこと。

*3 丹心…まごころ、嘘偽りのない心。

ません。すべての民の幸いです」

　そして太公望が拝辞しようとした時、雲中子が太公望の袖をつかみ、言った。

「まだ終わりではない。一人の豪傑を預け、その力によってそなたを助けよう」

　そして雲中子は童子にある者を招かせた。その者の姿は身の丈が九尺（約二メートル七十センチ）余り、大きな眼は羅刹[*1]のようで、肌は朱を注いだように赤い。身には鎖とウコンの皮の鎧を纏い、百花のごとく清純な袍を着て、獅子の帯に弓矢をかけ、手には紫金色の鉄の兜を携え、片手には方天戟を提げ、腰に開山斧[*2]を付け、松紋桐室の剣をはき、巻かれた頭髪は左右に分かれ、そのありさまは鬼神のようであった。

　雲中子はこれを指し「西伯はこの者を知っていた」と言った。

　太公望は驚き、その理由を問うと、雲中子はこう答えた。

「先年、紂王が西伯を召した時、燕山[*3]の下でにわかに大雨が降り、雷が落ちた。電光が光り輝いて直後に林の中に胎児の啼く声があった。西伯は急いで人を遣わせ、探させたところ、古墳に雷が落ちて、亡骸を葬った場所で棺が砕け、女の屍を破って嬰児が泣いていた。抱き上げさせて見たところ、その赤子は男子であり、生まれつき神の力を宿しているようであった。この子は普通の人間ではないと数里の道を子を連れて歩きながら、乳母を探したがすぐには見つからなかった。そんなとき、私は図らず彼らに行き逢い、はじめて西伯侯に対面した。私もかねてから殷の都に妖邪があることを知っていたため、紂王を諫めたが、相手にされることはなかった。そのため天下を遊行して妖邪を排することができる者を求めていたところ、ある夜にひとつの将星[*4]が燕山の下に向かって落ちるのを見て探していたところであったことから、互いにその奇異を語って驚くばかりであった。この子は、いつの日か大きくなれば殷の妖邪を祓う者となるであろう。普通の民の元に育つべきではない。そう西伯は言い、私に預けた。そして私はこの子を密かに育てていたのだ。この子が山中にて大きく育つに従い、戦い方を習わせた。軍法を教えると一を聞いて十を悟り、しかも心は正直で実義を重んじ、剛力で、どんな男でも敵わないほどであった。私は喜んで来るべき時節を待っていた。今、殷の命運は尽き、聖君が西方に現れ、時を置かずに殷を攻めるべき兆候が天に現れた。その時がやってくれば道義に従いこの子を軍列に加わらせようと、このように準備していたのだ」

これを聞いた太公望は嘆息し、童子の名を問うと、雲中子が答えた。

「西伯と別れたとき、またいつかこの子と会うことがあれば、その証とするため、名を定めよとの命があった。それゆえに私はすぐにこの子に雷震[*5]と名付けることを約束した。雷によって生まれた子であり、震は八卦の中で長男を象徴する字であるゆえだ」

太公望は限りなく喜び、「大軍の進撃の日は近い。雷震に国を出て待つようお伝えください」と言い、山を下りて帰って行った。

---

*1　羅刹…大力で足が速く、人を食うといわれる悪鬼。のちに仏教に入り、守護神とされた。

*2　開山斧…道教における治水の神、顕聖二郎真君が持つという斧。顕聖二郎真君は開山斧によって山を切り開き、閉じ込められた母親を救い出したという伝説がある。ここでいう開山斧はそれになぞらえたものか。

*3　燕山…中国北部の山脈。燕山山脈とも呼ばれる。河北省の北に聳え、万里の長城の東端が走る。

*4　将星…昔、中国で大将にたとえられた大きな星。

*5　雷震…雷震子とも呼ばれる。現代の歴史小説『武王伐紂平話』に登場する架空の人物。『武王伐紂平話』では紂王を討つために天からくだされた凶神とされる。そのモデルは雷公（中国における雷神）だという。

この雲中子のもともとの姓は夏、名は熊、字は調里、道号を我鬼先生ともいう。終南の山中に隠れて気を練り、性を養って、奇異の方術を使うことができた。

四方の民は彼を尊んだ。彼は山深く、広大な地に居した。山に住み数年、ついに悟って仙人となった。人々は彼を仰ぎ、雲中子と呼ぶようになったのだという。

❖第十六章　周の武王が殷を討ち滅ぼす　并太公望が妖狐を斬る

周の武王が殷の紂王を討とうと城南の野原に御車を促し、天地の神を祀った。彼は太公望を東征の大軍師に任じて軍事を統帥させ、辛甲、尹逸[*1]、祁宏[*2]、太顛[*3]、閎夭[*4]、南宮括[*5]を始めとして、一騎当千の武人たちを従え、弟である姫旦[*6]と姫奭[*7]の二人を国に留めて守護を任せ、まだ小さな弟、姫叔度[*8]を側に置いて出陣した。

かくして岐州を立ち、潼関[*9]に至ったところ、雲中子の約束通り雷震がそこで待っていた。武王に初めて拝謁した雷震について、太公望がその出自と経緯を説明すると、武王はこう言った。

「父、西伯の拾い上げた幼子は、我が親しき弟である。将の列に加えて兄弟の情を語れば、殷の都に至るまでに多くの戦功を上げるであろう」

それから武王軍は進み続け、洛陽に至った時、二人の兄弟が道の傍らに拝伏していた。武王が「誰であるか」と問うと、彼らはこう答えた。

「伯夷と叔斎[*10]というものです。今、紂王は無道ではありますが、戦を起こし、その命を奪おうとすることが仁義を重んじることと言えましょうか。我々自身、殷の非道の行いから逃れるため、西伯の徳を慕ってこの地を訪れました。しかし、今、武王様が兵を率いて殷を攻めなさると聞き、一言の諫めを奉ろうと、死を覚悟して参りました。願わくば御車を引き返し、御父上である西伯侯の盛徳を汚さぬよう」

---

*1 尹逸…尹佚のことと思われる。尹佚は『史記』等に名前の載る実在の人物で、文王・武王父子に仕え、後に周の諸公国のひとつ、尹国の建国者となった。生没年不詳。

*2 祁宏…元代の歴史小説『武王伐紂平話』に名前が見られる周の武将。創作された人物か。

*3 太顚…生没年不詳。文王に仕えていたとされる人物。紂王に囚われた文王を助けるため、美女や各地の珍品、名馬などを紂王に献上し、赦免を求めた話などが『史記』等の文献に見える。

*4 閎夭…文王に仕えていたとされる人物。紂王に囚われた文王を助けるため、美女や各地の珍品、名馬などを紂王に献上し、赦免を求めた話などが『史記』等の文献に見える。

*5 南宮括…生没年不詳。文王・武王親子に仕えた周の武将。紂王を討つための牧野の戦いに参加し、功績を挙げた。『史記』等に名前の残る実在の人物と考えられる。

*6 姫旦…のちの周公旦。生没年不詳。文王の第四子。兄である武王が周の王となってからは彼を助けた。武王が若くして亡くなった後は幼いままに武王の後を継いだ彼の子、成王を摂政となって、成王が成人となるまで助け、周王朝の基礎を築いた。『史記』等に名前の残る実在の人物。

*7 姫奭…のちの召公奭。生没年不詳。文王の子であり、武王の弟。この二人、及び武王の子、成王、さらにその子の康王の四代の王に仕えた。武王の殷討伐を補佐し、後に燕の始祖ともなった。『史記』等に名前が残される実在の人物。

*8 姫叔度…生没年不詳。蔡叔度の名で知られる。文王の子であり、武王の弟。武王の殷討伐後、蔡を任されるとともに紂王の子である武庚の監視を命じられた。しかし武帝の死後、彼の幼い息子、成王が即位し、周公旦が摂政となって朝政を担うことに不満を持ち、三監の乱を起こす。しかしこれは鎮圧され、流刑に処せられた。『史記』等に名前が記される実在の人物。

*9 潼関…現在の陝西省渭南市潼関県の北部にあった関所。

*10 伯夷と叔斎…古代中国の伝説上の兄弟。孤竹国の王子であったが、兄弟で互いに位を譲り合い、最終的にどちらも位を捨てた。それから周が殷を滅ぼす直前、武王らに殷を討つのは不忠であると進言し、周王朝が成立した後はそれを不義として首陽山に隠れて蕨だけを食い、最後には餓死したとされる。孔子の『論語』や司馬遷の『史記』等に載るが、実在の人物ではなかったと考えられている。また高潔な人物を表す四字熟語として「伯夷叔斉」という言葉が使われるようになった。

武王の左右についていた将は大いに怒ってこの無礼をなす曲者を絡め捕ろうとしたが、太公望が彼らを遮った。

「この者たちは義に正しい」

そして、太公望は彼らを逃がした。

それから殷が滅び、周の天下となった後、伯夷と叔斉の兄弟は「殷の民として周の粟を食うことは義に反する」と言い、兄弟ともに首陽山*1に隠棲して蕨を採って食べていた。しかし、ある人が彼らを非難し、「この天下で周のものでないものはない。首陽の蕨も周に生えたものだ」と言ったため、この兄弟は最後には餓死してしまったという。これは古今に稀有な義士である。


話を戻そう。それから殷の都では武王の大軍が岐州を立ってから風の矢を放つかのように、水が砂を衝くかのように、紂王の軍を斬り、将を捕らえ、道すがらの府城をことごとく攻め落とし、早くも孟津河*2を渡った。

紂王の軍は馬を走らせ、何度もこの事態を報告しようとした。諸臣は眉を焼くような思いで紂王にこのことを奏し、紂王の命で軍勢が動き、武王の進軍を防ぐことを望んだが、紂王はただ妲己を寵愛し、淫酒に溺れ、昼夜楽しみに耽るだけでその注進を耳に入れることさえなかった。また紂王の佞臣たちは、費仲をはじめとしてこの事態を隠し、奏することさえしなかった。

忠臣たちは、紂王を諫めれば殺されることを知っていたため、不忠不義になることがわかっていてもやむを得ず逃げ出し、あるいは周へと降参し、残り留まって戦おうとすれども指揮する将もなく、薄氷を踏むような危うさであった。

殷は国々の諸侯を招集することもなかったため、彼らは武王の軍に与し、大軍が殷の都の近づくに攻め入った。

そこでようやく費仲は紂王に現状を報告して鐘十才、史元格、姚文亮、劉公遠、趙公明[*3]の武勇に優れた五将を出陣させて防戦に当たったが、それでも紂王はひたすら妲己の笑顔に心を奪われ、軍事を考えることさえしなかった。

そのためにこれら五将もたちまち太公望の策に陥れられてことごとく戦死し、武王の軍が殷に攻め入ってきたところでついに紂王も事態に気がついた。

そこで紂王は崇慶彪[*4]を総大将とし、彭挙、彭矯、彭執[*5]、薛延陀、申屠豹[*6]らを副将として防戦するが、武王の戦力は強く、ついに敵わなかった。

＊1　首陽山…現在の中国山西省の西南部にある山。

＊2　孟津河…現在の河南省焦作市温県の辺りを流れていたという河川。

＊3　鐘十才～趙公明…元代の歴史小説『武王伐紂平話』に名前が見られる殷の武将たち。道教に伝わる瘟神（疫病神）、五瘟使者（鐘仕貴・張元伯・史文業・劉元達・趙公明）を元に創作された人物と考えられる。『武王伐紂平話』は後に明代の歴史小説『春秋列国志伝』、これら二作を参考にして記された明代の新怪小説『封神演義』、『春秋列国志伝』の武王部分の和訳である『通俗武王軍談』にも登場し、この『絵本三国妖婦伝』をはじめ、日本の妲己に纏わる物語にも取り入れられた。

＊4　崇慶彪…元代の歴史小説『武王伐紂平話』等に名前が見られる殷の武将の一人。創作された人物と考えられる。

＊5　彭挙、彭矯、彭執…元代の歴史小説『武王伐紂平話』等に名前が見られる殷の武将。道教に由来する説には人間は生まれながら体内に上尸・中尸・下尸と呼ばれる三匹の虫がいるという考えがある。この虫たちは人の行動を監視し、六十日に一度巡る庚申の日に体内から抜け出して天帝にその人間の罪状を告げる、とされている。上尸・中尸・下尸をそれぞれ彭倨・彭質・彭矯と呼ぶことがある。これを元にして生まれた武将か。

＊6　薛延陀、申屠豹…元代の歴史小説『武王伐紂平話』等に名前が見られる殷の武将。架空の人物と思われる。

しかし妲己が呪文を唱え、術を使うと、悪鬼魔王がことごとく現れた。さらに妲己の妖術は雲を呼び、風を起こし、霧や霞をたなびかせて四方を覆い、白昼を闇に包んで大雨を降らし、石や砂を飛ばし武王の軍へと打ちかかった。

しかし太公望は元より妲己のこと知っていたため、口の中で呪文を唱え、これらの妖術を消滅させた。そのため殷の大軍が敗れ、紂王も自ら戦場に出て戦ったが、敵わず城中に戻った。しかし武王の大軍は潮の湧くように現れ、身を隠すこともできない。

最後には紂王は自らの宮殿に火を放って焼き、その隙に自ら鹿台に昇り、宝玉を身に纏い、火の中に飛び込んで命を絶った。

こうして殷の歴史は途絶えた。かつて殷という国は成湯王[*1]、姓は子、名は履、字は天乙で、黄帝[*2]の孫であった彼が夏の桀王[*3]を滅ぼし、王位に就き、殷の天下を興した。それから六四四年、第二十八代紂王に至って滅びたことは、抗えない運命だった。

太公望は紂王の死を部下たちに伝え、佞臣たちや費仲および妖妃妲己を取り逃がすなと呼びかけ、摘星楼に押し入った時、妲己は一陣の怪風を起こし、逃げ去ろうとした。

その時、殷郊が妲己の元へと駆け出した。彼は紂王の后の子であり、妲己の姦計によって母を殺されために武王の軍に入っていた。今が母の仇を取るときと妲己に迫ったところ、妲己は金色の光を燦爛と放ち、冷風を放った。しかしそれをものともせず、殷郊は雷震とともに飛び付いてこれを捕らえた。さらに費仲を生け捕り、ともに太公望の指示を待っていた。

太公望はこれらを見て、指示を下す。

「紂王の暴悪はみな、妲己が仕業である。軽々しく誅すべきではない。城外の市に出し、人々にその最後を見せるべきだ」

それに従い、妲己は城の外へ引き出され、処刑人が彼女の後ろに立った。そして剣を振り上げ、首を打とうとしたところ、妲己は振り返って太刀を持つ処刑人へ向かって、笑みを浮かべた。

その容貌は海棠の花が露を帯びたよう、もしくは楊柳が春風になびくようで、処刑人は心もそぞろとなり、恍惚となって心を奪われ、斬首することもできず、ただ茫然と立っていた。

「どうにかして助けたい」

処刑人が躊躇すると、太公望が怒声を上げた。

「なぜ早く斬らぬのか」

これに我に返って、処刑人が再び剣をふりかざせば、妲己は再び振り返り笑みを見せる。これにより処刑人は剣を振り下ろすことができなかった。

茫然としている処刑人に対して太公望は大いに怒り、即座に斬首を終わらせるため別の処刑人を呼んだが、その男もまた畏まって処刑に挑むものの、やはり妲己の容貌の麗しさを愛で、このような美女が天下に二人といるはずがないと考える。

＊1　成湯王…湯王に同じ。

＊2　黄帝…生没年不詳。中国の伝説上の人物で、中国神話にて語られる王。蚩尤という怪物を退治した功績により、漢族最初の統一国家を建設したと伝えられる。また医学や音律、牛馬車など、さまざまな文化を創造したとされる。

＊3　桀王…生没年不詳。中国において、夏王朝の最後の王とされる人物。妹喜という美女に溺れ、民の支持を失い、殷の初代王である湯王に滅ぼされたと伝えらえる。

「無残に討つことはできない」

そしてそんなことを言ってためらうため、太公望はその処刑人を刑に処し、別の処刑人に代わらせる。そのようなことが三度続いたが、みな妲己の首を討つことができず、自らが刑を処されることとなった。

ここにおいて太公望はどうすることもできず、ついに雲中子（うんちゅうし）から授けられた照魔鏡（しょうまきょう）を錦の袋から取り出した。

太公望は言う。

「かつて妲己は妖怪なのだと聞いた。これを使ってその本性を現し、誅するときがきた」

そしてこの名鏡を妲己の顔に近づけると、不思議なことに今まで美しかった妲己が姿が変化し、白面金毛九尾の狐が鏡面に映り込んだ。

妲己もこれには慌て驚き、巽（たつみ）（東南）に向かって一声鳴くと、にわかに黒雲が起こり、魔風が吹き込んできた。また霧が立ち込め、辺りはたちまち暗闇となった。その中で妲己は砂や石を飛ばしながら九尾の狐と変じ、雲を招いてそれに乗り、逃げ去ろうとした。

しかし太公望は声を張り上げた。

「誰かこの妖狐を斬るのだ」

その声に反応した殷郊が妲己に飛びかかり、宝剣を抜いて黒雲に向かって投げつけると、それは狙いをそらさずに狐に当たり、妲己は大地へどうと音を立てて落ちた。直後、彼女が呼び出した積雲は収まり、空は晴れ、風も止み、霧も消えて、日光が照り輝いた。

落ちた狐は雷震に飛び掛るも、三つに切断されて倒れた。

そして費仲は、君主を惑わし国を滅ぼす賊臣であるとして腹から燃やされ、焼き殺された。

太公望がいなければいかにしてこの悪狐を退治することができたであろうか。天晴れ、名誉であると思わぬ人はいなかった。

しかし太公望はなおも油断をしなかった。

「部下たちに伝えよ。このような妖物は死してなおその霊が祟りをなすことがあると」

太公望は狐の屍を瓶に納め、固く紐で括ってこの妖怪を鎮めるべき地を求めると、あることを思い出した。夏の桀王の時代、褒城[*1]に神人がいたが、変化して二体の龍となり、宮廷に降りて桀王にこう言った。

「我らは褒城にある二人の君主だ」

桀王はこれを恐れ、殺した。龍はおびただしい泡を吐いたため、その精気を箱に納め、放置した。殷の世になって、このような怪物を宮中に貯蔵しておくべきではないということになり、郊外の野にこの箱を埋め、その地を記録し、後代まで開くことのないようにと戒めた。

太公望はその地の土を一丈（約三メートル）ほどの深さまで掘り、妲己の亡骸が入った瓶を穴に入れ、土を被せ、石で上を固め、さらにそこにひとつの石碑を建て、太公望自ら一行の銘を書してこれを彫刻した。その句にはこう書いてある。

丁未五回　壺括自解　八九之後　幽室竟乱

（丁未の年が五回巡るとき、壺の括りは自然に解ける。それから八、九年の後、幽は乱れ、滅びるだろう）

＊1　褒城…夏の桀王の伝説に登場する地域。現在の中国でいう陝西省漢中市の辺りかと考えられる。

殷が滅びたのは日本地神第五代、鵜草葺不合尊*1の即位から八十三万五五八三年にあたる丁未の年であり、白面金毛九尾の狐が生まれてから滅びを迎えるまで八百億二百三十五万六五一二年余りの時を数えた。

武王は殷を滅ぼし、帝位に就き、国の名を周と改め鎬*2に都を建てた。

この戦において、多くの諸侯を封じ込めた太公望の軍功は大きかったため、武王は彼に斉*3の国を賜り、候とした。

太公望は刺繍をあしらった錦の衣を身に纏い、驢馬の車に乗って大勢の臣下とともに国に向かっていた。

この時、かつて彼と別れた妻の馬氏が自分の非をひどく悔やんだ様子で、車の前に出てきて拝伏し、「私の罪を赦し、もう一度妻としてくださいませ」と嘆いた。

太公望は車の中で頭に綸巾を被り、手には羽扇を携え、悠然と座し、にっこりと笑って言った。

「私は今年で八十になった。ついに出世の時が来たのだ。これは私が釣り針を曲げず、餌を使わずに斉の国の千里四方の地で釣りをしていたことで得た地位だ。しかし汝の願いはもっともだから、器に水を入れて持って来なさい」

馬氏はその理由がわからず、畏まって器に水を入れ、持って来た。太公望はその器に入った水を地にこぼし、こう言った。

「この水が元のように器に入ったならば、私は汝と再び元の夫婦の語らいをしよう」と言い捨て、車を出させて斉の国に入った。これを「覆水盆に返らず」という。このようなことがあるので、婦人は貧しいことを必ずしも見下すことはしない方がよいのだ。

一方、白面金毛九尾の狐は一度は殺されたといえども、なおその魂魄は残ってひとつの狐の姿となった。妖狐は再び仇をなそうと考えたが、当時の周の武王は聖人であり、群臣も賢人が多く、政治も厳重に行われており、万事に一点の隙もなかった。

武王が万民を慈しみ、育てることはその父、文王、すなわち西伯に劣ることがなかった。そのため殷の世と違い、天下は安穏に治まり、人々は生業に勤め、腹いっぱいに食べて生を楽しみ、万々歳を唱えて周の世を祝っていた。

武王は天子の位に着いた年から二十二年、九十三歳で崩御した。その太子は誦で、父の位を継いで成王*4と称した。また武王の弟であり、成王の叔父である周公旦も聖人であり、政道を助け、成王を導いたため、成王は父に続いて賢明の君主としてよく国家を保った。

これにより悪狐は国を滅ぼす機会をうかがうことができず、天竺に渡り、この国を妨げ、魔界とすることを企むこととなった。

---

*1 鵜草葺不合尊…日本神話の神。『日本書紀』においては彦火火出見尊と豊玉姫の子で、神武天皇の父とされる。

*2 鎬…鎬京ともいう。周王朝最初の都として作られた都市で、現在の陝西省西安市の西側にあったと考えられる。

*3 斉の国…周の侯国のひとつ。太公望が封ぜられたことに始まる国で、現在の山東省にあたり、春秋時代には最初の覇者となった。

*4 成王…生年不詳、没年前一〇二一年。周の第二代の王。武王の子。年少で即位したため、武王の弟である周公旦が摂政となった。成人してからは政権を返され、周王朝の基礎を確立した。

華陽夫人編(かようふじん)

❖第七章 悪狐が天竺(てんじく)に至る

并鶴氅裘(ならびにかくしょうい)の由来

唐土(もろこし)の西に印度(いんど)という国があった。

大変に大きな国であり、天竺(てんじく)と呼ばれる国もこれである。国土は五つに分かれ、中天竺、東天竺、西天竺、南天竺、北天竺と呼ばれていた。

天地開闢(かいびゃく)の時代には唐土と変わることはなかったが、仏説によれば、印度に初めて仏が生まれた。この仏を毘婆尸仏(びばしぶつ)と呼ぶ。それから仏陀(ぶっだ)まで七人の仏、過去七仏が生まれた。そして遥か後世に国土は五つに分かれ、それぞれに国王がいて、国を治めていた。

そのうちの南天竺、当時の名を耶端国(やかつこく)の帝、屯天沙朗大王(じゅんてんしゃら)*1という者は、聖の道を行く、清く正しい政治を執り行い、万民を慈しみ愛した王だった。

朝廷は万事の政(まつりごと)に取り組み、大臣の棄叉(きしゃ)、雄明君(ゆうめいくん)、孫晏(そんあん)、鶴岳叉(しゃがくしゃ)*2の四人は、それぞれ忠節を励み、王を補佐した。

国王が年老いた頃には、政務も大方はこの四人が決断し、国家は変わらずに穏やかで、人々はこの動乱のない世を祝した。

王子である斑足(はんぞく)太子*3も父である屯天沙朗大王と同じように聡明であり、叡智に溢(あふ)れ、情け深く、諸臣を愛し、大衆に恵みを与え、慈悲を施(ほどこ)すような人物であった。年を経るにつれ立派な人物になっていく太子について、群臣は協議し、こう結論を出した。

「太子は仁孝のある人物であると父である屯天沙朗大王に伝えましょう。下々の民を憐れむ心は深く、誠実であるので、王の位をお譲りになることに問題はないでしょう」

これを大王に申し上げると、大王はとても喜び、遠からず王位を斑足太子に譲ることを伝え、大臣の面々に取り計らった。また、種々の政を斑足太子に教え、その過程で大王は我が子の叡慮(えいりょ)が際立っていることを知って安心し、斑足太子に朝政を委(ゆだ)ねた。

そして、吉日を選んで譲位の儀式が行われることとなった。

太子は文学を好み、余暇には管絃に心を弾ませ、篳篥(ひちりき)を自ら演奏し、明けても暮れても鍛錬した、そのためついにその妙を極め、篳篥を吹けば玄妙(げんみょう)*4の至るところとなった。空を翔(か)ける鳥も、彼の演奏を聞けば羽ばたきを

---

*1　屯天沙朗大王…詳細不明。『絵本三国妖婦伝』中では斑足太子の父として登場する。斑足太子は仏典によく見られる天竺の王子だが、『賢愚経』ではその父は「波羅摩達(はらまだ)」とされている。この波羅摩達が雌の獅子に欲情し、交わった結果生まれたのが斑足太子だとする。

*2　棄叉、雄明君、孫晏、鶴岳叉…詳細不明。『絵本三国妖婦伝』では斑足太子に仕える臣として登場する。

*3　斑足太子…斑足王とも呼ばれる。インドの伝説上の王子。『賢愚経』、『仁王経』などに見られ、父が雌獅子と交わったことで生まれた子どもで、その足に斑点があったことからこの名で呼ばれたとされる。王位を継いだ後、邪教を信じて千人の王を捕らえ、その首を切ろうとしたが、千人目に捕らえた普明王によって悔悟し、千人の王を開放して自らは仏道に入ったという。

*4　玄妙…技芸が奥深く、とても優れていること。

止めて地に降り、屋根の梁（はり）に積もった塵（ちり）でさえも宙を飛ぶと評判だった。また、人が聞けばなおさらその妙音に心を奪われ、嫌な気持ちを忘れ、余念が生じる者はなかった。

季節が秋の末になった頃、斑足太子は長栄楼という楼閣に上って景色を眺めていた。庭の紅葉は錦を染めたように赤く染まり、冬に枯れるのを待つ野辺の花も花びらを散らし、木々の葉は末まで色を変え、遠近の山々も色を増し、言葉にできないほど美しい。

斑足太子に侍従する側近の諸臣らも共にその景色を眺め、詩連句を作ることに興じて心を慰めていた。そんな時、斑足太子が高楼の欄干（らんかん）に寄り掛かり、諸臣に管絃を演奏するよう命じた。太子もまた自ら篳篥を取って吹いたところ、従者の諸官は冠（かんむり）を傾け、感嘆した。

すると、遥か向こうの樹木の茂り、紅葉が揺れる辺りからこの篳篥の妙なる音、斑足太子の奏でる調べに合わせ、とても麗（うるわ）しい歌声が聞こえてきた。その音はとてもやさしく聞こえたので太子も不審に思わなかった。

管絃の演奏が終わり、斑足太子が楼閣のその向こう側に向かって改めて心を尽くした妙なる音色を響かせると、やはり高々と歌う声が聞こえる。それは風流な婦人の声に聞こえたため、太子は従者に命じた。

「声をしるべに向こうで生い茂る紅葉の森の辺りを探してきなさい。いかなる婦人がそこにいるのかを尋ねるのです」

そして篳篥を吹き続けると絶えず歌声が聞こえたため、従者はその声を頼りに探し求めたところ、一人の美女が現れた。そこで斑足太子の申し付けについて説明し、彼女を伴って斑足太子の元へと連れて行った。

「苦しゅうない、早くここへお連れになりなさい」

斑足太子がそう命じたため、従者は美女を楼の上に連れて行った。斑足太子が改めて彼女の顔を見ると、その美麗さはほかにたとえようもなかった。楊柳のようなしなやかな姿は嬋娟として、華の艶色、丹花の赤みを帯びた唇は艶やかで、目じりには芙蓉の花のような笑みがこぼれている。頭には玉の簪を挿し、鶴の羽毛の衣を纏い、三十二骨の扇を携え、しずしずと歩んで来て座につき、会釈して平伏した。

その美貌は常人とは思えず、天から下りてきた天女か、菩薩の化身した姿かと訝しむほどであった。さらにこの婦人の着ている鶴の羽毛の衣の由来を尋ねたところ、彼女はその物語を語り始めた。

昔々の、唐土における物語です。ある郷里に農夫がおりました。彼は老母のために孝行を尽くし、朝は早く起きて食事を作って母に食べさせ、そのほかにも何事も不自由のないよう取り計らいました。

さらに野に出ては農業につとめ、昼になれば我が家に帰り、母の食事の世話をしてまた出て行き、晩も同じように遅くならないうちに帰り、夜になれば母の体を按摩して心を尽くして世話をしました。

彼は母の養育に寝食を忘れるかのようで、まだ年若い彼のやさしい心に、見る人聞く人、そのこの上ない孝行を感じていました。

そんなある時、農夫が田を耕していた折、一羽の大鶴が飛んで来て彼の前に下り、羽を休めておりましたが、飛び去ろうとしませんでした。農夫は不思議に思いました。鳥の類というものはすべて、人を見ると驚き恐れて逃げ去るものなのに、どうしてこの鶴はたじろぎもせずとどまっているのだろう。何か理由があるはずだ、とこの鶴の前へ近寄るも、驚く様子がなかったので、この鶴を捕まえました。

そしてその姿をよく見ると、羽交いの下に一本の矢が刺さっておりました。これを知らせようとしていたのか

＊1 嬋娟…女性が艶やかで美しい様子。

と農夫はこの鶴をいたわり、矢を抜いて捨て、その傷跡に持っていた薬を塗って逃がしてあげました。鶴は喜んだ様子を見せてから飛び立ち、雲居遥かに羽ばたきながら農夫の方を何度も振り返り、どこへともなく飛び去って行きました。

窮鳥懐に入れば狩人もこれを獲らず[*1]、ということわざを思い出し、農夫はよいことをしたと快く思い、いつも通り農業を終えて我が家へ帰り、いつものように母の世話をしました。

その後また農業に出て、昼に帰ってきたところ、美しくしとやかな女性が彼の家におり、何やら母と語り合っておりました。その様子は下々の民の姿のようには見えず、このようなやんごとのない女性がこんな辺境の田舎へと尋ね来る理由はないだろうと、訝しく思って老母に問いました。

「この女性はどなたで、何の用事があってお越しになられたのですか」

農夫の母はこれに答えました。

「お前には未だ妻がいないでしょう。そんなお前が歳は若いのに、正直を第一として家業に精を出し、しかも孝行であることを知り、この人が妻になろうとやって来て私に頼んでいたの。でもお前の気持ちもあるでしょう。すぐに答えることができず、先ほどよりお前が帰ってくるのを待っていたの。後はお前の心に任せましょう」

これを聞き、農夫は言いました。

「私はこのような賤しき身です。私に何を望むことがありましょうか。留守の間に母さんが頼れる人がいれば、農業に出ている間も安心です。ならば何を迷うべきかと思います。しかしながらあのような高貴な女性がこの貧しい家に来て、私と添い遂げることなどできるとは思えないのです」

これに対し母はこう答えます。

「私もそう思ったわ。この家を見れば誰だって私たちが貧しいことがわかるでしょう。でも彼女はそれを知ってきてくれたのです。見たところ、何の不満も抱いてはいないようだわ」

農夫の母は、この女性はきっと由緒のある家の娘だろう、このようなことがあってはならない。思いもよらぬ憂(うれ)いや困難を味わわせるのは本意ではないと、女性に対し説得を試みたそうです。

「富家はたくさんあるのだから、苦労のない方に縁組みをする方が自然なことです」

そう何度も諭(さと)しましたが、女性は農夫の家に嫁ぐ苦労に対し、「そのようなことの何を厭(いと)いましょう。富貴とは浮かんだ雲のようなものです。そんなことを本当の楽しみといたしましょうか、清貧を楽しむことこそ心地よいのです。死は生命にあり、富は天にあります。福を羨(うらや)み、貧を恨むことは、いたって愚かなることなのです」と心の悟りを言葉によって明らかとしました。

「こうまで我が子であるお前を賞美してくれたのだから、母の身にとっての嬉しさを何にたとえられようか。とにかくお前の帰りをお待ちください、つぶさに語り聞かせましょうと、しばらくの間、家にいてもらったのよ。さあ、お前も心をひとつに定めなさい」

農夫は母の心に従うべきだと考え、言いました。

「そう仰るならば、私に何の異論がありましょう。母上の心のままに任せます」

この答えに母は限りなく喜び、相談してそのまま婦人をとどめ、農夫の妻としました。二人の夫婦は仲睦まじく、よく農夫の母を助け、孝行は怠(おこた)ることなく、とても親切でした。農夫の母はもちろんのこと、近隣の人々ま

＊1　窮鳥懐に入れば狩人もこれを獲らず…ことわざ。追い詰められ、逃げ場を失った者が救いを求めてきたならば、どんな事情があっても助けることが人の道であるということ。

で、よい妻を迎えたものだ、と言い合いました。

ある時この妻は夫に向かって言いました。

「お母様は、今まで貧しさに苦労し、心を痛めておいでだったようで、心苦しそうに見えます。私のできることといえば、一疋(ぴき)[*1]の絹を織ることぐらいです。ただこれを官府へ持って行き、帝王に捧げれば、値千金(あたい)を給わることができるでしょう。そのため、すぐにこの貧窮をまぬがれ、お母様も安楽になります。早く織殿(おりどの)を造設くださいませ」

この勧めに従い、農夫は早速織屋(おりや)を造りました。するとは妻はまた、農夫にこう言いました。

「機(はた)を織る間、四方の窓や戸を塞(ふさ)ぎ、決して中をご覧にならないでください。人が見ると織絹は成就することがないのです」

そう念押しして、妻は織屋に入り、静かに機を織っているようでした。数日を経て織り上げた絹織物を農夫と母に見せると、その白さは雪のようで、とても細やかな綾織が施されており、ほかに並ぶものがないほど美しいものでした。光沢といい、地組みといい、今までに見たることにないほど素晴らしい織物であったのです。

「これを何と名付けよう」

そう農夫が問えば妻はこう答えました。

「これは未だ天下に広まらぬ無二の品ですので、名もありません。実は、これは私独自の工夫がなければ織り成すことができないものなのです。これを持って官府へ捧げなされば、容易に千金を賜ることができるでしょう。もし官府においてこの織物の名を尋ねられたなら、鶴氅衣(かくしょうい)とお答えなさいませ」

農夫はこれにより、官府へと織物を持って行ったところ、珍しき織物であったため、朝廷の御用にも役立つものであろうと、官府はこれを奉納させ、その代わりに千金を賜りました。

帰って母と妻にこのことを告げると、母の喜びは大層なもので、さらに嫁を寵愛しました。そしてたちまちのうちに農夫の家は富家となり栄えましたが、農夫は心の内に、妻の織る絹はいかにも珍しい品なのでもうひとつ織物を織ってもらい、家宝としようと思い立ちました。そしてある時、妻に織物を頼むと、彼女は快く請け合い、以前のように人の見ることを禁じて織殿に入り、機織りを始めました。そこでどのようにして千金の値となる絹を織り成しているのだろうと不思議に思い、疑いが生じて、織殿の隙間を見て回り、ここからならば、という場所を見つけて息を殺し、密(ひそ)かに覗(のぞ)きました。

するとどうしたものか、そこにいたのは妻ではなく大きな白い鶴でありました。鶴は羽を広げて機織り機に向かい、羽ばたきすると、雪のように白い羽毛が飛んで絹となりました。

これは不思議なことだと農夫が見入っていると、中でこれを悟ったのでしょう、鶴は大いに驚き、怒った様子で羽を開き、織りかけの絹も粉々にして、窓を羽で割り、雲の向こうへと飛び去ってしまいました。

夫は本意ではないながらも、好奇心が災(わざわ)いしてしまったのです。夫は鶴の恩返しにより家が富み栄えていたのか、と悔やめども、いまさらどうしようもありませんでした。

織殿には鶴の羽毛が飛び散り、さながら雪降る景色のようでした。後世の詩句にも、

雪鵞毛似飛散乱　人被鶴立徘徊[*2]（雪は鵞鳥(がちょう)の羽毛のように空を飛んで散乱し、人は鶴の鶴氅を着て大地を歩く）

*1　一疋…布などの二反分（着物約二着分）を表す言葉。

*2　雪鵞毛似飛散乱〜…中国唐代の詩人、白居易(はくきょい)の詩に同様のものがある。

と書き残したのも、このような事例を引用したのでしょう。

そして、織物を生業とする女職人たちが命じられ、官府に残された鶴の織物は智慧と工夫を凝らして写し織られ、世に広まりました。

これを裁ち、縫って服としたものが、鶴が伝えた名を継いで鶴氅衣と呼ばれるようになったのです。

❖第八章 斑足太子の遊宴

幷華陽夫人が斑足太子を惑わせる

語り終えたこの貴婦人は、斑足太子の前に立ったため、斑足太子はその姿をつくづくと眺めて、言った。

「あなたのお姿を見るに天竺の国の方ではないでしょう。一体いずこの国の方で、どうしてこの国に来られたのです」

婦人はこれに答えて言う。

「妾は唐土は殷の紂王の後宮に仕えし嬪妃でございましたが、周の武王が大軍を率いて攻めてきたのです。殷は討ち滅ぼされ、紂王様はついに鹿台にて自ら焼け死んでしまいました。武王は妾を捕らえて寝屋の慰みにしようとしましたが、何とか忍び隠れてはるばるこの国まで逃げてきたのです。武王は国の仇であり、主君の仇です。その命を奪うべき者であり、共に天を戴くことなど叶わぬほどの恨みがありますが、妾は女の身、武王の討伐を願えども、それを叶えることはできません。どうか憐憫の情を我が身におかけくださいませ」

そう婦人は打ちしおれ、涙を流しながら斑足太子に訴える。

斑足太子はその話を聞き、哀れに思うとともに、婦人のかんばせが梨華の雨を帯びたように美しく、芙蓉の露のように風情があることを愛らしく思い、ほかに何も考えられなくなった。

「さぞ頼りなき心地でしょう。いかにもあなたの願う通り、今日より私があなたを側に置いて召使いの職を与えます。安心してお勤めなさい」

この仰せに婦人は飛び上がるように喜び、太子を九度拝して、彼の諸官にも一礼した。そして歓喜の色を表し、

「このお恵みにどのように報いることができましょう。生々世々、忘れることはありませぬ」と改めて頭を下げた。

こうして斑足太子はこの婦人に酌（しゃく）を取らせ、共に遊覧を始めた。二人は興に乗じて杯を進めていたが、太子が婦人にこう言った。

「あなたはきっと舞を舞うことができるでしょう。しかし、一曲を望んでも、あなたの国の舞はこの国の調子とは違うでしょう。この国の舞は唐土の楽器の調子とは違うのでしょうから。それであれば、私が一曲舞ってみせましょう。これを見て覚え、あなたもひとつ、舞を見せてくれませんか」

婦人は謹んでこれを受け、言う。

「妾は不肖（ふしょう）にして、歌舞の業を知りませぬ。しかしあなた様の勅撰（ちょくせん）にどうして背（そむ）くことができましょうか。さあ、まずは一曲お舞いになさってくださいまし」

これに太子は「殊勝な心ざしに感じ入ること余りある」と言い、諸官に琵琶や琴、笙（しょう）、篳篥（しちりき）、太鼓などを演奏するよう命じ、自らも立ち上がって一曲を舞い、歌を吟じた。

長栄楼上臨東方（長栄楼から東方を眺めれば）
吹送秋風歌謡長（秋風が歌謡を長きこと吹き送り）

長景欽に遊宴の図

長栄楼で宴に興じる班足太子と華陽夫人

始見美人天漢落（この世に二人といない美しき人が天の川から降り）
知愛紅楓来翺翔（ここに羽ばたいてきて紅葉を愛でることを知った）

歌と舞が終われば、各々が感極まって賛嘆の声を発し、しばらく止まなかった。こうして酒宴が盛り上がるに及び、婦人は斑足太子の命に従い、一曲舞おうと扇を開いて立ち上がって舞い始めた。そしてこう歌った。

故園遥去西方寄（故郷を遥か遠く去って西方を訪れました）
山水隔且道延長（山や川を隔て、長い故郷への道は遥か遠くへと伸びています）
若邂逅値遇恵蒙（あなた様との邂逅（かいこう）により、恩恵をいただけるのならば）
願比翼為起高翔（あなたの比翼となり、空高く舞いましょう）

舞い終わって扇を納めた婦人を見て、斑足太子は言う。

「この国の管絃の調子や音色を速やかに悟り、適応するとは器用なことだ」

太子をはじめ一座の諸臣は深く感動し、涙を浮かべた。

婦人は恐れ多くも太子の杯をくだされ、遊宴を共にしたが、婦人は元から太子の心を引くことに専念し、艶やかに媚（こ）びていた。このため太子は彼女をいつまでも愛で、次第に夜も更（ふ）け、太子が長栄楼から宮中（きゅうちゅう）に還御（かんぎょ）する際、寝殿に入ってすぐにこの婦人を召し、契りを結んだ。

これより斑足太子の婦人に対する寵愛は日を追うごとに増し、やがて彼女は華陽（かよう）夫人と呼ばれるようになった。

華陽夫人は明けても暮れても斑足太子を淫酒に溺れさせ、斑足太子はひと時も華陽夫人を側から離さず、父である屯天沙朗大王に任せられた国務や朝廷の政事もいつしか荒んでしまった。そこで大臣四人が協議し、国事についての意見を尋ねても国事も聞き入れることさえせず、ひたすらに酒と色欲に耽っていた。

これは華陽夫人に賢慮を奪われ、惑わせられ、昼夜を茫然自失の状態で過ごしているためだ。浅ましいことである。

後世、秦に生きていた華陽夫人も[*1]、この斑足太子の愛妃の美麗にあやかって名付けられたと言われている。

ここにまた羅天南[*2]という人がいた。阿羅々仙人[*3]という人物に仕え、文学の才が世の人々に優れ、世外の道士であり清高の人物であった。人に屈することはせず、富を求めることもなく、四方に遊行して、衆人に尊信され、近年には南天竺に来て万人に敬われていた。

斑足太子は元より文学を好んだため、師として文学の道を問うためにその家に赴き、寝床をともにして隣に座り、二人で名山の花を鑑賞し、同じ乗り物に乗って景地の遊覧にも出かけ、そこで羅天南の高論を聞いた。

＊1　秦に生きていた華陽夫人…楚の公女で秦の王太后であった華陽太后のこと。不明～紀元前二五一年。秦の二十九代君主である孝文王の正室であったが孝文王との間に子ができず、彼と側室の夏姫の間に生まれた異人という子を養子に迎える。この異人は王位を継いで荘襄王となり、始皇帝の父となった。そのため華陽太后は始皇帝の養祖母に当たる。

＊2　羅天南…詳細不明。

＊3　阿羅々仙人…詳細不明。釈迦が出家して最初に従事したという仙人に阿羅邏仙人という人物がいるが、その人物がモデルにしたか、それとも本人を想定したものか。

それにもかかわらず、華陽夫人と一緒になってからの斑足太子はいつしか学問も捨ててしまい、羅天道士を招待することも絶えてしまった。

ある時、道士は太子の安否を案じて彼を訪ねたが、太子は華陽夫人と褥を同じくして道士を迎えた。歓迎をすることもなかったため、道士はこの変わり果てた友人に問うた。

「君よ、あなたが婚姻の大礼を行われたことさえお聞きしておりません。席を供にしていらっしゃるご婦人はいかなる方なのでしょう」

太子が答える。

「この頃どうしてか長く物憂い気分が続き、先生にお会いすることができなかったのです。この女性はしかじかのわけがあって、私の元に身を寄せています」

これを聞いた道士はこう言った。

「男女の道は少しも乱れてはなりません。ましてや国王の位をお継ぎになる御身が、出所も正しからぬ婦人を近づければ必ず災禍を招きましょう。速やかに退去させるべきです」

羅天道士のこの諫めの言葉を聞き、太子は自身を省みてこう言った。

「私は大いに誤っていた。先生の言葉に従うべきだ」

しかしその後、斑足太子は華陽夫人を帰らせる様子もなく、さらに文学も捨ててしまった。道士は再び太子を尋ねることはなく、中天竺に帰ってしまった。

❖第九章　悉達太子が仏道を広める　幷悪狐花園に眠って傷つく

そもそも耶竭国[*1]は大国であり、その広さは国境がわからないほどであった。帝である屯天沙朗大王の夫人は摩竭国[*2]の大王の娘にして、弗沙大王[*3]の妹であり、中天竺の加毘羅城[*4]の天帝・浄飯大王[*5]とは近親であった。

そして浄飯大王の皇太子である薩婆悉達[*6]は、周の第四主、昭王二十六年四月八日、日本でいえば地神の五代目である鵜草葺不合命三万五六七六年に当たる年、摩耶夫人の子として誕生した際、天地を指さし「天上天下唯我独尊」と唱えたという。

薩婆悉達は幼年より聡敏で、情け深く、七歳にして書籍を学び、肉体もまた剛力であった。十歳の時点で大人の男たちと力比べをし、象をも城外へ投げ飛ばす怪力を有していた。また、弓を射れば九枚に重ねた鉄をも貫いた。何よりすでに帝王の器が備わっていたので、父母の寵愛は留まるところを知らなかった。しかし悉達太子は王位を継ぐことを厭い、ただ一人の国の民として正直に本心のままに生きようと、十九歳になっ

＊1　耶竭国…マガダ国。かつてインドに存在した国で、ビハール州南部の平野部にあった。前六世紀頃に誕生し、次第に勢力を拡大して十六国に分かれていたインドを統一した。

＊2　摩竭国…耶竭国と同じくマガダ国の漢字表記として使われる言葉だが、この物語の中では別の国として扱われている。

＊3　弗沙大王…詳細不明。

＊4　加毘羅城…カピラ城。現在のインドとネパールの国境辺りにあったという小国で、釈迦の出身地として知られる。

＊5　浄飯大王…生没年不詳。加毘羅城の主で、釈迦の実父として知られる。

＊6　薩婆悉達…釈迦の幼名。

た年の二月八日、王宮を忍び出て、檀特山[*1]に入って修業をし、二十二歳にて鬱頭藍弗[*2]の元に弟子入りし、三十歳になって摩竭陀国[*3]の菩提道場の金剛座の上で、奇しくも彼が王宮を出たのと同じ二月八日、明星の出る時、忽然と大悟を示し、悟りを開いた。

そして山を下りて仏の教えを広め万民を救済するために経を説いた。するとこの説法を聞いた須達[*4]という長者は、当時の太子であった祇陀太子[*5]の土地を譲り受けるため、太子が戯れで言った「この土地の表面を金貨で敷き詰められれば、土地を譲ろう」という言葉を実践し、その土地に祇園精舎を建立した。

狗耶尼国[*6]においては跋陀和利[*7]のために経を説き、柳山[*8]においては屯真陀羅王のために法を説いたことを初めとして、天竺は一様に彼を尊信したため、一代四十九年の間、三百余りの説教を行い、仮のものである権[*9]と、永久不変のまことの実とは、煎じつめれば同じものであるということを教えた。

それから薩婆悉達は釈迦牟尼仏と称し、今千年の時を経ても三国にて仏道の祖として仰がれている。

さて、釈迦仏摩竭国の弗沙王は釈迦と血がつながっており、親しかったことから深く彼に帰依し、折に触れて釈迦を招き、説法を聞いて尊んだ。

斑足太子は弗沙王の妹の生んだ王子であり、彼の甥であったため、しばしば教え諭され、釈迦の説法について何度も聞かされていた。斑足太子は元来聡明であったため、伯父の言葉を重んじ、慎み深く仏道を守り、仁義や誠意を重視し、すべての民を愛しんで憐れみ、賢者の呼び声が高かった。

しかし華陽夫人が側に来てからというもの日夜淫酒に耽るようになり、華陽夫人の媚に魂を奪われ、彼女が勧めるに従って次第に非道の行いをするようになっていった。

後には仮初めの慈しみさえもなくなり、父帝である屯天沙朗大王の勅命にも背き、伯父の弗沙王の教訓も忘れはて、色に迷い、酒に溺れ、夜になっても昼のように遊楽にいそしむという考えがたい行動に、群臣たちは眉をひそめた。

九月の中旬になり、太子は菊の園に遊覧に行こうとわずかに四、五人の官人を連れて花園に赴いた。そこで花園を見て回ったところ、籬（まがき）の中の菊の茂みに狐が一匹すやすやと眠って、人が来たことも知らずに臥（ふ）していた。

＊1　檀特山…北インドのガンダーラ地方にある山。釈迦の前身、須太拏（しゅだつな）太子が菩薩の修行をした山と伝わる。日本では平安中期頃から釈迦本人が修業した山として伝わるようになった。

＊2　鬱頭藍弗…ウッダカ・ラーマプッタ。出家後、釈迦が師事した人物の一人。

＊3　摩竭陀国…マガダ国のこと。耶竭国と同じ。

＊4　須達…スダッタ。釈迦と同時代に生きた古代インドの長者と伝えられる人物。舎衛（しゃえ）国に住み、貧しい者たちに施しを行っていた。後に釈迦に帰依し、祇園精舎を建立したと伝えられる。

＊5　祇陀太子…ジェータ太子。古代インドの王子。釈迦と同時代に生きた人物で、コーサラ国の王子。須達とともに釈迦に帰依し、祇園精舎を建立したという。

＊6　狗耶尼国…仏教の世界観で語られる宇宙の中心にそびえるという須弥山（しゅみせん）、狗耶尼国はその西側にあるとされる大陸。『仏説十二遊経』に釈迦が「狗耶尼国にて跋陀和利らに般舟経を説いた」という話が載る。ただし突然釈迦が狗耶尼国に移動するというのは不可解なところがあり、実際、『跋陀和利経』等では跋陀和利と釈迦が対話するのはコーサラ国の祇園精舎であるとされる。

＊7　跋陀和利…バッダーリ。コーサラ国の祇園精舎に滞在していた釈迦の元を訪れ、その教えを受けた人物として知られる。

＊8　柳山…『仏説十二遊経』に釈迦が「柳山にて説法した」という話が載るため、この話が大元になっていると思われるが、柳山がどの山を指すのかは不明。

＊9　権…権実（ごんじつ）という仏教用語。

狐は蘭菊を愛し、隠れ住むという古語[*1]の通りであった。

「誰か、あの狐を射て取れ」

太子がそう命じると、一人の従者がそれに従って弓に矢を番い、標的を定めて拳をかため、矢を放った。しかし狙いは逸れて狐の額をかすり、矢は園の中に突き刺さった。狐は大変驚き、籬を飛び越えてどこへともなく逃げ去ってしまった。太子は射損じたことをひどく惜しみ、大変機嫌を損ねた様子で帰途についた。内心では今日、狐を射止めていれば華陽夫人に見せて喜ばせることができたのに、残念である、と思っていた。

この時、太子がこの狐こそが華陽の正体であることに気づかなかったことが嘆かわしい。

その夜、太子が華陽夫人の寝所に入り、彼女の顔を見たところ、額を布で包んでいたため、太子は不審に思って尋ねた。

「一体どうしたのだ」

華陽はこう答える。

「妾は今、君に大変な恩遇を謝し、何を不足とも思いませんでしたが、唐土に生まれて遥か遠くこの国に来て、故郷に思いを巡らし心が疲れ、しばしの間まどろんでいたところ、一睡の夢の中に周の武王が来て棍で妾の額を打とうとするのを見て目覚めました。冷や汗が流れ、その上どうしてか夢と同じように額に傷がつき、痛みはひどく、耐え難かったので、こうして頭を布で包んだのです」

太子は大変驚いて薬を与え、療養させることとした。

華陽の傷はほどなくして平癒し、斑足太子は日増しに華陽夫人を寵愛するようになっていった。

ある時、深宮[*2]に入る際、華陽夫人は髪を梳りながら鏡に向かっていたが、太子を見るなり打ちしおれ、涙を流して言葉を失くした。それを見て太子が問う。

「何を憂いているのだ」

華陽夫人が答える。

「妾は図らずも君に大恩を蒙（こうむ）りました。冥加（みょうが）[*3]に余る身でありながら、このような取り乱した姿をご覧になれば、愛想も尽かされ、お疎（うと）いになるのであれば、ほかに頼れる者もなく、妾は住む場所にも迷うのではと思い巡らせれば、心苦しく、涙がこぼれてきて言葉も出ませぬ。これからも変わらぬ温情を懸けてくださいませ」

華陽は太子にそう取りすがり、泣きついた。化粧は乱れ、髪は顔にかかり、たとえるならば照る月影が村雲に見え隠れする風情、茂原の萩が纏（まと）った露が風に散る景色のようである。

太子は心もそぞろに涙を浮かべて華陽の不憫（ふびん）さを嘆いた。

「比翼の契りをなぜ反故（ほご）にしよう。鴛鴦（おしどり）のように枕を並べ、交わした約束を破ることはない。心配するな」

太子はそう慰め、早く髪を直してきなさいと伝え、そして酒色に我を忘れた。

傾城（けいせい）、そして傾国（けいこく）が、眼前に迫っていることを知らぬは浅ましきことであろう。

＊1　狐は蘭菊を愛し、隠れ住むいう古語…唐代の詩人、白居易（はくきょい）の『凶宅（きょうたく）』という詩に「狐蔵蘭菊叢（狐は隠る、蘭菊の草むら）」という一節がある。また古浄瑠璃『信太妻（しのだづま）』の一節に「狐、蘭菊の花に、蔵れ棲むとは、古人の伝へしごとく」とある。信太妻とは安倍晴明（あべのせいめい）の母親として知られる白狐、葛（くず）の葉（は）のことを指し、古浄瑠璃『信太妻』は人と狐の間に生まれた安倍晴明の出生や蘆屋道満（あしやどうまん）との対決を描く。ちなみにこの安倍晴明は『簠簋抄（ほきしょう）』等においては玉藻前と直接対決する。

＊2　深宮…奥深い宮殿。

＊3　冥加…思いがけない恩恵や幸せのこと。

❖第十章　棄叉は忠義を尽くして死す　并名医耆婆が華陽夫人の脈を診る

それからも斑足太子は華陽夫人の色香を愛で、彼女にその身を捧げ、自分の心に彼女が応じることを喜びとし、どうにかして華陽を楽しませようと彼女が好むことをしないことはなかった。そのため近頃は殺戮を好み、罪なき諸臣に咎を課し、自身を諫める者があればその言葉そのものが無礼であるとして罪とし、即時に斬り殺した。下民にいたってはわずかなことでも言いがかりのように罪を科して捕らえて首を刎ねさせ、そのすべてを華陽夫人の目の前でやらせ、彼女を喜ばせた。

それだけでは終わらず、華陽の勧めによって驕り長じ、国家の財を費やすことも甚大であったため、父帝の逆鱗に触れてたびたび戒められたが聞き入れることはなかった。

そして大臣である棄叉が斑足太子の元に赴き諫言すること数度に及んだが、却って太子の怒りに触れることとなり、後には接見することも叶わなくなった。

それでも棄叉は是非とも太子に心を改めさせ、父帝の心労を軽くしようと考えていたため、諦めなかった。

ある時、死を覚悟して諸臣が慶賀を受ける日に出仕し、太子が出てくるのを待って目の前に行き、言葉を尽くして諫めた。これに太子は大いに怒り、諸侯に命じて即座に棄叉を斬り殺させた。この時棄叉は大声で訴えた。

「臣は国家のために命を落とすこと兼ねてから覚悟しておりました。太子の不孝不仁の御名は末世に伝えられ、千年にわたり汚名となるでしょう。願わくば我が死によって恐れることなく、なおも群臣の中に忠義のある者は、死を覚悟して諫め、国家の滅亡を止めてくだされ」

そう満面の笑みを浮かべ、斬殺されたのは潔い最期であった。

ここにおいて雄明君、孫晏、鷓岳叉の三大臣が揃い、棄叉が殺された翌日、太子の宮に赴いて申し上げた。

「君、あなたは以前、仁義を常とし、慈愛を旨とされていました。御父帝もそれを見て朝廷の政事を委ねさせ、あなた様はそれに応えて何事にもよらず正しく政治を行いました。しかし華陽夫人を召されてからは、ただ深閨にて昼夜を問わず遊宴し、朝廷の政務には関心を示さず、もっぱら非道に振る舞い、殺戮を好んでおられます。あまつさえ忠義篤実の大臣、棄叉が罪なくして誅戮させられたのは、いかなる理由によるものと仰るのでしょうか。諸官諸民ともに無実の罪により処刑された者は幾ばくに及ぶでしょう。言葉もなくなるほどです。御行跡は天魔の仕業によるものと思われます。衆民がいなければ、君がその上に立つ必要もなくなるでしょう。忠臣がいなければ、国も治まることはないでしょう。下々の者が恨みを抱き、民の心が変われば、国家に動乱が起ることは必然のことです。御父帝に対する孝の道さえも忘れ去ってしまわれたのでしょうか。しばしの間、御心が真っ直ぐに治るまでは華陽夫人を臣等にお預けなされよ。御身持ちが正しさを取り戻したことがわかれば、追って彼女をお返しいたしましょう。すでに棄叉の死を目の前で見ていながら我々は我が身を省みず、諫言をいたしました。これはみな国のため、あなた様のためです。どうか聞き入れてくださいませ」

そう理を述べ、言葉を尽くし、涙を流しながら申し上げたところ、太子は一言一言を聞き入れ、彼らの理を覆すようなことを答えることもできず黙然とし、最後にこう言い捨てた。

「御簾を垂れよ」

太子がその座を立って御簾の中に入る。華陽はこの時、その中で始終を聞いていたが、太子を見るとその身にすがり、涙にむせんだ。

「今、三人の大臣が棄叉が誅せられしことをもって、種々の言葉で君を諫めなさった上、妾をしばらく預けられよとはよくも巧みに言い回したことでしょう。三人の内、鷓岳叉は年も若く美男の聞こえが高くありましょう。弁舌で水の流れるような言葉遣い。彼は内々に妾に心を通わせ、それと言わねども妾に対する恋慕の兆しありと思われます。彼は口のうまさをもってほかの両人を言いくるめ、三人で諫めがましく君に申し立て、妾を預かり、最期には妾を手に入れようと考えていたのです。返す返すも彼らへ妾を預けなさるというのならば悔しき次第です。もし彼らの諫めに任せ妾を彼らに預けさせなさるのならば、誰かに命じて、妾の首を刎ねて彼らにお渡しになさってください。いかなることがあれども、ほかの人に肌を触れられるなど考えられません」

そう嘆き、沈んだ表情で話す華陽に太子は言う。

「汝が苦しむことはない。彼らがいかなることを言えど、どうして汝を預け遣わすだろう。それにしても汝の言う通りであれば、三人ともに言語道断の曲者である。死罪よりほかにない。中でも鷓岳叉は捨て置きがたき振る舞いである」

心中に怒りを発した。

「この三人も何かしらの咎を見出し、誅戮すべきだ」

太子はそう心に決める。

しかしこの頃はもう群臣衆民にいたるまで、華陽夫人が国家に害をなすことを疎み、憎まぬ者はいなかった。

そのためか華陽は不意の病により臥していたが、日を追って食事の量は減り、体は痩せ細ったため、太子は大いに心を痛め、鬱々として楽しむ気持ちもわかず、折を見ては寝所へ入り、容態を尋ね、典薬の官である嘉詳、子智、叉均[*1]、そのほかたくさんの大医を召して華陽の脈を診させ、服薬の配剤を議論させ、療養を尽くさせたが、その効果は見えてこなかった。

回復する様子もなかったため、太子はひどく気を病み、華陽の病だけを案じ煩う日々が続いた。そんな時、耆婆*2という数代に一人の名医がいた。以前は賢学候大医統正*3であったが、多少の過失があって今は官を解かれていた。そうはいえども博学名誉にして天下はその術を希代のものとして考えていた。

太子はこの耆婆を召し、華陽の病気を診させることとした。

耆婆も出仕して脈を診て、考えた結果大いに驚き、這う這うの体でその座を退き、別殿に至って太子に謁見し、人を遠ざけて密かに申し上げた。

「華陽夫人の脈をうかがったところ、考え難いことに人間の脈ではありませんでした。それが何かとはすぐには断じることは難しいですが、恐らくは野狐の類だと思われます。はやく御側から遠ざけられなさいませ。恐れながら君の御ために申し上げます」

それを聞いた斑足太子は答える。

「汝の言葉はひどく粗忽である。人を見て畜類などと言うとは。いかなる名医であってもどうして脈を診ただけでそのようなことがわかるものか。これまで何人もの医師が脈を診たが、そのようなことを説明した者はいなかった。お前一人がこのようなことを宣うのは確かな証拠があってのことなのか。見せてみろ」

斑足太子は怒りを滲ませるが、耆婆は少しも動じずに答える。

「君の命であれば恐れ多くも受けさせていただきますが、某は数代に渡り医師を生業としてきました。どうして

---

*1　嘉詳、子智、叉均…詳細不明。
*2　耆婆…ジーヴァカ。釈迦と同時代に生きたというインドの伝説的名医。釈迦の弟子でありつつ、釈迦やほかの弟子たちの病を治したとされる。
*3　賢学候大医統正…詳細不明。物語を読むに、マガダ国で医療・調薬等を担当した部署の長か。

脈がわからないことなどありましょうか。代々君によって仕事を与えられ、恩を蒙る身でありますから、ただ忠心を尽くそうと考えているのみです。では説明いたしましょう。人間の脈というものは、わずかな動きがあり、大体呼吸一息の中に幾度か動かぬときがあり、病に冒されれば脈は不安定となります。畜類の脈とは大いに異なります」

耆婆はそう詳細をつぶさに弁じ、明確に論じたため、太子は心の内にこう思った。

「これも鵰岳叉の謀であり、華陽を手に入れようと兼ねてから耆婆に示し合わせたものではなかろうか」

そう疑い、怒りは増したが、医者の脈論は難しく、反論の言葉も思い浮かばなかった。

「早々に退き去れ。追って処置を考える」

斑足太子はそう言い捨てて、不機嫌なまま奥の殿に入り、華陽の病間に至った。

「今日、耆婆が汝の脈を診てから、密かに我に対してこのようなことを説き聞かせたから、もしかしたら汝は畜生の変化なのでは、などと思ってしまったよ」

太子はそう戯れに話したが、華陽は心中で大いに驚いた。しかし何事もないように態度には出さず、興の冷めた顔色で涙をはらはらと流し、怒りをあらわにする。

「本当に憎く、粗雑な医者の言葉です。それは全く横恋慕の意趣により出た言葉でしょう。子細をお聞きください。あの男は元より妾を見ておりました。恋に焦がれたようで、たびたび艶書を送ってきましたが、彼のような者ごときにどうして心の傾くものかと不埒を叱り、今後は決して無礼をしてはならぬと言い渡しました。送られてきた艶書をもあなた様に訴えるべきところですが、情けをもって返し与えたのです。君に対する不忠不義は決してありませぬ。もし大恩を受け、あなた様が愛でてくださるにもかかわらず、贈られた艶書の文章の艶めかしさに惑い、妾が心動かされて身を汚させることを本意とすれば、人の顔をしていても心は獣といえましょう。あの医者はそう伝えることで妾のことを辱(はずかし)めようと、理不尽な恨みを晴らすために今日を幸いと妾を指して畜生と言ったのです。もし妾が畜生であれば、君の寵愛を知りながら君に対しこのようなことは言えぬでしょう。あの男は礼儀をも知らぬ愚かなうつけものです。もし彼の言葉を信じ、妾をこの位(くらい)から退かせることができた場合には、妾を捕らえて己が慰みものにしようと計っていた不届き者なのです。返す返すも憎き雑言です。女の身には是非もありません。男子の身であればできることもあったでしょうに」

華陽夫人は涙と共に伏せって泣き沈む。そのありさまを見た斑足太子はこのようなことであったとは知らず、ただ鶴岳叉を疑っていたため、耆婆のことを聞いてこれを真実と考えてたちまち悪鬼羅刹(あっきらせつ)のような憤怒の形相をあらわにした。

「あの腐った医者は我を惑わし、最愛の夫人を畜類であると辱め、位を退かせようと謀略や虚言をもって脈を論じ、上を欺(あざむ)く不忠者だ。このまま捨て置けぬ。早々に彼を召し寄せて罪を明らかにし、誅戮すべし」

太子がそう宣言したため、華陽夫人は心のうちでは太子を誑(たぶら)かせたことを密かに喜びつつも、涙と共に諫める。

「君のお怒りはもっともなことですが、いま彼を誅せば、妾が勧めたことと大臣三人に疑いを生じさせ、再び諫言をなしてまたもや妾を預かることを申し出ることは必定です。その上、君が妾のために医者を誅しなさったとの議論を受けることとなるでしょう。君のお怒りが甚だしいのを見ては、君の元を少しでも離れることができましょうかと悲しさが勝り、心憂く思いです。妾の病はとても治し難きものではありませぬ。遠からずして回復したならば、耆婆を召させられ、妾と問答をすることをお許しください。彼が贈りし艶書の不義をあらわにし、診脈により畜生などと悪名を告げたことも問いただし、医論や脈論については妾が覚えている限りをもって論じ、正しさをもって邪に対峙しましょう。そして彼が何とか答えようとしたその時、君は彼が虚言の罪を明らかにし、誅を加えなされば誰があなた様を非道と言えるでしょう。しからば妾を誹る者もいなくなります。元より耆婆が妄言であれば、一言の答えをなすことも叶いましょうか」

そう悪意を隠して理害を詳らかに述べたところ、太子はまことに感じ入った様子で言う。

「あっぱれ、何と思慮深い心よ」

太子はそう褒め、華陽の媚にさらに魂を奪われてしまった。こうして諸官は耆婆に対し、太子へ密告の罪があるため、追って御沙汰があるまでは門戸を閉じて家を出ないこと、と申し付ける命を受け、その旨を耆婆に伝えた。

「この身に過ちの覚えはないが、君の厳命であるならば下の者として背くことはできない」

耆婆はそう考え、心ならずも門戸を閉じ家に閉じこもっていたが、諸人も不審のない名医耆婆であるため、いかなる過失を犯したのだろうと町々で評議する事態となった。

一方、三人の大臣も棄叉の忠死を哀れみ、太子の変わりようを歎いて、それぞれがうち寄って密談し、華陽夫人の身柄を預かることを願えども、容易に叶いそうになかった。そのため、この上は謀をもって太子をその気にさせて華陽を離し遠ざけようと決まった。

それを実行に移そうとしていたところ、華陽夫人は病に臥したため、しばらく快気の時を待って事をなし、一には国家のため、二には棄叉が幽魂を慰めるためと各々が心に決めていた。

❖第十一章　耆婆(ぎば)が孫晏(そんあん)に会う

幷(ならびに)華陽(かよう)夫人、耆婆と問答する

耆婆は華陽夫人の病を診るために太子に召集され、脈を診たところ、それは人間のものではなかったた。それゆえ太子のためにと密(ひそ)かにその旨を奏上したが、却って不審がられ、退出してから間もなく何もせずに門を閉ざして慎むべし、との通達を受け、逼塞(ひっそく)していた。しかしこれはすべて華陽夫人が太子をそそのかせたゆえだったのだ。

「罪の内容も通達されず、このようなことを命じられたことは何か理由がある。いかにも華陽は野狐の化生であるから、君を謀(はか)り、仇をなさんと計画しているのだろう。太子に自分を愛でさせるようになってから、その悪行は重なるばかりだ。華陽にそそのかされた太子は斬首刑ばかり実行するようになり、諸民が恨みを抱くこと限りがない。国の騒乱が起きることは眼前である。臣として君の大事を偶然だと見過ごすべきか。いや、たとえ我が身、我が命が絶えるとも、国恩に報うため、どのような方法でも華陽をのぞく方法があれば……」

耆婆はそう考えて工夫を凝らし、昼夜心を悩ませていたが、軟禁されている身では方法は限られる。いたずらに日を送っていたが、こうなれば我が忠心、天の冥利(みょうり)に叶い、運が尽きるならば、もう一度、華陽に見(まみ)え、義をもって畜生(ちくしょう)の正体を暴き、国家を安泰にしようとただ一筋に思い込み、時節を待った。

華陽の病は日を経て全快し、今では平常時と変わらず健康体となったが、心中ではこう考えていた。

「耆婆は先だって妾(わらわ)の脈を診て、その正体を畜生であると見立てた。その事実に相違はない。後々障害になるのは彼であろう。その後は心配すべき者はいない。次に彼と論議し、言い負かして君に怒りを抱かせ、殺害させれ

ば安寧となるであろう」

　そしてひとつの謀略を考え、ある時、斑足太子に対してこう訴えた。

「改めてお伝えしておきます。耆婆は先だって妾の脈を取り、さまざまなことを君に告げて妾をのぞこうとするのは、己が密かに艶書（えんしょ）を送り、恋慕をしたことを妾に辱（はずかし）められた不義横道を隠さんとしたためです。ですから、君は第一に彼を罰し、次に妾を指して畜生であるなどと話した妄言を咎（とが）め、ひとつひとつ問いただして真実を明らかにしてほしいのです。耆婆を召し出されて、妾と問答することを許していただければ、その節には君に間近でご覧いただきましょう。問答の勝負によって彼を明白に罰しなさってください」

　太子はそれを聞き、言った。

「彼は速やかに誅戮（ちゅうりく）すべきところであったが、汝（なんじ）が申す旨に任せて延命させていたのだ。早速、その意に沿おう」

　太子は官務に命じ、明日、耆婆に出仕させ、以前の華陽夫人に関する密告について華陽の前において子細を説明することとした。

　この命を受けた耆婆は畏（かしこ）まって了承し、こう考えた。

「華陽に対面することが思いもよらず叶った。日頃の念願が成就（じょうじゅ）する」

　そう飛び上がるように喜び、あの変化（へんげ）のものを速やかに取りのぞき、国家の患（わずら）いを消せば、君も穏やかになって諸民を気に掛けるようになるだろう。さあ、少しでも忠義を見せようと考えた。

　そうして耆婆は翌日を待つこととした。

　そんな中、大臣の一人が孫晏にこのことを告げた。その夜、それを知った耆婆は館の塀を超えて彼と対面を願った。

「私は先だって華陽の脈を診て太子へ彼女の正体を密かに奏上しました。謹慎を命じられましたが、それが原因であろうと考えていたところに明日、宮に召され、私が話したことを華陽の前で説明せよ、との使命を受けたのは、恐らくはあの女狐と問答をさせようという太子のお心づもりなのでしょう。どうしてあの者に反論などさせましょうか。片時も早く華陽を国からのぞき、国家の患いの元を絶ち、太子の御心を正しい形に戻し、諸民を安堵させることができれば、私は死すことをも厭(いと)いません。私がもともと太子へ密告したのは、穏便に彼女を退(しりぞ)けられるからでした。しかし太子はこれに怒り、そのために私はこのような咎めを受けました。新たに厳命を受けた今、誰に包み隠すべきでしょうか。あの妖婦は絶対に人間ではありません」

その始終を聞いた孫晏は驚き、そして感じ入って言う。

「天晴(あっぱ)れな忠義の志である。頼もしく思う。すでに棄叉が同席の我々より先に太子を諫め、その行動を咎(とが)めて殺されたことで私は同僚たちと心を合わせ、あの夫人を去らせようと工夫を凝らしていたところだ。さしあたって何か太子に進言しようとし、よい方法を考えていた。しかしこのままだとあなたの身の安全が覚束(おぼつか)ない。明日、私も調停に出て、太子に申し上げよう。あなたに難儀があるならば、その禍(わざわ)いから救おう。よく始終を話してくれた。工夫を持って弁論することを心に決めて挑みなさい。論議に明白に勝てば、私たちにも勝機がある」

やがて夜が明け、耆婆は朝より用意を整え、やがて殿中に出仕した旨を伝え、待っていると、しばらくあってこう呼ばれた。

「すぐに席へ出よ。華陽夫人は先んじて不審の子細があればすぐに話せとの命である」

これを聞いた耆婆は心中で密かに喜んだ。

「十分に言い伏せて恥辱を与え、どうにかして悪婦を退けよう」

耆婆が席に進んで座中を見渡すと、大臣の孫晏、雄明君、鷓岳叉をはじめとして百官有司がそれぞれ威風堂々と列座し、班々の百司は末座に並んで控えていた。正面には御簾を半ば巻き上げ、褥を敷いた華陽夫人の座が見える。

華陽夫人は数多の官女を前後に従わせ、立ち現れた。その姿を見るときらびやかで美しい着物をまとい、容顔の麗しさは花でも紅葉でも及ばないほどである。これに及ぶものがあるとすれば、目前に天女の降りてくるぐらいであろう。

官吏たちはそんな華陽夫人に見とれて心もそぞろに恍惚とし、太子の深いご寵愛は実にもっともであると思った。

華陽夫人はやがて褥に座し、耆婆に対して口を開く。

「今日も汝は妾の脈を診るつもりですか」

耆婆が答えて言う。

「先日よく診療し、脈については確かに知ったので、もう診る必要はありません。子細あればその旨を太子へ奏上しました。どうして再び診る必要がありましょうか」

華陽は機嫌を悪くした様子で言う。

「以前、汝は脈を計って妾が畜生であると知ったと聞いております。君に奏上したとも聞きました。これは伝手を使って妾へ艶書を贈ったものの、妾が返事をしなかったから、妾を辱め、叶わぬ恋の意趣返しに畜生と称し、君に見限らせ、その後、汝が妾を手に入れようとしたに違いありません。君の元に仕えながら君臣の礼をわきまえぬ不忠不義の無礼者、これに汝、一言半句でも言い訳がありますか」

　耆婆は身に覚えのない無実の罪を言い渡されて驚きあきれ、しばらく答えられずにいたため、列座の諸官も目配せして袖を引き合い、「さてどうなるか」とざわつく。

　しばらくあって耆婆が答えた。

「先日、診療する際に私は初めて夫人を見たのです。どうして艶書を贈るというのでしょう。少しも覚えがありませぬ。証拠があるならば出してくだされ」

　これに華陽が応対する。

「我が身は女といえども心に正しく生きております。汝が妾に艶書を送った罪は重い。しかし数代の医家であれば医療の道に詳しく、天下に益がある家系であると聞き及んでいたため、これを損なうことは本意ではないと黙っていたのです。汝の家名とその先祖の功を考えて憐れみの心を持ち、このことを君に奉りませんでした。会うことなしに恋に憧れ、余儀なき文章を送った証拠は、大かた火に燃やしてしまったのでしょう。最後の二通か三通かは封をしたまま返させましたが、その際に燃やしなさいと言いました。それ以来一切取り次ぐのをやめなさいと侍女に伝えました。それならばこれだという証拠がないのをわかっていて、証拠はあるのかと難題を突きつけるのは不届き至極の曲者でしょう。このようなことがあると知っていれば、艶書を返さずに残らず持っていたものを。無念千万、これほどのことをたくらむ者と知っていれば、艶書を君へと見せ、汝を罰していただいたものを、残念です。しかしいまさら仕方のないこと。汝が送った手紙を返させた侍女は去年亡くなり、汝が妾に行っていたことを知る人もすでにおりませぬが、虚実の議論にはいたしませぬ。汝を糾弾してことを明らかにしましょう。なさったことをなさぬと申し開くことは、人情もなき賤（いや）しきことです。そのような浅ましき身で、君の愛してくださった妾によくも艶書を贈ることができましたね。汝が脈こそ畜生の脈でありましょう」

華陽夫人はそう散々に罵ったが、耆婆は覚えがなかったため、ただ茫然として物も言えずにいた。

華陽夫人はこれを見てさらに言葉を重ねる。

「よいよい、答えることはできかねましょう。畜生の脈と言ったことについて趣向でも凝らしておきなさい。後で聞きます」

そう言い捨て、華陽夫人は座を立って奥へ入って言ってしまった。耆婆は歯がみをするが、どうしようもない。脈法や医論についてであれば立ちどころに言い伏せ、艶書の疑いも覆せるものをと、しばしの間顔を伏せてその場を退き、次に華陽が出てきて再び医論に及んだ時にこそ、と待ち構えた。

❖第十二章　華陽夫人、耆婆と医学を論じる　并　耆婆、霊夢を見る

この日の華陽夫人と耆婆の殿中における論争は、みなの思いもよらぬ内容だった。華陽の言葉によれば耆婆は隠れて彼女に艶書を贈っており、それを指摘されて辱められても反論できずにいた。姿も知らぬ相手への恋に焦がれていたといえども、あまりに遠慮がない。

全く思いがけない言いがかりをつけられた耆婆は、もちろん恋のことなど考えてもいなかった。

しかし華陽は姿をまだ見ぬ時でさえ彼女への恋が心を埋めつくし、見てしまったならば心を動かぬ人はいない。そう思わせる美しさを持っている。

その場にいた者たちは哀れだが次の討議も華陽の勝ちであろうと、容色美麗な彼女の姿を愛で、贔屓に思って

しまった。このような諸官の心もまた恋慕の一種である。

しばらくして華陽が再び現れると、諸官はそれぞれ着座し、耆婆も前と同じ席に進んだ。その時、華陽夫人は耆婆に向かってこう尋ねた。

「改めて聞きましょう。先日、汝が妾の脈を診て、畜生であるなどと言いました。その子細はいかなるものでしょう」

耆婆が答える。

「人間の脈はひとつ息を吐く際に二度動き、ひとつ息を吸う際にも二度動きます。大きく息をすればさらに一度動きがあるので、ひとつ息をするのに五度脈を打つのです。これに過不足がない場合を平脈とし、病を患っている際にはこれに過不足があると考えます。私はこの脈の過不足によって、その病の原因がいずれの臓器にあるのかを知るのです。しかし畜生の脈は人の体のものではありません。どうして同じように動きましょうか。これにより私はあなたが人ならざることを知り、医道によってこれを明らかにしました。脈を診て、病を知ることは医者の専売特許であって、あらゆる病を探り、薬を選んで施してその病を治すためには脈について事細かに知らねばなりません。その知識をもって考える限り、あなたが人間ならざることは明らかです」

これに対し華陽夫人が言う。

「汝の言葉はもっともですが、汝一人が医者であるわけではありません。数多にいるほかの医者たちは、誰一人として妾を指して畜生などとは言いませんでした。汝は弁舌かつ利口であるから、言葉を操って妾を陥れようとしているのでしょう。これは全く先に言ったように妾に遺恨があるからでありましょう。医論に妾の脈を畜類とする証拠でもあるのですか。汝が生業とする医学の道はこの国に生まれた道であり、震旦の黄帝、神農の道でもあるのでしょう」

この言葉に応じ、耆婆が言う。

「そう、国があれば道もあります。そもそもこの国は薬師瑠璃光如来（やくしるりこうにょらい）[*1]を医道の祖としております。しかし、広くほかのよい部分を取り入れて道を磨き、震旦の医道も同時に究（きわ）めることができないということはありません。そうであるから医を生業とする者は第一に天文易数（てんもんえきすう）に達し、第二に薬品の功能を知り、その重要性をわきまえ、第三に博学にして神聖工巧でなければ、医者とは称しがたいものです。これによりわかるように、なんと医論の広大なることでしょう。どうして脈がわかるだけなどと言えたものでしょうか」

華陽夫人はこれに答え、言う。

「汝はそのように知識を並べ立てますが、これが問答といえましょうか。あらゆる医学を論じれば、その中に汝の言う妾の脈に対応するような都合のよい論が出てくるでしょう。邪（よこしま）な心をもって正しきことに論争をしかける汝が、自身を博学多才と思っているのは愚かなことです。腐敗した医道の奥意でも力まかせに論じてみなさい」

華陽夫人の見下した言葉に、さすがの耆婆も耐え難く、心中に激しい怒りが沸き上がった。

「女の身でありながら、医学の何を知っているというのか。ましてや人ならざるその身で。あなたはその体で災（さい）禍（か）を招くのであろう。ならば論じてみせよう。まず三部九侯（さんぶきゅうこう）はいかなるものか応えられるか」

華陽が答える。

「人体を頭、手、足の三つに分け、この三部の症状が出る部位を三つに分けて、九つの部位から症状を探る脈診のことでしょう」

耆婆は重ねて「六脈（ろくみゃく）とは何か」と問う。華陽はこれにも答える。

「左手では心肝腎（しんかんじん）を診て、右手では肺脾命門（はいひめいもん）を診る、これを六脈といいます」

耆婆はさらに尋ねる。

「五臓の司(つかさど)る部位はどこか」

華陽が答える。

「肺は皮と毛髪、心臓は血と脈、脾臓(ひぞう)は肌と肉、肝臓(かんぞう)は筋肉と爪、腎臓(じんぞう)は歯牙(しが)を司ります」

耆婆は重ねて問いかける。

「五臓に通じるところはどこか」

華陽はこれにも答える。

「心臓は舌、肝臓は眼、肺は鼻、脾臓は口、腎臓は耳、そして前後の二陰に通じます」

耆婆は尋ねる。

「食物の味は五臓のうちどこに納まるか」

華陽が答える。

「酸味は肝臓、苦味は心臓、甘味は脾臓、辛味は肺、塩辛さは腎臓に。納まる色としては、青黄赤白黒。五常(ごじょう)に当てはめれば仁義礼智信。五行(ごぎょう)に当てはめれば木火土金水。五体に当てはめるなら地水火風空。方角に当てはめれば東西南北中央となりましょう。これ以上何を聞こうとも、子細詳しく答えて差し上げます」

耆婆は黙然としてしばらく閉口し、一言も言葉を継げずにいた。

その耆婆に対し、華陽夫人は言う。

＊1　薬師瑠璃光如来…大乗仏教における如来のひとつ。薬師如来として知られる。人々の病を救い、悟りに導くことを誓った仏。日本でも仏教の伝来以後、治病の仏として広く人々に信仰されている。

「汝は妾を女と侮り、難しいことをひけらかして、妾に恥辱を与えようと企んだのでしょうが、人の身に生まれた妾が、何ゆえこのくらいのことを知らぬでしょう。汝は震旦の道を兼ね、知らぬことはないというのであれば、『連山』、『帰蔵』、『洪範』といった書[*1]よりも、『三墳』、『五典』、『九丘』、『八策』[*2]の中身を問うべきでした。もし妾が問うたとしたら、汝であれば滞りなく答えることができるのでしょうね」

耆婆はこれにあえて答えず、黙ったままでいた。

華陽はこれに、重ねて言う。

「かねてから汝の大袈裟な物言いには辟易していましたし、思いのほか平凡な医者だったようですね。第一に易、第二に薬品、第三に学才、これらに精通していなければ医者とは言えない、などと口走った舌の根はまだ乾いていないでしょう。汝は自らを優れていると思っているであろう高慢な方ですが、どうして妾が汝に負けるというのでしょう。医を生業とするその身のなんと未熟なことか。さらに修業を加えたらいかがでしょう」

華陽の弁舌は清らかに流れる泉のように流暢であった。耆婆は鬱々としてしてうつむき、溜息を吐くよりほかにない。並み居る諸官一同も華陽の博識多才に感じ入るばかりであった。

耆婆は面目を失い、こう言いかけた。

「人間ならざる脈を見極めたことは確かですが、その証拠を提示する手段ないため、人に信じてもらうことはできないでしょう」

しかも論争で逆に言い負かされ、恥辱を受けた上に処罰を待つばかりの状態であったため、大臣である孫晏の方を振り返ることもできないありさまであった。

斑足太子は両人の問答を隠れて聞いており、忍んでいたその席には側近の侍臣がいた。太子は始終の様子を詳らかに聞きいていたが、耆婆の粗忽（そこつ）さに怒り、侍臣たちに命じる。

「筋もなく華陽を恨み、己が不義を隠そうと企んで彼女に恥辱を与えたというのか。その悪意と大不忠は速やかに誅すに値する」

しかし大臣である孫晏はそれを遮（さえぎ）って耆婆の助命を乞い、死罪にさせぬよう、太子を宥（なだ）めた。

「厳しく逼塞（ひっそく）して、必ず門外に出さぬようにいたしますから、どうか」

耆婆はこれによって早々に玉殿を退けられ、警固を添えて送り出されたが、その様子はまるで重罪人のようであった。そして耆婆は門戸を閉じて外へ出ることを禁じられ、謹慎していたが、心中は穏やかではない。問答において華陽夫人に論じ伏せられ、諸官らが見ている中で恥辱を味わわされたことを無念と思う。

「これは我が身一人分の怪我（けが）にあらず。華陽をのぞかんと思うのは国家のため、君のためだ。天道の助けをもって忠義を立てさせてくだされ」

そう願い、摩竭陀（まかだ）国の天神の廟（びょう）を遥拝し、祈りをなして十七日間にわたり沐浴（もくよく）して身を清め、昼夜寝ることもせず丹誠（たんせい）を凝らして一心に念じたところ、天道がこれを哀れんだ。

夜、耆婆が疲れて思わずまどろんでいるところに、夢とも現ともなく声が響いた。

＊1　『連山』、『帰蔵』、『洪範』…『連山』、『帰蔵』はそれぞれ夏と殷に伝わる易掛のひとつ。周の『周易』と合わせて「三易」と称される。『洪範』は孔子が編纂したと伝えられる中国の古典『書経』の中の一編。天下を納める大法について記されている。

＊2　『三墳』、『五典』、『九丘』、『八策』…孔子の編纂とされる『春秋左氏伝（しゅんじゅうさしでん）』に見える四種の書物。現存しておらず、内容は諸説あるが明確になっていない。

「あなたは国家のために変化をのぞき去らんと願うのであれば、これより一千里（約三九二七・三キロメートル）あまり、乾（北西）の方角に金鳳山[*1]という山があります。この場所に至り、薬王樹を探しなさい。この木を見つけることができれば、変化を退けることは汝の心のままとなるでしょう。その木は野狐樹ともいい、変化に見せれば正体を現し立ち去るでしょう」

このお告げを蒙り、夢から覚めた耆婆は天神の言葉を信じ、お助けくださいと心魂に念じた。さらに感謝の遥拝をして、浅からぬ神の恵みを感じつつ、謹慎を命じられた身でありながら、耆婆は密かに旅の用意をした。

そして「神の教えのごとく、金鳳山に尋ね至ろう」と心に決めた。

❖第十三章　耆婆が金鳳山に到り、薬王樹を得る　幷華陽はその正体を現し、塚の神の跡を残す

耆婆は旅の用意を整え、すでに出発しようとしていた。しかし君忠のためとはいえ、罪人の身で千里も向こうの外へ忍び出ようとしていることは、天に対して心底申し訳がないと、夜陰に隠れて密かに大臣、孫晏の館へ向かい、対面して自身が見た霊夢の内容を隠さず伝えた。

「謹慎中に旅に出ることをお許しください」

耆婆がそう願ったところ、孫晏は彼に深き忠節を感じてこう言った。

「同輩の面々へは私が説明しておこう。ただし病気のためだと言っておくから、早々に忠義を示し、本望を達しなさい。そうすれば本官にも復職できるだろう」

これに耆婆は大いに喜び、家へ帰ってからその夜の内に出発した。金鳳山を目指して歩き続け、何日かを経て

その地に辿り着いた。山の麓から見上げれば、松や柏が山一面に茂り、天を隠してほの暗い。落ち葉が重なって道もないため、ただ山上に向かって柴を掻き分けながらよじ登る。険峻な岩石がそびえ、鳥が空を翔けるのも難しいありさまである。耆婆は葛にしがみつき、藤をつかんで何とか登り切った。

仰ぎ見ると、峨々たる峰は剣の如くそびえ立ち、障壁として屏風を立てたように雲は山の中腹にかかり、霧は曲がりくねった道を覆い、下を覗けばすればはるばると続く幽谷が足下に遠く広がっている。

白露が積もって渓泉をなし、遥か下まで落ちて岩に注いでいる。肝をつぶすような難所を何とか凌ぎ超えて、山頂に上がり「こここそが金鳳山なのだ」と思うも、人はおらず尋ねる者もない。

ただひとつ大樹があり、仰ぎ見ていると、杣[*2]が一人登ってきて、斧で枝を伐り始めた。

耆婆はこれぞ天神の助けの導きであろうと声を上げ、この杣に問うた。

「金鳳山はどこでしょうか」

これに杣は答えて言った。

「この山です」

耆婆は再び問う。

「この山に野狐樹という樹があると聞いております。本来の名は薬王樹というようです。どこにあるのか、願わくば教えてくださいませんか」

＊1　金鳳山…現在地不明。耆婆が探した薬王樹は仏典では雪山の頂にあるなどと書かれるが、金鳳山という地名は出てこない。

＊2　杣…木材として伐採する樹木を植えた山のこと。転じて木こりの意味でも使われる。

これに杣が答える。

「この俺が今、枝を伐採しているこの木こそが野狐樹とも薬王樹とも名付けられた木だよ」

耆婆はそれを聞き、杣に頼む。

「そうであれば、何とぞ一本の枝を私に恵みくださいませ」

杣は「心安い」と頷(うなず)いて大きな枝を伐(か)って下へ落とし、下りてきて梢(こずえ)を切り、一尺(しゃく)ばかり（約三十センチ）の長さにして手渡した。

耆婆はこれを手に取り、低頭して礼をする。

「この上なくありがたいことです。言葉もありません」

耆婆は続けて言う。

「一升の酒を携えて旅に出ましたが、険路(けんろ)の旅道の疲れですべてのみ尽くしてしまっていたため、渡すものもありません。謝礼として渡すこともできないことが心残りです」

すると杣がこう言った。

「あなたも酒を好むのか。俺もまた、酒が好きで持ってきている。遠慮せず飲んでくれ」

杣は盃(さかずき)を取り出し、小さな瓢箪(ひょうたん)の酒を自分で飲みつつ、耆婆にも与え、両人ともにすっかり酔ってしまった。

しかし酒は尽きることがなく、その味わいはたとえようもなく甘美である。

天下無双のよい酒を飲んだことで旅の疲れも消え、願っていた妙樹も容易(たやす)く得ることができた安心感も手伝い、耆婆は気が休まって酔いを頼りにひと時の眠りについた。

しかし目覚めてみれば杣がいない。美酒は腹に満ち、疲労も忘れ、いつになく心も健やかであったため、これは天神が助けてくださったのだろうとありがたく思い、何度も礼拝をした。

そして一刻も早く帰らねばならぬと薬王樹の枝を携え急いだところ、出発から九日目に我が家に帰ってくることができた。

耆婆は薬王樹の枝をほどよい大きさに切って箱に納め、大臣、孫晏の館に持参して、霊夢が嘘ではなかったことを語った。孫晏は喜び、雄明君、鷓岳叉を招き、耆婆の誠忠の次第を語り、華陽をこの国から取りのぞくべきことを密かに相談して各々は分かれて帰った。

こうして大臣である雄明君、孫晏、鷓岳叉は出仕して斑足太子に会い、密かに言上した。

「耆婆は謹慎し、罷免されているとはいえど、忠義の心は途切れることなく、ひたすらに願うことがひとつあります。その理由は、君は幼年より近来まで、道を守ること正しく、悉達太子の説法の趣を信じなさり、民を愛し、慈悲の恵みを与えました。国中はこぞって君に帰伏することにより、遠からず御譲位も定まっていたにもかかわらず、華陽夫人が現れたことにより、御心は猛々しく、殺戮をお好みになり、罪なき諸民を害しなさいました。そのため忠義の臣、君の御為と諫言を奏上すれば誅せられ、あまつさえ、大臣、棄叉のような者まで殿中にて処刑されました。今に至っては、群臣たちは誅を怖れて諫める者もおらず、国民は恨みを抱き、国家が傾き乱れるのは間もなくでしょう。御父帝に対する不孝として、これ以上のものはありません。御譲位があるとしても、どうして一日も国家が治まるでしょうか。ここまで非道不直の御所業、いかなる天魔に見入られたのか、と同列とともに相議し、華陽夫人をしばらくお預けなさいませと願えども許されることはなく、その内、華陽夫人が病に倒れ、耆婆が脈を診ることを命ぜられました。そこで耆婆が診療したところ、この脈は人間ではなく、思うに野狐の変化であると驚き、一大事であると密かに奏上すれば、退けることができようと考えました。しかし耆婆は罰を受け、華陽夫人との問答の命を受けました。華陽夫人は弁舌に長け、婦人が普通ならば知らぬことを知っていました。これは全く妖怪であるためです。しかるに、耆婆はますます君の御為にと身を捨ててでも数代に渡る恩に報うため、摩竭陀国の天神の廟を拝し、十七日間の潔斎[*1]をして、国家安穏怨敵悉滅悪魔降伏変化退散の祈りを丹精を込めて天帝神に誓いました。そのため神は耆婆の誠忠を哀れみ、満願の夜の夢にひとつの物を神より与えられんと見て目覚めれば、不思議なことです。授けられたその物は現にあり、これを化生に見せれば、たちまち怖れ、正体を現すという神勅がありました。彼は正夢であったことを臣等に伝え、願わくばその物体を華陽夫人に見せさえすれば、君は彼女の真実の姿を目の当たりにすることになり、脈の診断も間違いではなかったことがわかり、耆婆への疑いも晴れましょう」

そう三人が歎き訴えたところ、斑足太子の臣たちはその忠心を感じ入り、太子に申し上げる。

「我々からもお頼みします。意見を曲げ、耆婆をお許しになってください」

しかし太子は聞き入れない。

「それを聞いたところで耆婆の妄言であろう。汝らは大臣として重罪人の言うことを信じるなど、心得がたき次第である。ましてや問答の際、耆婆が罪科は明白に表れたことを汝らも知るところであろう。出仕を禁じた耆婆がこの後いかなることを願えども、絶対に取り上げてはならぬ」

そう押し返す。しかし大臣三人がさまざま利害を説き、無碍にしないよう言上すれば、さしもの斑足太子も大臣三人の諫めを無視することもできなくなり、こう言った。

「それならば汝らの心に応じよう。その上で耆婆の言葉に相違があるならば、即座に誅し、汝らの出仕も禁じることとする」

その命を受け、三大臣は早速耆婆へ使いを送り、このよしを知らせた。

太子の方も華陽夫人にその旨を言い聞かせたところ、華陽夫人は笑みを浮かべる。

「耆婆はどうして我が身を顧(かえり)みず、罪を重ねることを望むのでしょう。とても不憫(ふびん)です。今日必ず誅せられるでしょう」

華陽夫人はそう悦んで待つこととした。

耆婆は使者を受け、飛び跳ねるばかりに喜び、かの一物、つまり薬王樹の枝を箱に納めて従者に持たせ、急いで出仕した。

大臣がその旨を斑足太子に奏したところ、太子は、

「今日は誰の諫めといえども誅戮(ちゅうりく)を許してはならぬ」と厳命し、耆婆を呼び出した。

三大臣も座に列して、様子はどうであろうと見渡す。二人の役人が耆婆の左右に立ち、何かあればすぐに搦(から)め捕ろうと睨(にら)みつけ、控えているのは危うい雰囲気である。

華陽夫人が例の如く立ち現れて言う。

「前回の問答に恥じもせず、よくも出仕できたものですね」

そうあざ笑うが、耆婆は臆することなく答える。

「何のことはありません。ただ一目ご覧いただきたいものがあって持参したのです。差し出すことをお許しください」

＊1　潔斎…法会(ほうえ)(仏教儀式)・写経・神事などの前に、酒肉の飲食そのほかの行為を慎み、沐浴(もくよく)などして心身を清めること。

これに華陽はうち微笑み、言う。

「汝、またも艶書を持ってきたのではないでしょうね。今日そんなものを見せたからには許しませぬ。早く出してみなさい」

そこで耆婆はあの薬王樹を取り出し、華陽の顔に向かって突きつけた。すると不思議なことに、今まで容顔美麗、類なき美しさであった華陽が身を震わせて叫んだかと思うと、たちまち金毛白面九尾の狐と化した。

「ああ、口惜しや。天竺を閻魔界としようと力を尽くしてきたのに、その丹誠も無に帰した。残念です。後十五日遅ければ斑足太子も殺していたのに、無念この上ありません」

九尾の狐は風を呼び、雲を起こして雨を降らし、ひらめく稲妻に乗って雲の向こう、遥か遠くへにいずこともなく飛び去った。

太子をはじめ、大臣諸官、空を打ち眺め、口々に言う。

「不思議なことです。危うく化生の害を逃れなさったのは、世にも珍しきことです。面は白く、総身金毛にて尾が九つあるのは、年を経た悪狐でありましょう」

太子は酔うような、逆に醒めるような、そして夢のような心地がして、黙然と手をこまねいていたが、生来聡明賢智の人物であったため、すぐに状況を悟った。

「今まで華陽の色香に迷い、魔魅変化に心惑わされていたのであろう。愚かなり」

そして大臣諸官の各々を召して後悔と懺悔を伝える。

「我は誤って汝らの諫めを拒み、邪道、殺伐の行跡を成した。恥じ、悔いてももはや意味はない。耆婆がいなければ国を失い、黄泉[*1]の鬼となっていただろう」

斑足太子はそう感激し、三大臣はもちろんのこと、それ以外の諫めを奏上した諸官へ官位一級を加えて賞とし、耆婆は本官に復して、改めて賢学侯大医統正の役職を与え、教道一階を加えた。

棄叉を始め、すでに命を失った者はその子孫に重く俸禄を賜り、最後に御父帝の元へ至って畏まり、誤りを悔い改めて、太子は以前のように正しい道を歩み始めた。

諸民は喜悦に目を見開き、国家の安穏を万々歳で称えた。

一説には斑足太子の御父が后と共に南殿に春の花を観賞していたところに、どこからともなく唐獅子が飛んで来た。そして后を咥え、山奥深くへ逃げ去ってしまった。諸臣は驚いて追ったが、行方はわからなかった。王も悲嘆すること限りなかったが、どうすることもできなかった。

翌年、后の一周忌にあたる日、獅子は背に后を負って来て庭上に降ろした。大王は一度は驚き、一度は喜び、君臣は奇異に思った。それから后は太子を産んだが、その父は獅子であったため、両足に斑に毛が生えていた。それゆえに「斑足太子」と称されたという。

一方、こうして天竺にて障碍をなした妖怪、白面金毛九尾の狐は、その怨念を恐れられ、斑足太子の宮廷の、かつて太子が華陽夫人を求め、得た紅葉の茂みにひとつの塚を築き、そこに妖狐の霊を神として崇め奉った。これは塚の神と称されるようになった。

＊1　黄泉…古代中国において死者の魂が赴くとされた地下の世界。後に日本でも記紀神話において死者の国である「よみ」にこの字が当てられた。

妖狐である正体を現し飛び去る華陽夫人

そして、華陽の正体であった白面金毛九尾の狐は再び唐土へ立ち戻り、障碍をなすために天竺に忍び隠れて時節を待っていた。しかし耆婆が忠義の徳によってあの薬王樹を得て正体を暴いた。耆婆はそれ以降もこの木を持ち続けた。薬王樹を使って人間を映し見れば、五臓六腑の病の症状、病の重さがことごとく明らかになるため、これを使って配剤を行えば、薬は的中してして効果がないということはなかった。

そうして耆婆の術は国中に知られるようになり、遠くは唐や日本でも彼は名声を得ることとなった。誠実な信義や誠忠に加え、天道の助けを得られる徳があるならば、万事のことが叶うのも道理である。

褒姒編

❖第十四章　周の盧氏、懐妊十九年にして子を産む　并悪狐が再び唐土に化生する

周の宣王[*1]というのは武王から見て十二代目の孫であり、諱は静といった。賢明な君主であり、世の人々はみなこの王を尊び、崇めていた。

ある時、京中の児童が、夜になると手拍子をしながら巷に流行っていた歌を歌っていた。

その歌は、このような内容だった。

月将昇（月がまさに昇ろうとしている）
日将没（日はまさに落ちようとしている）
桑弧箕服（山桑の木で作った弓と、箕蓬の矢筒を持つ者は）
実亡周国（周国を滅ぼす者にほかならないぞ）

＊1　宣王…生没年不詳。中国の周王朝における第十一代王。父であり、暴君であった先代、厲王が位を追われた後、成人とともに即位した。周王朝を中興したが、積極的な異民族の征伐とその失敗や独裁化の進行により、次第に求心力を失ったという。

宣王はたまたまこの歌を聞き、驚いて群臣にこれについて問うた。すると左宗の伯召穆[*1]という人物が答えた。

「月が昇ろうとしているのは、隆盛に陰りが見えたことを表しています。日の人とは君を表し、没するとうたわれているのは不祥[*2]であると考えられます。また、後世、女性により国家が乱れ、人々が互いに弓を引き合うの災いが起こることを予言しているのです」

　宣王が尋ねる。

「宮中にいる嬪妃を吟味して、怪しき者はいないか」

「先王である厲王の宮内に盧氏という二十五歳になる美しい人がおります。十八年の間妊娠して、最近、女子を産みました」

　それを怪しんだ宣王は盧氏を糾明したところ、彼女はこう答えた。

「先帝である厲王が巡狩の行幸をしていた時、道の傍らにふたつの塚があり、ひとつに碑文が刻まれていました」

　彼女がその塚に纏わる物語を語り始める。


　そこに銘も刻まれていましたが、その意味はわかりませんでした。それゆえに尋ねたところ、お供の諸官が夏の桀王のことだと答えました。

　彼らはこう説明しました。その昔、夏の桀王の時代、褒城に神人が現れました。神人は二匹の龍となって桀王の前にやってきました。王は恐れてこれを殺し、龍は泡を吐いて死にました。桀王はその死体を壺に貯め、櫃に納めましたが、その後、不祥のものを宮中に置くべからず、ということになり、外の野に出して深く埋め、人に暴かれることを恐れて塚を高く積んで印としました。

その後、殷の紂王が愛妃、妲己が色気に心を惑わされ、淫酒に浸ったため朝政が荒み、さらに紂王は殺戮を好んで悪行が増長し、人民を殺し尽くすような勢いでした。この国の元祖である武王はこれを歎きなさって、兵を挙げて殷を討ちました。武王は紂王を滅ぼし、妲己を生け捕って処刑しようとした際、年を経た狐の正体を現し、飛び去らんとしました。

そこで軍師太公望がそのまま悪狐を殺害させ、悪狐の屍をこの塚の下に埋め、後代の者たちにその場所を暴くことを戒め、塚を築き、碑を建て置いたということです。この話についてお聞きになった厲王は、殺した畜生の屍がどうして帝威に怨をなすことがあろうか。特に久しく昔のことであれば今は恐るるに足らず。塚を暴け、と命じたので、諸臣は諫め、止めようとしました。

このような不祥のものをご覧になって、塚を暴いたところで何の益がありましょうか。古より禁じられたことと伝えられており、それを命じた太公望は大賢者であり、奇才の人です。そんな人物が言うことをどうして一度でも破るべきでしょう。ただそのままにしておきましょう。

そう何度も申し上げましたが、厲王は聞き入れませんでした。

「龍の精は六百余年、狐の屍も二百余年を経て、その形ももはやなかろう。何か問題があろうか。早々に塚を開け」

しかし群臣たちは納得せず、言います。

「形のないものをご覧になっても仕方のないことではありませんぬか。数百年禁じられていたものをいま開いて、

＊1　伯召穆…生没年不詳。穆公のこと。穆公は周王朝の諸侯国、召の君主で、厲王に仕えながらもその子、太子静（後の宣王）を匿い、厲王の死後は即位した宣王を補佐した。

＊2　不祥…不吉であること。

国家の父母たる大切な御身に不可思議の災(わざわ)いがあれば、どんなに後悔しても足りませぬ」

そう口々に諫められ、厲王は激怒します。

「綸言汗(りんげんあせ)の如し[*1]と言うように、皇帝が一度発した言葉は取り消せぬ。過ちがあれば何だというのだ。早々に塚を開き、中に納められた器があれば、そのまま私の元に携えて来なさい」

そう人を選んで命じなさった後、帝はご帰還なされました。

ここにおいて命令を受けた官人はやむを得ず人夫を集め、碑の下にある塚を掘らせたところ、一丈(じょう)（約三メートル）余り穿(うが)ったところで大石の蓋(ふた)が現れました。大勢でこれを担ぎ上げたところ、一個の壺があります。引き上げて見ると、鉄の鎖によって八重(やえ)に固く縛られていました。また、もう一方の塚を開けば、箱は朽(く)ちて壊れており、中から同じく一個の壺を得たので、それらの泥土を洗い清め、持ち帰りました。

その旨を奏聞したところ、厲王は勅旨(ちょくし)を下して鎖を解かせ、続けて蓋を開かせました。すると龍の壺からは一(いっ)塊(かい)の白いものが出てきたため、取り出して置かせました。次に狐の壺の中をご覧になると、中には何もなく、底に少しの水が溜まっているだけで、変わったものはありませんでした。

諸官や女官らが召されて中を覗(のぞ)き見ると、不思議なことに壺の底にある水がぷつぷつと沸くような音がして、次第に泡となりました。泡は壺の縁まで沸き上がり、最後には五寸(すん)か六寸ほど（約十五～十八センチ）吹きあがって溢れ出し、座の中に溢れる時、あの白い塊に流れかかったところ、一匹の大亀と化しました。

帝をはじめ、諸官や宮女は次第に流れてくる泡をよけ、遙か後ろに退(しりぞ)きました。

「最後にはどうなるというのか、とにかく急いで捨てて来い」

厲王はそう命じましたが、諸官はこの泡を不審に思いながら皇帝を守るのに精一杯でした。その時、私は七歳で、特に警戒することもなく大きな亀を見ようと泡の中へ走り、亀の歩いた跡を縦に横にと踏んでしまいました。すると不思議なことに泡の出る壺は元の如く鎮まり、座に溢れた泡も亀と共に消え失せました。そして元のように壺の底に少しの水が溜まっていたのです。

私はその時から懐妊しましたが、男もなく幼くして懐妊するのは珍しきことことであると先帝の勅命があり、大切に手当してしていただきました。

しかし年月が経っても産むことがなかったので、果たして病なのだろうかと悩み、十八年が過ぎました。そして今に至って女子を産みましたが、不祥の子であると速やかに皇城の堀の水に浸(ひた)し、殺しました。

これが廬氏の語る物語であった。

宣王はこの話を聞き、言う。

「これは全く先王が遺しなさった災い(わざわ)だ」

そこで役人が訴えた。

「長安(ちょうあん)[*2]の巷(ちまた)に一人の男がおり、山桑(やまぐわ)の弓を負っているそうです。また一人の女で、箕草(ひそう)で織った箭袋(やぶくろ)[*3]を背負って売る者がおります。あの謡曲の歌詞の通りの者たちですが、女の方に禍い(わざわ)があるであろうという占いがあったため、男は放免し、女を捕らえて来るということです」

＊1　綸言汗の如し…ことわざ。皇帝が一旦発した言葉は何があっても取り消すことができないという意味。
＊2　長安…中国の古都。現在の陝西(せんせい)省西安市に当たる。
＊3　箭袋…箕と同じように竹などの植物で編んだ矢筒。

壷を開く奇怪を見る図

悪狐（妲己）を埋めた塚から回収した壺をあける様子

宣王は喜び、その女を斬り殺させた。

この年、宣王は病を患い、崩じたので、太子である宮涅が王となった。これを幽王と号する。

そしてあの弓を負った男は女が捕らわれた時、這う這うの体でその場を逃れ、林の中に身を隠した。その時、嬰児の泣く声を聞いて怪しく思い、探してみると、女の子が青い草の上に捨てられ、鳥たちが覆いかぶさって温めていた。

男はこの赤子を拾って考えた。我が妻は朝廷に捕らわれてしまい、命の助かる望みは薄い。この子を養い、老年の頼りとしよう。

男は赤子を抱いて褒城に走り、難を逃れた。

その後、召穆の占いに従って謡曲の歌に応じて女を斬り、盧氏も産んだ子を捨てて殺したといえども、いまだかつて妖気を取りのぞき切っていない兆候があった。実はあの男が拾った子は盧氏が産んだ子であった。彼女は子を水中に捨てよと命じたが、下官がそれを不憫に思い、林の中に捨てて帰った。そして盧氏に溝の中の水に沈めたと嘘をついたのだ。

❖第十五章　褒姒が周の幽王を昏迷させる　并犬戎の兵、幽王を殺す

周の第十三代目の王、幽王というのは、人となりは残酷で道理に従わず、恩恵を与えることは少なく、賢臣を嫌い、娼妓を愛し、政道は正しいとは言えなかった。それゆえ賢良な諸々の臣は眉をひそめた。またその時に三本の川の地山が崩れた。川の枯渇や山が崩れるといったことについて、趙叔帯*1という人物は王に対しこう言った。

「天変地異が続くのは乱の兆しであります。王が民を哀れまず、正しく政治を行っていないためです」

しかし虢石父[*2]という佞臣が「山が崩れ、地が震えるのは常のことです」と答えたことにより、幽王は趙叔帝に怒り、官位を剥奪して田舎に帰らせた。

また、諫議大夫である褒珦[*3]は王を諫めて言った。

「天に不祥が生じるのは、王に仁恵がなく動静が常とは異なることを戒めるためです。また、趙叔帯は賢者です。官を罷免させることがあってはなりませぬ」

しかしこれに対しても幽王は大いに怒り、褒珦を投獄してしまった。

この褒珦という人物は元は褒城の人であったが、故郷の妻子は彼が囚われたことを歎き悲しみ、どうにかして救い出そうと考えていたところ、褒城の民に一人の娘がいることを知った。この少女は生まれつき並ぶ者がいないほど清く麗しかったが、家は貧しく、衣も食も足りなかったので、親は娘を人に売ろうと考えていた。

それを聞いた褒珦の妻は百金を使ってこの娘を買い取り、化粧をさせて着飾らせ、褒珦の子、褒洪と名乗らせた。

そして褒洪は朝廷に参じて幽王に奏上した。

「臣である父は不要な諫めを王に奉り、天威に逆らったことで故郷の親族は悲観に暮れております。そして親族

＊1 趙叔帯…生年不詳、没年紀元前六二二年。趙衰、趙帯ともいう。『史記』によれば、周の幽王に仕えていたが、その無道から離反して晋に逃れ、文侯に仕えたとされる。

＊2 虢石父…周王朝の諸侯国、西虢の君主。幽王に仕え、利を好み、自身の益を優先して民へ害を与えることも辞さなかったため、民衆からは非常に恨まれていた。

＊3 褒珦…幽王の時代の褒国の君主。趙叔帯とともに幽王を諫めたが、主君の怒りを買い投獄されたという。

らは私を王に献じることで罪を償うことを願っております」

そこで幽王が褒洪を召し、見てみると、その齢は十四歳、容貌は大変美しく魅力的であった。王は大いに喜び、速やかに褒珦を許して国に帰し、代わりに褒洪を自分の傍に置くこととした。幽王は褒洪が褒の地の出身であることから、名を褒姒とし、後宮に入らせて寵愛し、朝夕と淫楽に耽った。これにより国の政事はますます荒み、さらに褒姒のために皇后の申氏と、彼女が生んだ太子である宜臼[*1]をともに廃し、褒姒を立てて正皇后とした。そして彼女の生んだ伯服を太子としたのだ。

幽王は翠花宮という宮殿で日夜にわたり褒姒と享楽に耽ったが、褒姒はどうしても口を開いて笑うことをしない。幽王は密かに虢石父に命じ、「汝が彼女を一度でも笑わせれば千金を与えよう」と告げた。

ここにおいて虢石父はひとつの謀を伝えた。

先王は皇城の外に、五里（約十九キロ）ずつ烽火台を置き、帝都に大事ある時は烽火を上げて、四方の諸侯に兵を召していたが、ここ数年太平の世であったため、使うことがなかった。

「大王、明日、烽火をあげて皇后をお喜ばしになるのはいかがでしょう」

これを聞いた幽王は大いに喜び、それを命じた。これに対し諸臣は言う。

「烽火を先王が整備したのは、危急に備え、必要な時にだけ火を灯すと諸侯の信頼を得たためです。今、何の理由もなく烽火を上げれば、本当に何かあったときに烽火を上げても、ほかの仕事があると急いでやってくることはなくなるでしょう」

しかし幽王はそれを無視してところどころで烽火を上げさせた。幽王は褒姒と共に望渡楼に出てこれを見ると、京近い列国の諸侯がみな兵を引いて城へやってきた。しかし、もちろん城では何も起きていない。

褒姒は諸侯が兵を集める必要などなかったことに気づき、困惑している様子を楼上で見て手のひらを打って大いに笑った。諸侯はこれに怒り、天子として諸侯に戯れを行うような王がどうして長く王位につけるだろうかと罵り、帰って行った。

このような非法な行いが重なり、諸臣はたびたび幽王を諫めたが、彼はそれらの臣を許さず、すべて殺させた。幽王は褒姒が言うことに従わないことはなく、前皇后である申氏の弟、申候の諫めを聞けば申皇后を位から廃し、女官たちとともに暮らしていた彼女を獄に囚え、申の国を討って殺害しようとした。これを知った申候は大いに驚いたが、自国で用意できる兵は少なく、幽王の蛮行を防ぐだけの力がなかった。そのため国の近くで暮らしていた遊牧民、西夷の犬戎[*2]に救いを求めた。

犬戎の王は兵数万を率い、幽王の都に殺到して城に至り、十重二十重に取り囲んだ。

幽王は大いに慌て、烽火を上げて諸侯の兵を召喚しようとしたが、「また王の戯れであろう」と誰一人として兵が送られることはなかった。

そのうちについに犬戎たちが城中に乱れ入り、火を放って宮室を焼き始めた。これによって幽王は皇城を逃れ、離れた山の下に至った。しかし犬戎の兵たちはこれを追い詰め、幽王を殺してしまった。

王位に在ること十一年、戎により幽王は滅びた。

＊1　宜臼…幽王と申氏の子。幽王が倒れ、西周が滅んだ後即位し、平王となる。洛陽に遷都し、東周を始めたことで知られる。

＊2　犬戎…中国西部に住んでいた遊牧民族。たびたび中国の歴代王朝に侵入し、略奪を行った記録が残る。

さらに申侯は犬戎の王に言う。

「幽王の無道は褒姒のせいである。逃してはならぬ」

これを聞いた彼らは翠華楼に入り、褒姒を捕え、引き出して首を斬らせた。またその宮中において殺された妃嬪の数を知る者はいないほどだった。

犬戎の王は城中の蔵に納められた宝物を略奪した。それからようやく鄭の桓公、秦の襄公、晋の文公、衛の武公[*1]らが周を助けるためにやってきたが、桓公は乱軍での戦いにて死し、その子である掘突[*2]が兵を率いて犬戎を追い払い、都の乱を鎮圧した。

諸侯らは相議して元の太子、宜臼を立て、新たな君とした。これが周の第十四主、平王[*3]である。申侯は元来君の直臣であり、平王の母方の伯父であったので、尊称として申国公という名を承った。この乱により周の天下は大いに衰え、平王はついに鎬京を捨て、都を東方の洛邑に遷した。

これより国名を東周[*4]と号したが、諸侯の勢いが盛んとなって帝位はますます衰退した。しかし朝廷の政事は正しかったため、万民は安堵の思いを抱いたという。

このとき褒姒が生んだ伯服は、母が幽王に寵愛されたことで太子に立てられたが、犬戎の乱により太子を廃され、平民として都を追い出された。そして母の生まれた地である褒の地をさ迷い、土民となった。しかし伯服は妖狐の精の忘れ形見である。怪しいものだと褒の地の民は彼を厭い、その地から追い払おうとしたとき、たちまち伯服の姿が美麗の婦人と化し、いずこともなく姿をくらました。

周は乱が起こったことで正しい君主を得、傾国が容易ではなくなったため、悪狐は「時節を待って日本に渡りましょう」と影を潜めた。

＊1　鄭の桓公、秦の襄公、晋の文公、衛の武公…それぞれ周の周辺諸国の君主。

＊2　掘突…生年不詳。没年紀元前七四四年。鄭の桓公の子。桓公が周を守るため犬戒と戦って死亡した後、鄭の君主となった。

＊3　平王…生年不詳。没年紀元前七二〇年。幽王の子であったが、彼と褒姒の間に子が生まれると廃太子とされ、申に逃れた。このことで母の申后の祖父である申侯が怒り、犬戒と協力して周を攻めたことが周滅亡のきっかけとなる。幽王が滅んだ後は即位し、都を鎬京から洛陽に移した。

＊4　東周…平王は周の王として即位した後、鎬京(こうけい)が戦で荒廃したため、都を洛陽に移した。このため、鎬京が首都であった頃の周を西周、洛陽に遷都して以降の周を東周と呼んで区別する。

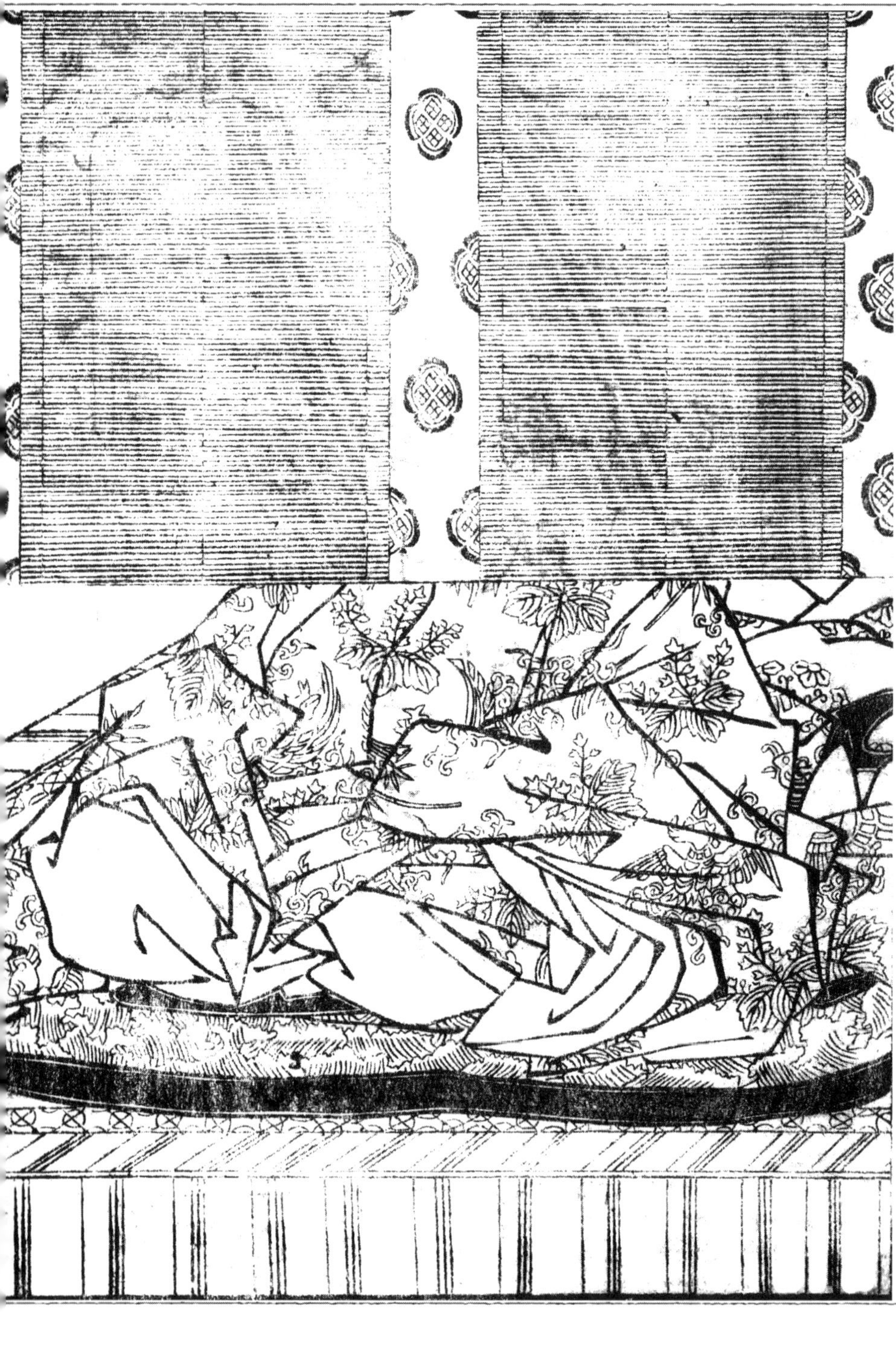

玉藻前
タマモノマエ

玉藻(たまも)編

❖第十六章　仲麻呂(なかまろ)の亡霊、吉備(きび)大臣を助ける　幷(ならびに)吉備公が野馬台(やばだい)の文を読む

日本において国常立尊(くにのとこたちのみこと)より天神(てんじん)七代地神(ちじん)五代の統を継いだ人皇(にんのう)の始め、神武(じんむ)天皇[*1]というのは、鸕鷀草葺不合尊(うがやふきあえずのみこと)の第四皇子であり、母は海神(わだつみ)の娘である玉依姫(たまより)[*2]である。

この天皇の名は神日本盤余彦尊(かんやまといわれひこのみこと)と称する。十五歳で太子となり、五十二歳にして辛酉(しんゆう)年の正月、天皇の位に就いた。

位(くらい)にあること七十六年、都を大和(やまと)国畝傍山(うねびやま)[*3]に造り、これを橿原(かしわばら)の宮と号した。踏鞴五十鈴姫(たたらいそすず)[*4]を皇后とし、子の天富命(あめのとみのみこと)[*5]とともに政事を行い、国風は正直(せいちょく)をもっぱらとし、審義をもって人民を導き、智仁勇の三徳によって国家を治め、武力を磨いて賊を鎮圧した。

小国といえども万国に秀でる国であったため、かつて異国から間諜(かんちょう)が来ることはあったが、敵対することはできなかった。これは神武の国が正直の徳により守られていたためだ。

人皇四十四代元正(げんしょう)天皇[*6]の時代、霊亀(れいき)二年（七一六）の八月に多治比県守(たじひのあがたもり)[*7]、藤原宇合(ふじわらのうあい)[*8]を遣唐使(けんとうし)として渡海させた。

その際、阿倍仲麻呂*9も玄昉僧正*10とともに入唐していた。

この時、唐は第六代主、玄宗皇帝*11が皇位に就いて四年目であった。入唐した者たちはそれぞれ玄宗帝に謁見し、使命を終えて帰朝した。

＊1　神武天皇…生没年不詳。記紀神話において日本最初の天皇とされる人物。

＊2　玉依姫…記紀神話に記される神。「玉依姫」は『日本書紀』における表記。『古事記』では「玉依毘売」。神武天皇の母親であり、海神の娘とされる。

＊3　畝傍山…奈良盆地南にある山。記紀や『万葉集』など、古くからその存在が文献に残されている。

＊4　踏鞴五十鈴姫…生没年不詳。神武天皇の皇后。『古事記』では三輪山の神である大物主神と勢夜陀多良比売、『日本書紀』同じく大物主神もしくは事代主神と玉櫛姫の娘とされる。

＊5　天富命…『古語拾遺』に見える神。斎部（忌部）氏の祖とされる。神武天皇に仕え、種々の神宝や橿原の宮を作成した。

＊6　元正天皇…生年六八〇年、没年七四八年。日本の第四十四代天皇で、女帝。『養老律令』の制定や『日本書紀』を完成させたことで知られる。

＊7　多治比県守…生年六六八年、没年七三七年。奈良時代の公卿で、七一七年、遣唐使として唐に渡り、翌年帰国。按察使、中務卿、征夷将軍、中納言及び山陰道節度使などを歴任した。

＊8　藤原宇合…生年六九四年、没年七三七年。奈良時代の公卿で、藤原不比等の三男。七一七年、遣唐副使として入唐し、翌年帰国。持節大将軍として蝦夷の反乱を鎮めたことなどで知られる。

＊9　阿倍仲麻呂…生年六九八年、没年七七〇年。奈良時代の遣唐使。大和国の出身で、七一七年、遣唐使として入唐。その後唐で科挙を通過し、第六代皇帝である玄宗に仕えた。また李白等の文人と交流した記録も残る。その後帰国を願うも、船が遭難し、ついに戻れず唐に残り、そこで没した。

＊10　玄昉僧正…生年不詳、没年七四六年。奈良時代の僧侶。法相宗の僧で、七一七年に入唐し、法相宗を学び帰国。僧正に任じられ、吉備真備とともに権勢をふるったが、真備や玄昉をのぞくために藤原広嗣が反乱を起こすなどのこともあり、失脚。筑紫観音寺に左遷され、そこで死去した。

＊11　玄宗皇帝…生年六八五年、没年唐の第六代皇帝。治世の前半は「開元の治」とよばれる太平の世であったが、後年は楊貴妃に溺れ、安史の乱を招いた。

しかし仲麻呂と玄昉僧正の二人はその才がほかの者たちより秀でていたため、博学であることを惜しまれ、唐の地に留め置かれた。

ある時、玄宗帝が乾元殿の楼閣[1]にこの二人を召し、黄門監[2]である宗璟[3]、宇文融[4]等を側に置き、仲麻呂と玄昉に詩文を作らせたところ、二人の佳作に感じ入った。

こうして仲麻呂は秘書監[5]に任命され、姓名を朝衡と改められた。その後、帰国の願いを許され、明州[6]の港から船出する時、唐で友好を交わした人々、李太白[7]、王維[8]、包佶[9]らが送別の詩を作って別れを惜しんだ。

この時、仲麻呂は友人たちのため、海面に昇った月が映るを見て、日本で神代から伝わる、五七五七七の三十一文字を使う歌を詠んだ。

天の原ふりさけみれば春日なる三笠の山に出し月かも

この秀歌は『古今和歌集』から『百人一首』まで取り上げられ、多くの人々の知るところである。

しかし海上で波風が頻繁に起こり、仲麻呂の船は虚しく唐の海を漂い、帰国することは叶わなかった。これにより仲麻呂は異朝[10]にとどまって、ついに唐の地で亡くなったという。

それから時が経ち、本朝における養老五年（七二一）、吉備真備[11]が遣唐使に命じられ、入唐した。

真備もまた秀才博学にして並ぶ者がいなかったため、唐の皇帝は深く感じ入り、どうにかして唐土に留めたいと考えた。そこで皇帝はこう命じることとした。

「真備の才知を計り、どんなことでも彼が人に敵わぬものがあると見せしめ、それについて教えようと宥め、唐土に留めたい。そこで日本には未だ囲碁を知る者がいないはずである。明日真備を召して、張説[*12]と囲碁をさせて

＊1　乾元殿の楼閣…乾元殿は、唐の第三代皇帝である高宗が、洛陽の洛陽宮における正殿として造営したという建物。楼閣の名前は不明だが、平安時代に記された『江談抄』等には阿部仲麻呂が唐に渡ってから楼閣に幽閉され、そこで死んで鬼となり、再び唐に渡ってきた吉備真備がこの楼閣に幽閉された際、脱出の手助けをする話が記されている。『絵本三国妖婦伝』でもこの話が踏襲されている。

＊2　黄門監…唐の黄門侍郎という官職に就いた者のこと。黄門侍郎は宮廷の中で執務した侍従職の官職名。日本でいう中納言に役職が似ているため、中納言の唐名としても使われる。

＊3　宗瓊…詳細不明。

＊4　宇文融…生年不明、没年七二九年。中国、唐の政治家。玄宗に仕え、監察御史を務めた。

＊5　秘書監…中国の官名のひとつ。秘書省の長官で、図書を管理する職であったという。

＊6　明州の港…現在の中国浙江省寧波市一帯。

＊7　李太白…李白の名で知られる。生年七〇一年、没年七六二年。中国の唐代の詩人で、中国最大の詩人として杜甫とともに「李杜」と並び称される。遣唐使の阿部仲麻呂と交流した記録が残る。

＊8　王維…生年七〇一年頃、没年七六一年。中国唐代の詩人、画家。李白、杜甫に次ぐ大詩人とされ、仏教に帰依したため「詩仏」と称された。遣唐使の阿部仲麻呂と交流した記録が残る。

＊9　包佶…生没年不詳。中国唐代の詩人。

＊10　異朝…外国。特に中国をさす。⇔本朝。

＊11　吉備真備…生年六九五年、没年七七五年。奈良時代の公卿。吉備の豪族の出身で、阿倍仲麻呂らとともに遣唐使として入唐し、儒学、天文学、兵学等を修めた。また帰国時に数多くの経書や天文暦書等、書物を持ち帰り、朝廷に献上した。その後、朝廷で重用されるも、真備らの追放を狙って起こされた藤原広嗣の乱の結果、左遷。しかし唐に再度渡り、帰国した後、藤原仲麻呂の乱の鎮圧に貢献するなど実績を挙げ、右大臣となる。それからは律令の刪定などに尽力し、吉備大臣と称せられた。

＊12　張説…生年六六七年、没年七三〇年。中国唐代の詩人・政治家。洛陽出身の人物で、玄宗朝初期の宰相を務めた。

負かし、唐人の智恵を見せつけてこの地に留めよ」

吉備大臣は客館（かっかん）にいてこれを聞き、考える。

「囲碁について工夫を巡らせたが手馴（てな）れぬ術であり、唐人に及ばぬ。これでは我が日本の恥辱である。いかがしようか」

そう灯火の下で黙然として案じ続けていたところ、突然目に阿倍仲麻呂の姿が映ったため、吉備真備は思わず声をかけた。

「あなたは仲麻呂ではないか。亡くなって久しいと聞いていたが、別条ないようでとても嬉しい。すでにこの地で亡くなったと聞き、三笠の山の秀歌を日本に伝えて形見としていたのだ」

しかし仲麻呂が涙を流したため、真備がそのわけを聞くと仲麻呂は涙にむせびながら言った。

「私はすでに冥土（めいど）の鬼となったが、日本への恩のためにあなたに力を貸したい。明日、張説との囲碁をするのであるならば、あなたは後れを取るであろう。そもそも囲碁の局盤は面が百六、黒白の小石が三百六十個ある。石の黒白は月光と月魄（げっぱく）[*1]を象徴している。これを手に取って互いに盤面に置く時、両の目が隣り合って同じ色の石が続けば生とし、続かないのを死とする。その手立てはこのようにしなさい。明日、盤面に向かって自身が勝利している様子を心に浮かべればよい。その後また野馬台詩（やばたいし）[*2]を読解せよと命じ、文才を苦しめようとするだろう。これは文を読む順番がわからなければ読めぬが、その時必ず私が知らせるから、安心してほしい」

そう告げたかと思うと、仲麻呂の姿は煙のごとく、幻のごとく、消えてしまった。吉備真備はその節義に感動し、仲麻呂の消えた方を三拝してから自身の心労を案じた。

明くる日、吉備真備は殿中に召され、張説と碁を囲んだ。帝が叡覧し、諸官も列座する様子は誠に眩く、晴れがましい勝負である。

真備が盤に向かうと自然に勝利の方法が心に浮かび、そのまま続けて打ち勝った。

すると李林甫*3という人物が一枚の紙に書いた詩を取り出し、吉備公の前に置いて言った。

「これは貴国の未来を記したものです。お読みになってみてください」

真備が手に取って見ると、それぞれの字は明白であるが、読み方がわからず、読解ができない。

「読めなければ日本の恥辱である」

そう幾度か考えをこらすが、どの文字から読み始め、どう読み終われば意味が通じるのかがわからない。そもそもその最初と最後の文字もわからず困っていると、天井から小さな蜘蛛が下りてきて、文の上に落ち、紙の真ん中にしばらくとどまっていた
すると今度は縦横に文字を伝って歩き始め、ある字は飛び越え、糸を引いて歩み行く。真備は目を離さずにこの蜘蛛の歩いた順に文字を読むと、文面が明らかになった。そこで高らかに読み上げると、唐の帝をはじめ、列候の諸官に至るまで、日本は小国であるが、その才知は唐土の及ぶところではない、こうなればあくまで賞美し、

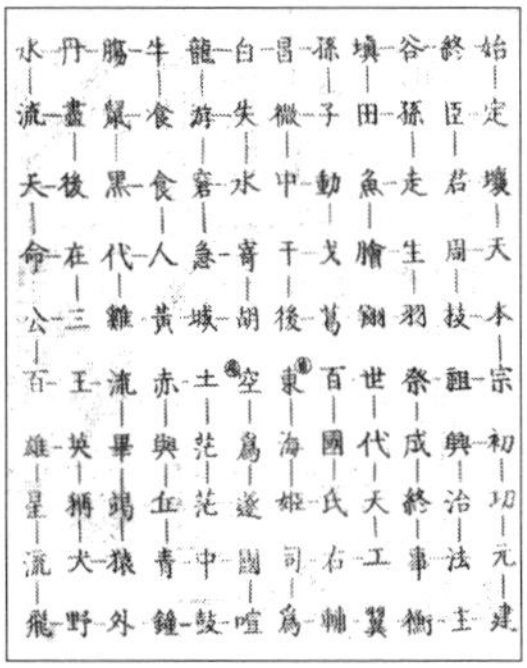

＊1　月魄…月の暗いところ。
＊2　野馬台詩…中国、梁の予言者である宝誌和尚が書いたとされる予言詩［上図参照］。
＊3　李林甫…生年不詳、没年七五二年。中国唐代の中国唐代の政治家。玄宗朝の宰相であり、「口に蜜あり、腹に剣あり」と評される。悪賢く、権力者にこびへつらう人物であったとされる。

恩を施してこの地に留めるべきだと考えた。

ある時、皇帝は真備を召して言った。

「汝の秀才と博識は感心するに余りある。仲麻呂や汝のごとき学才は、日本でも稀であろう」

これに真備は謹んで言った。

「小官なんぞを博学と仰らないでください。我が国で入唐使を命じられたのは、足りないところを学び熟して帰朝せよと、天皇はこの国を頼もしく思い、学問の未熟な小官を使いになさったのです」

この答えに唐の帝はいよいよ驚いた。

「唐朝の諸臣は学問足りず、才愚である。日本に見下されないようではむしろ残念だ」

皇帝は真備の心を知り、恥じて彼を留めることを止めた。この真備の言葉は、英知に溢れた人の一言は君命をも辱めないと後の時代でも称美された。

皇帝が真備に読ませた野馬台詩は、梁の時代に宝誌和尚[*1]と言う碩徳博識の僧が書き残した詩である。

それによれば、いつの頃のことか、日ごとに天童が一人、代わる代わる宝誌の元にやって来て文字をひとつずつ書いて去った。それは百二十日にわたり、百二十人の天童が来て百二十字を書き残し、その後は来なかった。

宝誌がこれを集めてみるとひとつの文となり、読めば日本のことを記していたため野馬台の文と名付けたという。

梁の時代から遥かな時を経て唐となったことから、習わなければ容易く読めるものではないにもかかわらず、真備は初めてですぐに読み解いてしまった。

私的なことを言えば、仲麻呂や真備、唐の野馬台の文について、ここに記した文章は女性や子どもにもわかりやすく、世俗の説を改めていることを付記する。

❖第十七章

吉備大臣の帰朝

并妖狐が真備を謀って日本に渡る

吉備真備が唐土にいて帝の賛美を受け、英智を輝せていた時、日本では人皇四十五代の聖武天皇*2、天平四年（七三二）に、多治比広成*3が遣唐使として入唐し、同七年（七三五）年三月帰朝したが、この時、吉備真備や阿部仲麻呂とともに入唐した玄昉僧正もともに帰朝を願った。

唐の皇帝も名残を惜しみ、珍しい物や名産の品々、そして珠玉の織物をたくさん餞別に渡した。

真備と玄昉は皇帝に別れの挨拶を奉り、唐の港に帰帆の船を準備していた。これもまた唐の帝から贈られたもので、加えて御座舟*4と供船の船主は鮮やかに舵を取る屈強な人物が選ばれ、不備などどこにもなかった。

順風に帆を揚げ、海原に向かい遙かに船を漕ぎ出したが、二日二晩ほど過ぎた頃、真備の乗る御座船に十六歳ばかりの美しい少女が黙然と座っていた。

真備はこれを見て驚き、この少女に向かって言った。

「あなたはどのような方で、なぜ断りもなく乗船したのですか」

少女が答える。

*1 宝誌和尚…生年四一八年、没年五一四年。中国の南朝において活躍した僧で、何日も飲食せずとも生きられる、予言を行う、分身するなどさまざまな神異を見せたとされる。

*2 聖武天皇…生年七〇一年、没年七五一年。第四十五代天皇で、文武天皇の子。仏教を篤く信仰し、全国に国分寺や国分尼寺を建てたことや、東大寺の建立でも知られる。

*3 多治比広成…生年不詳、没年七三九年。七三二年に遣唐大使に任命され、七三三年に入唐。翌年吉備真備や玄昉らを伴い帰国したとされる。

*4 御座舟…貴人が乗るための豪華な船を指す言葉。

「妾は玄宗皇帝の臣である司馬元脩*1という者の娘で、若藻という者です。あなた様のことは唐におられた頃より知っておりました。帰朝される際には、ともに連れて行っていただくことを願おうと思っておりましたが、父母に妾の心を伝えて願えども、なかなか許されることはありませんでした。そこで出帆の直前に密かに船に乗り、二日間この船の底に忍び隠れておりましたが、すでに船は沖を遥かに進んでいることと思いましたので、時節よしと出てきたのです。お願いです、許してくださいませ。どうか日本の地まで連れて行ってくださいませ。もし許していただけないのなら仕方ありません。妾は海底に身を投げて虚しく鯨や鮫の餌になりましょう」

女少はそう号泣して願うので、真備は訝しく思いながらも「帰朝の海路は大海の果てしない波濤に漂いながら、追い風を拾って走るのだ。望んでいないとはいえ、少女を海に投げて殺してしまうのは不憫で気が進まない」と仕方なく少女を近くに招き、言った。

「本当に女の智恵でここまで思い詰め、懇願するとは。船底で過ごすのは辛かったろうに、日本に行き、どの国を目指すつもりなのか。乗せて連れて行くのは簡単なことだ。しかし、父母のいる国を離れ、さぞかし心細かろうに。その部屋にいて、気ままに寝起きしなさい」

少女は何とも嬉しそうな様子で頭を下げ、喜んだ。

それから追い風も十分に帆を上げ、静かに船路を行き、ほどなくして筑前国（福岡県西部）の博多の浦に着いた。

真備らはそのまま駅館*2に向かった。かの少女も一緒に船から下りたが、駅館までついてこず、いつの間にかどこかへ消えてしまった。跡形もないため、吉備真備は奇妙に思った。

「この辺りまでともに歩いてきたのに、もし何かあったのなら不憫だ」

真備はその辺りの人々に少女の行方を尋ねたが、どこにも見当たらないので不思議に思いつつも、もともとは自分が連れてきた者ではない。そのため少女を探すことは諦め、唐土へ真備らを送った船を返し、筑前からは用意してあった船に乗り、風が止むのを待って帝都*3へ向かって出帆した。

実はあの真備の船に突然現れ、懇願して日本へ渡った少女こそ、殷（いん）を滅ぼし、天竺（てんじく）は耶竭（やかつ）国を傾けようとし、再び中国に戻り、今度は周を危機に晒（さら）した金毛九尾白面の狐であった。

褒姒（ほうじ）の産んだ伯服（はくふく）にその魂を移し、少女に化けて吉備真備を騙（だま）し、倭（やまと）へ渡るために利用したのだろうと後世に伝えられている。

そして吉備真備は元正（げんしょう）天皇養老五年（七二一）から聖武（しょうむ）天皇天平七年（七三五）まで、唐に留まっていた期間は十五年にわたった。玄昉は霊亀（れいき）二年（七一六）に入唐し、二十年にわたって唐に逗留（とうりゅう）していたが、問題なく帰朝した。

二人は遣唐使の多治比広成とともに参内（さんだい）し、天皇に拝謁（はいえつ）した。

この冥加（みょうが）の喜びは彼らの顔にありありと表れていた。吉備真備は多才で叡智に溢れており、唐から持ち帰った種々のものを日本に伝え、広めた。

その中には、今でも用いられていることも多いという。

*1　司馬元脩…不詳。架空の人物だろうか。
*2　駅館…大和政権が運営した交通施設。馬や人夫が常備されていた。
*3　帝都…平城京のこと。

❖第十八章 坂部行綱が女の赤子を拾う

并藻女、和歌を捧げて官女に召される

吉備真備が帰朝したのは聖武天皇天平七年（七三五）であり、この時、彼を謀って日本に渡った金毛九尾白面の狐は時を待って表舞台に現れようと、神通力を自在に操って身を隠していた。

しかし時節を得ることができぬままおよそ三百七十余年、いたずらに時を費やしていた。

そんな折、人王七十三代堀川院[*1]の時代に、先帝である白河上皇[*2]に仕えた北面武士[*3]の坂部庄司蔵人行綱[*4]という人があった。

行綱は自身の過失によって勅命による勘当を蒙り、山城国の山科[*5]のほとりの家に籠もり、何とか勅免のあることを願い、清水の観音[*6]へ願をかけ、毎日詣でていた。

承徳二年（一〇九八）三月の半ば、いつも通り参詣して帰る途中、春の嵐に誘われて散る桜は空に知られぬ雪と見まがうほど美しく見えた。

落ちた花が行路を埋め、薄紅の桃や、白い李が枝を交錯させ、吹き来る風は香りよく、その景色からは目が離せない。

あちらこちらと歩き回り、音羽の滝[*7]の清らかさに心を澄ます。世俗を離れた景色である。北は祇園の甍が高く、下河原から広々と南を望めば稲荷山に歌中山清閑寺[*8]、今熊野[*9]から鳥羽[*10]まで連なる山を立って眺めながら、巷には茨がしげり、高く伸びた樹は雲をも貫く。鶯の声は深く響き、餌を探す鳩の音は寂しく、羽ばたく雉の声も山路にことさらに澄んで聞こえてくる。

そんな景色の中、行綱は普門品[*11]を読誦しながら帰っていたが、道の傍らの藪の中から生まれたばかりの赤ん坊

の泣き声が聞こえてきた。

そこで行綱が不思議に思って探してみると、生まれてから七日経つか経たぬかと思しき子どもが、大層美しい衣に包んで捨てられていた。

「下賤の者の捨て子ではなかろう。きっと公卿方の公達が若気の至りで作ってしまった子なのだろう。ともかくこのままにはしておけない。私はもう四十に近い歳だが、子どもは一人もいない。しかし見るにつけて玉のよう

＊1　堀川院…生年一〇七九年、没年一一〇七年。第七三代天皇で、白河天皇の子。八歳で即位したため、上皇となった父が政治を行い、院政の始まりとなったと考えられている。一方、白河上皇のみが政治的権力を掌握したのではなく、堀川天皇自身も政治力を持ち続けた。二十九歳の若さで逝去した。

＊2　白河上皇…生年一〇五三年、没年一一二九年。第七二代天皇で、後三条天皇の第一皇子。天皇の位を息子、堀川天皇に譲った後も上皇として権力を持ち続け、院政を始めたとされる。この院政は鳥羽、崇徳天皇と堀川天皇を含め三代に渡って続いた。

＊3　北面武士…院の御所の北面で院中の警備にあたった武士。白河天皇の時代に始まり、院政を支えた。

＊4　坂部庄司蔵人行綱…実在の人物ではなく、この物語における架空の登場人物と考えられる。明治時代の岡本綺堂の小説『玉藻の前』にもこれを元にしたと思われる坂部行綱という北面武士が登場する。

＊5　山科…現在の京都府頭東部の盆地、山科盆地一帯。

＊6　清水の観音…現在も京都府東山区の清水寺に残る清水観音のこと。

＊7　音羽の滝…現在も京都府東山区の清水寺に残る音羽の滝のこと。

＊8　歌中山清閑寺…京都市東山区にある真言宗智山派の寺院。高倉天皇の寵愛を受けた小督局が尼になった寺として有名。

＊9　今熊野…現在でいう京都市東山区。後白河法皇が新熊野神社を勧請したため呼ばれた。

＊10　鳥羽…現在の三重県鳥羽市辺り。

＊11　普門品…法華経の第二十五品に当たる「観世音菩薩普門品」の略称。観世音菩薩の名を受持することの功徳や、この菩薩が三十三の姿に身を変えて世の人を救うことを説く。

なおなごだ。観世音様が私を哀れんでこの子を授けてくださったのだろう」

そう考えた行綱はその子を抱きかかえ、「我が子にしよう」と懐に入れて宿に帰った。

行綱の妻、早霜（さしも）にこのことを語ったところ、そのまま赤子を抱き取って「賤（いや）しからぬ身分の子ですね。まさに高位の生まれの子と思えば、これ以上の幸せはありません」

そう大いに喜び、夫婦はその子を実子のように愛し、育てることとした。

夫婦は改めて七夜（しちや）の祝[*1]をして、一子を藻女（みくずめ）と付けた。その心は、拾い得た子であるからその種を知らない。水草もまたいつの間にか生じていて、その種を知らない。それゆえにこの名を付けた。藻（も）は「みくず」と訓じるため、そう呼ぶこととしたのだ。

そうして藻女は年月を経るにしたがって健やかに成長し、類稀なる容顔美麗の女子となったため、ひと月ごとに夫婦の溺愛は増した。

わずか七歳でありながら行儀は正しく、道理をわきまえ、智恵は深く、一を教えれば十を悟る。読み書きについては言うまでもない。歌書をそらんじ、学ばずして和歌を詠み、文学を好んで諸芸に秀で、藻女と会って驚かぬ人はいなかった。

長治（ちょうじ）元年（一一〇四）春の半ばのことである。

天皇から御殿の内外に歌の題が通達された。

「独り寝の別れ」という意を読めとのことであった。独り寝にどうして別れなどあるだろう。これは全くの難題であり、詠み人の智を計るものであった。天皇の思し召しであると、后（きさき）、内侍（ないし）、親王、公卿、堂下（どうか）[*2]に至るまでさまざまな人が考え、詠んでもその心がお題に通じないため、ほどなく勅命の期限に達する時期となった。しかし誰も天皇に捧げるべき和歌を詠むことができない状態だった。

藻女はこれを誰に聞いたのか、父の行綱の前に出てこう話した。

「父上は上皇にご勤仕なさっているとき、不慮の過ちによってはからずも勅勘をこうむりなさったとお聞きしています。以来、家に籠るようになり、心もさぞや鬱屈していることでしょう。何とぞ、勅免があって元のように晴れた御身となれば、と毎日心を痛めておりましたが、幼少の女では嘆くことしかできませんでした。しかし、先だってより天皇が歌の題を出され、御殿の内外の后や内侍のみなさまが詠歌を奉るべき勅諚があり、お題が難しく、各々が歌を詠みかね、期限に達しようとしている今も、奉ることができないとお聞きしています。ここにおいて、私は密かに一首の和歌を考え、詠んでおりますゆえ、天皇に献上し、万が一天皇に認めていただけたなら、父上の勅勘をお許しになると思うのです。どうかこの旨を御歌奉行の卿へお話し、御歌所*3へ召して歌を献上させていただけるようご依頼ください」

行綱は娘の背中を撫でやさしく言う。

「よく言ってくれた。その幼き身でこのように心を尽くし、親を大切に思う孝行の志は忘れない。それだけで満足だ。成長してからもその心を忘れないでくれ。しかしながら、お前はこれまで和歌の道も学んではいないのだ。帝の御題なんぞを軽々しく詠み奉ることができようか。このたびの勅命は延期を重ねそうだ。また歌を献上する機会もあるだろうから、その内に歌の道を学び、勅命に応えられる方法を明らかにし、父のために奉っておくれ」

*1 七夜の祝…赤子が生まれて七日目にその生誕を祝うこと。
*2 堂下…清涼殿の南厢の部屋である殿上の間に昇殿を許されていない官人のこと。
*3 御歌所…勅撰和歌集の編纂等のため、宮中に設けられた臨時の役所。和歌所ともいう。

これに藻女はひれ伏して言う。

「仰ることはもっともです。ですが、私が幼いといえどもどうして朝廷を恐れなければならないでしょうか。父上を粗略に扱うべきでしょうか。難題と聞き、人にその内容を問えば、独り寝の別れ、というお題だそうです。これを難題とは思わなかったので、私は一首詠んだところ、秀逸に思えるものができたので、天皇もお認めになると思うのです。たとえそこまで至らずとも、天皇の叡慮に背く歌ではありません。この勅命がくだされたからには、天皇も無理だと思われているわけではないでしょう。たってのお願いです」

行綱は常々娘の才能を見てきたこともあり、幼子のすることであれば多少の誤りがあってもお許しになるだろうと考えた。

そして行綱はついに娘の言葉に任せ、日頃懇意にしている御歌奉行、烏丸大納言光兼卿[*1]の館に行って長臣に対面し、ことの次第を述べて口利きを頼んだ。長臣光兼に伝えると、光兼はこう言った。

「幼き者の奇特な話ではあるが、その方は勅勘された者であるから、すぐには取り計らうことができない。まず娘を連れ来て、私の元に預けなさい。その上でどうにかしよう」

行綱は拝謝して家に帰り、藻女を伴ってすぐに烏丸家に行き、娘を預けた。

ほどなくして烏丸光兼卿は同列の万野小路前大納言弘房卿[*2]に相談し、御歌所の花山院内大臣雅実公[*3]へ披露した。それが関白殿下忠実公[*4]の耳に届き、天皇への進言があって、ほどなくして藻女を具して参内あるべき旨、勅宣が下った。光兼卿と弘房卿の両卿は七歳になる藻女の衣服を取り繕わせ、内裏に共に連れて行った。

藻女は車よせから昇殿することとなった。彼女は幼少であるが平民であったため、殿中の者に尋ねた上で奥の女蔵人口から召されることとなり、清涼殿[*5]の端の縁に座らされた。天皇は高御座に出御した。后や内侍、官女たちは羅綾(らりょう)[*6]を五つに重ね、緋の袴を纏(まと)っている。女孺(にょじゅ)[*7]の面々も化粧をして后らにお供し、並んで座っている。

公卿らは列座して威儀堂々たる様子で、厳重に目ざとく藻女の様子をうかがっているようだ。

この時、御歌所の雅実公が奉行の光兼卿、弘房卿に言葉を伝えられると、正六位の殿上人(てんじょうびと)が心得ていたようで、硯(すずり)と短冊を入れた柳箱(やないばこ)を取り出して差し出した。光兼卿と弘房卿は藻女を召して箱を渡すと、幼年七歳の女子はこれを受け取り、元の席に着座した。その姿と仕草は大変に優雅で、座中の公卿や官女はさめざめと涙を流し、感じ入る。

そうであっても幼子の詠歌であるからどれほどのものであろうとみなが思い、息を詰めて眺めていると、藻女は静かに墨を擦り、筆を染め、短冊を取って、さらさらと歌を書いた。

＊1　烏丸大納言光兼…不詳。架空の人物だろうか。先行する玉藻を扱った作品『玉藻前曦袂(あさひのたもと)』などにも同名の人物が見える。
＊2　万野小路前大納言弘房…不詳。鳥羽天皇の時代に橘広房という歌人がいるが、万野小路を名乗った記録は見えない。先行する玉藻を扱った作品『玉藻前曦袂』などにも同名の人物が見える。
＊3　花山院内大臣雅実…不詳。架空の人物だろうか。先行する玉藻を扱った作品『玉藻前曦袂』などにも同名の人物が見える。
＊4　忠実…藤原忠実。生年一〇七八年、没年一一六二年。平安時代後期の廷臣。鳥羽天皇の摂政となり、のちに関白となったが、白河法皇に疎まれ、一時政界を去る。鳥羽天皇によって復帰するも、長男藤原忠通(ただみち)と対立し、保元(ほうげん)の乱発生の一因となった。
＊5　清涼殿…平安京の内裏のうち、天皇が日常の御座所であった場所。
＊6　羅綾…うすぎぬとあやおりのこと。また、高級な美しい衣服を指して使う場合もある。
＊7　女孺…宮中に仕えた下級の女官。

清涼殿におゐて藻女和歌を献る圖

清涼殿で和歌を献上する藻女

夜やふけぬねやのともし火いつかきえて我かげにさへわかれてしかも

（夜は更け、寝屋の灯も消えてしまった。私は自分の影とさえも別れてしまったのだなぁ）

この短冊を光兼卿と弘房卿へ渡すと、彼らは雅実公へ差し出した。雅実公はこれを手に取り、高らかに詠吟して、うやうやしく天皇に献上する。

天皇はそれを受け取り、言った。

「歌の形の秀逸なるのみならず、筆跡までも麗しく、深く感心した。あり合わせた公卿、殿上人で感じ入らない者はいないだろう。類稀な才智の女子であるから、そのまま我の元に仕えなさい」

これは重い勅命であった。さらにこれは全く父母の養育によるものであるから、藻女の父にもよきに計らいなさいという命もあり、行綱の境遇は勅免された。

坂部庄司蔵人行綱は以前のように北面武士となって本官に復し、従五位下左衛門尉（じゅうごいげさえもんのじょう）に還任した。

行綱は烏丸家の厚情と蔓野小路、花山院の両家の恩義を感じたという。

行綱は毎日のように清水寺の観音に参詣していたことでその恵みを得られた。清水観音の誓いは何よりも固いのだ。

❖第十九章 藻女に依り行綱は恩顧を賜わる 并小町以上の女房歌道名誉の話

人王七十三代堀川院の時代、勅免により朝廷の本官に復帰した北面武士、従五位下左衛門尉坂部行綱は天皇からの恩を感じ、忠実に勤務に励んでいたが、堀川院二十一年、嘉承二年（一一〇七）七月十九日、天皇は三十歳にて崩御した。

同年十二月一日、皇太子である宗仁親王が天皇となった。後の鳥羽院である。母は贈太政大臣実季公の息女、御諱は苡子という。

翌年改元があり、七十四代鳥羽院の天仁元年（一一〇八）となった。

この時代になって、行綱は一階を加えられて右近将監[*1]に転任した。行綱は元来、地下[*2]の官人であったため、殿上することができない身分であり、天皇の許しを得て奉る勤功がなかった。しかし先帝の時代、娘の藻女が天皇に見出されて官女となり、今は成長して容顔は誰よりも勝り、聡明で、他者と英智を比べても並ぶ者がいないため、とりわけ天皇に寵愛を受けることとなり、それゆえに父である行綱も昇進した。

元永二年（一一一九）の春、行綱は亡くなり、続いて母も亡くなったので、藻女は孤児となって不憫に思われた。

そもそも藻女が大内へ召されたのは、先帝より諸家へくだされた和歌のお題が難問であったために人々が悩み、詠むことができなかったのに対し、最後に藻女が幼少でありながらお題にかなう秀歌を詠んで献上したことによる。この褒美によって勅命を蒙り、父の勅勘までも許された。これは全く和歌の徳によるものである。

＊1 右近将監…武器を持ち、宮中の警護や行幸の警備などを担った役所、右近衛府の第三等官。従六位上相当。

＊2 地下…殿上人に対して、昇殿の許されなかった官人のこと。堂下と同義。

和歌は本朝に伝わる習わしであり、神代には伊弉諾（いざなぎのみこと）[*1]と伊弉冉（いざなみのみこと）[*2]の二尊天が天（あま）の浮橋で互いを呼んだ歌に始まり、素戔男尊（すさのおのみこと）[*3]が歌った八雲の歌が三十一文字（みそひともじ）であったため、世に広く伝わった。

天地（あめつち）の神々も感動させ、目に見えぬ鬼神をも哀れと思わせ、武士の心をも和らげる歌の徳は厚く朝恩まで呼び、詔（みことのり）を受けた官女は昔から数えてみても数え切れぬほどいる。

ここにその例をひとつ、ふたつ記そう。まずその昔、人王五十四代仁明（にんみょう）天皇[*4]の時代、承和（じょうわ）年中の頃、参議であった小野篁（おののたかむら）[*5]の養子、左衛門佐従四位出羽郡司（さえもんすけじゅしいでわのぐんし）小野良実（おののよしざね）の娘がいた。この娘は名を小町といい、容貌は宝玉（ほうぎょく）のように美しく、才智に溢（あふ）れ、幼少にして和歌を好み、詠めば秀歌ばかりであったため、その噂が天皇の耳に届いて殿上に召された。

祖父の篁に小町を伴って参内すべし、と詔があったため、篁は畏（かしこ）まって小町を連れて天皇の住む宮へ赴いた。

この時小町は七歳であったが、帝もその美貌に感激するとともに、どうして小町はこのように麗（うるわ）しい姿に加え、和歌の道にまで精通しているのだろうと考えた。

もともと祖父である小野篁は博学多才な上に、詩文も巧みで歌道においても並ぶ者がいなかった。そんな彼も愛しい孫のこととなれば、自ら歌を考えて教え、少女の詠んだものとして披露させることもあるのではないか。

もしくはたとえ本当に見よう見まねで歌を詠んでいるとしても、未だ七歳の少女である。恋の情は知らぬだろう。

そこで難しい恋歌を詠み、それに対して即席の返歌を詠ませようと即席の恋歌を小町に告げ、返歌を求めたところ、小町はたちまち短冊を手に取り、迷いなく筆を走らせて返歌を差し出した。

天皇はこの様子を見て、言った。

「高らかに吟じよ」

大納言の源融[*6]卿が元の歌と返歌をともに高声に吟じたところ、帝は深く感心した様子で小町を称賛した。

「あっぱれ、さすがは篁の孫である。成長した後を見てみたいものだ。以後は当座の会に彼女を召しなさい」

＊1 伊弉諾…日本神話の神。『古事記』では伊邪那岐命、『日本書紀』では伊弉諾尊。記紀神話において伊弉冉尊とともに国生みと神生みを行った男神。妻であり、妹である伊弉冉が死した際、黄泉国まで迎えに行くが、連れ帰すことができず、その穢れを禊した際に、天照大神、月読尊、素戔嗚尊の三神をはじめとした多くの神が生まれた。

＊2 伊弉冉…日本神話の神。『古事記』では伊耶那美命、『日本書紀』では伊弉冉尊。記紀神話において伊弉諾尊とともに国生みと神生みを行った女神。しかし火の神である軻遇突智を生んだ際、その火傷が元で死亡。黄泉国に下り、黄泉の神となった。『日本書紀』においては天照大神、月読尊、素戔嗚尊の母となったという話も記録されている。

＊3 素戔男尊…日本神話の神。『古事記』では須佐之男命、『日本書紀』では素戔嗚尊と表記される。黄泉の穢れを落とした伊弉諾尊から生まれた神の一柱。八岐大蛇退治や、根の国において大国主神を試した話などが有名。

＊4 仁明天皇…生年八一〇年、没年八五〇年。第五十四代天皇で、嵯峨天皇の皇子。八三三年、淳和天皇の譲位によって天皇となる。政情は安定していたが、八四二年、嵯峨上皇の死に際して承和の変が発生。藤原北家の政権独占の発端となった。

＊5 小野篁…生年八〇二年、没年八五二年。平安時代の公卿。『内裏式』等の編纂に関わった小野岑守の子であったが、若年の頃は弓馬に熱中し、学問に手を付けなかったため、嵯峨天皇に嘆かれた。これを聞いた篁は悔い改めて学問を志し、文章生となる。後に遣唐副使に任命されるも、これを拒否して乗船せず隠岐に流される。それから許されて参議し、従三位、佐大弁などを歴任した。

＊6 源融…生年八二二年、没年八九五年。平安時代の貴族。嵯峨天皇の皇子であったが、源朝臣の姓を受け臣籍に下り、後に仁明天皇の養子となる。左大臣まで昇進し、六条河原に河原院という邸宅を営み、河原左大臣とよばれた。また宇治に別荘を持ち、それが後に仏寺とされ、平等院となった。また、『源氏物語』の主人公、光源氏のモデルの一人とも考えられている。死後は河原院に出没する幽霊となったという記録が残る。

これにより小町は采女[*1]に加えられ、所領として山科の郷が与えられた。

條右大臣の源常[*2]公によってこの勅命があり、篁は誉を得て退出した。

それから篁がまた朝廷に召された時、勅諚があった。

「小町は皇子の妃の一人として配属するつもりだ。年頃になるまでお前が大切に養育しなさい」

この大変に光栄な命を受け、篁は車に乗って朝廷を退いた。

天皇が小町を配偶しようとした親王は惟喬[*3]親王であったという。

この時より娘は小野小町と呼ばれるようになった。

嘉祥三年（八五〇）三月二十五日、仁明天皇は四十一歳で崩御した。

それから三年経ち、文徳天皇仁寿二年（八五二）十二月二十二日、小野篁も亡くなり、文徳天皇の時代には小町の父、小野良実の位階では娘を親王の配偶者とすることは叶わなかった。

そのため先帝の考えも考慮されず、小町は大変に不本意に思い、それから恋はしても婚姻は結ばず、縁もないまま過ごしていた。

惟喬親王も同じくよい縁がなく、小町以外の世の人と婚姻を結ぶことはなかった。その後、貞観十四年（八七二）七月十一日、惟喬親王は出家し、山科の里、小野小町の館の隣にある別殿に住むこととなった。

小町はそれから、昼夜を問わずの惟喬親王の歌の相手となったという。

そして小町が歌道で高名になり、神泉苑[*4]における雨乞いの勅命を蒙り、従四位に叙せられ、后に准じ、糸毛の車を賜り、名歌によって天下の旱魃を救った。

それから清和天皇[*5]の歌合わせにおいては「水辺の藻」というお題を給わり、歌合わせの会に赴いた。

歌の相手は山城権守大伴黒主*6であった。

黒主は小町が相手では敵わないと考え、侍女を言いくるめて小町の歌を盗ませた。そして自ら『万葉集』に小町の歌を書き込み、歌合わせの会において、小町の歌を「古歌である」と言って妨害しようとした。

これに小町は殿上に異議を申し立て、『万葉集』を調べ、新しい墨を使って歌を書き加えたのであろうことを天皇に申し上げ、『万葉集』を水に浸して洗ってみると、後から書き入れた小町の歌だけが一字も残らず落ちた。

このような不正が明らかになったことにより、その日の歌会は中止となった。黒主は面目を失い、夜に紛れて都から逃げたという、そして小野小町は、幼い頃から七十余歳になるまで歌道の名誉は数え切れないほどだった。

---

*1　采女…宮中の女官のひとつ。天皇の側に仕え、寝食に奉仕する役割を担った。

*2　源常…生年八一二年、没年八五四年。平安時代の公卿。嵯峨天皇の皇子でもあった。

*3　惟喬親王…生年八四四年、没年八九七年。文徳天皇の第一皇子。母親の出自のため皇太子になれず、大宰帥、弾正尹、上野大守などを歴任。後に比叡山の麓の小野に隠棲したという。

*4　神泉苑…平安京遷都の際に大内裏の南に接して造営された庭園。大きな泉があり、雨乞いや疫病退散など、さまざまな修法が行われた。

*5　清和天皇…生年八五〇年、没年八八〇年。第五十六代天皇。水尾天皇ともいう。文徳天皇の第四皇子。八五八年、九歳で即位したが幼少のため外祖父、藤原良房が摂政となった。これが藤原氏の全盛期の始まりとなったという。

*6　山城権守大伴黒主…生没年不詳。平安時代の歌人。六歌仙の一人。近江国の人物だったとされるが、山城権守であったかは不明。

もうひとつ例を挙げよう。人王六十八代後一条（ごいちじょう）院[*1]、長元（ちょうげん）の頃（一〇二八〜一〇三七）、丹後守（たんごのかみ）である平井保昌（ひらいやすまさ）[*2]が丹後国（京都府北部）を治めていた。

その妻は和泉式部（いずみしきぶ）[*3]といって元は和泉守の橘道貞（たちばなのみちさだ）[*4]の妻であり、皇后の上東門院（とうじょうもんいん）[*5]に仕える女房であった、夫が和泉守であったため和泉式部と称され、世に名高い歌人であった。その子もまた上東門院に仕え、内侍として小式部（こしきぶ）[*6]と呼ばれた。

和泉式部が平井保昌に嫁いだ後は夫婦で丹州に下った。その時、娘の小式部は都の館に残った。その際、内裏（だいり）に当座の歌会あって召されたが、若い殿上人がこのようなことを言った。

「小式部が年若いのにあのような巧みな歌を詠むのは、母の式部が詠んだ歌をそのまま教えてもらっているのだろう」

これは大納言である藤原公任（ふじわらのきんとう）卿[*7]の息子であった。

その時、中納言の藤原定頼（さだより）卿[*8]に仕える女房が来て小式部に対し、戯れるように言った。

「歌についてはいかがしましょう。丹後の母君の元へ人を遣わせましょうか」

これを聞き、小式部は若殿上人の袍（ほう）の袖をつかんで引き止め、歌を詠じた。

大江山いくののみちの遠ければまだふみも見ず天のはしだて

（大江山を越え、生野へと行く道が遠いので、私は天の橋に踏み込んだこともないし、母の文も見ておりません）

これを聞いた若殿上人は袖を振り払って赤面し、逃げて行ったという。

また母の和泉式部は常に鰯（いわし）を好み、よく食べていたので、夫の保昌はこれを見て、「鰯は身分が低い者の食べる魚だぞ。上臈（じょうろう）が食べるものではない」と笑ったので、式部は歌をもって返答したという。その言葉により、鰯

＊1　後一条院…生年一〇〇八年、没年一〇三六年。第六十八代天皇。一条天皇の第二皇子。母は藤原道長の娘、彰子（しょうし）。三条天皇の譲位により九歳で即位し、道長が摂政を務めた。二十九歳の若さで死去。

＊2　平井保昌…藤原保昌のこと。生年九五八年、没年一〇三六年。大和、丹後、摂津の国守、左馬頭（さまのかみ）などを歴任した。武勇に優れ、盗賊袴垂（はかまだれ）を恐れさせた説話や、源頼光らとともに大江山の鬼、酒呑童子（しゅてんどうじ）退治に参加した話が有名。和泉式部の夫でもあったとされる。

＊3　和泉式部…生没年不詳。平安時代の歌人。冷泉天皇皇后である昌子（しょうし）内親王に仕えた。橘道貞と結婚し、小式部内侍を産んだほか、道貞が和泉守となったことで和泉式部と呼ばれた。後に道貞とは別居し、冷泉天皇の皇子である為尊（ためたか）親王の寵愛を受ける。しかし親王も疫病に倒れ、死別。その後、為尊親王同母弟の敦道（あつみち）親王の求愛を受けるも、敦道親王もまた病に倒れ、死去する。やがて一条天皇の中宮、彰子に仕え、藤原保昌と結婚した。その自由奔放な生き方から当時の貴族の評価はさまざまであったが、歌の才は確かなもので、中古三十六歌仙の一人として数えられている。

＊4　橘道貞…生年不詳、没年一〇一六年。平安時代中期の官吏。和泉式部と婚姻し、小式部内侍が生まれた。しかし陸奥守（むつのかみ）になった時にはすでに離別していたという。

＊5　上東門院…生年九八八、没年一〇七四年。藤原道長の娘、藤原彰子のこと。一条天皇の中宮。晩年は上東門院で出家し、上東門院と呼ばれた。和泉式部や紫式部ら才女が仕えた女性で、自身も聡明で穏やかな人柄であったと伝えられる。

＊6　小式部…生年不詳、没年一〇二五年。平安時代の女流歌人。和泉式部の娘。母とともに藤原彰子に仕えた。『後拾遺和歌集』などに歌が残る。

＊7　藤原公任…生年九六六年、没年一〇四一年。平安時代中期の歌人、公卿。関白太政大臣藤原頼忠（よりただ）の子。蔵人頭（くろうどのとう）を経て、参議、権大納言に至った。漢詩・管絃・和歌に優れ、中古三十六歌仙の一人に数えられる。

＊8　藤原定頼…生年九九五年、没年一〇四五年。平安中期の公卿、歌人。藤原公任（きんとう）の子。中古三十六歌仙の一人に数えられる。

を「おむら」と名付け、世の上臈たちも食べるようになったとか。

さらに例を紹介しよう。一条天皇に仕えた藤式部[1]は左衛門である佐藤原宣孝[2]の妻で、曾祖父は中納言であった藤原兼輔[3]、父は従五位下であった藤原為時[4]であった。

藤式部は博学にして和歌に卓越し、石山寺[5]の観音へ参籠して湖水を照らす月の光に心を澄まし、かの『源氏物語』を考えたという。

これに対する天皇の感激は浅からず、とりわけ「紫の上」の章の評価が高かったため、最も高貴な色である紫を名を贈り、紫式部と称されて天皇にも重用された。

その娘は大弐である高階成章[6]の妻となり、後一条院の乳母であったため三位に叙せられ、大弐三位[7]と呼ばれる歌人であった。

また上東門院の母である源倫子に仕えた赤染衛門[8]は、大和守である赤染時用[9]の娘で、父が右衛門尉であったゆえこの名で呼ばれ、大江匡衡[10]の妻となって匡衡右衛門とも呼ばれた。

ある時「四方の郭公」というお題にて歌を作ることがあったが、考え尽くした後、一人で笠で顔を隠しながら洛外を徘徊し、北は平野、南は伏見、東は粟田口[11]まで及んだ。

毎日歩いて胸に浮かぶ景色がないかと考え、ついにそれも絶えかけた時、北へ行き南へ帰り東の山に月が出る景色がふと心に浮かび「これぞ和歌の神の教えでしょう」と四方を拝して書いた歌がこれだ。

北にきく南にかへるほととぎす月の出入る山にこそなけ

（北に鳴き声を聞き、南に帰って行くほととぎす。月の出る東の山や、消えて行く西の山で鳴きなさい）

これは秀逸な歌であったため。天皇も感銘を受けた。

*1 藤式部（紫式部）…生年九七三年、没年一〇一四年。平安時代の物語作者、歌人。『源氏物語』の作者として著名なほか、中古三十六歌仙の一人に数えられるなど和歌でも有名。藤原為時の娘として生まれ、藤原彰子に仕えた。

*2 佐藤原宣孝…生年不詳、没年一〇〇一年。藤原宣孝のこと。生年不詳、没年一〇〇一年。紫式部を妻とし、筑前守、山城守などを歴任。式部との間に大弐三位が生まれている。

*3 藤原兼輔…生年八七七年、没年九三三年。平安時代の歌人。三十六歌仙の一人。邸宅が賀茂川の堤近くにあったため堤中納言と称された。紫式部の曾祖父でもある。

*4 藤原為時…生没年不詳。紫式部の父。菅原文時に師事した後、式部丞、蔵人などを歴任した。一条天皇に詩を付した文を奏上し、天皇を感心させて越前守となった話が有名。

*5 石山寺…滋賀県大津市に現存する寺院。一〇〇四年、紫式部が石山寺に七日間、参籠し、そこで『源氏物語』の着想を得た、という伝説で知られる。

*6 高階成章…生年九九〇年、没年一〇五八年。平安時代の公卿。紫式部の娘、藤原賢子（大弐三位）の夫として知られる。

*7 大弐三位…生没年不詳。本来の名は藤原賢子。紫式部の娘で、平安時代の女流歌人。母と同様に藤原彰子に仕え、親仁親王（のちの後冷泉天皇）の乳母を務めたことでも知られる。

*8 赤染衛門…生没年不詳。平安時代の女流歌人。藤原道長の妻、倫子と、娘、藤原彰子に仕えた。歌人として名が知られ、和泉式部、清少納言、紫式部らとも交流があった。家集に『赤染衛門集』がある。

*9 赤染時用…生没年不詳。平安時代の公卿。赤染衛門の父として知られる。

*10 大江匡衡…生年九五二年、没年一〇一二年、平安時代の学者、歌人。妻は赤染衛門。一条天皇の侍読を務めた。

*11 平野、伏見、粟田口…平野は現在の京都市北区、衣笠山東麓の辺り。伏見は同伏見区の辺り。粟田口は同東山区・左京区の間、粟田口と呼ばれる場所の辺り。

その後、子の大江挙周[*1]は和泉守となったが、国守を任せられた後、重病を患った。これは住吉神の祟りであったため、赤染衛門は治癒を祈り、歌を詠じた。

かはらむと祈る命は惜しからで扨はわかれんことぞかなしき

（我が命は子の命に代えることなど惜しくもないけれど、息子と別れることはとても悲しいことです）

この歌を御幣に記し住吉の社に奉ったところ、その日の夜の夢に白髪の老翁、この御幣を手に取るのを見て、挙周の病は癒えたという。

このほかにも、源頼光[*2]の娘であり、相模守の大江公資[*3]の妻で、入道一品宮[*4]の女房である相模がいる。周防守である平継仲[*5]の娘で、後冷泉院[*6]の女房の周防内侍[*7]がいる。祭主である大中臣能宣朝臣[*8]の孫娘の伊勢大輔[*9]がいる。清原元輔[*10]の娘で『枕草子』を選した清少納言[*11]がいる。紀伊守である平重経[*12]に妹にて後朱雀帝[*13]の皇女、祐子内親王[*14]に仕えた紀伊神祇伯である源顕仲女[*15]がいる。鳥羽院の后である待賢門院[*16]に仕えた源頼政[*17]の娘であり、二条院に仕えた讃岐[*18]がいる。

＊1　大江挙周…生年不詳、没年一〇四六年。平安時代の漢学者、詩人。大江匡衡と赤染衛門の子。東宮学士、和泉守、文章博士などを歴任。式部権大輔に進んだ。

＊2　源頼光…平安時代の武将。頼光四天王と呼ばれる四人の武将を従え、自身もまた弓術を得意とし、剛勇で知られた。藤原道長に仕え、その側近として彼を支えたことでも知られる。大江山の酒呑童子、葛城山の土蜘蛛など、さまざまな妖怪と戦い、討伐した伝説で知られる。

＊3　大江公資…生年不詳、没年一〇四〇年。平安時代の官吏、歌人。『後拾遺和歌集』などに和歌が残る。

＊4　入道一品宮…脩子内親王。生年九九七年、没年一〇四九年。一条天皇と藤原定子の娘。

＊5　平継仲…この物語では平継仲となっているが、恐らくは平棟仲。棟仲は生没年不詳で、平安時代中期の貴族、歌人。娘に周防内侍がいる。

＊6　後冷泉院…生年一〇二五年、没年一〇六八年。第七十代天皇。後朱雀天皇の第一皇子。当時は藤原氏の全盛期であり、母、藤原嬉子の兄、藤原頼通が関白として権勢を振るった。

＊7　周防内侍…生年不詳、没年一一一〇年。平安時代の女流歌人。後冷泉、後三条、白河、堀河の四天皇に女官として仕えた。和歌が『後拾遺和歌集』などに残る。

＊8　大中臣能宣…平安時代の歌人。三十六歌仙の一人。万葉集の訓釈や『後撰和歌集』の選者を務めた。

＊9　伊勢大輔…生没年不詳。平安時代の女流歌人。藤原彰子に仕え、紫式部や和泉式部と交流があった。『後拾遺和歌集』などに和歌が残る。

＊10　清原元輔…生年九〇八年、没年九九〇年。平安時代の歌人で、三十六歌仙の一人。清少納言の父としても知られる。

＊11　清少納言…生年九六六年、没年一〇二五年。生没年不詳。平安時代の歌人、文学者。歌人の家柄に生まれ、早くから和漢の才を評価されていた。後に一条天皇中宮である藤原定子に仕え、随筆『枕草子』を記す。しかし定子が出産で亡くなって間もなく宮仕えを辞め、その後の生涯はいまだよくわかっていない。

＊12　平重経…詳細不明。

＊13　後朱雀帝…生年一〇〇九年、没年一〇四五年。第六十九代天皇。後一条天皇の第三皇子。母は藤原彰子。即位した時期が摂関政治の全盛期に当たったため、関白であった藤原頼通が権勢を振るい、後朱雀天皇は思うように政治に関与できなかったとされる。一〇四五年に剃髪し、出家した。

＊14　祐子内親王…生年一〇三八年、没年一一〇五年。後朱雀天皇の第三皇女。母は藤原嫄子で、母の養父藤原頼通の後見を受け、准三宮となった。

＊15　源顕仲女…平安時代の女流歌人。『金葉和歌集』などの勅撰集に四首歌が残る。

＊16　待賢門院…生年一一〇一年、没年一一四五年。鳥羽天皇の皇后。藤原璋子ともいう。後白河天皇、崇徳天皇の母。

＊17　源頼政…生年一一〇四年、没年一一八〇年。平安時代の武将。多くの妖怪退治伝説を残した源頼光の玄孫でもある。保元の乱では後白河天皇側につき、平治の乱においては平清盛に味方し、ふたつの戦で勝者側で戦ったことで栄進する。そのため平氏が実験を握った時代でも中央に留まることができたが、後白河天皇の第三皇子、以仁王が平氏打倒のため立ち上がると、その中心となって戦った。しかし力及ばず、平等院にて自害し、この世を去った。『平家物語』などに残される、内裏の上空に現れた妖怪、鵺を射落とした伝説で有名。

＊18　讃岐…生年一一〇四年、没年一一八〇年。平安時代の武将。多くの妖怪退治伝説を残した源頼光の玄孫でもある。保元の乱では後白河天皇側につき、平治の乱においては平清盛に味方し、ふたつの戦で勝者側で戦ったことで栄進する。そのため平氏が実験を握った時代でも中央に留まることができたが、後白河天皇の第三皇子、以仁王が平氏打倒のため立ち上がると、その中心となって戦った。しかし力及ばず、平等院にて自害し、この世を去った。『平家物語』などに残される、内裏の上空に現れた妖怪、鵺を射落とした伝説で有名。

このように名家に生まれた歌人の娘は数限りないが、その名高い詠歌はそれぞれの家集を読んでもらうこととしよう。ここに書けなかった名家の娘が歌を詠んだ話も多い中、藻女は地下という身分の低い家の出でありながら、実力のみで朝廷の者たちと交流し、幼くして名を上げた。これはほかに例のないことである。

❖第二十章　高陽殿にて藻女がその身より光を放つ　幷安部泰親が易道の妙を究める

鳥羽院がまだ皇位に就いていた頃、天仁の年号が三年目にして改元し、天永元年（一一一〇）となった。同四年の正月の一日、帝が元服した。摂政である藤原忠実を大政大臣とし、その後永久三年（一一一五）四月二十八日、忠実公を関白に任じた。この天皇と賢臣の政治や教育は素晴らしく行き届いており、国内の民は喜び、天皇らを祝った。

その当時、藻女は十七歳になっていたが、花のようなかんばせは美しくしとやかで、髪は雲のように軽く優美であり、妖艶であった。

その美麗には、春の月明かりに照らされる夜の桜や芙蓉、夕暮れの海棠も及ばない。

その上、博学であり、秀才であり、歌道、楽器、そのほか諸々の業にまで精通し、賢く、心立てはやさしく、後宮の一人でありながらいつの頃からか天皇の寵愛を受けるようになり、寝殿に召されて語り合うことは一度や二度ではなかった。

天皇と藻女の仲は濃く深くなり、天皇は次第に朝廷に現れなくなって、宮中で酒色に耽るようになった。これには官吏たちも眉をひそめ、議論が紛糾した。

年月が経って元永三年（一一二〇）三月三日、例年の規式として桃花の曲水の宴*1が行われた。

また去年の五月二十八日、皇后*2から皇子が誕生した。これを顕仁親王*3という。後の七十五代天皇、崇徳院が彼である。これにより后は皇子ともに宴に参加した。

このためこの年は天皇の命により宴は表向きの儀式のみとして、内宴は追って沙汰がある、とされた。

こうして式だけが行われたが、皇子は健やかに育ったため、同年の秋の末、清涼殿に出御し、公卿や殿上人が規式の拝礼をしてから高陽殿にて内宴の催しがなされた。

その席には皇子である顕仁親王、皇后である藤原璋子、関白である藤原忠実、堀河院の左大臣である藤原俊房*4、右大臣である源雅実*5、内大臣である藤原忠通*6、そのほか前官の右大臣と左大臣の二人、当官の大納言三人、

---

*1　曲水の宴…平安時代に行われた行事。庭園等で曲がりながら流れる水の前に出席者が座り、その水に流した盃が自分の前を通り過ぎるまでに詩歌を読むというもの。

*2　皇后…大納言公実公御息女璋子後待賢門院。

*3　顕仁親王（崇徳院）…生年一一一九年、没年一一六四年。第七十五代天皇。鳥羽天皇の第一子。五歳で即位の後、白河法皇及び鳥羽上皇が院政を取ったため、実権がなかった。その後、鳥羽上皇の意向により近衛天皇に皇位を譲り、上皇となって新院と呼ばれるが、本院と称される鳥羽上皇との対立が激化。そんな中で近衛天皇が十七歳で逝去し、崇徳院は我が子の即位に望みをかけるが、同母弟の雅仁親王が後白河天皇に即位する。そしてついに鳥羽上皇（法皇）の死後、藤原頼長らとともに挙兵し、保元の乱を引き起こす。しかし天皇側に敗れ、讃岐国に配流され、失意のうちに没した。しかし死後、怨霊と化してさまざまな祟りを起こしたという伝説が残る。

*4　藤原俊房…生年一一一三年、没年一一九一年。平安時代の公卿。文章博士、左大弁などを経て参議となり、近衛天皇の尚復、高倉天皇の侍読なども務めた。

*5　源雅実…生年一〇五九年、没年一一二七年。平安時代の公卿。堀川天皇の即位とともに参議に昇り、近衛大将、右大臣を経て従一位太政大臣となる。舞曲に優れていたとも伝わる。

*6　藤原忠通…生年一〇九七年、没年一一六四年。藤原忠実の長男。崇徳天皇、近衛天皇の摂政を務めた人物。父、忠実及び弟、頼長と対立し、保元の乱の原因となった。

詩歌管絃に堪能な公卿や殿上人、高官らが数多に召され、天皇の寵愛が深い藻女も宴に参列した。

官女らがお酌に立ち回り、詩を読み、和歌を詠じ、一日中酒宴は盛り上がり、管絃の音楽が響いた。

季節は秋の末であったので、宵の空は月が昇るのが遅かったが、その空を雲が不気味に覆い、時雨が降り始め、一陣の風が吹いて立て連ねた灯台がひとつ残らず消えてしまった。

天皇をはじめ皇子も后の姿は闇に消えて見えず、公卿や殿上人は驚いて声々に「松明を早く」と叫び合った。

そんな中、藻女はその身から光を放った。

何も見えぬ闇にあった高陽殿の内部がたちまち白昼のように照らされ、杉戸や屏風、襖に描かれた絵までもありありと見えたため、人々「これはどういうことか」と訝しく思い、奇異の思いを抱くようになった。

しかし帝は深く感激し、言った。

「藻女は生まれながらの秀才で、和漢の才だけでなく、仏教の教えさえも悟り、心に曇りがないからこそ、このようなこともあるのだろう」

そしてその場で藻女に玉の一字を贈り、これ以降は、藻女を玉藻前と称せよとの勅旨があった。これはこの上ない喜びである。

しかしその場にいた公卿たちは、心の内で藻女のように身から光を放つなどということは古今において聞いたこともないと訝しんだ。

そのため天皇に対し「怪しむべきことです」と諫めたが、天皇は感激の余り耳を傾けようとしなかったため、時を待って改めて奏上しようと勅命に応じて玉藻前を「凡人ならぬ玉藻前」と称美した。

それから座を修繕し、夜も更けたので、それぞれが暇を得たため、帝を始め自宅へと帰って行った。

この夜から天皇は人が変わったようになった。玉藻前への寵愛はさらに深くなり、一時も傍から離さなかったため、皇后とは疎遠になり、心を掛けられていたほかの女房たちも秋の扇と捨てられ、無念の涙を流し、玉藻前を恨まぬ者はなく、帝のつれなさを嘆いた。

それからというもの、天皇は昼夜もわからなくなり、三度から五度にわたって物の怪に取り憑(つ)かれ、さながら狂人のようにして伏(ふ)して転げまわり、しばらく病に寝込んだ。それから何とか体調は落ち着いたものの、顔色は青く、体はやつれてしまった。

これにより典薬頭(てんやくのかみ)が入れ替わり立ち替わり天皇を診断し、治療法を考え、薬を選び、病の原因について種々の論議があって、霊薬を献上したが、その効果も見えてこなかった。

そこでさまざまな寺の高僧を呼んで祈祷、加持(かじ)、大法、秘法が行われたが、それでも効果はなかった。

この年、改元があって保安(ほあん)元年（一一二〇）となった。

陰陽の博士で天算術(てんさんじゅつ)の長であった安倍晴明(あべのせいめい)[*1]から数えを六代目の孫にあたる安倍泰親(やすちか)という者がいた。泰親は天(てん)文亀卜(もんきぼく)[*2]に通じ、帝の病が日を追うごとに重くなることを憂いていた。

*1 安倍晴明…平安時代の陰陽師。出生地については摂津、讃岐をはじめとしてさまざまな説がある。賀(か)茂忠行(ものただゆき)、賀茂保憲(やすのり)父子に陰陽道や天文道を学び、朝廷に仕えて大膳大夫、左京権大夫、天文博士などを歴任した。宮廷では陰陽道の祭祀、吉凶の占い、病気の祈祷、物の怪の調伏(ちょうぶく)などさまざまな活躍をした逸話が残されている。多くの玉藻前に纏わる物語の場合、玉藻前の正体を暴くのは晴明の子孫とされる。また『簠簋抄(ほきしょう)』や『安倍晴明物語』などでは、晴明が直接玉藻前と対峙する。

*2 天文亀卜…天文は天文道のこと。星や気象などを観察し、その変異によって吉凶を判断する卜占術。亀卜は亀の甲を焼き、そのひび割れの仕方で吉凶を占う卜占術。

そのため命はなかったものの、泰親が部屋を清め、斎戒沐浴[*1]して占ったところ、坎の卦が出た。坎は水を表し、陰気である。「隠れ伏すこと」の兆候であった。これは人間においては憂い、心の病、禍い、盗人を象徴している。次に兌の卦を得た。兌は少女、妾、口舌[*2]、毀折[*3]を象徴している。

二卦を合わせると澤水困[*4]の卦となる。それから変爻[*5]が生じたため、それを判断したところ、火天大有[*6]が生じ、さらに薄く地火明夷[*7]が生じ、次に水山蹇[*8]が強く生じ、人の倫理を外れた異形が天皇の傍にいる、ということが占いの結果としてわかった。

泰親は訝しく思う。

「皇居には八百万の神の守護があるから、神々が常にいて守られている状態のはずだ。このような化生が近寄れるものであろうか。しかし占いの告げるところでは、天皇の命は太陽が沈むように困難に陥っており、兌澤[*9]は尽きて大有[*10]の位も傾き、覆われるということであるから、化生の魔畜はまさしく帝のお側に近づいていることに間違いはない」

泰親は思考を巡らせ、過去に高陽殿の内宴にて玉藻前がその身から光明を放ち、闇夜を白昼のごとく照らしたのは第一の不審な面であることに思い至った。しかも易の結果が的中すれば、彼女こそが化生であり、天皇の病は玉藻前によって引き起こされたものということになるのだ。

泰親は関白殿下の館に赴き、易の占いの結果を申し上げ、それを勘文[*11]に記して報告した。関白である忠実はこれを聞いて言う。

「いかにも、ありえないことではない」

忠実は勘文の内容について可能性があると考え、そのまま参内（さんだい）して機会をうかがい、播磨守（はりまのかみ）の泰親が申したことです、と次第を詳細に奏上した。

しかし玉藻前は物陰に隠れてこれを聞いており、忠実の前に来て機嫌を損ねた様子で言った。

「私は厚く朝恩を蒙（こうむ）った右近将監、行綱の娘です。どうして帝に仇をなすことがありましょうか。どうして泰親様は情もなく、そのような無実の罪を申し上げるのです」

玉藻前は泣き沈み、恨みがましい目で忠実を見た。

しかし忠実はしらず顔で彼女に挨拶し、すぐに退朝してしまった。

これは実に神国の徳があってこそである。こうして安倍泰親の計画は順調に進むものと思われた。

＊1　斎戒沐浴…飲食や行動を慎み、水を浴び、体を洗って穢れをのぞくこと。

＊2　口舌…言い争い。

＊3　毀折…物が破れ折れること。

＊4　澤水困…危機的な状況を表す。

＊5　変爻…陰爻（いんこう）と陽爻（ようこう）が互いに変じること

＊6　火天大有…財産や組織など、大きな価値のあるものを持っていること、ひいてはその価値あるものを活用すること。

＊7　地火明夷…太陽が沈み、暗闇が訪れること。ひいては耐えねばならぬ困難が生じる意味。

＊8　水山蹇…正道を固守すること。

＊9　兌澤…喜び。

＊10　大有…天皇という立場。

＊11　勘文…朝廷から諮問を依頼された学者などが、調査結果を報告した文章のこと。

❖第二十一章 玉藻前が泰親と問答する 幷玉藻前の弁舌、聴衆を驚かす

天皇は泰親の勘文の要旨を聞いたが、寵愛している玉藻前がどうして自分を恨み、仇をなすものかと取り合わない。先帝から朝恩を蒙る坂部右近将監の娘に間違いなければ、どうして怪しむことがあろうか。どう考えても間違いだろうと勘文を捨て置かせた。

玉藻前に対する待遇は変わらず、しかし天皇の病は次第に重くなっていく。

安倍泰親はどうしても納得できず、再び易で占うと、やはり最初と同じように玉藻前が天皇の病の原因であると出る。そのため改めて関白殿下である藤原忠実の館に参り、言った。

「玉藻を退けば、天皇の病は立ちどころに平癒するでしょう」

そしてこのことを再び勘文に記し、忠実に渡した。忠実は泰親の誠意と忠義の心に偽りのない様子に深く感心し、この勘文を受け取って参内した。

忠実が再び泰親の勘文の要旨を天皇に伝えたところ、天皇もまた改めてそれを聞き、二度目とあっては捨てさせがたく、文を保管するよう伝えた。

その頃、天皇は病が体を蝕み、心もまた悩まされていたため、玉藻前は昼夜に渡って側を離れず世話をしていた。そのため大臣が奏聞した時も物陰に隠れてそれを聞いており、天皇にこう奏上した。

「またも泰親様はいわれのないことを奏して天皇を惑わし、私を指して妖怪化生などと貶めているようです。何の恨みがあってそのようなことを言うのでしょう。お許しいただけるのならば、泰親様を殿上に召し寄せ、私自ら問答を行い、子細を尋ねれば何もかも明白になるでしょう。関白殿下と泰親様が虚言によってあなた様を疑わ

せようとしていることを明らかにしてみせましょう。そうすればあなた様の御心（みこころ）も晴れるでしょう。どうかこの願いをお聞きください」

天皇はこれをもっともなことだと思い、玉藻前の言う通りにすることとした。

それから日を定め、殿上へ泰親を召せ、という勅定（ちょくじょう）が下り、泰親は大いに喜んだ。

「玉藻前の妨げを明らかにしよう」

そう思い当日になるのを今か今かと待ち望んでいたが、ついに当日となった。大内において寵妃（ちょうひ）、玉藻前と対決させよとあって、泰親が召された。

「御台所の脇門を通り、武家口より入って控えていよ。席はその後に指図がある」

そう命じられて泰親は従った。これは公卿方にも今回の問答を聞かせ、襖（ふすま）の内にいる天皇に奏上させよという考えによるものかと思われた。

「君子はその独りを慎む」*1 というのは優れた格言であることだ。

天皇は玉藻前の容貌を愛で、その寵愛は深い。その色香に惑わされることによって、天皇を病に臥させるため、側に近づくこともできるのであろう。泰親はそう考える。

高貴な身分の者たちはこの問答を前にし、口々に囁（ささや）いているようだった。

「寵妃を出し、泰親と直接問答させなさるのは前代未聞のことです。これは天皇の慎みが足りないせいで、容色

＊1　君子はその独りを慎む…中国、前漢時代の経書『礼記（らいき）』にある言葉。君子は他人が見ていようと見ていなかろうと、その行いを慎むとすること

の美婦を愛し政務に怠れば、国家に禍いがあるでしょうに」

泰親は先に伝えられていた今回の問答の旨を心得ていたため、武家口から参じ、控えていると、蔵人[*1]衆が彼を席に通した。

上の間には御簾があり、前方を巻き上げて鉤に掛け、その後ろでは襖を引き、横の間には公卿が大勢、官位の順に列座し、その下には殿上人が位階の順に並んでいた。階の下には北面武士が大勢いる。その様子が殿上からよく見えた。

泰親は一間を隔てて末座に平服していた。泰親の禄[*2]は少なく、官位も低いため、このような席に進むこと例のないことだった。これは長く続く占いの家系おかげであろう。

時に寵妃である玉藻前は、頭に宝冠を戴き、首飾りは眩く光り、身には羅綾の美しい織物を五つ重ね、芽吹く草木のような清廉さである。

多くの女官や女孺に守られている彼女の姿は雲間に浮かんだ月のようだ。その芙蓉のようなまなじり、緋桃のような唇、愛を湛えた面差しは咲きかけた牡丹のごとく美しい。その雰囲気は東風にたなびく青柳のごとき嫋やかさを備えており、唐土に名高い楊貴妃[*3]や西施[*4]、また日本の衣通姫[*5]や小野小町もどうして彼女に及ぶだろうという輝かしさで、みなが見とれて心も虚ろである。歩けば蘭麝の香りが辺りを包み、魂も飛ぶような心地である。

この場所で、玉藻前に見とれぬ者はいなかった。

玉藻はしずしずと御簾の内の真ん中の褥に座し、悠然と、まるで皇后のように高貴に振る舞った。これには帝の寵愛が深いのも道理であると思われた。

安倍泰親もまた自然にその威光に心が屈し、平伏する。玉藻前は麗しい声で言う。

「汝(なんじ)が泰親様ですね。今、君が病にお悩みになっていることについて、卜占(ぼくせん)により私の仕業であると勘文(かんもん)を奉られたと聞いております。何ゆえそのようなことをしたのか、説明なさい」

これに泰親は頭を上げ、答える。

「日ごとに君の病が重くなられているとお聞きし、臣として心安くすることができずにいました。そこで先祖代々伝わる易卜(えきぼく)の法により、易占(えきせん)を行ったところ、陰獣が長じ、帝王の徳を奪っているとわかり、勘文にてお伝えしたのです。よって、奏聞させていただくこととなったのです」

玉藻前はこれを聞き、言う。

「陰獣とは私を指しているのですね。本当に取るにもたらぬ愚かな言葉です。汝はよく見える目があるのに、盲

---

*1 蔵人…蔵人所の職員のこと。もともとは皇室の文書や道具を納めた蔵の管理を司(つかさど)っていたが、後に宮中の行事や事務全てに関る役職となった。

*2 禄…給与のこと。

*3 楊貴妃…生年七一九年、没年七五六年。唐の皇妃。はじめ玄宗皇帝の皇子、寿王(じゅおう)の妃であったが、後に玄宗皇帝に召され、その妃となる。皇帝の寵愛を一身に受け、権勢を誇ったが、それにより国政が乱れ、安禄山(あんろくさん)の反乱を招く。この安史(あんし)の乱の責任は楊貴妃にあるとして、官兵に殺されたとも、自殺を命じられたとも伝えられる。

*4 西施…生没年不詳。中国、春秋時代に生きた絶世の美女とされる。越(えつ)の生まれだったが、越の王、勾践(こうせん)が呉に敗れた際、その美貌から呉の王、夫差(ふさ)に献上され、寵愛を受けた。しかしこれにより夫差は西施に溺れ、政治を怠り、国は滅びたという。

*5 衣通姫…記紀に記される女性。『古事記』では第十九代天皇允恭(いんぎょう)天皇の皇女、軽大娘皇女(かるのおおいらつめのひめみこ)の別称、『日本書紀』では允恭天皇の后、忍坂大中姫(おしさかのおおなかつひめ)の妹とされる。その名は容貌の美しさが衣を通して輝いて見えたからとされる。実の兄である木梨軽皇子(きなしのかるのおうじ)と互いに思慕し、最後には自害する伝説でも知られる。

人と変わりません。人と畜生を見分けるのにどうして大がかりな易数を使わねばならぬのです。君の病についても道理を持って説明しましょう。時には天でさえ風が吹き雲が生じ、様相を変えます。地においてもまた、水が溢れ、火が燃えることがあります。天地ですらこのようなものなのです。それならば、人間においてを不意の病や死を呼ぶ禍いがなぜないと言えますか。一天の君であろうとも、どうして逃れられましょうか。無常の風が誘い来て、命の火が吹き消える。人の露のような命は、すべて定めある因縁です。身分の上下にかかわらず定められた時に至れば病み、治ることもあれば死すこともありましょう。死と生を知るのは天のみです。どうしてこれを怪しむことがありましょう。それなのに君の病を私のせいにしようとは、いかなる了見なのです。汝が使う易数は河図[*1]を発祥とし、洪範[*2]は洛書[*3]に基づき未然に吉凶悔吝[*4]を知ります。これはみな、天地の理を知り、世俗を断つものであり、鬼神さえも知らぬことを太陽や月の光のように明らかにします。それで、今日わかったように理に暗い汝がいかにして易数を説くというのです。さてもお粗末な卜者であることです」

玉藻はそうにっこりと笑う。

座を埋める諸卿や殿上人らは、玉藻の理にかなう言葉の数々、そして淀みない弁舌に感嘆し、泰親がどう答えるか、固唾を呑んで見守っていた。

❖第二十二章　泰親が恥辱を受ける　幷加茂大明神の託宣

この時、泰親は頬を紅潮させ、大いに怒って叫んだ。

「某の勘文は私的な内容ではない。伏義、文王、周公、孔子[*5]ら先人の聖たちが広めなさった易道は、我が神国に何度か伝えられ、それらはことごとく各家の奥秘となった。私が家に伝わる易道を用いるのはこれがゆえだ。また、今ここにある道理を語るならば、この秋、高陽殿で宴が開かれた折、灯火が風に吹き消され、暗闇となったとき、御身より光を放ったことだ。そもそも正法（しょうぼう）*6に不思議はない。我も人も神の子孫であり、神体を受け継いでいる。しかし人間の身から光が出ずることなどあるだろうか。これがあなたを怪しむべきの理由の第一である。元来、御身は右近将監（うこんしょうげん）である行綱（ゆきつな）が浪々とした身分の時、清水の傍らで綿に包まれ捨てられていたのを行綱が拾い上げて育てたと聞いている。その当時から今に至るまで、誰かが子を捨てたという沙汰（さた）はなかった。それであれば、御身はいかなる者の子であるのか。これが怪しむべきの第二の理由である！」

　これを聞いて、玉藻前は笑いながら答えた。

「泰親様、汝（なんじ）はほとほと愚かでございますねぇ。産みの子を棄（す）てておいて、私は子を捨てました、などと名乗り出る者がどこにいましょうや。これは汝が愚かである第一の理由です。このことに不思議はないのであれば、汝が疑うのは私が人の身でありながら光を発したことになりましょう。これを理由に私が帝を病に臥せさせたと仰

＊1　河図…中国の伝説で、伏羲（ふくぎ）という皇帝が黄河（こうが）で出会った馬の模様を図として写したもの。
＊2　洪範…『書経（しょきょう）』に述べられた政治道徳の九原則、洪範九疇（きゅうちゅう）。
＊3　洛書…中国の伝説で、禹（う）という皇帝が落水に現れた亀の甲羅にあった文章を写したもの。
＊4　吉凶悔吝…易経における思想、人の心と行動、それによって生じるめぐり合わせ。
＊5　伏義、文王、周公、孔子…孔子以外既出。孔子は生年紀元前五五一年、没年紀元前四七九年。春秋時代の学者、思想家。儒教の祖であり、『春秋』、『詩経』などの儒家の経典を著したと伝えられる。またその言行を記した『論語』も有名。
＊6　正法…仏教における正しい教えのこと。

りたいと見えます。しかし、汝はご存じないのかもしれませんが、允恭天皇の后、衣通姫はその姿は麗しく、衣の外にまで肢体が見えるほどであったゆえ、衣通と名付けられました。人皇[*1]四十五代天皇、聖武天皇の后は藤原淡海公[*2]の娘でありましたが、御身より光を放ちなさったため、光明の二字を授けられ、光明皇后と称されました。これは、帝が感激のあまり皇后を大変に称美して贈った名であることは知らぬ人はいないでしょう。私を怪しいとしながら、このような例も知らぬことが汝が愚かな第二の理由です。心狭き不易者、どうして君の役に立てると思うたのか。言い聞かせてももはや仕方のないことでしょうが、後学のために覚えておきなさい。固い道徳心を持つ高僧が瞑想に入り、修行をするときには、その姿が菩薩に変じ、光明の輝くことは珍しいことではありません。仏や菩薩には白毫[*3]があり、眩い光明を放つといいます。これが正法でなく、邪法[*4]であるなどというのは聞いたことがありません」

玉藻前は息を切らすことなく、続けて言葉を紡ぐ。

「その昔、天竺で釈迦無尼仏が未だ太子の地位にあり、悉達という名であった時、王位を望まれず、檀特山に登り、阿羅良仙人に仕えて修業をし、山を下りなさった時、経文を読誦する声が聞こえてきました。釈迦仏は経をご存じなかったので、茨を掻き分け、谷を越え、声の聞こえた場所に到りました。その頃には読誦の声も止んでいましたが、それが聞こえてきたと思しき方を指し、行ってみると悪鬼どもが群れておりました。釈迦は、今、経を読んでいたのは汝らであろうか。それを改めて読誦し、私に聞かせてくれないかとお頼みになったところ、悪鬼たちは言いました。我々はこのところ食べ物にありつけておらず、飢えに苦しんでいる。人間の肉を少しでも分けてはくれまいか、と。これを聞いた釈迦は自ら足の肉を切り取り、鬼たちに渡しました、鬼たちは喜んでこれを食べ、経を読みました。釈迦はこれを聞いて経を覚えたのです。今の四句[*5]の文はこれのことです。さて、それから釈迦は仏法を広めようと考えましたが、月界長者*6という邪悪で非道な者がおり、簡単にはいきませんでした。釈迦はどうにかして彼を仏道に入れられないかと思い、阿羅漢*7たちを連れて毎日長者の家の門前に立ち、報謝を乞いました。しかし、一粒の米も一銭の金も施されることはありません。それでも構わず、釈迦たちは毎朝その家に赴きました。ある時、月界長者は瑠璃の鉢に米を入れて現れましたが、見せびらかしただけでついに施しませんでした。このような道理を無視した無道の者を善道に引き入れることができれば、諸人は残らず仏教に目覚めるだろうと考えた釈迦は、世にあるはずのない空を飛ぶ異形のものを見れば死病を患うと言いふらしました。すると長者の娘の一人が空飛ぶ鬼女を見てすぐに病に臥せました。体中に瘡が生じ、すでに命が危うく見えたので、さすがの邪道の長者といえども、子の様子を見ては心安からず、一緒に患ってしまうかのようでした。釈迦はこれを聞き、病気を平癒できましょう、頼みに来なさい、と伝えました。娘のためを思う親心によるものでしょ

*1　允恭天皇…生没年不詳。第十九代天皇。『古事記』や『日本書紀』に記録の残る天皇で、仁徳天皇の第四皇子。大和遠飛鳥宮（現在の奈良県高市郡明日香村付近）に都を定めたことなどで知られる。

*2　藤原淡海…藤原不比等のこと。生年六五九年、没年七二〇年。飛鳥時代から奈良時代にかけての公卿。藤原鎌足の子。養老律令の編纂を主導し、平城京への遷都を主唱するなど政治で活躍した。また平城遷都が実現した際には、興福寺を平城京に移した。娘の宮子を文武天皇の妃とし、光明子を聖武天皇の皇后とするなど、藤原氏繁栄の基礎を築いた人物でもある。

*3　白毫…仏や菩薩の眉間にあり、光を放つとされる毛。

*4　邪法…人間としての正道に背いた教え。

*5　四句…偈ともいう。仏経の経典中で、詩句の形式をとり、仏徳の称え、教理を述べたもの。四句から成るものが多いため、四句という。

*6　月界長者…詳細不詳。祇園精舎を作ったとされる長者はこの物語の華陽夫人編でも語られているように須達長者が有名であり、月界長者の名前は出てこない。

*7　阿羅漢…仏教において悟りを得た聖者。

う。長者は邪見や非道を忘れて、おろおろと釈迦の元に願いに参りました。釈迦はこれから七日の間に回復するでしょう。今日から心を込め、慈悲を施し、三宝を信じて必ず仏法を怠ることのありませんように、と伝えました。娘のため、月界長者は一心に慈悲と憐みの心を持って三宝を信じ、七日が過ぎました。夕方、娘の病は夢であったかのように平癒しました。これにより長者は仏法の力を知り、釈迦仏の弟子となって仏法に帰依し、限りなく慈悲深い者となりました。そして祇園精舎*1を造営して仏に奉りました。正法により仏法を広めることは難しく、正法を進めるため、このような不思議を生じさせて仏法を起こし、三国に広めました。これによってわかることは、正法に不思議なしとは言い難いことです。私が身から放った光も、光明皇后の光も、釈迦仏が世にいないはずの異形のものを虚空に飛行させ、悪病を生じさせたことも道理は同じです。不思議といえども正法なのです。これでも正法に不思議なしというのですか」

玉藻前はそう一言半句誤ることなく、水が流れるように流暢に告げた。泰親は全身に冷や汗を流し、頭を垂れて閉口する。

玉藻前はさらに声高く告げる。

「汝よ、反論の言葉があれば速やかに申しなさい。答えるべき言葉もなければただ、なし、と言いなさい。汝が黙然とうつむき、口を閉じているのをいつまで待っていればよいのです」

これに泰親は答える。

「これ以上申す言葉もありません」

「そうでしょう。ならば早く退出してますます修行に励みなさい」

玉藻前はそう泰親を辱めた。彼女の身を守るため、侍女たちがしずしずと入ってきて、玉藻を囲む。

列座の公卿殿上人らは、玉藻前の知識と英明に舌を巻いて感心している。泰親はこのような席で恥辱を受け、赤面したまますごすごと退出する。

帝はこのことを聞き、怒って告げた。

「泰親を早急に咎(とが)めよ」

この勅命が検非違使(けびいし)[*2]庁に伝えられ、泰親は厳しく家に閉じ込められた。泰親の心は鬱々として楽しめるものもない。いずれにしても玉藻前は人ならざるものであれば、神力の擁護によって正体を暴き、大内から退け、天皇の病も平癒させ、自分に過ちがなかったことを明白にすれば、天皇の怒りも収まり、人々の生活も平穏となる。泰親はそう考える。

しかし側に行くことができなければ天皇の身も危うい。どのような災いが引き起こされるかわからず、すべて世界が憂いをなすものであるのに、と明けても暮れても思うが、謹慎中の身であるため、できることもなく、ただひたすら心を悩ませる。

帝の病は日増しに重くなる。それを知った泰親はもともと忠義に厚い人物であったため、狂ったように足をばたつかせ、叫んだ。

「見よ、見よ、玉藻前は我が神国に悪事をなそうとしている。もう一度あやつにまみえれば、刑に処されようともあの化生(けしょう)に飛び懸かって殺してやるだろう。しかししかるべき機会が与えられない。願わくば、神々の力を我

＊1　祇園精舎…インドのシュラーバスティー（舎衛国）にあった僧院。祇樹給孤独園精舎(ぎじゅぎっこどくおんしょうじゃ)の略。須達(しゅだつ)長者が釈迦のために寄進したと伝えられる。

＊2　検非違使…平安初期、弘仁(こうじん)七年（八一六）頃に設置された令外の官。京中の犯人の検挙や風俗取締りなどを職務とした。

に貸してはくれぬものか」

ここで不思議なことに、泰親が日頃から側に仕えさせていた僕童が突然我を失い、叫んだ。

「泰親よ。いかにも私は日頃からお前が信じる加茂明神である。汝の真実の忠心を見込み、告げるべきことがある。汝が察するように玉藻前は狐魅の化生であることに疑いはない。これを退けるには、宮内にて蟇目鳴弦*1を行い、祈祷をすることだ。さすれば立ちどころに玉藻前は野干*2の正体を現して帝都を去るであろう。その時は我が加護の助けを添えよう。それが終われば、天皇の病も速やかに平癒するであろう」

これを言い終わってしばらくすると、僕童はようやく落ち着いたようだった。

泰親大いに驚き、これは全く加茂大明神の助けであろうと感涙し、神の慮りと恵みに感謝して九拝し、敬意を表した。

❖第二十三章　安倍泰親が祈祷を修する　幷玉藻前は帝都を去る

播磨守、安倍泰親は謹慎の身であったが、天皇が病に伏していることに心を痛めていたところ、不思議なことに加茂明神の神勅を受けたので、やがて妻の菊園に伝えて関白の忠実の館へ遣わせた。

やむを得ない理由があると目通りを乞い、書状を渡して申し上げる。

「泰親は忠義によって天皇に謁見しましたが、はからずも御咎めを蒙り謹慎中の身です。しかし彼は国家のために昼夜心を砕き、天皇の病が平癒するようにと願い奉っておりました。すると泰親が信仰する加茂明神から神託があって、ご祈祷の修法を授かりました。このような次第であります」

菊園はさらに続ける。

「自分の家において法を修してはうまくいきません。願わくば十七日の間慎みを勅免していただき、清涼殿に壇を構え、祈り奉ることをお許しください。さすれば天皇の病が平癒することに疑いはありません。どうか、このことを推薦していただき、奏聞を経て勅許の命をくだされれば本望です。ひとえに慈愛を希う旨をしたためております」

関白殿下はこれを読み、快諾する。

「泰親の忠義の心は私も知るところである。どうにかしてうまくいくよう、天皇のお耳に届けよう」

この忠実の返事を妻を通して聞いた泰親は、飛び上がるばかりに喜んだ。

「関白殿が承諾してくれた上は、天皇も拒否することはなかろう。そうなればご病気も平癒される。私も忠義の元に玉藻前の正体を明白に現し、障碍を取りのぞく。これ以上の本望があるだろうか」

そう心身を清め、勅免が下るのを待った。

それから間もなく、清涼殿にて病平癒の祈りを修するべき命がくだされた。

関白殿下の助力によって叶ったものであるからこそ、泰親は謹んでこれを受け、身を清め、服装を改め、庭から清涼殿の階下に行き、護持の祈壇を用意した。

＊1　蟇目鳴弦…弓に矢をつがえずに、弦を引いて音を鳴らし、魔を祓う儀礼。

＊2　野干…狐の別称。もともとは漢訳仏典に現れる架空の獣で、本来インドにおいてはジャッカルを表していたが、中国にはジャッカルがいなかったため、野干という狐に似た動物として扱われ、日本に入ってきてからは狐の異称として定着した。

泰親はまずその席を清め、四方の壇のうち北を上とし、その中央に北辰（北極星）と北斗七星を勧請し、日月星の三光天、七十二符神、抱卦童子、示卦童郎*1の座を置く。そして二十八宿を四方に分かち、それぞれに青龍、朱雀、白虎、玄武の旗を立て、東に角、亢、氐、房、心、尾、箕、北に斗、牛、虚、女、危、室、壁、西に奎、婁、胃、昴、畢、觜、参、南に井、鬼、柳、星、張、翼、軫の星宿を並べ、日と月、歳星（木星）、熒惑星（火星）、太白星（金星）、辰星（水星）、鎮星（土星）の七曜と、日曜、月曜、木曜、火曜、土曜、金曜、水曜、羅喉、計斗の九曜を祭り、八ずつに分けた六十四本の小旗を立て、六十四封を配し、東方に青い幣、南方に赤い幣、西方に白い幣、北方に黒い幣、中央に黄色の幣を立て、五段の祭壇を設け、上に七重の注連縄を引く。そこに国常立尊、国狭槌尊、豊斟渟命、泥土煮尊、面足尊、伊弉冉尊*2を祭る。そして下に五重の壇を構え、天照大神、忍穂耳命、瓊々杵尊、彦火火出見尊、鵜草葺不合尊*3を祭り、春日八幡から八百万神をことごとく勧請する。

さらに四方に四大明王を祭る。東に降三世明王、西に大威徳明王、南に軍陀利夜叉明王、北方に金剛夜叉明王である。そして四方の隅に、巽（南東）に持国天、坤（南西）に増長天、乾（北西）に広目天、艮（北東）に多聞天の四天王を祭った。

加えて灯明を二百本、盃を用意し、一本の大きな灯明に火を灯し、供物を備え、清浄な伽羅*4をくゆらせる。

この日は保安元年（一一二〇）九月八日であり、祈祷の始めとして安倍泰親は吉服*5を纏い、冠を被って壇に登った。青、黄、赤、白、黒の浄衣を着せた者が五人、それぞれに各色の幣を持たせ、黄色の幣を持った者は泰親の後ろに添い、ほかの四人は四方に立たせる。

壇の中央に立たせた黄色の幣はそのまま台に立てて置く。泰明は白い幣を手に取り、蟇目*6の弓矢を左右の者に持たせ、祈ること七日に及んだ。

公卿や殿上人がその間代わる代わる泰親の様子を見張っていた。その満願の日に当たり、玉藻前を招待したい旨が泰親から忠実を通して鳥羽天皇に伝えられた。

鳥羽天皇は玉藻前を召し、命じた。

「朕(ちん)の病平癒の祈りとして、泰親に壇を設けさせ、泰親は七日間に渡り丹精を込めて祈祷を行った。今日が満願の日であるため、汝を召している。朕に代わり、行ってその様子を見てきなさい」

これには玉藻前も異議はなく、服を改め、侍女を連れて清涼殿に歩いて行った。

紅梅(こうばい)に蘭(らん)の花の刺繍が施された唐綾の打衣(うちぎぬ)を纏った五ツ衣(いつぎぬ)、袴は緋で、黒髪は裾に余り、宝玉の冠を頭に戴き、しとやかに現れる様は天女の降臨かと思われるほどである。一度笑みを見せれば城を傾けると言われる傾城傾国(けいせいけいこく)

＊1　七十二府神、抱卦童子、示卦童郎…七十二府神は鎮宅霊符神のこと。太上神仙鎮宅七十二霊符と呼ばれる七十二符の護符を司(つかさど)る神とされ、陰陽道と関わりが深い。抱卦童子、示卦童郎は鎮宅霊符神を補佐する神と考えられ、奈良県奈良市の鎮宅霊符神社では鎮宅霊符神とともに祀られている。
＊2　国常立尊〜伊弉冉尊…『日本書紀』における神代七代の神の一部。天地開闢(かいびゃく)の際に発生したとされる。
＊3　天照大神〜鸕鷀草葺不合尊…神武(じんむ)天皇に連なる神の系譜。天照大神から始まり、その子孫、鸕鷀草葺不合尊の子として神武天皇が生まれる。
＊4　伽羅…香の一種。沈香(じんこう)の優良品。
＊5　吉服…祭事や吉事の時に着る礼服。
＊6　蟇目の弓矢…矢の先に鏃(やじり)の代わりに蟇目鏑(かぶら)を付け、放つ弓矢。鏑は殺生能力を持たず、射ると風が入って音が鳴る棚木方の装置で、蟇目鏑はこの鏑に四つの穴を空けて作る。名前の由来については響音が縮まった、蟇蛙の目に似ているためなどさまざまな説がある。この矢を射ると風を切り音を発し、それによって邪を払うと古くから信じられていた。

の美しさは玉藻前であるからこそと、心を奪われぬ者はいない。

玉藻前は壇上をじっと眺め、泰親に対して言った。

「汝が壇を構え、祈る様子は、天皇平癒のためには見えませぬ。まったく、私を退けようという呪詛にほかなりません。よくも帝を謀りましたね。清涼殿を汚すとは」

玉藻の罵りに泰親は何があっても言葉を発しないと心に決めていたが、公卿も聞いているところであったため、ただ一言、「天皇の無事を祈ってのことです」と答えた。

これに対し玉藻前が言う。

「少しも信用できません」

これに泰親が答える。

「どうして私が君を憚るというのか。病の平癒を祈り奉るのみで他意はない。たとえ御身を呪詛するとしても、私が邪まで御身が正しければ、何も御身に起きることはない。御身は君のご寵愛を受けた嬪妃であるからこそ、私は君に代わり壇を作り、祈りを捧げているのだ」

これに玉藻が返す。

「汝がいかに偽りをなそうとも、私自ら真実を示すことができるでしょう。汝の申すように、正しき我が身で何を恐れましょうか。そうはいえども、無益なことに骨を折り、後悔するのは汝です。またもや恥辱を受け、汝の家の断絶を招くことは不憫なのです。違う見解を話すなりして、早々にこの祈りはおやめなさい」

そう怒りを見せる玉藻に対し、泰親は言う。

「今日、やがて満願の祈りが終わればその結果を奏上します。君の厚い評価を得ることができるでしょう。それより、御身は帝の病の平癒のための祈りを止めよと仰る。これを妨げようとする心こそ訝(いぶか)しい。たとえ御身を呪詛しているとしても、命を惜しまずともに祈る心こそ貞妃(ていひ)と称すべきものではありませんか。それなのにどうして言葉巧みに妨害しようとするのですか。本当に私と同じく君のことを案じているとは思い難い。君のためになすことについては、私は家や命を省(かえり)みれば後悔するでしょう。この祈りを始めたからには、御身の働きにより我が家を断絶させられることができるとももはや構いません。心の赴くままに滅ぼせばいい」

玉藻前はこれに対し言う。

「汝が蟇目の修法によって私を呪詛し、殺そうとしていることに疑いありません。少しも病平癒のための祈りではありませんので、この壇を拝まねばならぬいわれはありません」

泰親が答える。

「汝は蟇目は帝の御病根をのぞくための行いであると、幾度、問答し伝えても、捻(ね)じ曲げて解釈するばかりです。それが終わる時は来ないのでしょう。拝むことを拒むのであれば勝手になされよ。私が御身の相手になって祈りが遅れれば、それは君への不忠となります」

泰親はそのまま蟇目の弓矢を手に取り、持ち上げると、玉藻前は機嫌を損ねた様子で言った。

「勝手次第とは何ですか。汝に指図される覚えはありません」

玉藻はそのまま立ち去ろうとする。泰親はもはや言葉はかけまいと考えたものの、やはり口を開いた。

「私は、君の御為に祈祷をしているのです。たとえ寵妃(ちょうひ)であろうとも、どうして一言の謝辞もなく壇席を離れるのでしょう。失礼ではありませんか。我が国は神国です。ならば君を守護する神、それこそ日本国中の大小の神をここに勧請しています。さらに北辰、北斗、三光天、七曜、九曜、七二府、抱卦示卦(ほうけしけ)の両尊童、二十八宿、六十四卦、すべて勧請してここにあるのだから、人ならざる身にしてここにいるのは苦しいでしょう。たとえ御身がここから逃れ去ろうとも、乾坤（けんこん）[*1]のすべてをここに収縮しております。ここから逃れることは叶いません。もしうまく逃れられたならば、いずこへも立ち去られよ。神国の力の著（いちじる）しきことを知らせるため、このように申すのです」

泰親は言い捨て、壇上の白い幣（ぬさ）を手に取り、精魂を尽くして祈った。並み居る諸卿、殿上人、手に汗を握り、その様子を見ている。

泰親も思い切ったことを言う。玉藻前が立ち去り、このことを鳥羽天皇に届ける者ものがあれば、どのような逆鱗（げきりん）を蒙（こうむ）り、危うき身となるかわからない。

「この問答はどう収まるか」

そう同席の者たちが息を詰めて見つめている。

そのため玉藻前はこの席から退くことができなくなった。

玉藻前は動きもせず壇を見つめている。

泰親は指示を出し、青、赤、白、黒の浄衣を着せ、その色の幣を持たせた四人を東西南北の端に移動させた。黄色の浄衣を着て、黄の幣を持った一人は中央に跪（ひざまず）かせ、自身は白き幣を手に取って押し戴き、呪文を唱えて台に置いた跡、蟇目の弓を取って三度弦を鳴らした。

不思議なことに、祈りが進むにつれて、玉藻前は顔色が土気色になり、目は血走り、体はわなわなと震え出した。体に異変が起きている様子であったが、立ち上がって泰親を睨（にら）むその目の恐ろしさは、何にたとえられよう。

玉藻前が辰巳（たつみ）（南東）の空に向かって息をひとつ吐くと、不思議なことにたちまち魔風が吹き落ちてきて、晴天はにわかにかき曇り、空の色は墨を流したように黒雲に覆われ、雨が屋根を叩き、雷が鳴り響く。

白昼はいつの間にか闇夜と化したが、壇には数多（あまた）の灯明が輝いている。その光の中で美しかった玉藻前の姿が変じ、人々の目の前で白面金毛九尾の狐が姿を現す。

妖狐は雲が霧かと思われるものに飛び乗り、虚空（こくう）に向かって飛び去った。すかさず泰親が追いかけ、壇に立てた四色の幣をまとめてつかみ、雲をめがけて投げつけた。この時赤黒白の三色の幣は地に落ちたが、青色の幣は雲と共に玉藻前の跡を追って行方（ゆくえ）知れずになった。

公卿をはじめ、殿上人や女官らはこれを見て、「玉藻前こそ狐であり、人ではなかったのだ」と肝を潰し、身の毛もよだつばかりである。

玉藻前が消えるとたちまちの間に空が晴れ、快晴に戻った。西陽（にしび）はまだ申（さる）の時（夕方四時）にもなっていないようだ。

忠実はこのことを早速鳥羽天皇に奏聞したところ、天皇は大変に感謝し、驚いた。不思議なことに天皇の次第に平癒し、すぐにいつも通り健康になった。

忠実はこれについて、泰親の忠義に天皇は深く感動したという言葉があったため、それを伝えたところ、泰親は大変喜んだ様子で答えた。

「これは小臣の功ではありません。加茂明神の神徳、そして天皇の威徳によるところです」

泰親は忠実に告げる。

＊1　乾坤…天地のこと。

「妖狐が去った方向は、東国[*1]であろうと思われます。雲と共に跡を追った幣が向かったのは、東方、すなわち角、亢、氐、房、心、尾、箕の七星が司どる方位であり、あの幣の落ちたところに狐がいます。恐らく隠れているのでしょう。このような悪狐が生きているうちは、新たな害をなすのは必然のこと、悪狐の下りた地の人々が悩まされるでしょう。早々に東国の方へ御触れをして、幣の下りたところを印として注進すべきです」

この旨はただちに勅命として命じられ、東国筋の国司、領主へと伝えられた。すぐに泰親には恩賞をくだされ、栄誉を得た。

「朝恩を忘れず忠節義信の徳があれば、天道に認められ、加茂大明神の加護を蒙り、邪怪を祓い、天皇の病を平癒させたこと、前代未聞の手柄である」

そう国中に名を轟かせた。

❖第二十四章　狐、那須野の原に逃げ隠れる　并那須八郎の野干狩

朝廷より東国筋にお触れが流され、青い幣の落ちたところに金毛九尾の悪狐が隠れているため、見つけたらすぐに都へ注進するように、とされた。

関東、下野国那須郡の三千五百貫の領主に那須八郎宗重という人物がいた。今回のお触れについて家臣に伝え、日々領内を見廻らせることを命じたところ、那須野の原に青い幣が落ちているのが見つかった。

早速この旨を京都に注進したところ、事態はよほど深刻なのか、すぐに返答があった。

「幣の落ちた場所には悪狐が住み着いていると思われる。必ず害をなすはずだから、油断なく用心せよ。この

後怪しきことがあればまた都へ注進すべし。早々に人を送ろう」

八郎は畏まってこの沙汰を承った。

ここで八郎はつらつらと思うことがあった。妖狐が害をなしたとして、その後に都へ注進しても、先に出た犠牲を後悔し、未練が残るだろう。

「我が領内にこのような悪狐の住み着き、隠れていると聞き、捨て置くことは武者の備えが薄いことに似て、必ず諸人の批判を逃れられぬだろう。ならば先手を打ち、家来、領の百姓たちを集め、大勢で狐狩りをすべきであろう」

八郎は思い立ち、国中にそのお触れを出した。十余里ある那須野の原を大人数で取り囲み、太鼓を打ち、法螺を吹き鳴らし、勢子[*2]の役割を決め、各々に弓、槍といった得物を携えさせ、主である八郎宗重が指揮をする。

三日三夜通して狩り立てけることとなった。今[*3]と違い、この頃は武蔵野の原にも連なるような広大の原野であったため、領内の人間たちが残ることなく狩りに参加することとなるので、種々の獣類、日々おびただしい獲物が獲れたが、金毛九尾白面の狐は見当たらなかった。

いくら探しても見当たらず、そのままではどうしようもなかったが、ほどなくしてあの悪狐の仕業であろうか、夜な夜な怪物が現れて人民を悩ませ、人を取り食らい、街道に出て巷を惑わし、さまざまな悪事を働いたため、国の人々はみな恐怖した。

＊1　東国…近畿地方から見て東の地方。
＊2　勢子…狩猟の際、鳥や獣を追い出したり、逃げ出すことを防ぎ、狩りを補助する役割を持った人。
＊3　今…この書が書かれた江戸時代後期のこと。

❖第二十五章　狐が人民を殺し、傷つける　幷(ならびに)八郎(はちろう)上京して返事を奏上する

九尾の狐は天皇を悩ませ、もはや天皇も自身の兵力を差し向けようかと考えていた。

しかし輝かしき神国の大日本である。どうして魔魅(まみ)の力に屈するだろうか。

誠心、忠心を併せ持つ義臣、播磨守(はりまのかみ)安倍泰親(あべのやすちか)の易道(えきどう)の功により九尾の狐はその正体を現し、神の助けを得た泰親は彼女を朝廷から追い出した。そのため妖狐は下野国那須野(しもつけのくになすの)に逃れ、身を潜(ひそ)めていたが、唐、天竺(てんじく)においても賢士、名臣によってその身を追われていたため、ほかに行くべき場所もない。

そのためやり方を変え、往来の人を取り喰らい、力を溜めながらこの野原に隠れていた。

老若男女の区別なく往来の旅人を襲い、また遠近の民家に侵入し、昼夜問わず、ある時は殺害し、ある時は喰らわずに攫(さら)い、殺された人は数え切れるものではない。

その目的は人間という種を絶やすことである。領主といえどもそれから逃れることはできず、那須八郎宗重の家来、その妻や子も行方(ゆくえ)がわからなくなる者が多かった。これはあの悪狐の仕業だとわかっていてもどうしようもなく、八郎は歯がみし、無念と怒りを抱いてもよい方策は浮かばない。

八郎の領の民も、はじめは一人か二人、たまに行方がわからないという訴えがあったものが、近頃は一日に二、三十人の行方不明者がおり、絶える間がないほど届けられている。

父、母、あるいは妻、子、兄弟、嫁、婿。あの人がいなくなった、この人が消えてしまったと毎日のように報告があり、櫛(くし)の歯を挽(ひ)くようである。

八郎は思う。領内の者だけでこれだけの人数なのだ。往来の旅人、他国や違う領から来た者で、自分に届けが

なされていない者も含めれば、幾人に及ぶのか、想像もできない。

那須八郎の領分では人が消え、殺され、あるいは化生に取り喰われるなど、他領に評判が広まるなど心外千万、誠に那須家の瑕瑾である。これもみな白面金毛九尾の畜生のせいであるから、汚名を受ける口惜しさは並大抵のものではない。

しかしうまい計略は思い付かず、それでも無念も凄まじいため、再び那須野の原を水も漏らさぬほどの多勢で取り囲み、隅々までも狩り尽くした。

ほかの獣には目もかけず、たとえ狐であろうと、普通の狐であれば殺すことはしなかった。

「毛色が黄金のごとく、尾が九つあって、面の白い狐を見つければ、どのような手段を使っても捕え、わずかな功績を取り合うことなく射り、突き、斬り、得物を使って滅ぼすべし」

そう妖狐狩りの心得まで通達された。広い那須野の原であるが、大人数が取り囲み、しかも参加している中には親兄弟妻子を殺された者も多かったため、誰もが逃がすものかと意気込んでいた。これにはいかなる魔性もたまらないだろうと思われた。

しかし狩りで見つかるのは猪、鹿、猿、兎ばかり。たまに出る狐もただの痩せ狐で、三日にわたり隙間もなく狩り尽くしたのにもかかわらず、どこに隠れたのか、悪狐は影も形もない。

ただ山中に窪みのような穴があり、そこに山のように人骨が積まれ、中には喉笛もしくは急所のみ傷つけられ、噛み殺しただけで喰うこともせず積み上げられた屍も数知れずあった。

八郎とその従者はこれを見て大いに驚いた。

「この様子だと下野国の国中の者たちはもちろんのこと、隣国の人民まで絶やされる。まずこの穴こそあの狐の棲み処であろう。掘り返せ」

八郎が指示し、大勢の者たちが寄ってたかって穴を掘り返したが、狐の姿はなく、無駄に骨を折り、精魂尽き果たすのみであった。

八郎は仕方なく狩りを止めて館に帰り、さまざまに考えを巡らせたが、自力では難しい。

こうなれば京都へ注進し、退治のための軍勢を願うしかない。しかし使いを送るだけでは不十分に思えたため、自ら京に上り、事の次第を申し上げようと旅の用意を調え、すぐに出立しようとした。

その時、八郎の妻が突然二人となった。どちらも姿に違いがなく、本物が見分けられない。

顔色、雰囲気、声はもちろんのこと、衣服も仕草も何ひとつ違う部分がない。

これもかの古狐の仕業であり、一人は狐の化けたものに間違いなかったので、見破って縛りあげ、思うままに殺して鬱憤を晴らそうとさまざまに工夫するが、見分けることができない。

そのためどうしようもなく、出発の日を延ばすこととなった。その間も領民は次々と消えてゆき、人々の訴えが止む日はなかった。

八郎は思う。いかに考えようとも、妻一人の命にために人々の嘆きを無下（むげ）にすることはできない。いずれにしても上京してこの変事を訴えねば。

八郎はついに那須から都への百五十余里の旅路に出発した。夜も昼もなく進み続け、七日目の昼頃、平安京に到着して関白の館に赴き、長臣に対面して那須野で起きた変事を伝えた。そして退治のための軍勢を送ってもらえるように願うため、上京した旨を話した。

弾正台（だんじょうだい）[*1]がこれを承り、関白である藤原忠実（ふじわらのただざね）、そしてその子であり、内大臣の藤原忠通（ただみち）に届けた。

専門の官庁からの連絡を待つ間、旅館に控えていなさいという旨の連絡があったため、八郎は了承して館を出た。

それから忠実は参内し、八郎が注進した内容を公卿たちとともに詮議したところ、播磨守である安倍泰親が以前その正体を暴き、逃げ去った悪狐であると結論付けられ、再び泰親の法によって退治するしかないということになった。

そのため、彼に異なる意見がないかを確認すべきとなり、泰親が召されてこのことについて尋ねたところ、泰親はしばし考えてから申し上げた。

「那須の八郎の妻が二人になったのは一人は狐の化けたものと決まっておりますが、見分けることは難しいでしょう。人民を助けるための御慈悲があれば、神宝[*2]のうち、宝剣の模作を一振、もしくは八咫鏡の模作を一面、いずれかを八郎に貸し与えてください。そうすればその怪婦が滅びることは明白です。しかし悪狐の本体を退治することは容易ではありません。これは英雄と称される武士を選び、勅命によりその武士とともに大勢の兵士を出陣させ、殺させるしかないでしょう。されども相手は神通自在の古狐、雲を呼び、空を翔ける術を持つのですから、どうにかして逃げられる前に地上で狩るしかありません。これは難しいことです。そこで私自身も決戦の地に赴き、法を修して、狐の飛行を封じ、百里の原を術で狭めて、三里四方を限りとし、その外へ逃げられないようにします。そうすれば退治は簡単でしょう。あの時、虚空を飛ぶ狐と知っていれば、清涼殿に祈り、飛行を封じて殺していたのに。そうすれば悪行は続かなかったものを、心外です」

*1　弾正台…監察・治安維持を業務とする官庁。
*2　神宝…神社の本殿に奉納される、祭神に纏わる宝物。もしくは神から与えられた物品。三種の神器も神宝の一種とされる。

この泰親の言葉を聞き、公卿らは「それで行こう」と口々に言った。

「民の救済のためであるから、軽々としてよいことではないが、泰親の意見の通り神鏡の複製を使おう」

これに異論はなく、検非違使判官である河内権守隆房[*1]が召され、これを命じられた。

それから忠実の館に八郎が召され、長臣で弾正台の少弼[*2]である量満[*3]が面会し、言った。

「このたび、貴殿の願いによって宝鏡の複製を貸し賜った。これを携え帰れば、二人の妻のうち、一方の妖怪は退くでしょう。その上、これからは家族に変事があることはなく、領内にいるであろう化生も民に害をなすことはなくなるでしょう。そのために退治の軍勢が下野国に下ります。安心してください」

この鏡は検非違使で河内国司の藤原隆房を衛門府[*4]に召し、彼を通して渡されることも知らされた。

こうして遠路はるばる平安京に出て来て報告を行った八郎は、ほどなく館の主人である忠実と面会し、丁寧に礼をされた後、八咫鏡の複製を受け取ったら、速やかに帰国しなさい、と暇を賜った。

やがて河内権守である隆房が八郎を召し、宝鏡の複製を渡したので、八郎は「一天の恵み、冥加の幸せです」と拝礼し、旅館に立ち帰って宝鏡の箱を新調した櫃に納めた。そして櫃の四方に注連縄を張り、すぐに都を立って那須へと帰還した。

❖第二十六章　狐が泰親に化け、八郎を誑かす　幷 山鳥の尾により化生を知る

こうして那須八郎宗重は神鏡の複製を借り受け、一刻も早く怪異を鎮め、領内を安寧に導こうと喜び勇んで都を出て、近江路[*5]に差し掛かった。

そして勢田（せた）の橋を渡ろうとした時、後から人と馬の一軍が追いかけ来るのが見えた。

「そこにいるのは那須八郎殿。しばし、しばし待たれよ」

そう声をかけながら走ってくる。従者の武士の一人が先に来てこう言った。

「我々は播磨守（はりまのかみ）、安倍泰親関白殿下（かんぱくでんか）の命を受け、伝えることがあってきました。馬を止めてお待ちください」

そう息を切らしているため、八郎は了承し、何事であろうかと泰親が至るを待っていると、ほどなく泰親が追い付いた。

八郎と泰親は互いに馬上で礼をする。

続けて泰親が言う。

「宝鏡の複製を借りたまま帰国するとお聞きし、公卿の中に未だそのことを知らぬ方がおりましたので、私が取り戻しに参ったのです。その公卿に一度見せて、再びあなたの元に持って行くよう、関白殿下が仰られています」

八郎はこれに答える。

「今ここで渡すことは簡単です。しかし、これはあなたの手から受け取った物ではなく、関白殿下の館で渡されたものでもありません。検非違使（けびいし）庁にて受け取ったものですから、私が預かっている旨を書面で伝えたあなたに

＊1　河内権守隆房…不詳。隆房という名前だと藤原隆房がいるが、平安末期から鎌倉初期の人物であるため、時代が合わない。
＊2　少弼…次官のこと。
＊3　量満…秦量満。不詳。
＊4　衛門府…令制の官司のひとつ。
＊5　近江路…近江国（滋賀県）に行く道。

対し取り戻すよう命じるのは納得しかねます。検非違使庁の役人がここに来ないのであれば、まず私に京へ帰れと仰られるのが普通でしょう。たとえあなたの言葉であっても、帰途の途中で簡単に渡すことができましょうか。それでも渡せというのであれば、一度先に京に帰った上で、私の話したことを忠実様にお伝えください」

そう告げながら八郎は考える。私は関白殿下の取り成しにより宝鏡の複製を預けられた。国中の政治を執(と)る恵み深き君子の命で渡されたのだ。それをまた急に返すなど子どもの戯れのようなことをするだろうか。君子の一言は諸人(もろびと)の鑑となるものだ。なればこのようなことは言うまい。

恐らくあの悪狐が通力自在の術により、私が預かった宝鏡を奪い取ろうとしているのだろう。怪異化生の障碍(しょうげ)をのぞくために渡されたこの鏡、たとえ悪狐が不測の神通力(じんずうりき)を使おうとも、神鏡には近寄れまい。それを奪い取ろうとするとは、年を経たとはいえ畜生(ちくしょう)であるためそこまで気づかないのだろう。まさしくこれは泰親に化けた古狐だ。幸いなことに、昨日、泰親殿が親切に私に与えてくれた山鳥の尾の符(ふ)*1が十三揃(ぞろ)えある。怪しい者がいればこれを輪にして覗(のぞ)き見ると、正体がわかるという。懐に密(ひそ)かに携えているから、見てみよう。

そう教えられた通りに見てみると泰親の顔は狐であった。憎いやつ、と思いながら、八郎は言う。

「今一度、ここから再び上京して神鏡を返すとしても、従っている家来も疲れているから、行き来するのは難しい。あなたは往来の苦労を厭(いと)わないようだから、再び京に行って渡してください」

そう八咫鏡(やたのかがみ)の複製を渡そうと馬から下りれば、泰親も同じく下馬して受け取ろうと近づいてきた。

そこで八郎は懐から唐櫃(からびつ)を取り出して開いた。

泰親はそれにわずかにたじろいだようだった。

「どうして鏡を出して渡そうとするのです。櫃のまま渡せばよいでしょう」

泰親が後ずさる。八郎は今こそ攻める時と心の内で頷き、言う。

「いや、この櫃は私が新調したものなのです。この中にある箱のみにて検非違使庁から受け取ったものなので、元の通りにして戻さねばと思いまして」

これに泰親が答える。

「大切な品ですから、いまさらながら私が受け取って戻すのはいかがなことかと思うのです。あなたも一緒に戻り、すぐに返してきましょう」

そう急に言葉と態度が変わったため、八郎は腰に帯びた太刀に手をかけた。

「もっともですな」

次の瞬間、刀を抜く手も見せず、八郎は一撃で討たんと切り付けたが、通力自在を得た古狐はそれを飛び躱してかき消すように消え、行方がわからなくなった。

八郎は帰路の途中であったが、今あったことを子細にしたため、藤原忠実関白へ申し上げようと、長臣、秦量満へ使いを送らせた。そのまま急ぎ故郷に到着し、家に入ると、妻は元のように一人となっており、百姓が殺されることも止んだため、領内はたちまち安寧となった。

実にこのようなことがあるのだ。八郎はこの世界を治めている君主の恵みに感謝するばかりであった。

＊1　山鳥の尾の符…不詳。単純に山鳥の尾を描いた護符と思われる。山鳥の尾は魔除けの力があると考えられており、人家の門口にさす風習なども残る。また、両手を組んで「狐の窓」という輪を作り、覗くと人に化けた妖怪の正体が見える、という俗信や、自分の体を折り曲げて股の間から覗くと、人を化かそうとする妖怪を見破ることができる「股覗き」の伝承など、輪の状態のものを通して妖怪を見ることで、その正体を判別する方法は古くから語られている。

❖第二十七章

内裏において狐狩りの稽古、犬追物の始まり

并 三浦、上総の両介が那須野へ向かう

那須八郎が領内の妖怪を神鏡の徳によって鎮めたため、下野国および隣国の民は安堵の思いであった。八郎は関白殿下である藤原忠実および検非違使庁へこの旨をしたためた書を送り「朝廷の天威によって領内の混乱が鎮まりましたので、軍勢を下すまでには及びませぬ。この後また災異があれば、訴え奉りましょう」と礼を申し上げたことによって、軍が下野国に下る計画は中止され、八郎は上京して神鏡を返納した。

それから保安四年（一一二三）正月二十八日、鳥羽天皇はまだ壮年であったが、在位わずか十六年にして天皇の位を譲った。後を継いで即位したのは太子、顕仁親王であった。

翌年改元があり、天治元年（一一二四）と号した。後に崇徳院と称されるのがこの顕仁親王である。母は大納言、藤原公実卿*1の御息女で、名は璋子、後に待賢門院と称した。

月日の経つことは光陰矢の如しで、天治、大治、天承、長承の年号を経て、保延三年（一一三七）に至るまでの十四年、那須八郎の領内は安らかであった。しかしこの年、那須野に隠れ住んでいた白面金毛九尾の悪狐が再び姿を現し、昼夜にわたって人を害するようになった。

領内の民は父、母、妻、子、兄弟、眷属を殺され、泣き悲しむ声が巷に満ち、哀れなことこの上ない。人々は昼であっても戸を閉ざし、ほかの場所に行き来することもできず、農業にも従事できないため、庶民は飢え、困窮している様子は言葉にも言い表せない。

その上、隣国や他国から往来する者も被害に遭い、いなくなった者を探しに来た者も同じく殺害される。かろうじて生き残った者は領主へ訴えに来る。八郎がこれを嘆くのは言うまでもなく、領内だけでなく隣国の苦渋も

並大抵のものではない。民は領主へ助けを乞うて露命をつなぎ、ようやっとその日を生きている。

加えて領主の家中の者たちも害を蒙り、百姓から収穫物の徴収ができず、月俸を払うことも差し支えている。八郎はやむを得ず、先年上洛した際と同じように藤原忠実へ書を送るため、彼の家の長臣、秦量満、西山長暢*2の二人にあて、飛書*3によって伝える。

「妖狐の災いが再び起こり、領内、近隣の国の困窮は並通りではありません。下野国のみで対処するのは難しく、軍勢を下していただくことを願います」

忠実はこれを聞き、翌日、参内した際に公卿らとの評議があったため、このことについて会議を行った。

しかし、関白の藤原忠通、左大臣の藤原家忠*4、右大臣の源有仁*5、内大臣の藤原宗忠*6をはじめ、議論が紛糾して決定しない。

以前八郎が上京した際には、播磨守の安倍泰親が悪狐退治の策を講じた。そのため、忠実は彼の話していたことに従うのが上策だろうと考えた。

---

*1 藤原公実…生年一〇五三年、没年一一〇七年。三条大納言と呼ばれた。妻、光子が堀河・鳥羽両天皇の乳母、妹、苡子が鳥羽天皇の生母となったことで権力を持った。また歌才に優れていたという。
*2 西山長暢…不詳。
*3 飛書…手紙をいそいで送ること。
*4 藤原家忠…生年一〇六二年、没年一一三六年。平安時代後期の公卿。花山院という邸宅に居住したため、花山院左大臣と呼ばれた。その子孫は花山院を称したため、花山院家の祖となった。
*5 源有仁…生年一一〇三年、没年一一四七円。平安時代の公卿。後三条天皇の孫。花園左大臣と呼ばれた。詩歌、管絃に優れ、書道にも堪能であったという。
*6 藤原宗忠…生年一〇六二年、没年一一四一年。平安時代の公卿。白河、堀川、鳥羽、崇徳の四天皇に仕え、朝議や公事に精通した。その日記『中右記』は白河、鳥羽院政期の基本史料となっている。

「今、在京している武士の中で、英雄豪傑とされ、大将の任を任せられるのは誰であろうか」

その質問には座にいる公卿も答えかね、忠実の言葉に応えられるものは誰であろうかと考えるも、どの武士も心に浮かばない。

「いずれにせよ武勇すぐれた者が必要で、かつ東国の変事であるのだから、大将も東国の武士であるべきではないですか」

そう言う者がいたため、忠実は言葉を重ねた。

「各々、心にこれぞ、と思う武士がいれば、遠慮なく伝えてほしい。大切な任であるから、よく吟味するべきだ。まず東国の出の武士で在京する者としては、安房国（千葉県南部）の住人である三浦介義純[*1]、上総国（千葉県の中央部）の住人である上総介広常[*2]の両人が英雄と呼ばれていると聞く」

座に集まった公卿たちもまた、忠実の評価にかなう大武士が将に任ぜられ、官兵を司るべきである。英傑であり、下野国の地理にも詳しいであろう。これ以上賢明な判断はない、と衆議が一決した。

忠実は六位の蔵人を使って安倍泰親を階下に召し、泰親が至ったところで、考えていたことを伝えた。

「下野国において先年の悪獣が再び害をなし、自領、他領の人民がおびただしく殺され、国の困窮は大変なものだ。那須八郎から退治の官兵を下して欲しいとの願いがあり、東国の武士、三浦介義純、上総助広常の両人を筆頭として官兵を向けようと評議で決定した。これは先年、汝が議せし策に従うものである。そうであるから、汝も両人とともに下野国に下り、かねて話していた悪獣の飛行を留める法を修せ。先年と違い、汝も今は年老いてしまったから、苦労を掛けてしまうが、これも国家人民のためであるから、自らの職に励み、再び大手柄を立ててほしい」

泰親は畏まってこれを受け、現在の関白殿下である藤原忠通にこのことが伝えられた。

そして三浦介、上総介の両人が内裏の階下に召され、公卿、官人が堂上に列座し、勅宣の旨を達した。

「両人は下野国の那須野に隠れ住み、諸民を害せる悪獣、白面金毛九尾の狐退治の大将に任じられた。節刀[*3]を給わり、一将につき騎馬五十、騎馬兵、勢子、官兵をそれぞれ七千五百人余り授ける。両将合わせればその軍勢は一万五千人を超える。武功を上げ、悪獣を滅ぼし、人民の害を取りのぞき、天皇のお心を休ませよ。領主が注進した旨によれば、容易な任務ではないであろう。相手は猛狐にしてどんなに人が数を揃えても恐れることはない。虎も豹も及ばぬ化け物と聞いている。そのため、出発の前に狐退治の稽古、修練を行いなさい」

三浦介、上総介の両人は畏まり、言う。

「大将の任に選ばれしこの身の誉れ、家の面目、冥加に余る光栄です。お受けいたしましょう」

こうして二人は任務に就くこととなり、退出した。

続けて泰親が召され、改めてこのたびの下野国への下向の宣旨を達せられ、泰親も畏まってこれを受け、退出する。

＊1　三浦介義純…三浦義澄のことか。生年一一二七年、没年一二〇〇年。相模国の出身で、源平合戦では源頼朝につき、鎌倉幕府でも頼朝に仕えた。一方、玉藻前を討伐した三浦家の人物を義純とすると時代が合わない。多くの玉藻の物語では義純ではなく、その父、三浦義明が三浦介に比定されている。

＊2　上総介広常…生年不詳、没年一一八三年。平安時代の武将。平広常とも呼ばれる。保元・平治の乱にて源義朝軍に加わり、武功を挙げた。また、源頼朝が挙兵した際には頼朝側に従って参戦し、その勝利に貢献するも、謀反を疑った頼朝により謀殺された。多くの場合において、玉藻前に纏わる物語で玉藻前を討伐する武将の一人として登場する。

＊3　節刀…天皇が任命の証として渡す刀。

その後、三浦介、上総介の二人は関白の館に至り、木幡左衛門佐光隣(こばたさえもんのすけみつちか)[1]について狩りの稽古を行った。場所はどこで行うのかとうかがえば、関白の許可の元、内裏の広庭にてとのことであった。そこで犬を選び、狐になぞらえて、武士と雑兵、勢子がそれぞれ分かれ、訓練した上で出立すること命じられた。

三浦介、上総介は互いに相談する。

「このたびの狐狩り、妖狐は神通力(じんずうりき)を持つと聞く。それであれば武力のみでは勝てぬであろう。この国の神の加護がなければ、功を立てることは叶わぬ」

そのため、三浦介は常々信仰している諏訪(すわ)明神[2]を礼拝し、祈願する。

「このたび、勅命を蒙(こうむ)りました。那須野の悪獣退治、神力の加護をお貸しください」

上総介もまた、同じように高良(こうら)明神[3]に祈念した。

ある夜、三浦介が霊夢を見て、その中で諏訪明神が彼に告げた。

「汝、このたびの那須野の悪獣退治の勅命を蒙り、神力の擁護を願った。その志が切迫したものであるから、弓矢を授けよう。これを使ってかの妖狐を退治せよ」

これを聞いて夢から覚め、起き上がると、白木の弓に鷲の羽の征矢(そや)[4]が二筋、添えてあった。三浦介は感涙を流し、嗽手水(うがいちょうず)[5]に身を清め、弓矢を取って胸に抱き、諏訪明神を礼拝して「大願成就ありがたし」と喜ぶこと限りなかった。

上総介もまた同じ夜に霊夢を見て、高良明神から神勅があり、大振りの槍(やり)を授かった。

「これを使い、悪狐を滅ぼすべし」

高良明神はそう言って、さらに神力を加えると告げたかと思えば、夢から覚めた。
不思議であると起き上がり、振り返ると、夢で授けられた槍が枕の近くに立ててあった。
上総介もまた、身を清めてこの槍を胸に抱き、神が応えてくれたことに喜んだ。
やがて二人は内裏の稽古場に出て五百人ずつ武士を集め、犬を使って狐狩りの鍛錬を行った。
その日の稽古が終わり、三浦介が上総介に霊夢によって授けられた弓矢のことを密かに語ると、上総介も夢に神慮があり、槍を授けられたことを語った。
二人は互いに神徳が著しいことに感嘆した。すでに定められていた稽古の日も終わりに近づき、みなその成果が現れていたため、その旨を上に伝え、検分を依頼してから出発の用意をした。
これをきっかけとして犬追物の射術が始まりとなり、騎射三物が定まった。いわゆる「流鏑馬[*6]、笠懸[*7]、犬追物」

---

*1 木幡左衛門佐光隣…不詳。

*2 諏訪明神…長野県の諏訪湖周辺にある諏訪大社の別称。もしくはそこに祀られる神。この神の起源については大きく分けて二説あり、ひとつは『古事記』の国譲りの段において建御雷神と戦ったという建御名方神であるというもの。もうひとつは『神道集』などに記される話で、甲賀三郎という人物が攫われた妻、春日姫を取り戻そうとして地下の異国をさ迷った末、蛇体となって戻り、その後人の姿を取り戻し、最終的に三郎と春日姫の夫婦が諏訪の神となった、というもの。

*3 高良明神…福岡県久留米市の高良山にある神社、高良大社の別称。もしくはそこに祀られる神、高良玉垂命のこと。高良玉垂命は記紀に登場しない神で、その正体は諸説ある。

*4 征矢…鋭い鏃を付けた、戦闘に用いる矢。

*5 嗽手水…神仏を詣でる際、身を清めるための水。

*6 流鏑馬…馬に乗り、走りながら鏑矢を射流して的を射る競技。

*7 笠懸…馬に乗り、遠い距離にある的を射る競技。もとは射手の笠をかけて的としたため、この名前で呼ばれる。

は後世にも伝わっているところである。

こうして狐狩りの修練による技能を身に着けたからには、少しも延引すべきではない。悪狐退治が遅れれば、那須野における死者は増え続け、困窮も増していくだろう。

那須野へ出発する日も定まり、八郎宗重へもその旨が通達され、安倍泰親は三百人を従えて、一日早く出立した。その翌日、三浦介義純、上総介広常各々が騎馬五十騎、兵士と勢子を合わせて七千五百人以上、合計一万五千人以上を引き連れ、旗を風になびかせ、刀と槍とを太陽に輝かせ、隊伍を並べ、辺りを払って武威を示し、下野国に押し進む。

その姿は大変厳かで、洛中洛外は言うに及ばず、道でこれを見た人々は、身分の上下にかかわらず心を動かされぬ者はいなかった。

さらに関東八カ国に宣下があり、数万の勢子が妖狐討伐のために遣わされた。

❖第二十八章　両介、那須野原での狐狩り

幷 泰親が降雨の法を行う

時は保延三年（一一三七）九月、播磨守、安倍泰親が下野国那須の郷に到着し、領主、那須八郎宗重に対面した。案内を乞い、修法[*1]の場を選んでいたところ、原の南に久良神山[*2]という高山があった。これは究竟[*3]な場所であったため、その頂から北に向き、原の方を正面に見下ろし、陣屋を造営して壇を設け、四方を臨んだ。

季節は秋の末、寂寞として冷たい風が身を貫くようである。草葉も枯れ、木の葉も散り、木陰もなく、眼を慰めるものといえば梢が残るのみ。葉が染め変わるのに心を澄ますにはよい地である。

泰親はここを要の地とする、と指示を出し、山を下りて休息する。八郎は那須野の原を中央から三里（約十二キロメートル弱）に区切り、四方のところどころに仮家を造営し、三浦介、上野介の両将の到着を待っていると、翌日、二人が現れて仮家に入った。

彼らとともにやってきたのは、一番に赤旗、二番に槍二千筋、三番に幕、四番に犬千匹、五番に太鼓三百、六番にほら貝三百、七番に撥三百であったという。

九月二十七日、北の仮家には一文字の菊の幕を張り、同じように菊の旗を立てた八郎宗重が鎧を纏い、小手と脛当ての上には柿色の狩衣を着、烏帽子を被って鉢巻をし、鶴斑[*4]の馬に金覆輪[*5]の鞍を置き、鹿の夏毛の行縢[*6]を着け、鹿の皮の切付[*7]を取り付け、自身も節巻の弓[*8]、矢を背負った。

家来三百余人を連れ、勢子として土地の百姓八百余人を従えて陣を取った。

東の仮家には丸に三つ引きの旗幕が張られ、上野介がその身に鬱金の腹巻、赤の狩衣、たくましい連銭葦毛[*9]に、

＊1　修法…密教で行う加持祈禱などの法を指す言葉だが、ここでは陰陽道の加持祈祷の言葉として使われている。
＊2　久良神山…黒髪山ともいう。
＊3　究竟…極めて優れている。
＊4　鶴斑…馬の毛色のひとつで、まだら模様が連なっているもの。
＊5　金覆輪…器具の縁を覆い、飾りや補強とする覆輪のうち、金または金色の金属で作ったもの。
＊6　行縢…狩猟などの際に両足の覆いとした布帛や毛皮の類。袴の上から着装した。
＊7　切付…馬具の下鞍のひとつ。馬の背や両脇を保護する。
＊8　節巻の弓…竹の節の部分を裂けないよう樺や籐などで巻いた弓。
＊9　連銭葦毛…葦毛に灰色の丸い斑点のまじっている馬。

沃懸地(いかけじ)[*1]の鞍を置き、鹿の大斑(おおまだら)の行縢を身に着け、虎の皮の切付を馬に取り付け、小房の鞦(しりがい)[*2]を鞍に通し、諏訪大明神より授かった白木の弓をつかみ、鷲の元黒の征矢(そや)を背負った。

西の仮家には月星の旗幕が張られている。上総介広常は腹巻、小手、脛当ての狩衣を纏い、栗毛の馬に螺鈿(らでん)の鞍を置き、大星の行縢、熊の革の切付を取り付け、高良大明神より授かった大振りの槍を馬の首の側面に付け、控えていた。

三浦介、上総介の二人に従う騎兵や勢子は、思い思いの武器を持ち、華やかに控えている。

南の借家の二カ所には、両将に属す兵士らが二十五騎ずつ武士、勢子ともに三千人連(つら)なり、両家の旗を立てて陣を作っている。

久良神山には安倍泰親がいる。紫の腹巻に猩々緋(しょうじょうひ)の陣羽織を着し、馬を舎人(とねり)[*3]に牽引させ、山に作った壇に上がり、悪狐退治の舞台は那須野の原の中であるため、中央から四方に三里を限りとして妖狐の飛行を封じた。さらに悪獣が走って逃げようとすれば、その行く先に雨を降らせ、たとえ死骸であっても貫くようにと、妖狐が逃げ去ることができないための法を修した。

狩場においては、三浦介、上総介が東西から馬上で采配を振り、二十五騎の兵を前に行かせて、原の中央に向かって進む。北からは八郎宗重が手勢を従え、押し進んでいる。南からは五十の騎兵が六千人を率いて歩み進んでいる。

数多(あまた)の勢子たちが銅鑼(どら)を鳴らし、太鼓を打ち、割った竹を叩き、それぞれが弓矢、槍、鉾(ほこ)、刀など武器を携え控えている。

法螺貝(ほらがい)の音を合図に鬨(とき)の声が上がり、数多の鳴り物が同時に鳴らされ天に響き、山にこだました。大地は裂け、金輪奈落（こんりんならく）*4も崩れるばかりである。

その騒がしさは言葉で言い尽くせるようなものではなく。夜に入れば十里四方に絶え間なく篝火（かがりび）が焚（た）かれ、その光は白昼にも等しく、天をも焦がすようだ。こうして那須野において二日二夜に渡り、絶え間なく狩りが行われた。

しかし白面金毛九尾の狐は未だ見つからない。三浦、上総の両介は悪狐を狩るべき大将の任を蒙（こうむ）り、はるばる下野国まで下りながら、引き下がるべきであろうかと考える。

「どのように隠れ逃れようとも、見つけ出さぬで置くべきか」

そう怒りをあらわにし、大量の松明（たいまつ）を投げて火を付け、枯れ草を燃やし、焼き払って激しく狩り立て、久良神山においては泰親が丹精をこらして祈り続けた。

そして三日目の未（ひつじ）の刻（午前二時）を過ぎる頃、いずこからか小さな牛のような姿をした白面金毛九尾の大狐が現れた。その身の丈は七尺（しゃく）（約二メートル十センチ）以上あり、尾から頭にかけては一丈（じょう）五尺（四メートル五十センチ）はあろうかと見えた。三浦介、上総介は旗を振り、飛び回るこの怪物の出現を八郎も共に兵士たちに知らせ、ほかの獣は無視してこの悪狐を取り巻けと指示した。

＊1　沃懸地…蒔絵（まきえ）の地蒔き技法の名称。
＊2　小房の鞦…馬の尾から鞍に掛け渡す組み紐。
＊3　舎人…古代、天皇・皇族の身辺で御用を勤めた者のこと。後に単に召使いや家来を指す言葉としても使われた。
＊4　金輪奈落…物事の極限のたとえ。本来は仏教用語で、金輪は大地を支える三つの輪のひとつで、大地の底に接していることから、大地の最も底のことを指す。奈落は地獄と同義。

三浦介・上総介が九尾の狐を退治する

あちらを塞げ、こちらを遮れと呼び合うごとに狐は激しく追い回され、逃れようと群がる勢子を二、三人を蹴とばして駆け出すが、走り去ろうとする方向には泰親の修した降雨の法があり、三里を超えて移動することができない。

しかし妖狐の力も並大抵のものではなく、取って返してくると人馬の区別なく飛び越え、つかみ殺し、蹴り殺した。九尾の狐によって殺された者は数知れない。

三浦介はこの時、諏訪明神から授けられた弓に矢を番え、声高らかに「神力よ、擁護たれ！」と唱えながら弦を引き、ひょうと放せば違わず悪狐の脇腹に突き刺さった。

しかし九尾はこれにもひるまず射手めがけて飛びかかろうとするが、三浦介は神から授かった弓に二本目の矢を放ち、妖狐の首筋を射抜いた。

「安房国の住人、三浦介平良純、不思議の悪狐を射止めたり！」

三浦介の声が響く。しかし希代の悪狐はそれでもなお飛び掛かる。この時、上総介が前に出て、高良明神から授かった大振りの槍を九尾の狐に突き立て、大地に叩き伏せた。狐は槍に噛み付いて抜こうとするが、剛力の上総介は少し動じない。

「上総介広常、妖狐を仕留めたり！」

そう上総介の声が響き、大勢の兵士や勢子が集まって、妖狐を突き、切る。それによりついに妖狐は息絶えたが、不思議なことにその姿がたちまち大きな石と変じた。

これにはみな驚きながらも兵士たち二十人ばかりが近づき、この石を引き起こそうとしたが、その者たちは将棋倒しのように倒れ伏し、即死した。

兵士たちは大いに訝しがったが、少しあって石の元に集まった者、触った者はことごとく死んで倒れた。

泰親もやってきてこの石を見て、言う。

「狐が毒石と変じたのだ。近寄れば害がある。ここに札を立て、近づくことを禁じて人に知らせよ」

この旨は八郎に伝えられた。また泰親は三浦、上総の両介に言う。

「退治の功を立て、勅命の役目は済んだので、勝利の凱歌を唱え、ひとまずこの場を引き取って都へ上り、報告しましょう」

これにより泰親、三浦介、上総介、八郎らはともに引き上げた。

そして播磨守の泰親、三浦介、上総介、三人は八郎に暇を告げ、下野国を出立して、間もなく平安京に着いた。関白である藤原忠通に那須野の悪狐退治についてつぶさに報告すると、それを聞いた天皇の感激は浅からず、それぞれが恩賞を賜った。

彼らは世間の評判を高め、名を後世に残した。特に泰親は老年に及んで二度目の大きな功績を見せた賞として内裏への昇殿を許され、この誉れを代々に伝えた。

これは類稀なる手柄である。

❖第二十九章　悪狐石に変じ災いをなす
幷貴僧が殺生石を教化しようとして毒にあう

時は保延七年（一一四一）、元号が永治と改まる。

この年の三月十日、先帝である鳥羽上皇が出家して法諱を空覚と称した。

同年十二月七日、崇徳院は天皇の位を太子、躰仁親王に譲り、在位十八年にして仙洞御所[*1]に遷幸した。これを新院と称する。

太子は即位して翌年を康治元年（一一四二）と改元した。人王七十六代近衛天皇というのがこれである。

実は近衛天皇は鳥羽法皇第八皇子であり、母は贈左大臣、藤原長実の息女であった。名を得子という。後に美福門院[*2]と称した。

近衛天皇は康治元年（一一四二）から天養、久安、仁平を経て、久寿二年（一一五五）までの十四年間、在位にあった。

その十八年前、保延三年（一一三七）に三浦介義純、上総介広常に下野国那須野の妖狐を退治せよという勅宣が下ったが、殺された白面金毛九尾の狐が石となり、毒気によって人を襲った。それゆえ札が立てられ、この石に近づくことが戒められ、再び人民の生活は安寧に至った。

しかし今年に至って石魂はまたも障碍をなし、下野国はもちろんのこと、他国の人まで往来する者を害し、人々を悩ませていた。

これによって、領主、那須八郎宗重から左大臣の藤原頼長[*3]へ注進があり、頼長の家の長臣、大園宮内少輔利孝、箕野内蔵頭昌行[*4]まで飛脚で書が届けられたため、頼長の知るところとなり、播磨守、安倍泰親が召されることとなった。

「このような変事を鎮められるのは、汝の修法以外に難しいだろう。先年の次第も詳しく伝えられている。その功績には感嘆するばかりだ。しかしながら、汝はもう老年であり、昔とは違うであろう。苦労は察するが、ほかに頼る者がなく、相談する次第である」

これに対し泰親は答えて言う。

「厳命、謹んで畏まり奉ります。私はもう七十三歳になります。以前とは違い体は衰えましたが、心は健やかで、片時も天恩を忘れたことはありません、どうして労を厭いましょうか。国土のため、民の憂いをのぞくこと、元より願うところです。勅命が下れば、今すぐにでも出立しましょう。石魂を鎮めて安寧を取り戻します」

そう誠心、忠心を表した。

頼長は大いに感じ入った様子で、泰親をもてなし、互いに語り合った後、泰親は屋敷から退いた。

こうして泰親は内裏に召され、下野国那須野の怪石が諸人を悩ませているという訴えにより、早々に下向し、石魂を鎮めるべしとの勅命を受けた。

---

*1　仙洞御所…法皇、上皇など退位した天皇の御所。

*2　美福門院…生年一一一七年、没年一一六〇年。鳥羽天皇の皇后であった藤原得子のこと。近衛天皇の母であり、鳥羽法皇に崇徳天皇の退位させて近衛天皇を即位させた。さらに近衛天皇が没すると崇徳上皇の子、重仁親王の即位を妨げて後白河天皇を即位させ、これが保元の乱の要因となった。類稀なる美貌を持っていたとされ、鳥羽院に寵愛された末、乱の原因となったことなどから、曲亭馬琴の『昔語質屋庫』ではこの美福門院こそが玉藻前のモデルになったのではないかと言及されており、現在でもその説が広く知られている。一方、この『絵本三国妖婦伝』では玉藻前と別に美福門院が登場し、『玉藻前曦袂』や『絵本玉藻譚』などの作品では玉藻前と敵対する立場で登場するなど、近世の物語では別人として描かれることが多い。

*3　藤原頼長…生年一一二〇年、没年一一五六年。平安時代の廷臣。宇治左大臣、悪左府などと呼ばれた。関白であった藤原忠実の次男。父に代わり関白となった兄、頼通の後見で十一歳のとき内裏および院の昇殿を許されてから異例の昇進を重ねた。しかし近衛天皇の死去に際して天皇を呪詛したとされて鳥羽法皇の支持を失う。このことから政権の奪取を企て父、忠実とともに崇徳上皇を擁して保元・平治の乱を勃発させるも敗れた。

*4　大園宮内少輔利孝、箕野内蔵頭昌行…不詳。

泰親はこれまでに位階は四位、官が侍従に昇り、播磨守は元のように兼任していたが、このたび、従三位に叙せられた。

泰親は勅諚(ちょくじょう)を受諾し、早速下野国に下向すると、秘伝の修法(しゅほう)を行い、あの悪石の周囲を四面で区切り、この石に近づくことのないよう札を立て、往来の旅人や他国の者にも知らせた。

そして泰親は帰路についたが、急がぬ旅であったため、ところどころの名所、史跡を巡り、都の土産(みやげ)にしようと歌枕を見た。

何事も面白い旅の空であった。ほどなくして帰洛(きらく)し、怪石についてなど報告すれば、天皇の評価も高く、恩賞がくだされて正四位となった。毎度の誠勤が家名を輝かし、後の時代に栄誉を残した。

そもそもこの泰親というのは、孝元(こうげん)天皇[*1]の子孫である。また左大臣で倉橋家第九代天文博士(てんもんはかせ)の長であり、従四位下大膳大夫(だいぜんのたいふ)であった安倍晴明(あべのせいめい)から数えて六代目の子孫でもあった。

父は安倍泰長(やすなが)[*2]といったが早世し、祖父は従四位下の安倍有行(ありゆき)であった。

泰親は幼年から天文卜道(てんもんぼくどう)の家を相続し、その道を磨き、極めた。

泰親は保安(ほあん)年中に清涼殿に壇を構え、鳥羽天皇の病の平癒を祈り、玉藻前の障碍をのぞいた時には四十一歳であったという。その子孫が繁栄し、今[*3]の土御門(つちみかど)[*4]家に続いている。誠に希代の名家である。

また下野国の領主である那須八郎宗重は、毎度朝廷の恵みによって、那須野の妖怪を仕留め、領内が安寧を取り戻し、万民が安心して生活できるようになったことに対する莫大(ばくだい)な天恩に感謝しないわけにいかないと考え、やがて上洛(じょうらく)し、左大臣、藤原頼長の館に赴いて、慎んで謝礼し、泰親にも面会して、毎度の労に感謝し、都で越年して翌年帰国した。

近衛天皇は即位十四年、久寿二年（一一五五）七月二十三日、十七歳の若さで崩御した。よって鳥羽上皇の第四皇子、雅仁親王が後を継いだ。

即位の翌年に改元があり、保元元年（一一五六）とした。後の後白河天皇[*5]というのが雅仁親王である。母は藤原璋子で、崇徳院と同様である。

この年の七月二日、鳥羽上皇が崩御した。齢は五十四であった。その秋、八郎宗重が那須の領地において病死し、その子、那須与市宗高[*6]が家督を相続し、弓馬に達して名誉を後代に残した。

そうして年月が経ってもなお、あの石魂が人々に害をなすことは止まらなかった。人には近寄ることを禁じても、畜獣は近寄って即死し、鳥類もまた石の上を飛び近づけばたちまち命を奪われた。そのためこの石の回りは

---

*1 孝元天皇…生没年不詳。『古事記』・『日本書紀』に登場する第八代天皇。孝霊天皇の子で大和国の軽境原宮に都を移した記録などが残る。

*2 安倍泰長…生年一〇六八年、没年一一二一年。平安時代の陰陽師。安倍有行の子。陰陽博士、暦博士、雅楽頭などを経て陰陽頭を務めた。

*3 今…この本が書かれた江戸時代後期。

*4 土御門家…天文、暦数、陰陽道を司り、朝廷に仕えた家系。平安中期の陰陽頭であった安倍晴明の子孫とされ、室町時代の当主、有宣の時から土御門家を称したと考えられている。

*5 後白河天皇…生年一一二七年、没年一一九二年。第七十七代天皇。鳥羽天皇の第四皇子。異母弟、近衛天皇の死去により即位したものの、約三年で譲位し、その後五代に渡って院政を行った。

*6 那須与市宗高…那須与一のこと。生没年不詳。平安時代の武将。弓の名手として知られ、源平が争った屋島の戦いで、馬上から平家の船に掲げられた扇の的を射落とした、という話が有名。しかし史料には名前が出てこず、伝説上の人物であった可能性も指摘されている。栃木県那須烏山市に実在した烏山城は那須与一が造ったという説があるが、この城は敵が近づくと臥した牛の姿に変形し、唸り叫んで大地を震わしたため、臥牛城とも呼ばれたという不思議な伝説が残っている。

禽獣(きんじゅう)の死体が山のように積み重なり、石は殺生石(せっしょうせき)と名付けられた。

殺生石の下から沸き出る水があり、少しといえども絶えず流れていたため、それが鍋懸川(なべかけ)[*1]に落ちると、その川上には魚がいても、沸き水が落ちてから下流には魚がいなくなった。これも毒水のためである。

本当に稀有の悪獣石であり、なお怨念が怪異を残すこと浅ましいとともに恐ろしい。

しかしこの時代、世の中は大いに乱れ、朝廷の仕事は多く、国々もここかしこで合戦していたため、殺生石をどうにかしようという者はなく、そのまま放置されていた。

遥かに年を経て、仁安(にんあん)、嘉応(かおう)を過ぎた。承安(しょうあん)の頃になり、朝廷の沙汰(さた)として知識があって、悟りを得た僧侶が那須野にくだされ、殺生石の怨恨を教化(きょうか)して執着を止めるべし、という勅命あった。

そこで紀伊国(きいのくに)紀三井寺(きみいでら)[*2]の浄恵(じょうえ)[*3]という博学なことで名高く、類稀な道徳心を持つ僧侶が朝廷に奏上して自ら那須野に下り、石魂を教化しようと考えた。

そして殺生石からおよそ二町(ちょう)（二一八メートル）ばかりを隔(へだ)てて、経文を読誦しながら次第に近づこうとしたが、石の下から生臭い風が吹き、これに当たったと思った瞬間、両隣にいた弟子がたちまち毒によって即死した。浄恵はこれを見て驚き、少し心がゆるんだところで再び悪風が吹き、ついに倒れて死んでしまった。

その後、播磨国書写山(しょしゃざん)[*4]の了空坊(りょうくうぼう)[*5]という世にも名高い名僧がこのことを聞き、朝廷に申し出て、那須に下った。この僧もまた殺生石を教化し、解脱させようと考えていたが、石の下に立ち寄った瞬間に毒風が起こり、了空とその弟子二人に吹き付けて、師弟三人とも死んでしまった。

さらにその後遥かに年を経て、筑前国眞静寺(ちくぜんのくにしんじょうじ)[*6]の僧の道基阿舎利(どうきあじゃり)[*7]という道徳に優れた博学秀才の名僧がいた。彼も都に上り、自ら申し出て那須野に赴き、かの毒石の怨恨を解脱させ、後の害を止め、禽獣の難を救おうと弟子四人を引き連れて那須野に下った。

師弟五人、読経しながら次第に殺生石に近寄ったが、石から怪風が吹き出て、道基らの身に当たると等しく師弟らの体を毒気が通ってたちまちに死んでしまった。

このようなことが続き、殺生石の悪魂を教化しようという僧侶はいなくなった。

それから数年経ち、世にこの殺生石についての悪評が広まったため、禁制の札がなくとも近寄る者もいなくなった。

人の命が奪われないといっても、禽獣が知らずにこの石に近づき、命を落とすことは数知れなかった。石の表面は苔むし、その周りを死体が積み重なった景色はひどく恐ろしいありさまである。

＊1　鍋懸川…現在地不明。現在殺生石の近くには、苦戸川（にがとがわ）という川が流れている。
＊2　紀伊国紀三井寺…和歌山県和歌山市に現存する寺院。
＊3　浄恵…不詳。
＊4　播磨国書写山…兵庫県姫路市にある山。山頂に円教寺という寺院がある。
＊5　了空坊…不詳。
＊6　筑前国眞静寺…不詳。福岡県福岡市に妙静寺という寺院があるが、同一のものかは不明。
＊7　道基…不詳。

❖最終章

玄翁が殺生石と問答し、教化する

幷 玉藻神社勧請

春が去り、夏が来て、年が去り、年が改まった。人王八十八代後深草天皇[*1]の時代となった。

この時代の摂政は近衛兼経[*2]で、武将は鎌倉の征夷大将軍、宗尊親王[*3]の治世である。

北条氏、正五位下相模守の平時頼[*4]の執政の時に当たり、なお年月を経ても那須野の毒石の害は止まないので、天皇は深く悩んでいた。

ここに播州法華寺[*5]の住僧、玄翁和尚[*6]がいた。

博学秀才にして悟りの道を行く世に尊き僧であったため、都に召され、殺生石を教化し、得脱させるべしという勅命があった。そのため、畏まってその勅命を受けた。

僧侶の身であったので、帰国することもせずそのまま都を立ち、関東に赴いた。

その道中、相模国にて鎌倉将軍の館に伺い、那須野に赴いて毒石を教化するべき旨、勅命を蒙ったことを伝え、征夷大将軍の謁見を願った。すると宗尊親王が玄翁の元に赴き、

「汝の道徳の智識は奇特である。その救済が木石に及ぶことこそ、僧侶の本意であろう」

と言い、玄翁をもてなした。

玄翁は拝謝して鎌倉を出立した。弟子を一人も連れず、ただ一人、綿服に麻の三衣[*7]を着し、右手に払子[*8]を携え、左手に念珠を持ち、草鞋を履いた独り歩きの旅であった。

下野国に辿り着き、那須野に至る。殺生石から離れた場所で経文を読誦し、そのまま近づいたところ、石の下の土が動いたかと見えた直後、突然妖風が激しく吹き、一歩も歩けなくなった。

横を向き、払子を振って風を避け、大乗妙典*9を高らかに読みながら近づくと、不思議なことに着ていた衣服はずたずたに裂け、破れて乱れていた。

しかしその身に毒は当たらず、難なく石の傍まで歩み寄り、経文を読誦し終わった。

「釈尊はすでに一切衆生悉有仏性如来、草木国土悉皆成仏*10と説いている。木石に心はないというが、元より

---

*1 後深草天皇…生年一二四三年、没年一三〇四年。第八十九代天皇。後嵯峨天皇の第三皇子。在位中は父が院政を取り、その後、父の命により弟の亀山天皇に譲位する。しかし後深草系の持明院統と亀山系の大覚寺統が皇位継承で対立した。このため鎌倉幕府の斡旋により皇子伏見天皇の践祚を実現し、院政を敷いた。

*2 近衛兼経…生年一二一〇年、没年一二五九年。鎌倉時代の公卿。岡屋関白殿とも呼ばれる。大納言、右大臣、左大臣を経て摂政、太政大臣となった。

*3 宗尊親王…生年一二四二年、没年一二七四年。後嵯峨天皇皇子であり、鎌倉幕府六代将軍。皇族最初の征夷大将軍であったが、一二六六年幕府への謀反の疑いで将軍職を追われ帰京し、出家した。

*4 平時頼…北条時頼のこと。生年一二二七年、没年一二六三年。鎌倉時代の武将。北条時氏の子。鎌倉幕府五代執権となり、三浦泰村一族を滅ぼし、北条氏の独裁体制を確立。また民政に意を尽くし、人々の人望を得たため、諸国を巡って人々を助けた伝説が生まれた。

*5 播州法華寺…不詳。兵庫県姫路市に法華寺という寺院はあるが、創建されたのは玄翁の死後であり、時代が合わない。

*6 玄翁和尚…一説には源翁と書くという。越前国の生まれで、名は心照空外と号した。

*7 三衣…僧が着る三種の袈裟。僧伽梨・鬱多羅僧・安陀会をいう。

*8 払子…獣毛や麻などを束ね、それに柄をつけたもの。法具。

*9 大乗妙典…『法華経』のこと。

*10 一切衆生悉有仏性如来、草木国土悉皆成仏…『涅槃経』に説かれる言葉。すべての心を持つもの、持たないものに仏性が等しく存在すること。

万物に仏性は備わっている。ましてや大乗妙典の功徳の力によるものであれば、成仏することに疑いはない」
玄翁は石面に向かい、言葉を続ける。
「我、いま汝に一句を示そう」

噫石霊石霊（ああ、石霊よ）
魔則有法済（魔があればそれを救う法がある）
執魂無所帰（執魂が帰するところはないであろう）
即今汝念底（今すぐその心の底を示しなさい）

魔風が治まり、草むらがそよぐ時、不思議なことに殺生石が少し震えたと思うと、石の精が忽然と姿を現した。齢十六ばかりの女性で、綾羅錦繍の五つ襲に緋色の袴を纏い、長い黒髪は麗しく、檜扇を手に携えている。

それは朝廷で玉藻前として過ごした頃の姿であり、誠に天人であろうかという美しさである。

玄翁をながし目で見て微笑む愛敬は、たとえどのような名僧であっても心惑わされ、惚れ惚れとする艶やかさであった。

玉藻前は玄翁に媚び、彼を誑かそうとしている様子だったが、玄翁和尚は悟りを得たこの上ない高僧である。心を乱されることはない。

玄翁は声を上げ、言う。

「汝、元来は殺生石であろう。迷いを解かざるゆえに、執着から離れられず、仏性を持ちながら、どうして悪業を積んで、百千の劫の苦しみを求めるのだ」

これに玉藻前が答える。

「早急に去りなさい、去りなさい。汝のような僧が言うように、善悪不二[*1]であるのならば、無量劫[*2]、我が執念は止まぬでしょう」

しかし、玄翁はこれを一喝する。

「迷悟一如[*3]を説くことはできぬ。煩悩即菩提[*4]であり、善と悪、悟りと迷いは別物なのだ。誰もが迷うがゆえに、三界[*5]は狭く、悟るときには迷いのすべてが虚しきものと知る。再び一句を示そう。お聞きなさい」

人畜悉皆宇宙塵（人も獣も同じ宇宙の塵にすぎない）
端的不逢劫外春（この真理を時を超越した世界で悟らなければ）
本来面目有何所（そなたの本性はどこにも見つからないだろう）
無位心印磨不磷（真の悟りというものは、磨いても決して磨り減ることはない）

＊1　善悪不二…善も悪も異なるものではなく、仏法では無差別の真理に帰着するということ。
＊2　無量劫…未来永劫。
＊3　迷悟一如…迷いと悟りは本来同一のものであるということ。
＊4　煩悩即菩提…菩提と煩悩、すなわち悟りと迷いはともに人の本性であり、紙一重のものであるが、それぞれは別のものであり、煩悩があるからこそ悟りを求めるということ。
＊5　三界…欲界、色界、無色界の迷いの世界。

玄翁石魂を化度する図

玄翁が殺生石の化度をこころみる

玉藻前は合掌し、言う。

「私は今まで生き変わり、死に変わり、三千世界*1を魔界になさんとしてきましたが、尊き僧の教化によって、得脱することができました。今は何を隠すべきでしょう。私は元来、人ではありませぬ。天地開闢の時、隠々たる濁気が凝り固まり、狐の形となったものが私です。数千万の星霜を経て、白面金毛九尾と変じ、大唐にあっては殷の紂王の妃、妲己となって、かの地を魔国にしようと計ったものの、太公望により阻まれました。再び形をなし、次は天竺に入って、斑足太子を迷わし、その次には周の幽王の妃、褒姒と現じて周室を傾けました。そして吉備真備が唐から帰朝する船に乗って日本に渡り、潜み隠れて時を待ち、玉藻前となって鳥羽院に近づいたものの、安倍泰親の呪術に縛せられ、遠くこの那須野に隠れました。しかし三浦介、上総介により命を落とし、この一念の怨恨はどうしても消せずに毒石となって、人民や鳥獣の命を奪いました。また時を得れば、日本国を傾けようと考えていました。このように永遠に修羅の輪廻に浮かぶであろうこの大悪念ですが、そこから解放され、解脱できるのであれば、その喜びはこの上なきものです」

そう言葉を残し、玉藻前の姿は煙のように消えてしまった。

玄翁はなおも念珠を振り上げ、叫ぶ。

「阿耨多羅三藐三菩提、石に精あり水に音あり、風は太虚に渡る、喝！」

玄翁が殺生石を打つと、不思議なことに苔むした大石はふたつに割れ、一条の白気が立ち昇り、砕けた石の破片を交えて西の空へ行方も見えず去って行った。

玄翁はその砕け飛び去った石の残りを持って地蔵菩薩の尊像を彫み、携えて鎌倉に戻り、安置した。

それから執権、北条相模守入道平高時[*2]没落の後、足利将軍義満公[*3]がこの地蔵尊を都に持って行き、神楽岡真如堂[*4]に安置し直した。

今に至って将軍地蔵とも鎌倉地蔵とも称され、霊験あらたかなことは人々の知るところである。

こうして玄翁が都に上ると、天皇は大変に感謝し、大寂法翁禅師の号を贈られたという。

それから玄翁は那須野の原にひとつの寺を建立した。大寂院千渓寺[*5]がこれである。

その後、人王九十代後宇多天皇[*6]の時代、弘安三年（一二八〇）三月七日、摂州護国寺[*7]において、七十余歳にて亡くなった。

＊1　三千世界…三千大千世界の略。仏教の世界観において巨大な宇宙空間を表す言葉。

＊2　平高時…生年一三〇三年、没年一三三三年。鎌倉時代の武将。鎌倉幕府第十四代執権。十四歳という若年で執権となったため内管領長崎高資らに実権を握られ、遊宴にふける。これにより幕政は混乱。正中の変・元弘の乱を招く。元弘の乱で後醍醐天皇を隠岐に配流し光厳天皇を擁立したが、新田義貞に鎌倉を攻められ東勝寺で自刃。鎌倉幕府は滅亡した。

＊3　足利将軍義満…生年一三五八年、没年一四〇八年。室町幕府第三代将軍。南北朝合一を果たし、明との国交回復を実現するなど、幕府権力を確立。金閣の建立でも知られる。この金閣を含む北山殿を営み、伝統的公家文化と武家文化が融合した北山文化を開花させた。

＊4　神楽岡真如堂…京都市左京区に現存する寺院。比叡山延暦寺を本山とする天台宗の寺。

＊5　大寂院千渓寺…栃木県那須烏山にある泉渓寺のこと。

＊6　後宇多天皇…生年一二六七年、没年一三二四年。第九一代天皇。亀山天皇の第二皇子。一二八七年に伏見天皇に譲位したが、続けて持明院統であり、伏見天皇の皇子の後伏見天皇が即位したため、幕府に働きかけて自身の皇子の後二条天皇を即位させて院政を行った。

＊7　摂州護国寺…不詳。大阪府にはいくつか護国寺という名の寺院が残るが、玄翁和尚が死した場所かは定かではない。

さて、玄翁が毒石を教化した際に石の中から立ち昇った気は長門国(ながとのくに)の萩(はぎ)の城下[*1]から七里(り)（約十五・七キロメートル）から西にあたる、古郷(こごう)[*2]という場所に落ちた。

その地では後年、里人が神を祝い、玉藻大明神と号し、社(やしろ)を造り、毎年九月二十八日に祭礼が行われてるようになったという。

また、気に包まれて飛び去った石は、美作国(みまさかのくに)の高田の庄[*3]という場所に落ちた。ここではこの石を玉藻大権現と崇(あが)め、宮居に鍵を掛けて安置しており、人を寄せないようにしている。鳥類がその上を飛んだり、鶏などが誤ってその内に入ると、足を損ずると言われている。この寺は禅宗にて玉藻山化生寺(たまもやまけしょうじ)と号し、例年九月二十一日に祭礼があるという。この時、寺の長老が一丈(じょう)（約三メートル）ばかりの頭子(ずし)[*4]と思われる、錦に包んだものを出して神職に渡すと、神職は謹んでこれを神輿に納める。常に定まった神主はなく、祭礼の時にだけ外から呼んでくるのだという。

これはみな、実際に自分で見たという者から聞いた話である。

また、那須野の原で砕けた石は、今もなおそこに残されている。人民に害はないというが、農夫や牧童がこの石の近くに佇(たたず)んで、もし石の上から吹き渡る風に当たった時は、心地が悪くなるという。

このように妖毒が未だ残っていることは、その里の者から直接聞いたところである。

また、今の世に石工の石を穿(うが)つ鉄器に玄翁の名が使われているのは、玄翁和尚が固い殺生石を割り砕いたことから名付けられたものだ。同じように番匠(ばんしょう)[*5]の用いる器具にもこの名が使われているという。

いずれにせよ、玄翁和尚の広大な法徳によって石魂の怨念は解脱し、後代に至るまで人々の愁(うれ)いをのぞき、さらには毒石が変じて利益(りやく)ある神社となった。

この前代未聞の伝記を記し、画図を交えて婦女子を楽しませることができたのなら嬉しいと思う。身分の高低や色香に心を囚（とら）われる者は、家を失い、身を滅ぼす。これは昔話というわけでもない。今の時代の美人、たとえそれが妖狐の変じたものでなくとも、それに昏迷（こんめい）する男がいれば、何が妖狐と変わりあろうか。これを教訓として少しでも修身斉家（しゅうしんせいか）*6のきっかけとなれば、奇怪の談も咎（とが）めるばかりのものでもないのだろうと、そう弁解して筆を止めよう。

＊1　長門国の萩の城下…山口県萩市にかつてあった城。毛利輝元によって築城された。
＊2　古郷…現在、山口県山口市に地名が残る。
＊3　美作国の高田の庄…現在の岡山県真庭（まにわ）市勝山。化生寺という寺院に殺生石の破片とされる石が残されている。
＊4　頭子…頭を支えるのに用いる具。枕の類のことを言うが、文脈からしてこれを指しているのかはわからない。
＊5　番匠…大工のこと。
＊6　修身斉家…自分の行いを修め正し、家庭を整えて治めること。

『玉藻の草子』（御伽草子）

❖上

近衛天皇の時代のことである。

久寿元年（一一五四）、鳥羽上皇の仙洞御所に一人の化女がやってきた。

名を化生前といい、天下無双の美人で、並ぶ者のない賢女であった。

花のかんばせは鮮やかで、楊貴妃の艶色を超えるほど。碧の眉は細やかに美しく、李夫人[*1]にも勝るほどである。

衣装に薫物をせずとも自ずから蘭麝[*2]の香りを放ち、容色を繕わなくとも常に桃李のように美しい装いをしていた。

鳥羽院は化生前を御傍に召し、寵愛に限りなしというありさまだった。

御所内の人々は身分にかかわらず、これは一大事であると騒いでいる。

化生前を見る者はみな、これは神仏の来迎かと目を疑い、常住不変[*3]の徳を表す天人ではなかろうかと考える。

化生前は年の頃二十歳ばかりに見えたので、院は深く感銘を受け、大臣諸卿も不思議に思うこと限りなかった。

諸々の経典に深く通じており、いつも笑みを浮かべて言葉も柔らかく、内典、外典、仏法、世法[*4]など、何事についてもつまずくことなく訓釈し、本説に違わず語ってみせる。

あまりの不思議さに鳥羽院はこの化女に問いを投げかけ、答えさせてみようと考える。

「そもそも、聖教[*5]は煩悩即菩提、生死即涅槃[*6]と解く。日々、夜ごとに起こる念は煩悩であるという。無辺生死[*7]には、この煩悩の念を起こさずにすぐに菩提に至り、涅槃を生じさせることで到ることができるのか」

これに化女は答えて言う。

「女の身でそのようなことをいかにして申し上げるべきでしょう。しかし、男女に相違はあれども、心の中の仏性(しょう)はひとつでありますから、悟りにおいては、男女に違いはないと考えます。その上でお答えしましょう。煩悩、菩提、生死、涅槃は、たとえるなら水と氷、声と響きのようなものであり、つまり元は同じなのです。そうであれば、煩悩即菩提であるといえども、思うに任せて煩悩を起こせば煩悩はますます増長します。煩悩は生死そのものであるため、心に任せて執着すれば、生死の輪廻から逃れることはできないでしょう。それゆえに、仏の教えを守り、心の中で生死を厭(いと)い、ただひたすらに菩提を起こすべきなのです」

化生前はさらに続ける。

「そのゆえは、煩悩の風が吹き荒れ、法性(ほっしょう)の智水(ちすい)がことごとく凍り付いてしまっても、心の煩累(はんるい)を洗い去り、そこに太陽が高く輝けば、煩悩の氷が溶け、法界は再び水となります。これはみな、善悪のふたつと同じです。善

＊1　李夫人…生没年不詳。前漢の武帝の夫人。絶世の美女であったとされ、一顧すれば人の城を傾け、再顧すれば人の国を傾くとされた傾国の美女。

＊2　蘭麝の香り…蘭の花と麝香(じゃこう)の匂いのこと。非常に良い香りを表す言葉として使われる。

＊3　常住不変の徳…涅槃経において語られる三徳のひとつ、法身のことか。法身は永遠不滅の真理そのものを表す。

＊4　内典、外典、仏法、世法…経典は仏の教えを書いた典籍。内典は仏教の典籍、外典は仏教以外の典籍、仏法は仏の説いた法、世法は世俗間の法を表す。

＊5　聖教…聖人の教え。儒教を表す場合もある。しかしここでは仏教の意味で使われている。

＊6　煩悩即菩提、生死即涅槃…大乗仏教において説かれる即身成仏の法理。煩悩即菩提は煩悩にとらわれている姿も、その本体は真実不変の真如、即ち菩提（悟り）であって、煩悩と菩提は同じものであることを表す。生死即涅槃は仏の悟りから見れば、衆生の生死輪廻の世界は、そのまま不生不滅の清浄な涅槃の境地と同じものであるということを表す。

＊7　無辺生死…輪廻転生を断つこと。

悪はひとつであって異なるものではありません。しかし世間の僧俗を見るに、懈怠（けたい）して精進せず、破戒して威儀（いぎ）を守っておりません。そんな人が時たま方丈（ほうじょう）に入り、罪業を智水で洗い流そうと思えども、煩悩の波が起こり、塵（ちり）ひとつも洗い落とすことができません。時には仏像に向かって明暗を悟り、月に照らそうと思うも、煩悩の雲は厚く空を覆い、月の光は届かず、長い夜の闇は深いのです。ただ煩悩を引き起こす妄念に目を向けず、煩悩の心、これは何でありましょうか、長夜の闇、これは何でありましょうかと、心の中で思い、考えれば、自然に涅槃への道が現れ、たちまち仏が姿を現すでしょう。知恵もなく、道心もない人の前では、世法と仏法の間に超えられない壁が生じます。逆に道心堅固な人の前には、どんなものであっても仏法がないことはないのです。これをもって、一色一香（いっしきいっこう）、無非中道（むひちゅうどう）[*1]というのです。世間のあらゆる営みは、仏法に相違することはないのです。あるいは、あらゆる言葉や行動が仏への道につながるのです。空海（くうかい）の記した弁顕密二教論（べんけんみつにきょうろん）[*2]には、全く世俗を離れることについて書いておりません。悲しいことですが、目の前の仏法を知らず、菩提を面倒なものと思っているのです。あわれなことです。自身の修行の結果を悟らず、無駄に往生を面倒だと考えること。これはたとえば紙一枚の隔（へだ）てを千里のように遠いと思い込んでいるようなものです。たった一尺の距離を半里とも感じるように、悟りにひとつの差別もなく、誰に対しても等しくあるのです。ただ悟るか、悟らぬかの違いだけなのです」

化生前の言葉は、まさに徳のある先人が書き残した法文と少しも相違なかった。

鳥羽院を始めとして、御所にいた人々は身分の上下にかかわらず化生前の言葉に驚き、舌を巻いたという。

この女房の口の効きよう、弁舌の滞りのなさは只者ではない。もっといろいろなことを尋ねてみようと鳥羽院が問う。

「女性がこのように知恵と才覚をもつことは、今も昔も見聞きしたことがない。化生前は釈迦（しゃか）の第一弟子であった富楼那*3の生まれ変わりか、人ならざる竜の身で、しかも女でありながらわずか八歳で成仏したという竜女*4の再誕であろうかと思うほどだ。世の中には不思議が多いが、天を見ると川に似たものがある。我が国ではこれを天の川と名付けたが、空に川が流れることができるものだろうか」

この問いに化生前が答える。

「聖経に従うと、倶舎論*5に天の川は帝釈天*6の乗る大象の息である、とありますね。では天の川が空に流れる理

---

*1　一色一香、無非中道…中国、隋代の仏教書『摩訶止観』にある言葉。万物・万象にはすべて真理が備わっていることを示す。

*2　空海の記した弁顕密二教論…生年七七四年、没年八三五年。平安時代の僧侶。弘法大師の名でも知られる。真言宗の開祖で、讃岐に生まれ、十五歳で上洛。遣唐使として最澄らとともに入唐し、さまざまな書や法具を携えて帰国する。そして高雄山寺に入った後、真言密教を広め、ひとつの宗派として独立させて真言宗を開く。その後、高野山を開き、金剛峰寺を建立。以降、高野山と東寺を中心に、各地を巡歴して仏教を教え、日本最初の庶民教育の学校として綜芸種智院を開設するなど、社会福祉事業にも務めた。『弁顕密二教論』は空海の著作。顕教と密教との区別を明らかにしたもの。

*3　富楼那…インドの僧。富楼那弥多羅尼子の略。釈迦の十大弟子の一人。弁舌が巧みだったとされ、説法第一と称される。

*4　竜女…『法華経』に説かれる沙羯羅竜王の娘。善如（女）龍王のこと。八歳で悟りを開き、即身成仏したという。ちなみに『法華経』には女性のまま成仏したという話と、男子に変成して成仏した、という話の二種が載せられている。この話は子どもでも、女性でも、人ならざる存在でも仏になることができる、という例を示した話であり、偶然か否かそのうちふたつが当てはまる玉藻前のその後を示唆する話でもある。

*5　倶舎論…『阿毘達磨倶舎論』の略。小乗仏教教理の大成書である『大毘婆沙論』の綱要書。

*6　帝釈天…仏教を守護する善神のひとつ。本来はインド神話の神、インドラで、雷神であったとされる。仏教に入って釈迦の成道をたすけ、仏法の守護にあたる神とされた。

由をお答えしましょう。一切の物には必ず精（せい）[*1]があり、天の川は雲の精であると考えられます。雲というのは天地の吐く息です。日の輝（て）る時には天の川は消え、雨の降るときには天の川は太く流れます。雲は厚い時には雨を降らし、逆に雲が晴れるのは雨がないためです。このように、雲の動きと天の川の見え方はつながっています。このため、すべての雲の中で天の川こそ雲の精であるのです」

鳥羽院はこれを聞き、言う。

「雲の精とは一段と面白きことを言う。ではこれはどうか。青、黄、赤、白の蓮花の中では、いずれを精とすべきなのか」

この問いに、化生前が答える。

「青蓮花（しょうれんげ）を精とすべきです」

さらに鳥羽院が問う。

「一切の山林に生じる草木に花の中では、いずれを精とすべきか」

またも化生前はすらすらと答える。

「優曇華（うどんげ）[*2]を精とすべきでしょう」

鳥羽院は重ねて問う。

「沈香（じんこう）、白檀（びゃくだん）、竜胆（りゅうたん）、蓮香（れんか）、これらの中では、いずれを精とすべきか」

化生前はなおも滞りなく答える。

「一切の香りの中にも牛頭梅檀（ごずせんだん）[*3]が精として存在しています」

鳥羽院はまた問う。

「万（よろず）の宝玉（ほうぎょく）の中ではいずれの玉を精とすべきか」

化生前は答える。

「如意宝珠（にょいほうじゅ）*4を精とすべきでしょう」

鳥羽院はまた問う。

「諸々の海の中ではどの海を精とすべきか」

化生前はこの答えも知っている。

「諸々の海の中では大海が精でありましょう」

鳥羽院は問いを続ける。

「すべての山の中ではどの山を精とすべきか」

化生前が答える。

「須弥山（しゅみせん）*5を精とすべきです」

鳥羽院はなおも続ける。

「金、銀、銅、鉄の金属の中では、どれを精と考えるべきか」

化生前は答える。

---

*1　精…精にはさまざまな意味があるが、ここでは「複数あるものの中で最も優れているもの、巧みであるもの」を示す言葉として使われている。仏教関連だと『往生礼讃（おうじょうらいさん）』などに同様の使い方がある。

*2　優曇華…インドの想像上の植物。

*3　牛頭栴檀…南インドの牛頭山に産する栴檀から作った香料。麝香（じゃこう）のような香りがするとされる。

*4　如意宝珠…思いどおりに宝を出すといわれる珠のこと。

*5　須弥山…古代インドの世界観が仏教に取り入れられたもので、世界の中心にそびえるという高山。

「金剛こそが精でありましょう」

鳥羽院が言う。

「では、諸々の龍王の中ではどうであるか」

化生前が言う。

「娑竭羅龍王(しゃがらりゅうおう)[*1]をこそ精でありましょう」

鳥羽院が問いかける。

「では、諸々の獣の中では」

化生前がなおも答える。

「獅子王(ししおう)こそ精でありましょう」

鳥羽院は問いを続ける。

「ならば、諸々の善人の中では」

化生前はやはり答える。

「釈尊(しゃくそん)[*2]こそ精とすべきです」

鳥羽院は続ける。

「万(よろず)の鳥の中では」

化生前が応える。

「金翅鳥(こんじちょう)[*3]こそでしょう」

鳥羽院は問う。

「ならば、悪人の中では」

化生前は無論これにも答える。

「大自在天こと摩醯首羅[*4]が精でありましょう」

最後に鳥羽院が問うた。

「では、諸々の経典の中ではどうだ」

化生前が答える。

「法華経を第一の聖教の精とすべきでしょう」

このように化生前は一を問えば十を答え、物事を深く理解しており、何を問うても答えられないことはなかった。これは本当に神仏が人の姿を取って顕現したのではないかと思うほどである。

その心も打ち解けがたいと思いきや、一度笑えば溢れるばかりにかわいらしく、艶めかしくもある。

西施の美しさが今まさにここにあると、鳥羽院の寵愛は深く、化生前とお名付けになったが、まるで女御[*5]のように扱われた。

＊1　娑竭羅龍王…仏教において仏法を保護するという八大龍王のひとつ。海の龍王とされ、日本では水を司る龍王としてさまざまな仏教説話に登場する。
＊2　釈尊…釈迦の尊称。
＊3　金翅鳥…想像上の大鳥。翼は金色で、口から火を吐き、竜を好んで食う。
＊4　摩醯首羅…仏教の神。
＊5　女御…天皇のキサキの称。

ある年の九月二十日過ぎの頃、秋の名残を惜しみ、清涼殿にて詩歌、管絃の御遊が行われたが、鳥羽院は化生前を側に置かせ、御簾の近くに座っていた。その時、庭の上で突然嵐が吹き荒れ、御殿の灯を吹き消してしまった。すると化生前の身から光が放たれ、殿中を輝かせた。

これはいかなる天変かと大臣、公卿たちは訝しみ、あちらこちらを見回すと、御簾の内から光が放たれている。その光は朝日の輝きに異ならなかった。

大臣、公卿らはにわかに管絃を置き、妖しい光があったことを鳥羽院に奏上しようとしたが、院は「不思議なことに、光はこの化生前がその身より発したのだ」と伝えた。

化生前は諸法に通じ、出世間のことを知り、身より沈檀、蘭麝の香を漂わせることだけでも不思議であるのに、あまつさえ身より光を放つことは、神仏が人の姿で現れたのでも、悪鬼がそのままの姿で現れたのでもない。まさに仏菩薩そのものの顕現である。

たとえば迦葉尊者の因位[*1]について見てみると、元は貧女であったが、金を一粒求めながら、自らは使おうとせず、箔押師に預けて金箔とし、古びた塔の中に置かれていた面の金の剥げた仏像にこれを張るように頼み、貧乏の罪を懺悔し、箔押師とともに仏道に帰依すると契った。

これにより、この金珠女は九十一劫[*2]の間、生まれるたびに金色の光を放ち、ついに釈迦の第一弟子となった。輪廻転生の中で男に生まれ、迦葉尊者と呼ばれた時も、かつて古びた仏に金箔を張った縁は朽ちず、その身は金色で光を放つだけではなく、如来の定法により第一の仏弟子となったのだ。

今、この化生前は迦葉尊者のようにその身を光らせ、内典、外典に通じ、彼女の知恵、才覚、人格の優れたところは、只者ではない。

特にその身から光を放つとは、前世においていかなる善行を働き、いかなる功徳を授けられたのだろう。返す返すも不思議なことである。これはひとえに人間になぞらえるべきではない。神仏の顕現と思わざるを得ないことであった。

不審なことがあれば問いただそうと鳥羽上皇が御簾を上げると、二十日あまりの月[*3]が浮かぶ夜の闇にもかかわらず昼よりも明るい光が漏れた。

「これほどであるとは。化生前とはいうが、今の光にちなんで玉藻前と名乗りなさい。このようなありがたい神仏の化身である人には、特別な名があるべきではない。和光同塵といって、仏や菩薩が人の身に化生したとしても、人と交わる時には日ととしての名で呼ぶのだ。よって化生前ではなく、玉藻前と名乗るべきである」

しかし何事も時が経てば感動がうすれるものである。玉藻前が身から光を放ってから鳥羽上皇は少し恐ろしくなり、玉藻前をその傍らに座らせながらも、いつも通りには思えずにいた。

そこで鳥羽上皇は、その場に集まった管絃の演奏者たちに言った。

「何事でも聞きたいことがあれば、尋ねてみなさい」

すると末座にいた若殿上人が進み出て問うた。

＊1　迦葉尊者の因位…『付法蔵因縁伝』に説かれる話。もともとは面上の一部の金箔が剥がれ落ちていた如来像の補修のために金珠を供養した貧しい女性のこと。この女性は乞食を通して手に入れた金珠を鍛冶師に依頼し、鍛冶師はその通りに補修した。その功徳によって二人は夫婦となり、九十一劫の間、金色の身に生まれ変わった。この時の女性が金珠女であり、鍛冶師がのちの世で釈迦十大弟子の一人、摩訶迦葉となったとされる。

＊2　九十一劫…劫は仏教等における時間の単位で、ひとつの宇宙が誕生し、消滅するまでの期間。

＊3　二十日あまりの月…陰暦二十日すぎの月。下弦の月の頃。

「管絃については、大方のものが相伝されておりますが、未だ五音というものに関して明らかになっておりません。管絃はおよそ五音を使ってその時の調子を明らかにしてこそ息の吹き方もわかり、音を奏でることができるのです。五音と比べると、しかしながら管絃も決まって音を外しているでしょう。五音の起こりはどのようにして明らかにすればよいのでしょうか」

これに玉藻前が答える。

「五音とは、五臓から出る息の音です。五臓から出る息は五色の雲のようなもの。五臓の息の響きは、それぞれが五行[*1]の音を司ります。この五臓の音が分かれ、六調子[*2]に、そしてそれらが呂と律のふたつとなります。呂の音とは喜ぶ時の声であり、律の音とは悲しむ時の声です。そして双調、黄鐘調、壱越調は呂の音となります。平調、盤渉調[*3]は、律の声です。これゆえに、呂律の音を同時に使うものを不調、ひとつ使うのを無調と名付けました。無調とは、五調子のほかに無調というものがあるのではありません。呂の音に准じながら、双調、黄鐘、壱越の三つのいずれ調子とも違う、それゆえに無調と名付けられたのです。これは呂の音でありながら少し律の声を兼ねているため、呂の音で三調に渡るのです。そして、ひとつひとつの調子には甲乙のふたつの音があります。甲の音というのは上音のことを言います。楽器に息を吐くとき、高く出る音がこれです。乙の音というのは下音のことです。息を吸うときに出る低い音がこれです。このことを心得て調子を探るのがよいでしょう」

これを聞き、また若殿上人が問う。

「双調、黄鐘、壱越の三つの調子をなぜ、楽の声と名付け、呂の音と定めたのでしょう。逆に平調、盤捗調のふたつの調子[*4]をいかにして、悲しみの声と名付け、律の声と定めたのでしょう」

玉藻前が答える。

「人間の苦楽は相並んでおります、盛んなものは必ず衰え、生ある者は必ず滅する作法があります。出る息は入る息を待たず、入る息は出る息を待ちませぬ。五調子は五臓より出る息により無常の時分を表す物なのです。その次第を明らかにすると、黄鐘調は心臓より出ます。息の声音は乙の声となります。そのゆえは、甲の音を高く上げるときは脾臓（ひぞう）、五行で言えば土の上に準じ、甲の音より乙の声へと変じる時は、肺、五行でいえば金の声と同じなのです。それゆえに土の色をもって黄（おう）と名付け、金の声をもって鐘（しき）と名付けられたのです。壱越調は脾臓より出る息の音です。この内臓は土を司る（つかさど）臓器です。五行の中では、四季に通じて土旺用事（どおうようじ）（土用）を表すゆえに、越と名付けられました。また方角に当てはめればその徳は大きく、四方を兼ねるゆえに壱（いち）と名付けられました。次に平調についてですが、これは肺より出る息の音です。この臓は金を司ります。金は物を切る力を持つゆえに律の声を調べるため、平調と名付けられました。次に盤渉調ですが、これは腎臓（じんぞう）から出る息の音です。この臓器は水を司ります。玉は水の精です。水はわだかまることを能とします。また、川というのは水の道です。曲がることをもって習いとします。ゆえに盤という字をわだかまると読み、渉という字をわたると読めば、水の道に通じます。これをもって水の徳を表す盤渉調と名付けたのです。双調は肝臓の息の音で、五行においては木を司ります。木は東方を表し、春を指します。春は万の草木がみな生ずる時分です。一切の草木は天より地に種が落ち、陰陽（いんよう）が相応する時に生ずるのです。そのため天地のふたつは父母のようなもので、草木はその子のようなもので

＊1　五行…天地の間を流転して万物を構成するという、木・火・土・金・水の五つの要素。
＊2　六調子…雅楽の唐楽で用いられる六種類の調子。
＊3　双調、黄鐘調、壱越調、平調、盤渉調…それぞれ六調子の一種。これに太食調（たいしきちょう）を加えて六調子となる。
＊4　平調、盤捗調のふたつ…原文だと三つ。

す。これに似て、双調は上無調を父、下無調を母として生ずる音なのです。それゆえに双調というのです。上無調は呂を元にして律を兼ねたもので、この音を天にたとえます。天上には楽が多いので、呂の声を父にたとえて慈父と名付けます。慈というのは楽を集める心です。下無調は律を元として呂を兼ねた声です。これを地にたとえます。土の下には苦しみが多いので、律を母にたとえて悲母と名付けます。悲というのは苦を抜く心です、ゆえに双調は上無調を父母として生まれた音なのです。このほかに四大[*1]の風が吹けば、この風に吹かれて五臓の息は自然に六調子となり、これにまた深い意味があるのです。我々衆生[*2]というのは生住異滅の四相[*3]とともに生まれます。五臓より吹き出す声には、喜びと悲しみのふたつがあります。まず双調は木の声です。木は東の方の性に付きます。一切の物はみな、生きることを喜びとします。黄鐘調は火の声です。火は南方の性に付きます。一切の物は時の中に住み、盛んに喜びます。壱越調は土の声です。土は常にあり、衰えることなきゆえに喜びとなります。以上の三調子が喜びの声と名付けられたのは、このような理由のためです。次に平調、盤渉を悲しみの声と名付け、律の声と定めたのは、以下のような理由になります。平調は金の声です。そのゆえは、秋になれば草木はみな色付き、金色に変わります。これは変化、すなわち異の相と名付けられます。これによって金の音を悲しみの声と言うのです。次に盤渉調は律の声であるがゆえに悲しみの声とされるのです」

これにまた若殿上人が問う。

「生住異滅の四相は、人の身においてはどう心憂れうべきでありましょう」

これに玉藻前が答える。

「この四相を人身に表すならば、人の誕生から二十歳までが生にあたります。二十歳以後は住の相です。顔色はよく、力に溢れているため、喜びの声も盛んです。四十より以後は異の相です。白髪が交じり始め、顔色も次第に悪くなり、気力も衰えてきます。五十を超え、六十歳になれば、頭は雪が積もるように白くなり始め、眉にも白が混じってまるで秋に葉の色が変わるようです。そしてこれ以降は草木の葉も落ち、木の実も落ちるので、滅(めつ)の相と名付けられました。命はすでに尽きようとしており、両眼には涙が浮かぶでしょう。これは冬の水の相とも言われています。この四相を人の身に当てはめれば、一生の内に四相があります。年に当てはめれば一年の内に四相があります。月に当てはめれば三十日の内に四相があります。日に当てはめれば十二時に四相があります。時に当てはめればその時々に四相があります。これを縮めれば、一息の間に四相があります。これをさらに縮めれば、一念、一刹那(せつな)にさえ四相があるのです。このゆえに六調子はその時々によって変わり、苦楽はその瞬間、瞬間に来ては去るのです。これによって、聖教の中にはその瞬間、瞬間に消滅があると法文(ほうもん)を説き、生死の無常を知らせるのです」

玉藻前の言葉に、御所にいた大臣公卿一同は感涙を催した。

それから、琴を演奏していた殿上人が玉藻に問うた。

「琴は相伝されておりますが、一番初めの作者を知りませぬ。いかなる人が演奏し始めたのでしょう」

玉藻前がこれに答える。

「琴は伏羲神皇(ふくぎ)*4が作ったものです。長さは三尺(しゃく)六寸(すん)、これは一年三百六十日を象(かたど)りました。また絃(げん)を掛けるこ

---

*1 四大の風…四大とは仏教において万物の構成要素とされる、地・水・火・風の四つの元素。そのうち風は運動を本性とし物を成長させる作用があるとされる。

*2 衆生…仏の救済の対象であるすべての生き物。特に、すべての人間。

*3 四相…物が生じ、とどまり、変化し、そしてなくなるという、すべての物に認められる四つの相。

*4 伏羲神皇…中国の伝説上の皇帝。三皇の一人。蛇身人面の姿をしていたとされ、婚姻制度を整え、八卦(はっけ)をつくり、人間に牧畜や漁猟を教えたと伝えられる。

と五弦、これは五行を象っています。周書によれば、文王は琴を好み、自身でも弾いておりましたが、これに一絃を加えました。これを文絃といいます。その後、武王がさらに一絃を加えました。これを武絃といいます。始めの五絃と合わせて七絃となります。これらは宮、商、角、徴、羽、文、武と呼ばれています」

今度は横笛を演奏していた人が玉藻前に問うた。

「横笛についても曲や演奏の方法は相伝されていますが、その由来を知りません」

これに玉藻前が答える。

「横笛は、馬融[*1]という人の作ったものです。この馬融がある池のほとりを通っていた時、水中に龍がおり、一度、声を出しました。あまりの趣深さに馬融はもう一度聞こうと思い、そこに立ち続けていると、龍はすぐに天に昇ってしまいました。その後、馬融が竹を選び、吹いてみると、龍の声と全く違わない音が出たといいます。また、笛という王がおりました。彼は七歳のとき帝位に就きました。昔、天下に日照りがあった時、王がこれを嘆いていたところ、夢の中でふたつの笛を得ました。ひとつは旱笛。もうひとつは雨笛。王が夢から覚めたところ、ふたつの笛は王の手元にありました。そこで雨笛を取って吹いてみると、たくさんの雨が降りました。今度は旱笛を吹いてみると、すぐに空は晴れたといいます」

次に笙を演奏していた人間が進み出て問うた。

「笙の由来を知りませんか」

玉藻前はこれにもすぐに答えた。

「笙は先に話した伏義の妹、女媧[*2]という人が作ったものです。この女媧は腰より上は人間の女性で、腰から下は蛇という姿をしておりました。笙を作って吹くと六月に多くの霜が降りました、またこの笙を吹くたびに鳳凰が来て、舞い遊んだといいます」

その後も次々と玉藻前に問いを投げかけるものがおり、玉藻前はそのすべてに答えた。

琵琶は誰が作ったのかと問われれば、これも伏義の作ったものだと答えた。

皷は誰の作ったものかと問われれば、これも伏義の作ったものであるとともに、秦の穆公[*3]の作ったものと答えた。それから法王山[*4]に石の皷があり、この皷の鳴る時は空がかき曇り、雨が降ることを教えた。

鐘を誰が初めに打ち始めたのかと問えば、鐘は鳧氏という人が鋳造したのが初めであったと答えた。そして法霊山[*5]という山にある鐘は秋霜の降る時、必ず鳴ると教えた。

詩は誰が作り始めたものなのかと問えば、詩は松陵[*6]という人が作ったと答えた。

---

*1 馬融…生年七九年、没年一六六年。中国、後漢の学者で、諸経の注釈書を著した。また『長笛賦』という辞賦を残しているが、笛を作ったという逸話は見つからない。『玉藻の草子』で記される龍の声を笛で再現したいわゆる龍笛の話は『教訓抄』等にあるが、馬融の名前は出てこない。

*2 女媧…中国神話にある女神。人首蛇体の姿をしているともされる。伏義とは夫婦、もしくは兄妹とされ、泥を捏ねて人間を創造した、という話や天が崩れそうになったとき、五色の石を使って天を補修した、という話が残る。また、余談だが中国、明代の小説『封神演義』では千年狐狸精こと妲己の上司として登場するが、妲己が紂王の命数を縮めよという命令を都合よく解釈して残虐行為を働いたため、妲己粛清の命を出すこととなる。

*3 穆公…生年不詳、没年紀元前六二一年。中国、春秋時代の秦の君主。賢臣を集めて国政を整え、富国強兵に努め、晋と西戎を討って領土を拡大、覇者となった。

*4 法王山…不詳。

*5 法霊山…不詳。

*6 松陵…不詳。中国、唐代の詩集に『松陵集』があるが、人の名前ではない。

鏡はと問えば、尹寿（いんじゅ）[*1]が初めであると答えた。

硯、筆、墨はと問えば、それぞれ子路（しろ）、蒙恬（もうてん）、那無（なしつ）[*2]という人が作ったと答えた。

紙はと問えば、蔡倫（さいりん）[*3]という人が初めて漉いたのだと答えた。

扇はと問えば、班婕妤（はんしょうよ）[*4]が作ったと答えた。

車はと問えば、奚仲（けいちゅう）[*5]が初めて作ったと答えた。

船はと問えば、貨狄（かてき）[*6]という人が作ったと答えた。

碁はと問えば、堯王（ぎょうおう）[*7]が子の丹朱（たんしゅ）のために考えたものと答えた。

双六はと問えば、子建（しけん）[*8]という人が始めたと答えた。

弓矢、毬（まり）、行李（こうり）はと問えば、黄帝（こうてい）の時から始まったと答えた。

靴はと問えばれいうん[*9]が作ったと答えた。

鎧はと問えば。蚩尤（しゆう）[*10]が初めて作ったと答えた。

医師はと問えば耆婆（ぎば）氏が始まりであると答えた。

茶はと問えば、陸羽（りくう）[*11]が広めたと答えた。

五穀の類はと問えば、神農（しんのう）[*12]が始まりだと答えた。

井戸を始めて掘ったのはと問えば、伯益（はくえき）[*13]であると答えた。

また、神社や寺を作り始めた起源を問えば、漢の明帝（めいてい）[*14]が作り初めたと答えた。

内典、外典、そのほか、人々が知恵をしぼって何事を問えども、玉藻前はよく知っていた。鳥羽院を始め、参上していた人々はみな舌を巻いた。

＊1　尹寿…中国神話に登場する人物。晋代の書物とされる『玄中記』には、尹寿が鏡を作ったとある。ただし、『玉藻の草子』においてこの鏡の創案者を語る場面では、創案者の名前は「くんしゆけひ」もしくは「くんしゆけひが」という人物とされており、完全に該当する人物が見つからなかったため、今回は尹寿を当てている。中国において鏡の創案者とされる人物にはほかにも中国神話の伝説的王、黄帝や、黄帝の妃の一人であり、醜女だったとされる嫫母などの伝説がある。もしくは具体的な人物名はなく、「君主が慶賀し、鏡を作らせた」という意味の可能性もあるが、それだと具体的な創案者がわからない。

＊2　子路、蒙恬、那無…子路は中国、春秋時代末期の儒家。孔子の弟子。硯を作った伝説が残る。蒙恬は生年不詳、起源前二一〇年。中国、秦の始皇帝に仕えた名将。毛筆の創始者という伝説が残る。那無は不詳。

＊3　蔡倫…生没年不詳。後漢の宦官。製紙法を改良した人物として知られる。

＊4　班婕妤…生没年不詳。中国、前漢の女官。成帝の寵愛を得たが、のちに帝が趙飛燕姉妹を寵愛するようになったため、身をひいて太后に仕えた。その時自ら悲しんで「怨歌行」を作った。この「怨歌行」の中で寵愛を失った自身を、月のように円く雪のように白い扇にたとえ、それが男性の愛を失った女性をたとえる言葉として「団雪の扇」という言葉として残った。

＊5　奚仲…中国、夏代の人物。初めて車を作った人物という伝説が残されている。

＊6　貨狄…中国古代の伝説上の人物。黄帝に仕え、船を考案したとされる。

＊7　堯王…中国神話に登場する王。中国、晋代の書物『博物志』などに子のため、碁を創案したという伝説が残る。

＊8　子建…曹植のこと。生年一九二年、没年二三二年。三国時代の魏の詩人。盤双六を作ったという伝説が残る。

＊9　れいうん…不詳。宋代に成立、明代に刊行された『事物紀原』では「趙の武霊」が作ったとあるが、これのことか。

＊10　蚩尤…中国神話で語られる神。黄帝と涿鹿の野で戦い、敗死したとされる。異形の姿をしていたとも、魑魅魍魎を味方につけたともいわれる。

＊11　陸羽…生没年不詳。中国、唐代の文人。その著書に茶の起源や歴史、実践の知識や経験をまとめた『茶経』があり、茶道の元祖として知られる。

＊12　神農…中国古代の伝説上の帝王。

＊13　伯益…古代中国の伝説上の人物。舜と禹の二人の君主に仕えたとされる。中国、秦代の百科全書『呂氏春秋』に「伯益が井戸を作った」という文言が記されている。

＊14　明帝…生年二十八年、没年七五年。中国、後漢の第二代皇帝。光武帝の第四子。父の後を継ぎ、儒教主義によって国を治めるとともに儒教の普及に努めた。またこの皇帝の時代、仏教が中国に伝来したとされる。

鳥羽院は玉藻前が知恵才覚が人より優れているのみではなく、身より光りを放ち、蘭麝の匂(にお)いを醸し出すことを怪しく思うも、南閻浮(なんえんぶ)*1において最も優れた美人であると思わざるを得なかった。

その心のありさまは、ほかの女性に向けるものとは全く異なっていた。共寝する床においては千年も変わらぬ松の緑のように愛を誓い、美しい楼台*2においては遠い未来まで、万年生きるという亀に並ぶまで共にいようと夜を明かし、暮らしていた。

しかしその頃から鳥羽院は病に伏すようになった。初めはただの風邪かと思っていたが、次第に病は重くなっていった。

典薬(てんやく)の頭(かみ)を召して意見を尋ねたところ、この病は普通のものではなく、邪気によるものだとの答えであった。また医家に残された療治を行ったが、治癒することはできなかったと報告された。

そこで陰陽の頭である安倍泰成(あべのやすなり)を召して占わせた。

すると泰成は詳しいことは聞かず、口数も少なく、病は大事となりかねないので、早々に祈祷を始めるべきだと申し出た。

仙洞御所の人々は大変驚き、興福寺と比叡山、国中の貴僧、高僧、諸事諸山の能化(のうけ)*3、徳の高い人々を召し、大(たい)法秘法(ほうひほう)*4を行うための壇を並べ、念珠読経の声を上げさせた。

七日の祈祷の末、すでに満願に至ったが、病が平癒した様子はなかった。

鳥羽院は次第に衰弱して行ったため、世の無常を思い、涙を流して玉藻前の手を取って言った。

「生死の定めは若いからこそ安心してはならないよ。この世とあの世の境にて、生き残るか、先立つかの理(ことわり)はかねてから知っているといってもこのようにあっけなく別れることを思えば、必滅(ひつめつ)の道理をも忘れ、定離(じょうり)の謂(いわ)れ*5をも忘れたいと思ってしまうのだ」

玉藻前は語りかける。

「私は卑(いや)しき身の上でありながら、かたじけなくも昇殿を許されただけでなく、あなた様のご寵愛を賜り、その竜眼にお近づきさせていただけたこと、前世の宿縁(しゅくえん)ではありますが、過去の戒行(かいぎょう)のおかげでしょう。それゆえに、今はただ哀しく思います。永劫(えいごう)に悟りの境地にいらっしゃることを祈るばかりです。もし帝(みかど)が亡くなれば、一時もこの世にとどまりたいとも思いません。成仏するまでお供申します」

そう玉藻前は鳥羽院の傍らに伏し、声を上げて嘆き悲しんだ。

それから七日間にわたり祈りが捧げられたが、回復の兆候もない。みなが嘆き暮れる中、僧たちも少しずつ退出していった。

なおもさまざまな祈りが捧げられたが、効果は見受けられなかった。

どうすべきかということになり、宿曜(すくよう)陰陽師が数多召されて、鳥羽院の容態が占われた。その中で、またも安倍泰成が申し上げた。

「肝心な部分を詳しく言上(ごんじょう)したいと思いますが、もし上皇の御心に背き、後難(こうなん)があるとしたら、と思い申し上げていないことがあったのです」

＊1　南閻浮…人の住む世界。
＊2　楼台…高い建物。
＊3　能化…一宗派の長老・学頭などのこと。
＊4　大法秘法…大法は仏の教え、仏法。秘法は人に知られていない秘密の修法。
＊5　必滅の道理をも忘れ、定離の謂れ…生者必滅(しょうじゃひつめつ)、会者定離(えしゃじょうり)のこと。命ある者はいつか必ず死に、出会った者はいずれ別れることがこの世の定めであるという意味。

これに対し、「憚ることなく子細申し上げよ」と指示があったため、泰成が口を開く。

「上皇の病は化女、他でもない。玉藻前の所業なのです。あの者がいなくなれば、病は立ちどころに平癒なさるでしょう」

これを聞いた人々は、身分の上下にかかわらず興が覚めた様子で、物も言わずにあきれているようだった。

鳥羽院は、玉藻前がその傍からいなくなる時に病が重くなった。逆にすぐ側にいる時には、心地も軽くなるようで、重湯などを飲むこともできると聞いていた。

そのため、玉藻前を上皇の側に置くことこそがよいと思っていたのだ。

彼女が失われれば鳥羽上皇は平癒するとの占いであるが、病に関係なく上皇は嘆き悲しむことは言うまでもない。

重ねて詮議があり、泰成にことの子細を尋ねたところ、泰成はこう答えた。

「下野国の那須野と申しますところの野に、八百歳を経た狐がおります。この狐は身の丈が七尋(約十二メートル)、尾が二本あるといいます。では、この狐の由来を詳しく申し上げましょう」

泰成の話した狐の話は、以下のようなものであった。

仁王経*1によれば、昔、天羅国*2に王がいた。名を斑足王といった。この斑足王は、外道の羅陀師の教えによって千人の王の首を切り、塚の神に祀って自らがそれらの王に代わる大王となろうと考えた。

そのため、王たちの位を奪おうと数万の兵士や鬼たちを集め、東西南北、近国、遠国の干城を襲い、その国の王を攫い、すでに九九九人の王を生捕りにしていた。

しかし最後の一人が足らず、どうすべきかと話し合っていたところ、外道がまた教えて言った。

「これより北、万里を行くと国があります。その国の王を普明王*3といいます。その王を捕らえて千人目としなさい」

これを聞いた斑足王は、すぐに兵士を遣わせて普明王を捕らえさせた。これにより生け捕りにした王は千人となった。

そして千人の首を一度に切り捨て、塚の神に祀ろうとしたところ、普明王が手を合わせ、斑足太子に向って言った。

「願わくば、私に一日の暇を賜りくださいませ。三宝を拝して、沙門[*4]を供養したいのです」

斑足王はそれならばと、彼に一日の暇を出した。

その時、普明王は過去七仏[*5]の法を行することによって、百人の法師を集め、仁王般若波羅蜜経を読誦させた。

その筆頭となる法師が普明王のために偈[*6]を捧げて言った。

「劫焼終訖、乾坤洞燃、須弥巨海都為灰揚[*7]」

＊1　仁王経…大乗仏教における経典のひとつ。『仁王般若経』とも呼ばれる。玉藻前の天竺における悪行の元になった斑足太子と塚の神の話が記されている。

＊2　天羅国…マガダ国のこと。

＊3　普明王…『仁王経』等で記される斑足太子の物語に登場するインドの王。斑足太子が他国の千人の王の首を切り、その地位を奪って強大な位を得ようとした際、最後に捕まった千人目の王。斑足太子を諭し、彼を改心させて仏教に帰依させ、ほかの九百九十九人の王とともに解放されたとされる。

＊4　沙門…僧となって仏法を修める人

＊5　過去七仏…釈尊以前に出現した七人の仏のこと。毘婆尸、尸棄、毘舎浮、拘留孫、拘那含牟尼、迦葉、釈迦の七人。

＊6　偈…仏の功徳を褒め称える詩。

＊7　劫焼終訖、乾坤洞燃、須弥巨海都為灰揚…世界を燃やし尽くす大火により、天地は燃え尽きる。須弥山も大海も、ことごとく灰燼に帰す。

これを聞いた普明王はこの法文により十二因縁[*1]を悟り、法眼空[*2]を得た。

斑足太子もまた、普明王の諸法はみな空であるという道理を聞いてたちまちに悪心を翻し、千人の王に向かって言った。

「私が行ったことはあなたたちの王の咎のためではない。私が外道に勧められて悪因を起こし、このような所業をしてしまったのだ。各々早く本国にお帰りになり、般若経を誦経して仏道をなさんことを」

そう王たちを国に帰した。

斑足太子も道心が起こり、無生法忍[*3]を得たという。

この時、斑足太子が祀らせようとした塚の神というのは、今でいう狐である。斑足太子を誑かし、千人の王の首を斬らせる間、この狐は仏法を敵として幾世を経る。この妖怪は今に至るまで野干の身で仏法の広まった国に化現して、ある時は后妃、采女となり、ある時は、侍女や陪臣となって、その国の王に近づきその命を奪い取り、最後には自らが国王となろうと考えていた。

そして震旦においては周の幽王の后となり、ついに幽王の命を滅ぼした。それから我が国に化現したのだ。

日本は粟粒を散らしたような小さな国々のひとつではあるが、仏法が盛んな国であるために我が朝の仏法を破滅させ、王の命を奪って日本の主となろうと目論んだのだ。

那須野の狐というのは、すなわちこれである。いま化現した玉藻前こそがそれなのだ。

この安倍泰成の言葉は密かに鳥羽院に奏上されたが、院が聞き入れることはなかった。

❖下

その間にも鳥羽院(とば)の病は次第に重くなり、どうすべきかと詮議があった。

そこで泰成がこう申した。

「みなさま、泰山府君(たいざんふくん)の祭を行い、玉藻前を御幣取(へいとり)の役としてお出しください。その時、泰成の申したことが正しいと明らかになるでしょう」

人々はもっとものことと種々の珍宝を調達し、白米を十二石(こく)（一万二千合）、庭に散らして泰山府君の祭りを行うこととした。そして件(くだん)の玉藻前を幣取の役で出す旨を申し上げると、玉藻前はことのほか顔色を悪くした様子で言った。

「この身は卑(いや)しいといえども、私はかたじけなくも鳥羽上皇様のお近くで仕える者です。そのような身分の低い役人が務めるような祭礼の幣取などにされるということは、身分の低い女の役を担わされるのかと思われます。数多(あまた)の人々がいる中で、私一人がそのような恥を与えられる謂(いわ)れはありませぬ」

そう遺憾な様子で告げる。

しかし、時の大臣が言った。

＊1　十二因縁…現世の苦悩の根源を断つための十二の条件。
＊2　法眼空…菩薩の持つ眼。
＊3　無生法忍…仏教において語られる言葉。一切のものは不生不滅であることを認めること。

「このようなことを申すのは憚られることではありますが、宿曜道や陰陽道においては相剋・相生[*1]によって時の吉凶を占い、善悪を明らかにします。御師[*2]と檀家[*3]とが相生し、年と月とが相生し、日と時とが相生することで、祈祷が成就するのです。院中には男女が数多におり、身分の上下もさまざまですが、御身こそが鳥羽院と相生なさる方であると、陰陽の頭が指名しているのです。それに鳥羽院がつつがなく過ごしてこそ、御身も御身たりえるのでありましょう。院の病が立ちどころに癒えるのであれば、どのように卑しきことであろうと、何が苦しいことがありましょうか。釈迦如来は過去世において善慧仙人と呼ばれていたとき、燃灯仏[*4]が道を通ろうとして、悪路に歩みかねていたため、髪をほどいて、泥の上に敷き、燃灯仏にその上を歩ませました。聖武天皇の后、光明皇后は、百日間に渡って湯を沸かし、千人の僧に湯を浴びせて垢を濯ぎましたが、今も昔もそれを卑しいことであったと言う人はおりません。浮世を厭い、後世を恐れる心にこそ、人々は感じ入り、和漢において賞美されるのです。鳥羽院の病の御平癒のために、泰山府君の御幣をお取りなったとしても、あなた様の心意気に感じるところがあったとしても、奇特なことと思うことこそあれ、世に嘲る人はいるはずもないでしょう」

これにより、玉藻前は幣取の役を任されることとなった。天下に並びのない美人が今こそ晴れの舞台と束帯[*5]を纏う姿は、誠に言葉で言い表すこともできないほど美しい。

翡翠の簪は青柳のようで、風に揺れるよりもなおたおやかである。紅顔の装いは草花の纏う露をよりも綺麗で、自然に蘭麝の匂いがその身から漂い、鮮やかな光を放っている。これは天人の影向かと思われるほどだ。

玉藻前は思い詰めた様子で御幣を受け取り、壇面に座した。

安倍泰成が祈り、信心して祭文[*6]を読み、その半ば思われた時に、御幣を打ち振るのが見えた途端、玉藻前がかき消すようにいなくなってしまった。泰成が言うことには、騒ぐほどのことでもない、わかり切ったこと、とのことであった。

それから鳥羽院の病は次第に癒えて行った。それによって、あの狐を討伐すべきだと公卿たちの詮議があった。彼らは武士を集めて那須野にて狩りを行うことで合意した。

こんな意見も提示された。

「玉藻前の身は畜類ではあるが、天竺、震旦、日本に化現して神通力を自在に操る力を得ております。仏力、法力をもってしてもこれを退けることは難しいのに、ましてや普通の人間の力であの妖怪を討つことは不可能でありましょう」

それに対し、こんな意見もあった。

「諸法は縁によって生じ、縁によって滅する習いである。仏がおいでにならぬ衆生を、普通の人間の力によって化度*7することもありましょう。たとえ、三国に化現して神通力を得たとしても、いま日本において悪行をなすの

＊1　相剋・相生…五行思想における考え方。相生は互いを生み出す関係で、木が火を生む、というようなもの。相剋は逆に互いを打ち消す関係で、水が火を消す、というようなもの。

＊2　御師…祈祷を専門にする神職や僧。

＊3　檀家…一定の寺に属し、寺に金品を寄進している家。

＊4　燃灯仏…生没年不詳。釈迦が修行中に出会い、彼に未来成仏の予言を授けたという仏。生まれた時から周囲を灯のように照らしたので燃灯太子と名付けられ、仏となった後は燃灯を名としたとされる。

＊5　束帯…平安時代以降の朝廷の男子の朝服。

＊6　祭文…神を祭る際、捧げるための文。

＊7　化度…仏教において衆生を教え導き、迷いから救うこと。

であれば、この国において倒すべきです。弓矢の神から神矢を授かるほどの者などが、あの狐を射抜くべきでしょう。漢朝の羿[*1]は九つの太陽を射落としました。本朝の源頼政は雲の中の鵺[*2]を射ました。楚の養由基[*3]は霞の中の雁を射落しました。子羽[*4]は雨を降らせる毒龍に怒り、これを射落としました。これはみな、弓の名人であり、神矢を射った者たちです。今、本朝に名を馳せる弓の達人を呼び、玉藻前を狩らせることに、何を子細申し上げる必要がありましょう」

この意見はもっともであるとして、名高い射手を尋ねたところ、東国の大名の中に重代の弓取りと評判の上総介、三浦介の二人が見つかった。それならば、と直々に院宣がくだされ、二人が召集された。

その院宣の内容は、鳥羽法皇の病について、陰陽の頭である安部泰成の上奏があった。下野国の那須野に身の丈七尋（約十二・六メートル）、尾が二本ある狐がいる。この狐を討伐すれば速やかに鳥羽院の病が癒えるであろう、というものであった。

これによりにすぐに那須野に向かって、件の狐を狩り、その亡骸を献上すべきとの院宣がくだされたため、上総介と三浦介の二人は、行水をして身を清め、装束を着し、庭上に跪き、三度拝し奉ってから、この命を受け取り、すぐに一門を招集した。

すぐに二人の一族の者たちが馳せ集い、評議して言った。

「東国には武士が多いといえども院宣をくだされることは滅多にない。家の面目としてこれ以上のものはない。今の名誉を羨ましがらない者がいようか」

「我こそはと思う者たちは一人残らず那須野へと向かい、弓矢の技能を尽くし、狐を退治せよ。時を無駄にするな。いざゆけ」

そう我先に旅立った。

さて、武士たちが那須野に辿り着くと、広々とした荒野に草が深く生い茂り、人馬が立ち入るのが難しいありさまであった。それでも数多の人々を使って草を切り払い、馬に任せて走り入る。武士たちは思い思いに養由基の弓術をも越え、利光の神矢にも優れようと気概を持ち、辺りを探し回ったところ、安倍泰成の言葉と少しも違わず。極めて長く、大きな尾を二本生やした狐が茂った草むらから現れた。

上総介、三浦介の二人を始めとして、手下たちが我先にと狐に向かって走り寄り、射抜いて名を上げようとするも、相手は神通力自在の変化の物である。

左から攻めれば右に逃げ、右から攻めれば左に避け、上から攻めれば下を潜り、下へ攻めれば上へ飛び上がる。四方八方、少しも滞ることなく飛び、走り、ついに射抜くことができずに逃げてしまった。

そのため、人々は評議して言った。

＊1 羿…古代中国の伝説の英雄。堯王の時代、太陽が十個昇り、人々が苦しんだ時、九つの太陽を弓矢で落とし、人民を救った逸話が残されている。

＊2 鵺…『平家物語』には、「かしらは猿、むくろは狸、尾はくちなは（蛇）、手足は虎の姿なり。なく声鵼にぞにたりける」とあるが、『源平盛衰記』には「頭は猿、背中は虎、尾は狐、足は狸、音は鵼也。実に希代の癖物也」とあって、姿は一定しないがその鳴き声からヌエと呼ばれた。

＊3 養由基…生没年不詳。中国、春秋時代の弓の名人。楚の人物で、百歩の離れたところから柳の葉を射ても百発百中で、猿を射ろうとした際には弓矢の調子を整えただけで猿が泣き叫んだという逸話が残る。養由基の目の前に敵軍がいれば、生きて帰る者はいなかったともいわれている。

＊4 子羽…不詳。

「我らが弓矢の技量では何を思えども、あの狐を射殺すことは叶わないであろう。しばらく国に帰り、弓矢を使った狩りについて計画を練り、武の道を稽古してから再びこの野で狩りをすべし」

そして上総介、三浦介のとその一門の者たちはそれぞれ国へと戻った。

それから上総介は考え、駿馬に毬(まり)を付けて引かせ、毬が落ちるところを射る訓練をすることとした。

また三浦介は、狐は犬に似た獣であるからとして犬を自由に走らせ、百日間に渡って犬を射る訓練をすることにした。

その訓練を終えてから、どうして今度は狩れないことがあろうかと那須野に赴いた。

これが勝負所であるとして狩りを始めたが、それでも討伐することができずに七日が過ぎた。武士たちは疲れ果て、雑兵(ぞうひょう)たちも何もすることがなくなっていた。

その時、上総介と三浦介の二人が高所に上り、言った。

「この狩りによって我らの弓矢の名声に疵(きず)がついたことは、思い返しても悔しいことだ。心の猛(たけ)きことは樊噲(はんかい)[*1]にも劣らず、立てた計画は子房(しぼう)[*2]よりも優れていると思えども、合戦の場ではないから、身を捨て、命を失うこともままならない。進退ここに極まった。ならばこの狐を討てなければ、二度と本国に帰ることはできぬであろう。これから我らは弓矢を置き、三界(さんがい)[*3]流浪の身となって、長く山林に身を預け、死ぬか生きるかの分かれ目を待つ。南無帰命(なむきみょう)頂礼(ちょうらい)、伊勢天照大神宮(いせてんしょうだいじんぐう)、百王守護、八幡大菩薩(はちまんだいぼさつ)。さらには、宇都宮大明神(うつのみやだいみょうじん)、日光権現(にっこうごんげん)よ。願わくば明日の内にかの狐を討たせたまえ」

たとえいかに神通自在の鬼神であれども、天皇を恐れぬことがあろうか。世は末法に及ぶといえども、日も月も未だ地に落ちてはいない。

昔、醍醐天皇[*4]の時代、天皇の権威を知らしめるため、六位[*5]の家来を召して池のほとりにいた鷺を指し、あの鷺を取って参れと勅命を下した。六位は走り寄ったが、鷺はすでに羽を広げていたため、「宣旨であるぞ」と言ったところ、この鷺が羽を閉じて自ら捕らわれた。

その後、天皇の威徳を現した鳥であるとして、天皇自ら鳥の中の王であるとして五位の地位を与え、逃がした。それによりこの鷺を五位鷺と呼ぶようになった。

王位の重いことはこれでわかる通りである。どうしてその権威が昔に劣ることがあろうか。日本の国中の神祇、仏道もどちらも力を合わせることに違いはない。

上総介と三浦介はこのたびの狩りにおいて狐を討たぬことがあろうかと誓言し、祈念した。

*1　樊噲…生年不詳、没年紀元前一八九年。中国、漢の劉邦（高祖）に仕え、数々の軍功を立てた。中でも降雨により謀殺されそうになった劉邦を脱出させた「鴻門の会」の事件が有名。
*2　子房…張良のこと。生年不詳、没年紀元前一六八年。中国、劉邦（高祖）に仕えた軍師。韓の貴族の出身であったが、秦の始皇帝の暗殺に失敗後、劉邦の謀臣となり、黄石公という人物から兵書を授けられ、漢の天下平定を助けた。また鴻門の会では樊噲とともに劉邦を危急から救ったとされる。
*3　三界…過去・現在・未来の三世。
*4　醍醐天皇…生年八八五年、没年九三〇年。平安時代の天皇。第六十代天皇で、宇陀天皇の第一皇子。十三歳で即位し、藤原時平と菅原道真が並んで補佐に当たったが、時平によって道真が失脚。その後は時平に実権を握った。政治改革や文化振興を積極的に行ったその治世は「延喜の治」と呼ばれ、後世に高く評価された。
*5　六位…「ろくい（六位）の蔵人」の略か。

そして、三浦介が少しまどろみながら見た夢に、二十歳ばかりの美しい女性が現れ、涙を流して訴えた。

「私はすでに願いが叶い、望みが満ちたと思い、これから何をするつもりもないのに、あなたによって命を奪われようとしております。私を助けてください。そうしてくれたのであれば、子々孫々に至るまであなたの一族を守る神となりましょう」

そこで目が覚めた。

三浦介はすぐに部下の若党を呼びて言った。

「今不思議な夢を見た。あの狐を狩ることができるのは確実だ。やるぞ者ども」

そして馬の腹帯を締めさせ、未だ夜中にもかかわらず、狩りに繰り出した。

辰（たつ）の刻の初め（午前七時頃）、朝日が出る時刻になって、二尾の狐が野より山に向かって走り抜けようとした。三浦介は鞭（むち）を持ち、鐙（あぶみ）に足を乗せ、重藤（しげどう）の弓に染羽の鏃（やじり）を番（つが）い、馬で駆け寄って引き絞って矢を放った。

矢は狐の腰骨を斜めに貫き、狐はたまらず転げ倒れた。武士たちは狐に飛び掛かって刺し殺し、三浦介はその死骸を京へと運んだ。そして鳥羽院に献上したところ、前代未聞の不思議であるとして、三浦介に勅諚（ちょくじょう）を下した。

「汝（なんじ）は那須野において、この狐を討伐した。その方法を見せてみよ」

そこで三浦介は赤い犬を呼び、これが駆け出したところで右、左とぴったりと馬で並走し、犬に付けた的に矢を射った。

当時の名誉で二尾の狐を討ったことに勝るものはなかった。そのため、当時から今に至るまで、この行事は犬追物（いぬおうもの）と呼ばれ、受け継がれた。

そして狐の亡骸は空の船に乗せられて流された。稀代の不思議のことである。

また、狐の腹には金（こがね）の壺があり、その中に仏舎利（ぶっしゃり）[*1]が入っていた。これは鳥羽院に献上された。額には白い玉があった。これは夜の闇をも昼のように照らす玉であった。これは三浦介に渡されることとなった。尾の先にはふたつの針があった。ひとつは白く、ひとつは赤かった。これは上総介に渡され、赤い針は氏寺（うじでら）である清隥寺（せいりゅうじ）[*2]に納められた。

稀代の不思議の化生（けしょう）のものは鳥羽院を悩ませたが、その身も滅んだ。朝威を軽んじれば、いつの時代でも神明の加護、王法（おうぼう）[*3]の威徳がないことがあろうか。このようなことは上代、末代にも例がないことであった。

それから時が経ち、玄翁（げんのう）和尚という僧侶が下野国の那須野の原を通った際、道のほとりに苔（こけ）むした大石を見つけた。和尚はこれを見て、この石に謂れがないことはなかろうと考えた。

里の人間が来たら尋ねてみようと思い、休んでいたところに、見目麗しい女性が一人やって来て、玄翁に問うた。

「御坊様、どうしてその石の側に立っておられるのですか？」

和尚はこれを聞き、言う。

＊1　仏舎利…釈迦（しゃか）の遺骨。
＊2　清隥寺…不詳。
＊3　王法…王のとるべき正しい道。

「この石の側に寄ってはならぬ謂れがあるのですかな」

女性はそれを受けて、答えた。

「これは那須野の原の殺生石といわれるものです。人間は言うに及ばず、鳥類、畜類までも近づけば命を取られぬものはいないと伝えられています。このような恐ろしい殺生石にお立ち寄りになるのは、命を捨てるようなものです。早く立ち去りなさいまし」

和尚が言う。

「この石はどうして殺生をするのでしょう」

女が答える。

「昔、鳥羽院の御時のこと。玉藻前という妖狐の執心が石となったのです」

「不思議なことを言いますね。その玉藻前なるものは殿上で鳥羽院の寵愛を受けた身であるにもかかわらず、どうしてこの遠国で執心を留めているのでしょう。詳しく教えてくださいますか」

玄翁和尚が尋ねると、女性が語る。

「今は何をか包み隠すべきことがありましょうか。天竺にては斑足王の塚の神、大唐にては幽王の后、褒姒として現れ、我が朝にては鳥羽院の元で玉藻前となりました。王法を傾けるため遊女となって鳥羽院の側に近づき、院を病に倒れさせましたが、安倍泰成の占いにより討伐の命がくだされました。そのため、三浦介、上総介という武士たちによりこの原にて命を奪われ、その執心が石となって、今は殺生石と呼ばれているのです」

和尚はこれを聞き、言った。

「あまりに大きな悪念は、却って善心の機縁となるのです。それならば、衣鉢[*1]を授けましょう」

その時、女性、すなわち玉藻前は言った。

「かたじけないことを仰ってくださる。仏法を敵として三国に化現した私が、邪心から離れることができる嬉しさは、言葉になりませぬ」

そう言って、玉藻前は殺生石の後ろに隠れ、姿は幻のように消えてしまった。

それから玄翁はこの石に向かい、言った。

「木石に心なしと言うが、草木国土はすべて仏となることができる。仏体はすでに備わっているのだ。ましてや衣鉢が授けられたのであれば、仏となることに何の疑いがあろうか」

玄翁は殺生石に花を手向け、焼香をし、石面に向かって仏事を行った。

「汝は元来、殺生石である。では問おう。石霊よ、どこから来たのか。なぜこのように悪事をなすのか。悪心よ、早々に去れ。以降、汝を仏となし、仏体真如の善心となそう」

石には精があり、水には声がある。風は大空を吹き渡る。

石に宿った魂の姿を玄翁が祭したとき、大石は微塵に砕け散り、玉藻前の魂は成仏した。

誠に後世の濁世においてもこのように奇特、不思議なことは、滅多にないありがたいことであろう。

それから後、玄翁和尚は陸奥国の会津郡、墨川万願寺に住んだとされる。

*1　衣鉢…師から弟子に伝える学問や技芸などの奥義。

この寺は佐原十郎義連[*1]の氏神である稲荷神の社を勧請[*2]し、今も残るという。
大層不思議であることよ。

*1 佐原十郎義連…生没年不詳。平安時代から鎌倉時代にかけての武将。治承・寿永の乱にて源頼朝につき、源義経に従って一ノ谷の戦いで「鵯越の逆落とし」の先陣を切った記録などが残る。また、没年についてさまざまな説が残っており、定まっていない。神奈川県横須賀市に所在する満願寺に墓が残る。

*2 勧請…神仏の分身・分霊をほかの地に移して祭ること。

『糸車九尾狐』（合巻）

いとぐるまきゅうびのきつね

妖婦玉藻の前

金毛白面九尾之妖狐
きんもうはくめんきうびのようこ
法法塵塵端的底本来面目未
曾藏現成公案大難事異類中
行任度量 丁卯夏五 録

❖一　物語の由来

近衛天皇の寵妃であった玉藻前は、狐の正体を現して東国の那須野へと逃げ、そこで倒され、亡骸は霊石「殺生石」となったと伝えられる。これは久寿年中（一一五四～一一五六）のことであり、源翁和尚がその霊石を鎮めたのは、後深草天皇の時代である宝治年中（一二四七～一二四九）のことであったという。

この久寿から宝治に到るまでは九十余年であった。この物語は宝治の頃、妖狐が老女に憑き、再び災いを引き起こしたことを記し、安達ヶ原の黒塚*1の怪談を加えてひとつの小説としたものだ。

これは狂言の芝居に類するもので、児女の退屈を慰めるだけのものである。

文化四年（一八〇七）五月稿成

同五年正月発行

❖二　蝮婆と九尾の狐

人王八十八代である後深草天皇の時代、宝治年中のことである。

下野国の那須野原に野伏*2の非人である蝮婆という、蛇を使って銭を乞う老女がいた。

ある日、物乞いに疲れて殺生石の辺りにある卒塔婆に腰掛け、しばらくまどろんでいたところ、その夢の中で殺生石がふたつに割れ、中から綾羅の五つ衣*3を纏い、緋の袴を着た美しい上臈が現れ、言った。

「私は唐、天竺、日本の三国を渡った金毛九尾の狐の霊魂です。天竺においては華陽夫人に化け、唐土においては殷の妲己となり、ここ日本では玉藻前となりましたが、ついに望みを遂げることができませんでした。久寿年中、この野において滅ぼされたのです。しかし、その身を死するといえど、魂魄はこの石に留まり、今でも恨みは消えておりませぬ。いま鎌倉にいる三浦の前司安村*4は、先年、私を矢で貫き、滅ぼした三浦介義明の子孫です。であればまずこの安村の一族を滅ぼし、長年の遺恨を晴らすべしと思うのです。汝の大胆不敵さを見込み、汝の胸に分け入り、もしくは影身に付き添って、恨みを報いたい。どうか、私に体をお貸しください」

これに蝮婆が答える。

「あなたは聞き伝えられる玉藻前、金毛九尾の狐の霊魂でありますか。わしもこの身に望みのあるものだから、幸いのこと、わしのような乞食婆の体でも役に立つのであれば、貸して進ぜましょう」

直後、上臈の姿は九尾の狐と変じ、蝮婆の懐に飛び込んだかと思うと、野寺の鐘の音が響き、野分*5の風の音が吹き去って老女は目を覚ました。これがこの物語の発端である。

*1　黒塚…現在の福島県二本松市（旧安達郡大平村）にある鬼婆の墓。鬼婆そのものを黒塚という場合もあるが、この物語では墓や人名ではなく安達ヶ原の中の地名として使われている。

*2　野伏…〈野臥〉とも書き〈ノブセリ〉ともいう。鎌倉末期から南北朝期に畿内・近国におこり全国に広がった、地侍や農民の武装集団。

*3　綾羅の五つ衣…綾羅は美しい衣服のこと。女房装束で、表衣と単との間に五枚の袿を重ねて着ること。

*4　前司安村…三浦泰村がモデル。泰村は生年一一八四年、没年一二四七年。鎌倉幕府の武将。三浦義村の子。承久の乱で北条泰時に従い、戦功を立て、以降勢力を振るう。しかし北条時頼と安達景盛と対立、鎌倉の法華堂に籠もり、戦うも敗死。三浦氏は滅亡することとなった。

*5　野分…秋から初冬にかけての強風。野の草を分けて吹く風。

❖三　安村の母、秋桐

その頃のこと。鎌倉の武将、源頼経朝臣*1の近習の諸侯、三浦の前司安村というのは、妾の腹から生まれた子であった。その実母である秋桐という女が、東国で流浪しているということを聞き、安村は何とか母を見つけ、自分の館に引き取って養い、孝行を尽くそうと思い立った。

そこで馴染みの家臣である玉縄軍記*2という老人に東国に母を探しに行くように命じ、旅立たせた。

しかし安村が母と別れたのは二、三歳の頃であったため、実母でありながらその顔も知らなかった。ただ証拠となるものとして、父、義村が母に暇を出す際、手渡した宗近の守り刀があった。安村は軍記にこの刀を持つ女性が母であるため、それを証拠に探すように伝えていた。

また、落ちぶれていると伝え聞いていたため、困窮して辛い暮らしをしているであろうと安村に考えた。もし見つけることができたら、衣服などを整え、ともに帰るべしと安村はその用意金として百両、またそれとは別に路用の金を軍記に渡した。

軍記はこれを受けて急ぎ鎌倉を旅立ち、まず武蔵下総*3の辺りをくまなく尋ね、それから常陸*4に至り、下野に移って、ここか、あそこかと尋ねて回った。

それから軍記は下野国の八島*5というところでようやく秋桐の家を訪ね当てたが、秋桐はもう八十歳を超える老女であり、誰も養う者がなく、落穂を拾い、木の実を採って露の命をつないでいた。

蕨の小枝やわらのむしろで寒い夜を凌ぎ、本当に心苦しい暮らしであったが、このように落ちぶれてから鎌倉に赴き、自分の名を名乗るのは息子である安村の恥と考え、このように貧しく暮らしていた。

しかしこの頃、病気を患(わずら)い、命も危うくなっていたところ、図らずも軍記が尋ね来た。軍記は安村の申し付けたことを子細に説明し、その孝行の心を感じ、証拠の守り刀を出した。

「この宗近の守り刀は、先の殿、義村様からいただいた物です。これを妾(わらわ)の形見として安村殿へ届けてください」

軍記はこれを受け取ると、秋桐はそのまま亡くなってしまった。

軍記は刀を握り、一人言う。

「ようやく訪ね当てることができたのに大病を患われているとは、まことに親子の間、薄き御縁であったのだと思います。主君にこのことを申し上げれば、さぞお嘆きになるでしょう」

こうして玉縄軍記は秋桐の死骸を棺(ひつぎ)に納め、丁寧に葬(ほうむ)ってから形見に渡された宗近の刀を懐(ふところ)に仕舞った。

急いで鎌倉に帰らねばと那須野の原に差し掛かったところ、かの蝮婆が現れた。

蝮婆は軍記と秋桐の話を垣の外から盗み聞いており、軍記の跡を付けてここまでやってきたのだ。蝮婆は杖に仕込んでいた刀を抜くと、後ろから騙(だま)し討ちの形で軍記を斬りつけた。

＊1　源頼経…九条頼経もしくは藤原頼経のこと。鎌倉幕府四代将軍。源実朝暗殺後、源頼朝の遠縁にあたる頼経がわずか二歳で鎌倉に迎えられ、将軍となる。しかし北条氏の独裁下で形式上の将軍にすぎず、子の頼嗣に将軍職を譲ることとなり、出家した。

＊2　玉縄軍記…この物語における架空の人物。

＊3　武蔵下総…現在の千葉県北部と茨城県南西部および埼玉県東部。

＊4　常陸…現在の茨城県の大部分（下総国に属する南西部をのぞく。なお、北西部は陸奥国白河郡依上(よりかみ)郷（保）に属したが、太閤検地以後常陸国久慈郡に編入された）を占める。

＊5　八島…栃木県栃木市惣社町(そうじゃまち)にある神社、大神神社が昔八島大明神と呼ばれていた。そのあたりか。

「この短刀をこっちへ渡せ」

「汝は野伏の婆だな」

軍記はかねてから手利きであったため、斬られながらも刀を抜き、応戦する。しかし心は勇み立っても老人であるため、初めに負った深手により守勢となる。そこを蝮婆に畳みかけられて斬り伏せられ、ついに止め(とど)を刺されてしまった。

蝮婆は軍記の持っていた守刀と金を奪い取り、立ち去った。

❖四　糸車九尾狐

ある日、三浦の前司安村の妻である敷妙御前(しきたえごぜん)*1が鶴岡八幡宮(つるがおかはちまんぐう)*2へ参詣する途中のこと。ぼろきれの衣に古びた蓑(みの)の打掛(うちかけ)という風体の怪しい乞食の老女が、竹の杖にすがりながら敷妙御前の乗る車に近づいてきた。

警護の侍たちは老女を見て「汚らわしい乞食婆だ。ものもらいなら後ろへ下がれ」と叱(しか)るが、老婆は彼らをじろりと睨(にら)み、言う。

「そんなことは知ったことじゃない。わしは敷妙殿に用があるんじゃ。そのように睨むのはやめよ」

「つべこべとよく口をきく婆だ。下がれ下がれ。下がらないのならば腰骨を叩(たた)いて思い知らせてやる」

そう騒ぎが起こると、車の内からそれを叱る敷妙御前の声がした。

「騒がしい。まず控えなさい」

そして乗り物の中から老女の向かって問う。

「そこの老女よ、妾に何用ですか」

老女は車に近くに寄り、敷妙御前に向かって言う。

「敷妙御前とはあなたのことですね。妾は安村殿を産んだ秋桐という者ですが、落ちぶれてしまい、恥ずかしくもこのような姿を晒（さら）しております。しかし、このようなことを言っても疑わしくありましょう。この一品を見てくだされ」

老女はそう、錦の袋に入った守刀を差し出した。

敷妙御前がこれをよく見ると、かねがね夫が話していた証拠の短刀である宗近の名作に違いないかった。

「さては、あなたは秋桐様でありますか。思いがけない対面です。零落（れいらく）されてしまったとはお聞きしておりましたが、それほどとは思いませなんだ。安村殿もあなたの行方（ゆくえ）をお尋ねになっていたところでしたので、さぞお喜びなさるでしょう。さあさあ」

敷妙御前はそう言ってぼろぬのを脱がせ、着替えの小袖（こそで）を着させて、車に乗せ、館へ連れて帰った。

この老女は、すなわち蝮婆であった。九尾の狐は時には蝮婆の胸の内に入り込み、時にはその影に入って付き添い、悪をなしていた。

敷妙御前は偽物とは露知らず、館で待っていた安村にこのことを告げると、安村は大いに喜んだ。

「二、三歳の頃に別れたから、その顔は知らぬが、証拠の短刀がある上は疑いがない。ところで、家来の玉縄軍記という者に申し付け、あなたの行方を尋ねに遣わしていたが、お会いしませんでしたか」

＊1　敷妙御前…この物語における架空の人物。
＊2　鶴岡八幡宮…現在の神奈川県鎌倉市雪ノ下にある神社。

蝮婆はしらばっくれる。

「いや、その者には会いませんでしたが、あまりのなつかしさに恥を捨ててきたのです」

そう涙を流し、本当のことのように言うので、安村はさらに喜び、余命幾ばくもない母をこれまで捨て置いたのは親不孝の極み、せめて今後の生活は心安く過ごせるようにと考えた。

別に居間を造り、腰元を何人も付け、山海の珍味を食事に出し、琵琶や琴、鼓を演奏させ、十種の香[*1]、貝合わせなどで蝮婆を楽しませようとしたが、老女は却って喜ばなかった。

「七五三やら何やらのような、食べなれない献立で腹を壊すより、わしはやっぱり食べ慣れた鮗の田楽で濁酒がいい。そしてまあ、お寺の打敷のような着物は体が窮屈でかなわん。十種香やら伽羅とやらもよしてもらおう。嗅ぎ慣れない臭いはのぼせて頭が痛くなる。わしの慰みになるのは手に馴染んだ糸車で働くことじゃ。こうじっとしていては病気になる。糸車を貸してくだされ」

そう言って金張の二畳台[*2]の上、御簾を垂れた中で、綾羅の衣の片肌を脱ぎ、痩せた腕で糸車を繰り鳴らす。煙管を咥えたその口からは、故郷の歌が漏れる。

「夫が来ぬ夜はまぶたが合わぬ。涙の淵へ命をつっぱめた」

これを聞いた腰元たちは笑いを堪えて老女に仕えていた。

安村はその母の様子を聞き、腰元たちにこう命じた。

「久しく民間で過ごしていたから、賤民の手業に慣れてしまったのだ。母がそのように思うのも当然であろう。とにかく母の願い通りにし、逆らうな」

このように蝮婆は思うままに安村を謀り、実の母と敬わせることに成功したため、次第にわがまま放題となっていった。それからは付き人たちも持て余したが、どんなことでも主人の実の母がやることであるため仕方がないと、耐え忍んで仕えていた。

その頃、藤原頼経卿が鎌倉の武将の位を子の頼嗣（よりつぐ）[*3]卿に譲り、京に帰った。

そのため安村とその婿、光村（みつむら）は頼経にお供して上京した。これ幸いにと彼らが留守のうちに蝮婆はさまざまな悪行をなし始めた。

腰元の子どもに少しでも落ち度があればその胸を裂いたり、蛇の満ちた穴に落としたり、水責めや火で焼くなどした。

「ああ、苦しい、耐え難い」

「よい気味だ。これを肴（さかな）に濁酒を一杯楽しもうじゃないか」

蝮婆はこの苦痛の声を聴いて楽しみとした。これは唐土、殷における妲己の悪行にほかならない。すなわち九尾の狐の仕業に違いなかった。

しかし安村と光村の帰国後は、蝮婆は遠慮してそこまで悪行をしなかったため、彼らは蝮婆の悪行を一向に知ることはなかった。

＊1　十種の香…十種類の香の名。栴檀（せんだん）、沈水（じんすい）、蘇合（そごう）、薫陸（くんろく）、鬱金（うこん）、青木（せいぼく）、白膠（はっこう）、零陵（れいりょう）、甘松（かんしょう）を言う。

＊2　金張の二畳台…二畳台は歌舞伎の大道具のひとつ。畳二畳ぐらいの広さの台。高位の武将、公家の座として用いる。金張りはこれを金色に塗ったもの。ここでは物語の舞台の説明としてこれが使われている。

＊3　頼嗣…生年一二三九年、没年一二五六年。鎌倉幕府の第五代将軍。藤原頼経の子。執権、北条経時によって父からわずか六歳で将軍職を譲られる。その後、父と同様に京都へ追放された。

その頃、鎌倉の将軍となった頼嗣卿はまだ幼年であった。

とにかく病気がちであったが、これを知った蝮婆が安村にこんなことを言った。

「わしはある理由があって卜筮[*1]を学んだが、この頃の頼嗣卿のご病気を占ったところ、命が危なくなっていることがわかった。わしが将軍の元に行って、直接加持をして差し上げれば、すぐに平癒すると思う。いかがする?」

そこで安村が蝮婆に占わせたところ、過去も未来も鏡に映したように正確に言い当てたので、安村は彼女を信じた。

しかしこれもみな、九尾の狐が言わせたことであった。

それから安村は早速営中[*2]に赴き、母の言うことを子細に述べると、早速蝮婆を呼び寄せることとなり、安村は母を伴って営中に至った。

これが頼嗣に近づいて害をなそうという蝮婆の企みだと気づく者はいない。

蝮婆は頼嗣の御座の近くに進んで加持をし、別殿で休息することとなった。その折、長廊下を進んでいる途中に嵐が吹き荒れ、数多の灯火を一度に吹き消した。夜であったため辺りは真の闇に包まれたが、怪しいことに老女の身から光明が放たれ、周囲を照らした。

これを見た秋田城介の安達義景[*3]は、先ほどから老女の顔つきを見て怪しんでいたところに、光を放ったことでさらに訝しみ、官女に下知し、短刀を持たせて取り巻かせたところ、蝮婆は声高に叫んだ。

「安村と言い合わせ、頼嗣を殺害するために近づいたが、始末し損ねた口惜しさよ!」

この時老女が放った一言は、安村の一族の滅亡の発端であった。

「曲者め、そこを動くな」

官女たちは短刀を持ってこの老婆に向かって突き立てようとしたが、突然館が振動し、全員体が竦（すく）んで動けなくなった。

その隙に蝮婆は塀を飛び越えて逃げてしまった

この蝮婆の一言のために安村に嫌疑がかかり、さまざまに評議された結果、讒言（ざんげん）*4する者が多かったため、安村と光村は逆臣とされてしまった。

北条時頼（ほうじょうときより）から下知があり、その弟である北条時定（ときさだ）*5および安達義景の両名が命じられ、夜中、安村の館を囲んだ。

白面金毛九尾の狐は三浦の一族の滅亡が兼ねてからの宿意（しゅくい）であったため、大いに喜び、九つの尾に狐火を灯し、髑髏を咥えて陰火（いんか）を燃やした。

これによりまるで人がたくさんいるような錯覚を起こさせ、三浦の一族を惑（まど）わせた。

時貞と義景の二人は軍勢を従えて三浦安村の館に至り、頼嗣卿の厳命であるとして安村を初めとした一族郎党をことごとく縛って引っ立て、帰った。

*1　卜筮…占いのこと。

*2　営中…将軍のいるところ。

*3　安達義景…生年一二一〇年、没年一二五三年。鎌倉時代の武将。安達景盛の長男。父の出家後に秋田城介を継いだ。三浦氏の乱にて父と共に三浦氏を滅ぼした。

*4　讒言…事実を曲げたり、ありもしない事柄を作り上げたりして、その人のことを目上の人に悪く言うこと。

*5　北条時定…生年不詳、没年一二七八年。鎌倉時代の武将。北条時房の子。鎌倉幕府四代将軍、九条頼経の近習番となる。続いて五代将軍、九条頼嗣にも仕え、後に出家した。

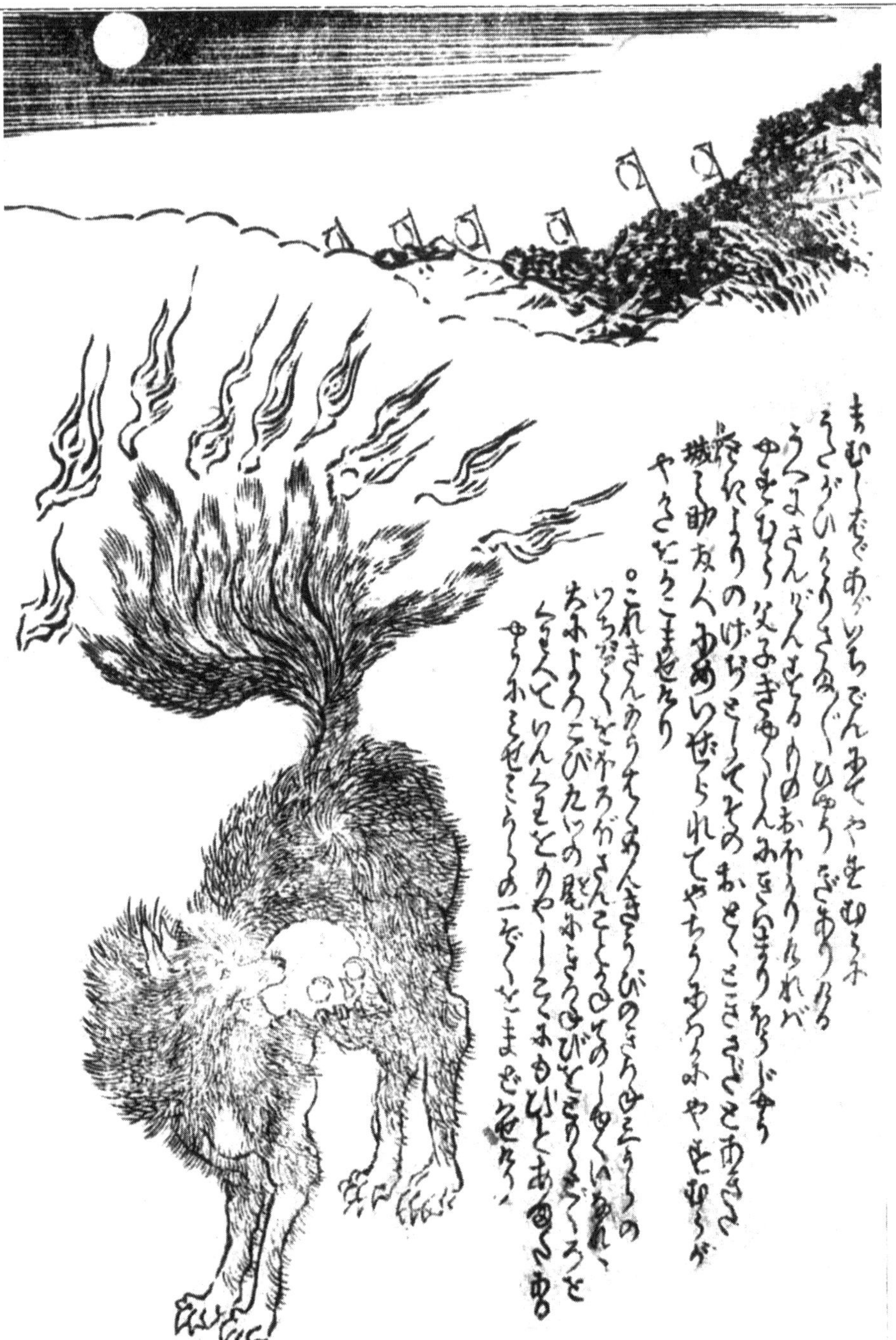

まむしむであしちでんまでやせむしろ
ろくがいたりしとき(?)ひやうぶありける
うらみさんじんさうのめおかりければ
かまくら父子ぎやくしんみなうしなはれたる
それよりのげぢさしてそのおもてこまざとあまさて
城之助友人ゆみあらためられてやちうめのやとおもふが
やさだうこまをなり

○これきんかうそうあんきやうびのきつねきうへうの
けうなくそぞろがさんことゝるそのしかくはあれ
あかよろこびたりの尾がきつねびとぞのけぢろを
うゑてりんらくをとりやしてそおもひをとあゆるある
やかふきせこりつの一ぞくとまさるをな

三浦一族を陥れた九尾の狐と、落ち延びる敷妙御前

これは予想外の無実の罪であったが、安村の母の発言によるものだと讒言する者が多かったため、言い訳ができず、歯向かうことも不忠であるから、そのまま連れて行かれたのだ。

この時、安村は妻である敷妙御前に向かって言った。

「そのほうはひとまず館から逃げて、時節を待って我が無実の罪を明らかにし、家を再興してくれ」

そう涙ながらに話す夫と別れることに耐えられず、敷妙御前は共に囚（とら）われて同じ場所で死にましょうと悲嘆にくれる。

しかしこれに安村は言う。

「そうなっては、一体誰が家を再興するのだ」

これに返す言葉もなく、敷妙御前は仕方なく娘の八重機姫（やえはたひめ）を連れ、孫の八つ若（やつわか）を柏木（かしわぎ）という乳母（うば）に抱かせて、泣く泣く館から落ち延びた。

これが夫婦、そして親子の別れであったことを、二人は後に知ることになる。

❖五　玉縄生駒之助（たまなわいこまのすけ）のこと

また、ここに玉縄軍記の息子、玉縄生駒之助[*1]という者がいた。先だって父が主命により旅立ったが、いくら月日が経っても帰ってこないため、ひどく心配し、主人の安村に願い、その跡を辿って尋ねて行ったところ、ついに那須野にて父の死骸を見つけた。これを大いに嘆き、その死骸を火葬して白骨を首に掛けて鎌倉に帰った。

どうにかして父の仇を討とうと願い、しばらく暇をもらって妻の袖萩（そではぎ）と十一歳になる娘、小君（しょうきみ）、五歳になる息子、清童(きよどう)を連れ、親子四人で鎌倉を離れ、上野国(こうずけ)の佐野(さの)[2]の船橋の近くに住んでひたすら仇を探し続けた。

こうして月日を送るうちに妻の袖萩は大病を患い、蓄(たくわ)えた金も使い尽くし、その上何の仕事もなかった。親子四人で暮らしていたため、家財を売って何とか食べていたが、次第に困窮していった。

子どもたちは幼かったが、生まれつきの親孝行で、父が仇を討つために旅に出て留守になると母の側を離れず、薬の世話、飯の世話、排せつ物の世話まで大人のようにこなしていた。

清童が母を心配して言う。

「母様、蚊が刺しましょう」

小君が母に飯を運び、言う。

「どうぞご飯をたんと召し上がって、早く病気を治してくださいませ」

袖萩はこのようなこのような孝行な子どもたちを持ちながら、不幸せな生活をさせていることを嘆いた。

「子どもたちは孝行の功徳ばかり積んでいるのだから、神や仏がお恵みをくださりそうなものなのに」

世が世であれば乳母に甘やかされて育てられたものを、と不憫(ふびん)な子どもだと思い、ただ涙を流した。

そんな子どもたちの歳に似合わぬ孝行に、天も感応を受けたのか袖萩の病は次第に快気した。しかしこの頃、鎌倉の噂が流れてきた。主君である安村が讒言のために無実の罪を蒙(こうむ)り、一族郎党囚われの身となったのだという。

これを聞き、生駒之助は妻に言った。

*1 玉縄生駒之助…この物語における架空の人物。
*2 佐野…現在の群馬県高崎市に「佐野」の地名が残る。

「俺は親の仇を討とうと願う身ではあるが、主人の一大事に代えられぬ。急ぎ鎌倉に上り、囚われの身の主君を奪い返そうと思う。もしそれを仕損じれば、主君の冥土（めいど）の旅にお供する。そのほうはよく療治してその身を保ち、子どもたちを育て、父、軍記の仇を討たせてくれ。父の亡骸の傍（かたわら）に落ちていたこの巻物は、先だって伊豆（いず）に流された北条光時（ほうじょうみつとき）[*1]の家系図だ。これを持っていたからには、父の仇は光時の所縁（ゆかり）の者に疑いはない。これを証拠として、仇を探すのだ」

そうして巻物を渡し、自ら鬢（びん）の毛を切り、我が亡き後の形見にせよと残し、言う。

「この鎧（よろい）、薙刀（なぎなた）は親の残したものだが、売って貧苦を凌ぎなさい」

そして家を出ようとすると、清童が駆け寄ってきた。

「父様（ととさま）どこへ行くのです。母様（かかさま）が具合が悪いのに、どこへも行ってくださるな」

清童が左の袖に縋（すが）りつくと、右袖には小君が取り付く。

「放しません、行かせません！」

小君はそう泣くので、生駒之助もひどく心が弱る。親子の縁は一世というから、たとえ未来で待っていたとしても、また会うことは難しい。我が子の顔も見納めかと思うと、とめどない悲しさに涙が流れそうになり、それを何とか押しとどめる。

袖萩もまた、武士に連れそう女房は、忠義のために死に行く夫を止めないことは、止めるよりも勝ることだと思い、子どもに見せぬように涙を流す。

生駒之助は気を取り直し、時刻が過ぎれば不忠となるとして二人の子どもを突き放し、思い切って出立したが、後ろからは親子三人がわっと泣き出す声が響いた。その声は一丁もの距離に渡って聞こえ続け、恩愛に後ろ髪を引かれ、心を残しての旅立ちとなった。

❖六　敷妙御前、娘との別れ

その頃、敷妙御前は娘の八重機姫を伴い、孫の八つ若を乳母の柏木に抱かせて安村の館を落ち伸び、小余綾の磯[*2]にある漁師の家に十日ほど隠れていたが、このことが早くも北条時定の耳に入ったと告げる者があったため、闇夜に紛れて金沢[*3]の方へと逃げた。

しかしその途中、追手の者たちに取り囲まれたため、敷妙御前はまず八重機姫と柏木を先へと行かせ、自らは短刀を振るって追手の者たちと相対し、秘術を尽くし、火花を散らして戦った。

これには追手も敵わず、春の雨が花を散らし、秋の風が木の葉を散らすようにばらばらに逃げて行った。

敷妙御前は疲れてため息をほっと吐くが、山寺の鐘の音がぼおんと響き、数えるとすでに時刻は九つ（午前零時）であった。

この時、雨雲が月を隠し、暗夜のようになったため、八重機姫と柏木の身を案じつつ、薙刀を杖にして歩く。

「八重機はどこに。柏木はどこに」

そう呼びかけるが、巡り合うことはなかった。

＊1　北条光時…生年一二二四年、没年一二四六年。鎌倉時代の武将。鎌倉幕府の執権を務めた。五代将軍、九条頼嗣との関係を強めるが、病により執権を退き、出家してすぐに亡くなった。
＊2　小余綾の磯…現在の神奈川県大磯付近の海岸。
＊3　金沢…現在の神奈川県横浜市金沢区の辺りか。

その頃、柏木は八つ若を懐に抱き、八重機姫の手をひいて逃げ延びていたが、敷妙御前の身の上を気遣い、先へ進むこともできなかった。

しかし後ろからは追手の声が聞こえるため、戻って安否を尋ねることもできず、迷っているうちに敷妙御前と行き違い、互いに別の道を進んでしまってついに行き会わなかった。

双方互いに心を掛けるも、ただ心を痛めるだけであった。

❖七　安村の最期、光村の決意

この時、三浦安村の婿養子である光村は尾張国の熱田明神[*1]に参詣していて留守であったが、帰りの道中、館の騒動について聞いて大いに驚き、従者に後から来るように指示し、ただ一人馬を飛ばして急ぎ帰った。

そこで様子を聞くと、義父の安村をはじめとした一族郎党がみな囚われたと聞き、ただ茫然とするばかりであった。

実は光村は、安村を捕らえた一人である秋田城介の安達義景の弟であった。しかしこうなれば兄とも敵となる。安村が法華堂にとらわれていると知ったため、そこへ行ってどうにかせねばと手綱を握った。

馬を進めていると、女の声で「お母様、敷妙御前様」と呼びながら歩いてくる者があった。これを月影に照らしてみれば、妻の八重機姫と、我が子八つ若を抱いた乳母の柏木であった。

八重機姫もすぐに光村を見つけ、言った。

「我が夫よ、よいところでお会いできました。父上は法華堂で切腹を言い渡されました。妾を何とかそこへ連れて行って、あなたの手で殺してくださいませ。今宵、母上とともに小余綾の隠れ家から逃げ出しましたが、道中、追手に取り囲まれ、暗夜（あんや）の内に母上の行方も知れなくなり、もしや捕らわれてしまったのかもしれません。父上と母上と別れてしまったのに、一日も生き永らえようとは思いません」

光村は義母まで行方不明となったことに驚きつつも、涙を流す妻に言う。

「そうであっても、まだ生死を知らないのだから、お前は生き永らえて、ご両親のことを探しなさい。八つ若という男児がいるのだからなおさらだ。どこかへ身を隠し、時を待って家名（いえな）を継がせてくれ。柏木よ。お前にも頼む。八重機親子を守ってくれ。私は父上とともにこの命、果てるしか道はない。暇を取ることももうできぬだろう。お前たちもこの辺りをうろついていて、もし捕らわれては恥だ。早く立ち去りなさい」

そう口では言っても、やはり心は妻と子への恩愛は深い。

八重機姫もまた馬の手綱に縋りつき、訴える。

「あの八つ若をご覧ください。無邪気な幼子ですから、我が身に降りかかる不幸を知りません。隠れ家にいた昨日でさえ、機嫌よく風車を持って遊んでいたのを抱き上げ、逃げたのです。あの通りその風車を未だ放さず持っているのです。親子は一世の別れということさえ知らない不憫さです。このような凶事があるとは知らない悲しさです」

そうむせび泣く。すると今度は柏木が八つ若を光村の眼先に差し出し、言う。

「ほら、八つ若様。親子一世のお別れです。父上様の御顔をよくご覧になり、覚えてきなさいませ」

しかし八つ若は光村の顔を見て、ただ無邪気ににこにこと笑うだけである。これには光村も心が弱り、五臓六（ごぞうろっ）

＊1　熱田明神…現在の愛知県名古屋市にある熱田神宮のこと。

腑(ぷ)を千切るような思いで、不覚にも涙にむせんだ。

　しかしそのような時でも、後ろの方から松明(たいまつ)の光がいくつも現れ、数百人はいるかと思われる人々の声が聞こえた。あれはまさしく追手の者たちであると、捕らわれる前に早く逃げよと言って、光村は八重機姫と柏木を先に行かせ、自身は馬を鞭(むち)でひとつ叩き、法華堂へと向かった。


　三浦安村は無実の罪による切腹を命じられ、法華堂にて一族や従者たちとともに自害の用意をして頼朝の影(えい)前(ぜん)に座っていた。そこに光村が馬を飛ばして馳せ参じ、死後の三途(さんず)の川の旅に供しようと切腹を準備する。しかしそれを安村が押しとどめた。

「私がこのたび、讒言により無実の罪に問われたのは、あの変化の老女の一言によるものだ。汝は旅路にあり、捕らわれなかったのは幸いである。生き残り、あの老女を捕まえて糾弾し、私の無実を証明して三浦家を再興してくれ」

　光村はこれを聞き、言う。

「仰ることは道理ですが、義父の最期を見捨て、どこへ落ち行くことができましょうか。是非、冥土の道を共に行くことを願います」

　安村は顔色を変える。

「うろたえたか光村！　死は一度だけであり、簡単なことだ。しかし生きて家を再興することは死に勝る大功(たいこう)なのだ。私の言葉を無視するならば、七生(しちしょう)[*1]までの勘当(かんどう)だぞ」

　これには光村もどうしようもなく、切腹を止めた。

安村は喜び、義理の息子に告げる。

「こうなったからには、警護の武士が来ないうちに早くこの場所を去れ」

こうして光村は泣く泣く一人落ち延びた。そして安村をはじめとした一族郎党は自害して命を果てた。

❖八　生駒之助、今生の別れ

その頃、生駒之助は鎌倉に参上し、主君の安村が法華堂で切腹したなどは露も知らず、まだ存命で秋田城介である安達義景の館に捕らわれたという噂を本当だと思い、どうにかして安村を助け出そうと考えた。

そしてある夜、黒装束に忍頭巾で顔を隠した出で立ちでその館に忍び入ろうとしたが、義景の家臣である謙杖左衛門*2という老人が安村の残党を詮議するため、お供も連れずにただ一人、頭巾で顔を覆い、野袴を履いた姿で館の中に一人でいた。

そんな時、怪しい格好の生駒之助が姿を現したため、謙杖左衛門は捕らえようと飛び掛かり、取っ組み合いになったが、生駒之助は大力の若者であったので、簡単に謙杖左衛門を組み伏せ、首を斬ろうとその覆面をはぎ取った。

そして月明かりで顔を照らすと、妻の袖萩の実の父親であったため、驚いて手を止め、躊躇するうちに、今度

＊1　七生…七度生まれ変わること。人間界に七度生まれ変わる間に必ず涅槃に入るため、人間の生は七度が限界とされる。

＊2　謙杖左衛門…この物語における架空の人物。

は左衛門が生駒之介を跳ね返して膝の下に押し敷き、忍頭巾をかなぐり捨てると、今度は左衛門の方が自分の婿と戦っていたことに気づいて驚いた。

一瞬見逃してやろうかと考えたものの、北条時定の郎党が大勢、安村の残党を捕らえるため夜回りにやってくるのが見えた。

そこで仕方なく左衛門は生駒之助の手に縄を掛け、主君である義景の前に差し出した。

義景はこれを見て、言いつけた。

「その者は安村の郎党の中でも、一騎当千（いっきとうせん）の勇士と聞き及んでいた。生け捕りは素晴らしい手柄である。この者はそのほうに預けよう。処刑し、その首を差し出しなさい」

袖萩は夫の生駒之助が鎌倉に下ってからというもの、二人の子どもとともにただ泣き暮らし、褸（つづれ）の袖が乾く暇もない。

人の話を聞くに、安村一党は法華堂で自害したという。それならば夫もその後を追ったろう。その亡骸を野辺に晒し、犬や烏（からす）に食われるのは悲しいことだ。せめて亡骸を納めるため、鎌倉にのぼりたいと思うも、腰が抜けて歩くこともままならない。

そこで歩けない人が乗るための小さな車をひとつ作り、二人の子どもに綱手（つなで）を取らせ、自らは小鼓（こつづみ）を打って歌を唄い、道行く人々に金を乞い、路銀を貯（たくわ）えながら旅をした。

先へ先へと焦れども、幼子たちの力で車を引いているため、道行きははかどらず、心が急くばかりである。

姉の小君が綱を引けば、弟の清童は後ろから車を押す。

か弱い子どもたちが土車（つちぐるま）[*1]を進めるその様子は、見る人に哀れみの心を引き起こさせる。

袖萩はそれでも歌を唄い、物を乞う。

「やあ両介は狩装束にて、数万騎が那須野を取り囲み、草を分け入り狩りけるに、ウヤウチイポンウヤウチイポン」[*2]

謙杖左衛門は生駒之助の身柄を預かり、自分の家に連れて帰ってから言った。

「お前は昨夜出会った際、私を組み伏せ、首を掻こうとして躊躇し、それがあだとなって私に生け捕られた。その心中は察せられる。婿（むこ）と舅（しゅうと）の内縁を思ってのことだろう。しかしながら娘の袖萩はお前と密通し、駆け落ちした。親の許さぬお前と娘の個人的な縁であったが、それを知りながら何もせず、娘を女房としたお前の心は武士に似合わぬ、道を知らぬものと見下げ果て、娘は勘当、お前とは音信不通となった。よって婿と舅のよしみはない。道理のないよしみによって討つべき命を見逃し、それを自分の手柄などと考えるのは本望ではない」

生駒之助はこれに対し、手を地面について言う。

「仰ることはもっともです。先だって不義を犯したのは私であり、若気の誤りではありますが、一生の間違いであると夫婦ともに大いに悔やみました。婿と舅のよしみで勝ち負けを決めることはできません。武士の勝負はみな時の運です。数多の人がいる中で、御身に生け捕られたのは全く不義の罪咎の報いでありましょう。秋田城之介殿が御身に我が首を打てというのは、内縁をご存じの上で、御身の心をお試しになっているのだとすれば、沙（さ）

＊1　土車…土を運搬する二輪車のこと。ここではその上に人を乗せ、運ぶ用途で使っている。

＊2　やあ両介は～…上総介と三浦介が那須野で九尾の狐を狩ったことを歌ったものと思われる。

汰（た）が遅くなっては不忠となりましょう。さあ、一刻も早く我が首を打ってください」

その生駒之助の覚悟の様子を見て、謙杖左衛門は言う。

「よしみなき他人であれば、遠慮はない。しかし首を打つのも無惨であるから、切腹なされよ。敵味方に分かれたとしても、武士の身は同じ。下郎になり果てた最期を見ることはしたくない。これお婆、切腹の式の用意をしてくれ」

その声を聞き、左衛門の妻の浜木綿（はまゆう）はその用意をしながら、武士の義理を思わなければ、互いに婿よ舅よと名乗り合い、娘のことを問うことができるだろうに、武士の道ほど辛いものはないと咽（むせ）るのを咳で誤魔化（ごまか）す。

「舅の手で自ら婿へ腹切り刀を勧めるとは、何たる因果でしょう」

そして左衛門もまた、涙を隠し、婿の前に立っている。

この哀れな境遇を一時止めたのは、袖萩と子どもたちであった。

ようやっと鎌倉まで辿り着き、夫のことを尋ねると、舅の謙杖左衛門に生け捕られて、今日まさにその家で首を打たれようとしている、と聞き、とにかくもう一度顔を見て暇乞いをしたい、そして絶縁して久しい父母ともせめて言葉を交わしたいと二人の子どもに引かれて急ぐ。

曇る雪空も、心の闇も暮れが近くなった頃、袖萩は懐かしい生家に着き、奥の庭の門口に車を寄せた。

しかし勘当された身とは言え、浅ましい姿であったため、案内を乞うことも難しく、柴垣に取り付いて中の様子をうかがいながら、不幸の報いは自業自得と簀戸（すど）*1にしがみ付いて泣くばかり。

折しも降る雪は強さを増し、褸を纏った肌に染み透る寒気はこの世の八寒地獄（はっかんじごく）*2のように思え、木々の氷柱はまるで剣の山、身を切られるような心地がする。

母は二人の子を思いやり、子は母を慮(おもんぱか)る。

「母様、さぞ寒いでございましょう。私が肌で温めてあげましょう」

小君は単衣(ひとえ)を脱ぎ、母の背中に掛ければ、母はそれを返して小君に着せる。親であるから、子であるからと、互いにそのようにするのだ。

「私のような不孝な者が、どうしてお前のような孝行な子を持ったのでしょう。これも因果でしょうか」

萩袖は子を抱きしめ、落とす涙は霰(あられ)となって零れていく。

左衛門はそうとは知らず、垣の外から聞こえる人の声は何であろうと自分で庭に下り立とうとしたため、袖萩は恥ずかしさに顔を袖で覆う。左衛門もまた、戸を開けて驚き、すぐにぴしゃりと閉めた。

「何者かと思ったが、雪に凍(こご)えて飛びかねる親子の雀であったか」

その時、左衛門の妻、浜木綿が立ち上がり、犬でも来たのかと何の気なく戸を開けたところ、娘の姿を目の当たりにしてしまった。

そのため左衛門が外に出てきて、言う。

「何者かと思えば、乞食の女よな。いずこの者かは知らぬが、腰が抜けておったようだ。きっと親に背(そむ)いた天罰で腰を悪くしたのだろうよ。親はそんな体で生んでいないのに、よくよく親不孝な娘だ。そこにずっと座らせておくわけにもいくまい。早くどこかへ行ってしまえ」

＊1　簀戸…竹を粗く編んで作った枝折戸のこと。
＊2　八寒地獄…仏教において語られる、寒冷に責め苦しめられる八種の地獄。

そうよそよそしい態度をとるものの、心の内では変わり果てた娘を不憫に思い、胸も張り裂けるようであった。
袖萩は涙を流しながら訴える。

「そのお怒りはもっとものことです。父と母の心に背いた報いで落ちぶれたこの姿、ここに参るまでの道中も、袖乞(そでごい)をする悲しさは耐えられぬものでした。夜風をしのぐため、人の家の軒下、橋の上で眠り、時には追い出され、打ち叩かれ、二人の子どもの肌にも生傷が絶えませぬ。その上何ももらえない時には、親子三人で飲まず食わずで過ごしました。子どもが痩せてゆくのを見るにつけて、五臓が絞られるような悲しみです。しかし考えれば考えるほどに、これはみな罰が当たったのでございましょう。ここまで来ることができる義理もありませんが、今宵に終わりが迫った夫の命、もう一度だけ助けてほしく、恥を忍んでまいりました」

そして袖萩は二人の子どもを父と母に見せる。

「この子は小君といって、今年やっと十一になる私の娘です。この子は清童といい、わずか五つです。子を持ったことで遅ればせながら親の恩を知りましたが、不憫なのはこの子たちです。私は許されざるとも、この二人の子だけでも家へ通していただき、死ぬ前に夫に一目だけでも合わせてやってくださいませ」

その願いに浜木綿は孫と聞いて飛び出すばかりの心境で、抱きかかえてみたいと思えども、左衛門の手前それもできず、ただ窓から覗(のぞ)いて涙を流すばかりである。

袖萩は子どもに向かい、言う。

「お前たちもお願いしましょう」

すると小君は大人びた動きで手をつき、頭を下げる。

「もし、旦那様、奥様、どうぞ、父様にたった一目会わせてくださいませ」

清童もまた雪の中で畏(かしこ)まる。

「大勢ではございません。たった二人でございます」

それは言い慣れた袖乞言葉であった。そのまま面桶(めんつう)*1を差し出せば、浅ましきことと袖萩の身は恥ずかしさに淡雪へ消えゆくよう。

そして子どもの声を聞き、二階の障子戸を細く開けて生駒之助が顔を出すが、左衛門と目が合い、気まずさからぴしゃりと戸を閉めた。

その心の内は推し量れたが、左衛門はわざと尖った声を出す。

「しつこい乞食どもだ。かねてから内縁があることをご存じのご主人は、裏切るのではないかと疑っておられるであろう時節であるから、たとえ縁のない乞食の子であっても、罪人に会わせることは決してならぬ。しかし今できるであろう新仏の菩提のため、心ばかりの銭は渡してやろう。物乞いで得た業をなんなりとそこで謡っていよ。私は罪人の介錯(かいしゃく)をするのみである。お婆はそこに追いやりなさい」

せめて二人の子どもの声を生駒之助に聞かせてやろうと、そう言づけて奥へ行く。袖萩はそれに気づき、雪に湿った鼓の調べを締め直し、子どもたちに言う。

「さあさあ、子どもたち。昔、父様が教えてくれた小唄を二人揃って謡いなさい」

そして鼓を打ち鳴らすので、小君は声を張り上げる。

＊1　面桶…檜(ひのき)や杉などの薄板を曲げて作った楕円形の容器。

「親は空にて血の涙を降らせば濡れてしまう菅蓑や[*1]」

清童もそれに続く。

「なお降りかかる血の涙に目も紅に染まるのは、紅葉の橋の鵲か」

そう舌も回らない口で謡う声が聞こえてきて、障子を隔てた生駒之助はかねてから覚悟をしていたにもかかわらず、妻の手慣れた鼓の音、子どもたちの歌声が五臓六腑に染み、悲嘆の涙に暮れる。


生駒之助は迷いを振り切り、聞けば聞くほど思い悩むことになると諦めて腹切刀を持ち上げ、腹に突き立てた。

垣の外からは早まる修羅の鼓に合わせ、二人の子どもの泣きわめく声が聞こえてくる。

「やすき隙なき身の苦しみを助けてたもれ、御僧よ、助けてたもれ、御僧と言うかと思えば消えてしまった」

謡い終われば、二階では首を断つ音が聞こえ、障子に血が飛び散った。

浜木綿はこれを見て尻もちをついて倒れ、袖萩は鼓を落として車から転げ落ち、子二人とともにわっと叫んでうち伏した。

その時、左衛門が首桶を携えて現れ、浜木綿に言った。

「新仏の菩提のため、これをあの乞食どもにくれてやりなさい」

そう左衛門が財布を取り出したため、浜木綿は打掛を脱いで財布を包み、ほら、受け取りなさいと投げてやると、袖萩がそれを受け取った。

「ありがたき御慈悲、この小袖で寒さを凌ぎ、この金子にて命をつなげという御情け、言葉で礼を言い尽くすこともできませぬ」

そう打掛と財布を押し抱くと、兼杖左衛門が言った。

「大罪を犯した罪人であれど、死したる上は遠慮することもない。今、改めてそのほうに親の許しをもって夫を持たせよう。夫婦は二世と聞いているからよくこの男の姿を覚えて、来世を待て。二人の孫には土人形となって会いに来よう。今、土になる親の顔をよく見て、忘れるなよ」

そして左衛門は首桶の蓋（ふた）を取り、垣の外に取り出すと、袖萩親子三人は一目見てあっと叫び、気を失ったように倒れた。

浜木綿は戸を開けて走り出てきて、三人を介抱しながら言う。

「嘆くのは理（ことわり）です。しかしみなこれは因果であると諦めなさい。この大雪だから、せめて一晩泊まって行きなさいと言いたいけれど、敵味方に分かれてしまったからには仕方がありません。安村殿の身内の者と咎められない内に早く行きなさい」

そう促され、袖萩はやっと顔を上げた。

「何から何まで御情けを掛けていただき、お礼の言葉もありませぬ。もう参ります。お二方とも、ご無事でいらしてください。これ、二人とも、お暇の挨拶をしなさい」

兄弟は口を揃え、大人びた様子で言う。

「お祖父さん、お祖母さん、さようなら。またいつか来ましょう」

＊1　親は空にて～…能『善知鳥（うとう）』にて語られる言葉。ある猟師が生前、善知鳥という鳥の親子が、親鳥が「うとう」と鳴けば雛（ひな）が「やすかた」と鳴いて答える習性を利用し、雛を捕らえていた。その罪で猟師は地獄に落ちるが、地獄でも善知鳥の雛鳥を捕ることがやめられず、それを捕るたびに親鳥が血の涙を流し、猟師はその血に濡れないために蓑を被って逃げ回る、という場面で語られる。

そして小君は綱を手に取り、清童は車の後ろを押す。笠や車に雪が積もれば、父母の厚い恩によって、凍り付いた車の輪のように離れがたく思うけれども、因果の巡りは早いから、雪明りを頼りに車を軋（きし）ませて去って行く。

❖九 敷妙御前（しきたえごぜん）の最期

この時、敷妙御前は八重機姫と柏木の行方を尋ねてここやかしこやとさ迷っていたが、夫の安村が法華堂で自害し、その首が晒されたと聞いた。

それでいてもたってもいられず、早く首を隠さねばとある夜、密（ひそ）かに夫の首を盗み取り、滑川（なめがわ）[*1]の川辺にある墓場に埋めようとそこへ赴いた。

しかし、螻婆が元の乞食の姿になってこの場所の三昧堂に隠れていた。

螻婆は敷妙御前を見つけると襲い掛かって押し伏せた。

「ああ、苦しい、耐え難い。助けておくれ！」

「黙ってくたばれ、もう敵わぬわ」

螻婆は敷妙御前の喉笛に噛み付いて食い殺し、安村の首を奪い取った。老女の口は血潮に染まり、口の端は耳の辺りまで裂けている。そのありさまは恐ろしく、夜叉（やしゃ）のようであった。

九尾の狐が螻婆の影に潜み、このような振る舞いをさせたのであった。

これは安村の一族を滅ぼし、先年の恨みに報うためである。

しかしそこに謙杖左衛門が通りかかった。

「真っ暗で子細はわからぬが、女の苦しむ声がする。合点（がてん）がゆかぬな」

そして終始を見ていた謙杖左衛門は、怪しき老女と思い、刀を抜いて蝮婆を真っ二つに切り裂いた。

すると不思議なことに、老女の姿はたちまち二人になった。いわゆる離魂病（りこんびょう）や影（かげ）の患（わずら）い[*2]のようで、どちらが本物かはわからない。

「小癪（こしゃく）な親爺め、わしの手料理に使う出刃（でば）包丁で、すっぽんのように首や手足を斬り落とすぞ」

老女がそう叫ぶ。

謙杖左衛門はさらに怪しみ、再び刀で斬りつけるが、辺りの草木に当たってばさりと音が響き、霧のように白い気が立ち上った。それを見た謙杖左衛門の目が眩（くら）み、身が竦んでたじたじとなっている間に、老女の姿は掻き消えてしまった。

左衛門はやや間を置いて正気に戻り、化生のものを仕留め損ねたことを悔やんだ。

しかし老女に殺された女性の死骸を見なかったため、それが安村の妻であったことを知らぬまま家に帰った。

それからしばらくして、八重機姫は柏木に八つ若を抱かせ、敷妙御前の行方を尋ねてここやかしこやとさ迷っていたが、この場所にやってきて母の死骸を見つけることとなった。

「これは夢か、現（うつつ）か。一体何者に出会って、このように惨（むご）たらしく殺されてしまったのでしょう。母上、母上」

＊1　滑川…現在の埼玉県を流れる川。

＊2　離魂病や影の患い…魂が肉体から離れ、全く同じ人の姿の人間になって現れるとされる病気。近年でいうドッペルゲンガーに近い。

敷妙御前を噛み殺す九尾の狐と、それを目撃した謙杖左衛門

八重機姫は母親の死骸に取り付いて狂ったように泣き続ける。柏木もまた悲嘆に暮れ、泡沫無常（ほうまつむじょう）の世の習いは仕方がないといえども、このような非業（ひごう）の死を迎えるのはどのような過去の悪因があったのかと、涙にむせぶばかりである。

八重機姫はどうすることもできず、自害しようとするのを柏木が慌てて止め、言う。

「光村様の仰ったことを思い出してください。この若様を守り立て、再び御家を興すのが御父母への孝行でしょう。今、命を手放すのは犬死にほかなりませぬ。そのようなことは思いなさらないでください」

そう言葉を尽くして宥（なだ）めると、姫はやっと自害を思い留め、母の亡骸を近くの寺に葬った。そしてまず身を隠さねばと柏木とともに鎌倉を立った。

その頃、九尾の狐は安村の首を咥え、那須野の原へと飛び帰ろうとしていた。

❖十　鏡の宮

三浦太郎光村は養父である安村の遺言によって自害を思い留め、時節を待って三浦の家を再興すべしと考える。しかし安村の残党を探す追手は未だ厳しい。天は高いといえども背を縮め、地は広いといえども抜き足でさ迷う。ひとまずは奥州（おうしゅう）[*1]に下ろうと回国（かいこく）の修行者に身をやつし、下野国の鏡の宮[*2]で一夜を明かす。

その夜、一晩中神に祈っていたが、旅の疲れに思わずまどろんでいた。

光村は夢を見た。

康治(こうじ)二年（一一四三）三月の頃、鳥羽(とば)法皇が白川へ御幸(ぎょこう)した際、花見をしているところに白面九尾の狐がやってきて、折を見て坂部道春[*3]の娘に化けて法皇に近づいた。

そして宮中に仕えることとなり、君主の寵愛を被(こうむ)ることとなった。これが玉藻前である。

鳥羽法皇の宮女である菖蒲前(あやめのまえ)は、玉藻前が君主の寵愛を受けるのを妬(ねた)み、頭に三つの灯火を括(くく)り付け、胸の中で炎を燃やし、丑三(うしみ)つの頃（午前二時〜二時半頃）に神泉苑(しんせんえん)にて神木(しんぼく)に呪いの釘を打とうとした。すると池のほとりで紅の光がきらめき、金毛九尾の狐が現れた。狐は頭に藻を被(かぶ)り、身を震わせたかと思うと、玉藻前の姿に変わり、法皇の寝殿に歩いて入って行こうとした。

菖蒲前はこれは怪しいと思い、持っていた金槌(かなづち)を玉藻前に向かって投げつけたところ、金色の光が視界を遮(さえぎ)り、菖蒲前はたちまち気絶して倒れた。

翌日、玉藻前の様子を見ると、額に傷があり、芙蓉(ふよう)の顔(かんばせ)が赤く染まっていた。

菖蒲前はこれによって玉藻前が変化の者であることを知ったのだ。

安倍泰成(あべのやすなり)は勅命を受け、病に伏した法皇のための祈りと偽って玉藻前を調伏し、終南山(しゅうなんざん)の雲中子(うんちゅうし)が太公望(たいこうぼう)に授けた照魔鏡(しょうまきょう)によって玉藻前の正体を暴いた。

そこで三浦太郎光村は鏡の宮の社で目覚め、鳥羽院、玉藻前のことを夢に見て奇異に思っていたところ、突然

＊1　奥州…「陸奥(むつ)の国」の別称。城・岩手・青森の四県にあたる。
＊2　鏡の宮…不詳。
＊3　坂部道春…『玉藻前曦袂』、『絵本玉藻譚』など、玉藻前に纏わる物語に登場する人物。玉藻前の父とされる。

衣冠(いかん)を纏った老翁が現れ、言った。

「昔、唐土にて終南山の雲中子が太公望に与えた照魔鏡が、我が国に渡って当社の神体となった。ゆえに鏡の宮というのだ。我はすなわち照魔鏡の神体である。汝に今、鳥羽院と玉藻前のことを夢に見せたのは、九尾の狐の前生を知らせるためである。三浦の家を滅ぼしたのは、この狐の仕業なのだ。あの狐は乞食の老女が憑(つ)いて災いをなしたのだ。汝が養母の敷妙もこの老女のために殺された。これより陸奥(むつ)に至れば、必ずその老女に巡り合うだろう。この幣束(へいそく)*1を使って老女の正体が狐であることを暴(あば)くのだ」

そして老翁は幣束を光村に与えたかと思うと目が覚めた。それでこれがまだ夢の中で見た夢のことであったことがわかり、改めて奇異に思っていると、神前に幣束が置いてあった。これは神が授けたものだと幣束を手に取り、笈(おい)*2の中に納めて光村は陸奥へと下った。

敷妙御前を老女に殺されたことを知った光村は、草を分けてでも見つけてやろうと心に誓ったのだ。

❖十一　光村(みつむら)、錦木(にしきぎ)村での出会い

三浦太郎光村は奥州に下り、安達(あだち)郡錦木(にしきぎ)村*3というところの、ある百姓の家の門口に立って鉦(かね)を打ち鳴らした。

「行き暮れてしまった修行者に、一夜の宿をお貸しいただけないか」

すると家の主と思しき六十歳ほどの老人が現れ、好意的に出迎えてくれた。

「お修行者様、さあさあ。今宵は我が家に一泊しなされ。粗末な食事ですが、お持ちいたしますから、ここでお待ちくだされ」

そう仏間に通され、主人は奥へと入って行った。

光村は仏壇に手を合わせたが、ふと顔を上げると仏壇の上に白星の五枚兜(ごまいかぶと)[*4]が備えてあった。

これはかねてから見覚えのある兜であったが、よく見れば自分が家臣の志賀崎藤太郎(しがさきふじたろう)[*5]に贈ったものであった。

藤太郎はもともと奥州の生まれであると聞いていたが、さてはこの家は藤太郎の縁者の家なのだろうかと思っていると、主人が食事を持ってやってきた。

そこで藤太郎の話をし、縁者であるかと尋ねると、主人はこう答えた。

「藤太郎の兜を知っている御身はどなたでございましょう。某は藤太郎の実の親の十作(じっさく)と申します。藤太郎は幼年の時、鎌倉へ養子として遣わせましたが、不幸なことに主の御家が滅び、御一門の方々は法華堂にて自害し、倅(せがれ)の藤太郎も腹を切ったとお聞きし、形見の兜をあのように仏壇に供え、絶えず回向(えこう)しているのです」

そうして十作は涙にむせぶ。

光村はこの子細を聞き、十作に言う。

「そうであったか。今はもう何を隠すことがあろう。私こそ三浦太郎光村である」

これを聞き、十作は驚いて頭を下げる。

「我が倅のご主人様でありましたか。これは思いがけなくお会いすることができました」

＊1　幣束…神道の祭祀等で使われる幣帛(へいはく)の一種。
＊2　笈…荷物や書籍を入れて背負う竹製の箱のこと。
＊3　安達郡錦木村…不詳。現在の福島県いわき市に錦町という地名は残るが、同様の場所かは不明。
＊4　五枚兜…五段の錏(しころ)を下げた兜のこと。
＊5　志賀崎藤太郎…この物語における架空の人物。

そう喜び、さまざまにもてなしてくれる様子に藤太郎の父であることは疑いようがなく、光村は大いに力を得た。

光村は十作の親切なもてなしに喜び、父、安村の遺言によって自殺を止まり、変化の者の老女を探し、時節を待って家を再興しようと考えている、というこれまでの経緯と大望を語った。

「そうであれば、某の家に留まり、時節をお待ちください。しかしながらこの頃、もっぱら鎌倉からやって来る三浦の御一族を探す追手たちは多く、当国までも鎌倉武士が来て捜索しております。油断なさらぬよう。しかしそれについてひとつ提案があります。もったいないこととは思いますが、殿を遠国に生まれた拙者の甥と申して、匿うのです。養子に使わせた藤太郎のほかに拙者に子はありませんので、この村の庄屋鍬右衛門[*1]と申す者の娘、小絹と申す者を養女とし、あなたを婿にして、この家に置きましょう。娘は思慮の浅い者ですから、彼女にも御身のことは明かさず、やはり我が甥であると挨拶くだされ」

光村の話を聞いた実作はそう提案し、小絹を呼び出して引き合わせると、小絹は十作と光村の話を信じ込んだ様子で喜んだ。


そうして三浦太郎光村は十作の甥となり、名を村助と変えたが、十作はこう提案していた。

「独り身だと人が疑うことも多いでしょう。不束なる娘で、お気に入りにはならぬでしょうが、小絹と夫婦になりになってください。そうすれば人が疑うことはなくなりましょう」

光村はこれを聞き、こう答えた。

「我は大望を身に抱えており、足手まといとなるものを持つことは好まぬ。それに生き別れているとはいえ、八重機という妻があり、八つ若という子まである。もし再び巡り合うことがあれば言い訳ができぬ」

そうすぐには十作の提案を受け入れなかったが、十作が再三勧めるので、またも思案を巡らせる。

「木にも萱にも心を置く身であるから、万が一他人に本名を知られれば、父の遺言の意味もなくなってしまう。大行は細瑾を顧みずという。*2 細心の注意を払って忍ばねば大行をなすことはできぬ。心にないことではあるが、このことを受け入れよう」

そう改めて答えたところ、十作に知らせを受けた小絹親子は大層喜び、吉日を選んで婚姻し、夫婦となった。小絹は貞実を尽くして連れ添い、ほどなくして懐妊し、一人の男子を産んだ。村太郎と名付け、蝶よ花よと愛でた。

❖十二 光村と八重機の再会

光村が十作の婿になり、手慣れない百姓の仕事をし、時節が至るのを待っていたところ、光陰は矢のごとく、夢を見るかのように二年が過ぎた。十作が病死し、それからは夫婦親子三人の暮らしとなり、また一年を過ごした。

この時、八重機は八つ若を守り立て、家の再興をなさんとしつつ、母の敷妙御前の仇も探すべく、乳母の柏木とともにさまざまな場所に身を隠しながら時節を待った。

＊1 庄屋鍬右衛門…この物語における架空の人物。
＊2 木にも萱にも心を置く…ことわざ。草木の動きにも敵かと思って警戒する。周囲の物事に細心の注意をはらう。また、まわりを気にしておずおずする。

しかし鎌倉の詮議が厳しいため、柏木の縁の者がいる奥州を目指し、八つ若を連れ、主従二人、はるばる下った。途中、柏木は急病を患って亡くなり、八重機姫は望みが絶たれたような心地がして、嘆き悲しみ、こうなってしまっては生きていくことはできない。路頭で飢え死にして先祖の名を汚すよりは、いっそ身を投げて死んでしまおうかと考える。

しかし無邪気な八つ若の顔を見ると、不憫の思いが先立ち、思い切ることができない。

それでもとても再興など叶わない身の上であると思い切り、袂（たもと）に小石を詰めて安達川[*1]に身を投げようと立ち寄った。

「南無西方阿弥陀仏（なむさいほうあみだぶつ）、この世の運は拙（つたな）くとも、親子もろとも、死した父母と同じ蓮へと導きたまえ。南無阿弥陀仏、南無阿弥陀仏」

そう唱え終わり、川に飛び込もうとしたところ、後ろから声を掛けられ、抱き留められた。

「しばし待たれよ」

それはすなわち光村であった。

光村は思いがけぬ再会に変わり果てた互いの姿を見て、積もる苦労、やつれた体、久しく見ていなかった八つ若の伸びた背、それを見るに光村の目に溢れるのは涙であった。

八重機はまるで生き返ったような心地がして、これは夢か現かと、光村の袂に縋りついて泣いた。

八重機は鎌倉で別れてからのことを話した。

母の死骸を見つけたこと、柏木と縁のある者を探して東国に下ったが、道中で柏木が亡くなり、縁のある者の名前さえも知らないこと。

光村もまたこれを聞き、父の遺言で自殺を止まったこと、鏡の宮の夢で母の仇があの変化の老女であると知ったこと、志賀崎藤太郎の実父、十作が自分を甥として匿い、小絹と夫婦となり、村太郎という男児をもうけ、今年で三歳となることを詳しく語った。

「これは全く私が望んだことではない。ただ人に怪しまれることを恐れるゆえ、仕方なく結んだ縁である。恨んでくれるな。小絹の手前、御身のことは生まれた場所で恩になった者の妹であるが、夫に先立たれて立ち行きならず、私を頼ってきたと言いなさい。その心持ちで挨拶せよ」

そう光村は八重機を連れて家に帰り、小絹に先ほどの話を聞かせて引き合わせた。

誰の目にも訳ありの仲に見えたが、小絹は少しも疑った様子はなく、何かと親切に八重機をもてなした。そのため光村も八重機もやっと心が落ち着いて、しばらくこの家に留まった。

この平穏がいつまで続くのか、誰も知る者はいなかった。

さてある日、村太郎の誕生日であるとして、赤飯を炊き、光村、小絹、八重機姫が集まって酒盛りをしたが、小絹はひどく酔った様子で、前後不覚になって眠ってしまった。

よい機会であると考え、光村は八重機姫を隣の部屋に誘い、今まで小絹の前では語れなかったことを語り、身の上の不運を悔やみ、互いに手を取って悲嘆の涙に暮れた。

＊1　安達川…不詳。現在の福島県に安達太良川という川があるが、同一のものか不明。

直後、部屋の障子戸が開かれ、目を覚ました小絹が怒りに顔を赤く染め、血走った目で二人を睨み、泣きわめいた。

「よくもよくも私を寝せておき、二人でこっそりと語り合っていたわね。ああ、妬ましい、腹立たしい！ さては今までも私が寝た後に、毎夜二人でこのようなことをしていたのでしょう。悔しい、どうしてあげましょうか」

そうしゃくりをあげ、恨み言を口走れば、光村と八重機姫にはどうすることもできず、いろいろと宥めても聞き入れず、とうとう腹に据え兼ねた様子で実父、鍬右衛門の元へ帰ってしまった。

光村は呆れ果て、日頃の様子に似合わぬ、はしたなき振る舞いだ、やはり卑しき身分の者であったかと見限った。

翌日、舅の鍬右衛門がやってきて、娘とともに腹を立てた様子で離縁状を作り、村太郎も継母の元で育てられるのは不憫であると実家へと連れ帰ったため、光村はますます呆れ果てた。

そして小絹の使っていた衣服や手道具を残らず彼女の家へ送り、下々の卑しき者の心はこうも歪んでしまうのかと嘲った。

❖十三 小絹の覚悟

それから四、五日が過ぎ、夜中になって密かに家の門を訪れる者があった。光村が出て見ると、鍬右衛門の遣いであり、文箱と葛籠、香箱、晒しの白帷子[*1]をそれぞれひとつ置いて帰って行った。

光村は合点が行かず、急いで文箱を開くと、一通の文と一束の黒髪があった。

まず文を読むと、表紙に小絹の自筆で「三浦太郎光村様参る小きぬ」と記されていた。

光村ははっと驚き、どうして私の名を知ったのか、これは一大事だと文を開くと、そこにはこう書かれていた。

「多くの憚(はばか)りがありますが、文にて一通りの私の心底を書き残させていただければと思います。そもそも私は、あなた様をそのような高貴な方とは露知らず、しばしの間連れ添わせていただいたこと、誠にもったいないことであったと存じ上げます。あなた様がこのたびお連れしたお方は、三浦の前司安村様の姫、八重機様、幼い方はお二人の間に誕生した若君であること。かねてから由緒のある方だとは気づいておりましたが、先日寝入ったふりをして、お二方の語る話に耳を傾け、大変驚いたのです。お亡くなりになった十作殿が私に伝えてくださらなかったのは、深き考えがあってのことと存じます。さてこのたび、鎌倉より数多の武士が下り、もし外に漏れては一大事と、父、鍬右衛門がわざと武士らに訴え、私と村太郎とを八重機姫様と八つ若様の身代わりとして差し出しました。私たちは今日、首を打たれ、父の元に渡されます。父はもともと武士であった人で、八つ若様の乳母の兄であり、柏木は私の叔母であったのでございます。その叔母も道中にてお亡くなりになったと聞いております。ただただ不幸な巡り合わせであったろうと存じます。そうであれば、あなた様方三人は、我々の主人でありますから、忠義のために親子二人の命を差し上げます。このことをお伝えし、暇乞いをしたいとも思いましたが、もしお止めになられたらと思い、わざと悋気(りんき)して親里に帰り、命を果てたのです。これまで露ばかりも機嫌を損なわなかったのに、最後の最後に怒りの体を見せてしまったこと、これは黄泉路(よみじ)の障りでございます。心にもないことを申し上げてしまい、幾重にも御許しを願い上げる次第です。親子は身代わりとなり、鎌倉武士を欺(あざむ)き、かの地へとあなた様方をお帰しできれば、当分御身に心配することはなく、あなた様方が何者か、容易に悟

＊1　晒しの白帷子…麻・絹などで織った白地の単衣。七夕や八朔(はっさく)（陰暦八月一日）の頃に着る習慣があった。晒しはそれがそのままの状態になっていること。

られることはありますまい。早く御支度なさいませ。何方へもご出立なさってください。御家再興の後、御運が開けしあかつきには、八重機姫様と千年も万年も御連れ合いなさってください。私の子とは、冥土にいる側女とでも思し召しくだされば、冥加に余りてありがたく成仏いたします。私の亡骸は御目にかけるも恥ずかしく、恐れ多いので、すぐに野辺に送っていただくよう、父に頼んでおります。村太郎のことは腹は賎しいといえども、殿の胤でありますから、名残のために骸を葛籠に入れ、密かにお送りさせていただきます。わずか三歳の幼き身で、母と一緒に冥土の旅に赴くこと、不憫と思し召してくださいませ。この香箱の中の香は、私が幼き頃より授かったものでございます。人は死して未だ生まれ変わる場所が定まらぬ内は、中有とやらで迷うのだそうです。中有には食物もなく、ただ香を食し、それゆえに中有の総名を食香とやらと申すこと、かねてから聞いておりました。恐縮なことですが、あなた様の手で香を焚き、一遍の御回向してくだされば、私のための百味の飲食が、村太郎のための乳ともなりましょう。また、この白帷子は私が幼いとき、盆踊りに着た単衣にて、未だ着られるものでありますから、縫い縮めて村太郎に着せましょうと思って置いておいたところですが、経帷子*1になるとは思いもよらぬことでした。この帷子にてあの子の骸を御包みなさって、私と同じ穴に葬ってくださいませ。そしてこの黒髪は、私が日頃大切に伸ばした髻*2にございます。恐れ多いことですが、これを形見としてくだされればと思います。村太郎は最後の時、母と一緒に極楽というところに行くのだよ、と聞かせたところ、無邪気に父様も一緒に、と言ってあなた様を慕い、私が言ったことも三歳の子にしては珍しくよくわかり、小さな手を擦り合わせて拝み、回らぬ舌で念仏を十遍ばかり唱えておりました。そしてさあ母様、極楽とやらに早く早く行きましょうと申して、最期を急いでおりました。栴檀は双葉よりも芳しく*3、さすがはあなた様の子と、とても悲しく思った次第です。八重機姫様へも申し上げたいことがさまざまにあり、名残惜しさに涙が先だって心も心なりません。

しかし最期を急ぐので、申し上げたかったことを海山のように残して、参ります。かしく[*4]」

光村と八重機姫はこの書を代わる代わるに読んで、小絹の心底に感じ入り、急いで葛籠を開けて傾けると、まず玩具の達磨、犬の子が転がり出て、無惨な村太郎の首のない赤く染まった骸が出てきた。

八重機姫はこの骸を抱きしめ、「不憫な身の果てです」と泣き焦がれ、光村もまた、哀切の悲しみにむせび泣いた。

八重機姫は言う。

「どうぞ未来は、極楽浄土に生まれて、長生きするように願います。やっとこの頃歩くことができるようになった小さな足で行く死出三途の暗い道を、母と一緒に迷わぬように御救いなさってくださいませ。南無阿弥陀仏、南無阿弥陀仏」

光村もまた、言う。

「一重積んでは父の恩、二重積んでは母の恩と、賽（さい）の河原で迷っているのだろうか。可哀そうに、可哀そうに」

その時、鍬右衛門がやってきて、小絹の去り状を差し出して言った。

「せめて、あいつが冥土にまで行って果たそうとした願いを叶えるため、この離縁状を共に荼毘（だび）に付し、二世の縁を再びつないでくださいませ」

＊1　経帷子…仏教における葬儀で死者に着せる白い着物。
＊2　髻…髪を頭の上にたばねたもの。
＊3　栴檀は〜…ことわざ。大成する人物は幼いときから人並みはずれてすぐれたところがあるというたとえ。栴檀（せんだん）は、発芽して間もない双葉のころから早くも香気を放つ。実の生る木は花から知れる。
＊4　かしく…女性の手紙の末尾に用いるあいさつの語。かしこ。

八重機姫はこれを聞き、答える。

「今世の妻は私ですが、来世は小絹様を妻とするよう仏様にお願いします」

「そのお言葉が、娘のためには千僧供養(せんそうくよう)の読経にも勝ります」

これはもっともなことだと光村は考え、その離縁状を火で燃やし、その夜、鍬右衛門とともに密かに村太郎の骸を小絹の望みの通りに、香を絶やさぬようにして葬(ほうむ)った。

類稀なる親子の忠義に、私が家を再興したら、厚く恩賞を与えようと、光村はただ感涙を流すばかりであった。

❖十四　鶴の羽衣

ここにまた、安達郡の安方村(やすかた)*1に卯藤次(うとうじ)という山賤(やまがつ)*2がいた。

父母ともに長寿であったがすでに死んでおり、今は一人で貧しく住んでいたが、類稀な孝行息子で、父母が生きていた頃は食べ物も食べず、着物も着ず、昼夜に渡って仕事をして両親を養い、開けても暮れても孝行した。

父母が亡くなった後も、命日になれば墓に参り、過剰ともいえる布施(ふせ)をして、その霊魂を祀り、慈悲、善根をもっぱらとしていた。

そんなある日、父母の墓に参った帰り道、ある田んぼのあぜ道で一羽の雌鶴(めづる)が倒れていたので、近づいてよく見ると足に黄金(こがね)の札が付いていていた。

それには「源頼朝(みなもとのよりとも)、これを放つ」と書いてあり、卯藤次にも以前聞いた頼朝公が鎌倉の由比浜(ゆいがはま)で千羽の鶴を放ったうちのひとつか、ということがわかった。

鶴は鷹などに蹴(け)られて傷を負っており、不憫なことだと思った卯藤次はこの鶴を抱いて帰り、餌(えさ)を与え、心を込めて世話をした。

「もう大分羽が生えそろった。そろそろ古巣へ返してやろう」

一カ月ばかりすると傷が癒えたので、鶴を逃がしてやると、とても嬉しそうに三度卯藤次の方を振り返りながら、空高く飛び去った。

さて、ある夜のこと。柴でできた卯藤次の家の戸を叩く者があった。

「誰だ」

そう言って戸の外に出てみると、花のように美しい手弱女(たおやめ)が立っていた。

卯藤次は訝(いぶか)しがり、「どなたか」と問うと、女はこう答えた。

「私は、かねてからあなた様の許嫁(いいなずけ)であった小谷(こたに)という女でございます。今までは外が浜(そとがはま)[*3]におりましたが、父母が亡くなって身を納める場所もなく、あなた様がここに住んでいるということをかすかに聞いて、やっと参ったのです。幼き頃の許嫁であるため、きっと顔も覚えてはおりませぬでしょう。その証拠をお見せします」

そう女が差し出す一通の文を見れば、卯藤次の父が自筆で書いた結納の目録である。これは疑いようのない親の許しを得た妻であった。

貧しさを厭(いと)わず、共に家業を営んでほしいと留めると、小谷は大変喜んだ様子で、二人は夫婦となった。

＊1　安方村…不詳。
＊2　山賤…山里に住み、山仕事を生業とする身分の低い人。
＊3　外が浜…現在の陸奥(むつ)湾の西側にある青森県東津軽郡及び青森市に相当する地域。

小谷は一人で毎日三十反ずつ細布を織り、卯藤次がこれを狭布の里[*1]に持ち出して商売すると、日々高く売れ、次第に貧しさを忘れるようになり、喜ぶことは限りなかった。

しかしながら、小谷が一人の手で毎日三十反もの布を織っていることを卯藤次は怪しむようになった。小谷は布を織る時、一間に籠って夫にも織るところを見せなかったので、卯藤次はとにかく気になって月日を送っていたが、ある時、小谷が懐から落としたものを見ると、黄金の札であった。

卯藤次がこれについて妻に尋ねる。

「これはどうして持っているんだい」

すると小谷は急いでその札を取って懐にしまい、一間から見慣れない織物を持ち出して、卯藤次に言った。

「今は何を包み隠すことがございましょう。私は、実は人間ではないのです。先だって御恩を受けた雌鶴の化身でございます。その恩返しのため、しばらくあなた様の妻となり、貧苦をお助け申し上げたのです。この織物は鶴裳といい、俗に鶴の毛衣と申すものです。これを衣服として着れば、いかなる邪神妖怪であろうとも害をなすことはできません。さて、近々あなた様のご主人がこの場所に来るでしょう。その時、この毛衣を用いれば難儀をまぬがれましょう」

そう言って衣を卯藤次に渡し、続けて言う。

「さて、あなた様は末永く富貴の身となり、長寿を保つでしょう。これは私によるものではありません。あなた様の孝行、慈悲の心を尼が憐み、幸いをお与えになったのです。名残は尽きませぬが、我が身は鳥類にて、長く人として住むことはできませぬ。古巣に帰ります」

そうさめざめと泣くも、すぐに鶴の姿となって名残惜しげに振り返りつつ、空高く飛び去った。

❖十五　袖萩が卯藤次を訪ねる

その頃、袖萩の二人の子どもの孝行にもまた天の憐みがあったものか、袖萩の病は全く癒えて、立つことができるようになり、歩くことも以前より達者となった。特に父母の情けにより数多の金子を貰っていたため、金に困ることもなく、二人の子どもとともに武蔵国で三年を過ごし、義父軍記の仇を尋ねたが、全くわからなかった。

そこで奥州に下り、以前召使いであった卯藤次の家を訪ねた。

卯藤次は前に玉縄軍記に若党として仕えていたが、父母が老年となったため暇を取って実家に帰り、久しく鎌倉の様子も聞いていなかった。そのため、思いがけぬかつての主、袖萩親子の来訪に大いに驚き、「いかがなさったのです」と尋ねると、袖萩は三浦の家の滅びたこととその理由、そして生駒之助の最期について詳しく語った。

「何とかして軍記様の仇を討ちたく、そなたを頼りに来たのです」

卯藤次はこれが小谷の告げた言葉に違いないと思い、かつての主に言う。

「及ばずながら、私はも力となりましょう。敵を探し出して討ってみせましょう。このようなあばら家ですが、しばらくここで時節をお待ちなさいませ」

＊1　狭布の里…現在の秋田県鹿角市十和田錦木地区辺り。この場所には錦木塚という塚があり、錦木伝説と呼ばれる伝説が伝えられ、鳥の羽を混ぜた織物が登場する。世阿弥の謡曲『錦木』の元になったことでも有名。

そう親切にすると、袖萩は大いに力を得て、しばらく卯藤次の元に留まることとした。

この時小君は十四歳、清童は七歳になっていた。

❖十六 安達ヶ原の鬼婆

安達郡安達ヶ原には黒塚明神という大きな古い社があったが、近頃、そこに邪神が住み着いたという。

その邪神が人に憑いてこのようなことを言わせた。

「これからは人身御供を供えよ。もし神慮に背けば、村々に災いをもたらすだろう」

里人は驚き、恐れて人身御供を始めたが、邪神は美しい若い女を好み、その心に叶う女の家の軒に白羽の矢を立てた。その矢筈に女の名が書いてあり、人身御供とすべき娘の印となった。

もしそれを無視すれば、さまざまな怪異が起こり、大勢に難儀が及ぶため、その矢の立った家では親兄弟は嘆き悲しみつつもどうしようもなく、その娘を生贄に供えた。

さて、その白羽の矢が卯藤次の家に経ち、矢筈には「小君」という名が記されていた。袖萩は嘆き悲しみ、卯藤次は驚き、これはどうすべきかと考えた。

里の人々は卯藤次の家に白羽の矢が立ったことを聞き、集まってきて、「娘さんを生贄に供えなされ」と口々に告げた。

袖萩は気が狂ったようになり、泣き叫ぶ。

「どんな目に遭おうとも、娘を渡すことはできません」

里の人は言う。

「その嘆きはもっともなことだが、神慮に背けば大勢が犠牲になる。大勢と一人とは代えがたいのだ。聞き分けてくれ」

これを見た卯藤次は思う。小谷が主人の難儀を救えと鶴の羽衣を渡したのは、この時のためではないかと。

卯藤次は泣き伏せる袖萩を宥(なだ)め、羽衣のことを耳打ちし、何とか納得させた。

そして里の人々が集まって小君に湯あみさせ、生きたまま白木の神輿に乗せ、大勢でこれを担いで黒塚明神の社へと急いだ。

そもそも安達ヶ原というのは、寒林に骨を打つ霊鬼、深野に花を供(そな)える天人がいるような、風がひょうひょうと吹き渡る荒野であった。

たまに見えるのは松の老木、己(おのれ)の気ままにまとわりつく蔓(つた)は逆立つ鱗のようで、どこの匠(たくみ)が青龍の形を削り出したものかと、怪しむほどの形である。

黒塚明神というのは、大社ではあるが年を経ており、邪神が住むと言われて守る者もなく、社は崩れかけており、草は深々と生え、苔は生し、ひどく不気味な雰囲気である。

里の人々は神前に輿(こし)を置いて帰ったが、夜中になって社壇がしきりに鳴動し、蔀(しとみ)[*1]の破れたところから恐ろしい大蛇が首を出し、両眼を光らせて紅の舌を見せている。

やがて社壇の扉が開き、大蛇が躍り出てて棺にぐるぐると巻き付いたが、輿を内から破って現れたのは小君で

＊1　蔀…格子を取り付けた板戸。

そも〳〵あづちがもちいたる家の秘とゝろ
れいきあんやの秘とゝろまる天人あまくだる
ひろの中そまれにくゆうんおい木のまつあのかきまく
にまさりかゝるみさきうつろそのさとく〱いづ星の
たゝふるさいゆうりのさちとかうふせし〱うく
おゆ〳〵むかしのところあり文くらゝ妖怪じんを
いふいさし〱やあれとも〱ひき〱く邪神すむと
いひつたへてまかりる人のくずれまでいれくるし
くさふくこけむしてさものゝさとそえゆゝるあり
さてさとくのあんぜんにて〱とうれさをへて
うつりゆるかやりんのこしまやぶん
あゆりにめのごしあとくゝの
ゆふれどるところくりさも
よきるどれ大じやらびを
さ〱いづ〱口寄うがんと
いのりし気みるのあさを
まれいぶ〱ならやがて
あやだんのやらひ〱
ひらけてたじや
おとゞりいでひつきを
ぐるくとまうえかゝ
そのやえに〱と
うちよりめりくと
ゆりておどりいで
さらみわさとふれ
あらそふ卯蔵にあり
これぞですれと
いひあはせさと人と
あざむきゆきゝが
ゆそでとゝにまよひ

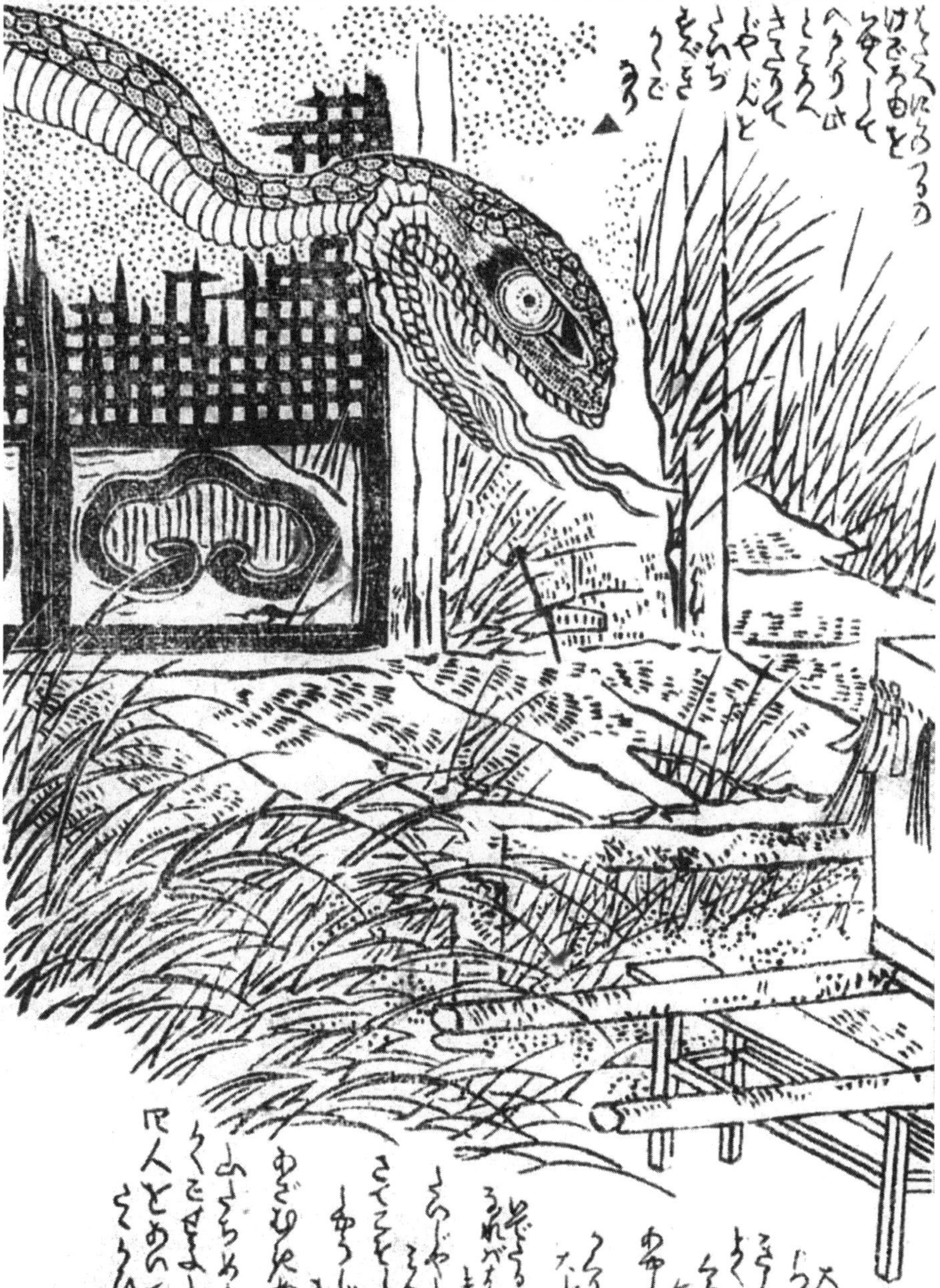

黒塚明神に住み着いた大蛇

はなく卯藤次であった。

これは袖萩と事前に相談し、里の人を欺(あざむ)き、小君の小袖を卯藤次が身に纏い、肌の上にはあの小谷が残した鶴の毛衣を着て入れ替わり、邪神を退治する心づもりであったのだ。

こうして卯藤次は鉞(まさかり)[*1]を振り上げて大蛇を斬ろうとしてよく見ると、黒装束の怪しい者たちが四人、作り物の大蛇を操っているようであった。それが暗夜(あんや)であったため初めは本物の大蛇と見えたのであった。

「さてはここにいたのは邪神ではなく、正直な里人をだまし、女を奪う山賊だったのか、覚悟せよ!」

そう叫び、卯藤次は四人を相手に戦いを開始した。

四人の曲者たちは卯藤次に敵わず、社の中へと逃げ込むが、卯藤次は後を追って社に入り、内陣(ないじん)に垂(た)れた破れ御簾を引きちぎった。すると身に綾羅の五つ衣を纏い、緋の袴を着た白髪の老女が緋色の扇をかざして二畳台の上にすっくと立ち、卯藤次をきっと睨みつけた。これには勇気たくましい卯藤次もその迫力に恐れをなし、五体は竦んで近寄ることもできない。

老女が御簾に掛けた鈴を振り鳴らすと、左右の蔀が押し開かれ、先の四人を始めとして怪しい曲者が大勢やってきて、刀を振り回して躍り出た。

曲者たちが刀の切っ先を揃えて卯藤次に斬りかかれば、さすがの卯藤次も多勢に無勢で敵わず、ついに討たれようとしたとき、遥か遠くの山から数多の矢が飛んできて曲者を一人残らず射抜いた。

老女はこれを見て、自ら薙刀を打ち振って外に出ようとしたところ、綾藺笠(あやいがさ)[*2]を被り、鹿の皮の行縢(むかばき)を付けた狩装束の武士が一人、重藤(しげどう)の弓を携え、松明を照らしながら静かに入ってきた。

火薬を手に取り松明に注ぐと、たちまち狼煙（のろし）となって立ち上る。鐘や太鼓が打ち鳴らされ、鬨（とき）の声がどっと上がり、山も崩れるばかりである。

大胆不敵の老女もさすがにあきれるばかりの様子であるが、綾藺笠の武士は老女を睨み、言う。

「汝、我を忘れたか。我は三浦太郎光村なり。父、安村の実母と偽ったお前の一言により、我々親子は無実の罪に問われ、家を滅ぼされた。特に母は汝のために非業の死を遂げたこと、ひとかたならぬ我が敵よ、本名を知らねば仇討も叶わぬ。早く名乗れ」

直後、秋田城之介の家臣、謙杖左衛門直方が同じく狩装束を纏い、数多の勢子の姿をした兵士を連れてやってきた。

その時、謙杖左衛門が言った。

「老女よ、汝が邪神と偽り、この古社に住んでいると鎌倉に知らせがあり、主君の秋田城之介殿の厳命を蒙り、当国に下り、光村殿と心を合わせ、狩りをすることを決めた。すでに我々は当社を取り巻いている。もはや逃れる道はない。覚悟せよ」

これに老女は血走る目をくわっと開き、白髪は逆立ち、牙を噛み、拳を握って叫んだ。

「ああ悔しい！　残念じゃ！　かくなる上は何を隠そう、那須野の原の蝮婆とは世を忍ぶ仮の姿、まことは北条

＊1　鉞…大型の斧。

＊2　綾藺笠…藺草（いぐさ）を綾織りに編み、裏に布を張った笠のこと。

時頼のために滅ぼされた北条光時の妻、岩手（いわて）[*1]とは我のこと！　我は金毛九尾狐の神通力（じんずうりき）を借り、まず狐が恨んでいる三浦の一族を滅ぼし、次に時頼を討って夫の仇を報い、最期には鎌倉の武将を殺して平政子（たいらのまさこ）[*2]の例に倣って、我も尼将軍となって天下を掌握しようと思うていたのだ。そのために官服を着て当社に籠もり、野武士、山賊を数多に味方に付け、狐の神通力により邪神と偽り、人身御供によって美しい女を供えさせ、遠国に売り渡して軍用金を集めていたのに、途中で露見してしまったのは口惜しや！」

ここで卯藤次は気づく。

「さては、お前こそ我が主人、玉縄軍記を討った者に違いない。死骸の傍に落ちていた光時の家系図、それがその証拠だ」

そう懐から一巻きの巻物を取り出し、見せれば、老女は苦々しげな顔をした。

「その一巻きが匹夫（ひっぷ）の手に渡るとは我が運命も尽きたということか。玉縄軍記はもちろん、敷妙も我が殺したのだ。この上は生まれ変わってでも世を乱さずにいるべきか」

直後、岩手が剣を抜いて自分の腹へとぐさりと突き立てれば、不思議なことに傷口から九尾の狐が現れ、卯藤次、光村、謙杖左衛門へめがけて飛び掛かろうとした。しかし光村が鏡の宮で授かった幣束を打ち付けると、狐は身を翻（ひるがえ）して那須野のほうへと飛び去った。

このことは袖萩の耳にも届き、彼女が小君と清童の二人を連れて古社に到ると、錦木村の庄屋鍬右衛門も八重機姫と八つ若を連れてこの場所に来ていた。

みなが寄ってたかって老女を一太刀ずつ斬り、仇を報うと、後には膾（なます）のようになった老女の亡骸が残った。

そして光村がその首を落とし、一同は秋田城之介である安達義景の陣所に集まれば、義景は大いに喜び、みな一同を伴って鎌倉に帰り、北条時頼の元に老女の首を実検（じっけん）に供えた。

義景が安村父子は無実の罪を被ったことに相違ないと藤原頼嗣卿に申し上げたところ、了承があって光村には元のように領地が与えられ、三浦の家を再興できたことに喜ぶこと限りがなかった。

そして光村は鍬右衛門の忠義に感動し、数多の田地を与えて郷士（ごうし）とし、袖萩親子の孝行を賞して清童に家を継がせ、卯藤次の忠義を賞して武士に取り立て、父、安村夫婦を始め、非業の死を遂げた人々の霊魂を厚く弔（とむら）った。

「陸奥の安達ヶ原の黒塚に鬼籠れり」と人々が言い伝えるのは、この老女のことであるという。

この時、袖萩、卯藤次の忠義について申し上げ、卯藤次も鶴の毛衣の由縁（ゆえん）を放したところ、義景は不思議なこともあるものだと感嘆したという。

＊1　岩手…この物語における架空の人物。モデルは福島県二本松市に残る伝説に登場する鬼婆、岩手。安達ヶ原の鬼婆などと呼ばれるこの老婆は、旅人をもてなすふりをして旅人を家に泊め、寝入ったところを殺して食っていたという。またかつては京都の人間であったが、自分が世話をしていた主君の娘の病を治すのに胎児の生き血、もしくは生き胆が効く、という話を聞く。岩手には自分自身の娘もいたが、その幼い娘を置いて奥州安達ヶ原に赴き、妊婦が自分の家を尋ねるのを待っていた。それから長い時が経ち、ついに妊婦がやってきたので、喜び勇んで殺害すると、その妊婦はかつて自分が実の娘に与えたお守りを身に着けていた。それで都に残してきた実の娘を殺したことに気づいた岩手は精神に異常をきたし、人を襲う鬼婆と化したという。

＊2　平政子…生年一一五七年、没年一二二五年。源頼朝の正室であり、北条時政の長女。頼朝の死後尼（あま）となり、子の頼家、実朝（さねとも）を将軍としてその後見となった。実朝暗殺後は京都から九条頼経を四代将軍に迎え、自ら後見として幕政を司り、執権政治を確立して尼将軍と呼ばれた。

蝮婆を退治する光村、卯藤次、謙杖左衛門

❖十七 おわりに

この物語は、狂言綺語（きょうげんきご）の空言であるが、生駒之助の忠義、袖萩の貞節、小君と清童の孝行、鍬右衛門、小絹親子の忠義、その理は現実においても違うものではない。

一度難儀に遭い、零落しても、再び運を開くこと、これは忠孝貞節の功徳によるのだ。みな人が励むべきは忠孝貞節の道なのである。

善を積む家には余りある喜びがもたらされ、悪を積む家には余りある災いがある。この言葉を忘れないようにするべきだ。

白面金毛九尾の狐は、鏡の宮の幣束を恐れ、那須野の原に飛び帰った。しばらく殺生石に隠れていたが、再びまた現れ、さまざまな妖異をなした。しかしついに源翁和尚の大徳によって成仏得脱（じょうぶつとくだつ）をなすまでのこと、全部で九冊の絵草紙として、『糸車九尾狐』続編[*1]として来春お目に掛けられればと思います。めでたし、めでたし。

＊1 『糸車九尾狐』続編…物語はここで終わっており、続編が書かれた記録はない。

『那須記』

（戦記物語）

❖巻四

一、頼朝公那須野御狩

建久四年（一一九三）三月、右近衛大将である源頼朝の前に那須太郎資光がやってきて、畏まって申し上げた。

「私の領地である那須野にここ数年たくさんの狐が棲みつき、人々を悩ませています」

そうして資光が話し始めた。その内容は以下のようなものである。

この頃、天皇は七十四代天皇の鳥羽院の十七人いる子の内の一人、近衛天皇であった。この時代には怪異がたびたび起きた。

まず久安元年（一一四五）七月二十二日、大彗星が現れ、激しい天変が起きた。安倍泰成が命を受けて祈り祭ったところ、天下は安寧となった。

また仁平三年（一一五三）に鵺という怪鳥が御殿の上を飛び、黒雲の中で火炎を吐き、悲しげで恐ろしい声を発した。このため源頼政が命じられ、これを射落とした。

その頃、内裏に玉藻前という美女がおり、鳥羽院に寵愛されることは限りなかった。しかし玉藻前は白狐の化身であり、三国を回って王法を傾けてきたが、本朝においては安倍泰成に調伏されて正体を現し、那須野に逃げた。

その地において数多の人民を殺害したが、資光の祖先である須藤貞信*1がこのことを奏上し、三浦介義純と上総之介広常という武士を借り受け、那須へ向かった。

そこで貞信が案内となり、数万の勢子（せこ）を率いて狩りを行ったところ、二十尋（ひろ）（約三十六メートル）の狐が出現した。

狐はさまざまな姿に変化し、矢のように早く動き、三国無双の妖怪変化であるために貞信らは敵（かな）わなかった。

そこで三浦介、上総介らは百日間に渡って犬を射る鍛錬を行い、再び那須野に入った。すると上総介の馬の尾（お）筒（づつ）[*2]に毬（まり）のようなものが取り付き、馬を引いて後ろに二、三歩下がらせたため、後ろにいた三浦介がこれぞ化生（けしょう）だと弓を構え、射った。

すると毬は消え、直後に出現して貞信の馬の首に取り付いたので、馬が暴れ出した。

貞信は代々伝わる小尻通（こじりどお）しという太刀を抜き、切り払うと、毬はまたも消えてしまった。

その時、蜘蛛（くも）の張った六間（けん）（約十メートル）ほどの大きさの巣に、鳩ほどもある蜂が飛んで来て絡まった。蜘蛛はすぐに蜂を食おうとしたが、貞信は弓の端を使って蜂を巣から逃し、助けた。

それからしばらくして、一人の童子が貞信の元に来て言った。

「我が家はこの岩窟にあります。お入りいただければ、宝をお渡ししましょう」

そこで貞信が童子の後について行くと、広殿楼閣（こうでんろうかく）[*3]があった。これは玉藻の棲み処（すみか）ではないか、幸先がよい、と貞信が考えていると、中から老翁が出てきて「先ほど、我が子を助けてくれたことに礼をさせてください」と言っ

＊1　須藤貞信…生没年不詳。平安時代の武将。藤原道長の子孫であり、那須与一で有名な那須氏の祖とされる。元は藤原資家（すけいえ）という名であったが、岩嶽丸という鬼神を討ち取ったことで、下野国那須郡を賜り同地に下向、そこで須藤権守貞信と称する。また、その後神田城を築き、初代城主となった。

＊2　尾筒…馬の尾にかぶせる袋。

＊3　広殿楼閣…大きく、豪奢な建物のこと。

て、鏑矢（かぶらや）*1を渡した。

貞信はこれを受け取り、武士の重宝であると喜んで帰ったところ、前と同じように毬のようなものが馬の頭に付いていた。

そのためこの鏑矢を毬のようなものに向かって放ったところ、毬はふたつに分裂して落ち、中から野干（やかん）が出現した。

野干は炎を吐きながら三浦介に飛び掛かるも、三浦介はわかっていたとばかりに矢を構え、ひょうと射った。

この矢は野干の体の真ん中に刺さったかに思えたが、野干の体をすり抜けるようにして谷を隔（へだ）てた向こうの山に突き刺さった。

そこで三浦介が次の矢を番（つが）えようとしていたところ、上総介が先に矢を放った。この矢は野干に当たらず、やはり山に刺さった。

しかし次に上総介が放った矢は野干の眉間に当たり、野干は怒り狂って飛び掛かってきた。

三浦介は鎌倉の方を向いて南無八幡大菩薩（なむはちまんだいぼさつ）*2の力を借りるために祈り、そして言った。

「草も木も、我がすべらきの国なれば、いずれがきつ（狐）の棲み処なるべき」*3

野干はこの歌の真意を知り、恐れた様子を見せたが、たちまち大石と化して元の姿は消えてしまった。

それ以来、鳥や獣がこの石に触れ、死ぬことが多発するようになった。よって人々はこの石を殺生石（せっしょうせき）と呼ぶようになった。

話を終え、資光は頼朝にこう告げた。

「それから当年まで、三十九年が経ちました。今、また多くの民を悩ませているのもこの狐の類かと思われます。願わくばこの狐を狩り、国民の憂いをお救い給いたく存じます」

頼朝が答える。

「私も那須野で狐を狩ろうと思っていたところだ。神妙な申し出だ。来月野遊＊4がある。急ぎ本国に帰り、その経営を仕れ」

「畏まりました」

資光はそう言って下野に帰り、ただちに国中にこのことを知らせると、人々が集まってすぐにその用意をした。

十五日になり、源頼朝が部下の武士たち、和田義盛＊5、梶原景時＊6を連れてやってきた。

＊1　鏑矢…鏑をつけた矢。射ると大きな音響を発して飛ぶ。鏑は射たときに鳴るように仕掛けた卵形の装置。

＊2　南無八幡大菩薩…南無は絶対的な信仰を表すために唱える語。八幡大菩薩は八幡神のことで、神仏習合により八幡神の本地を菩薩としたための呼び名。源氏の守護神が八幡神だったことから、武士が戦勝祈願のためにこの言葉をよく発した。

＊3　草も木も～…『太平記』において、藤原千方が操る四鬼を退散させた紀朝雄の歌「草も木もわが大君の国なればいづくか鬼のすみかなるべき」を元にしたものと思われる。

＊4　野遊…野外に出て遊ぶこと。花見や狩りなどを指す。

＊5　和田義盛…生年一一四七年、没年一二一三年。鎌倉幕府初代侍所別当。源頼朝の死後、北条氏と対立。北条義時の謀計により挙兵するも三浦義村の裏切りにより一族ごと滅亡した。

＊6　梶原景時…生年不詳、没年一二〇〇年。鎌倉時代初期の武将。源頼朝に仕えたが、頼朝の死後、三浦義村、和田義盛らの弾劾を受けて鎌倉を追放され、謀反を企てるも敗死した。

「下野那須野で狩りを行おうと思う。急ぎ用意をせよ」

そう頼朝が告げると、義盛と景時はそれを了承して信濃国（長野県）の御家人等を那須野へ来させるよう命じた。

これに応じて人々が那須野へ向かった。

二十日、諸国の狩猟が禁じられ、将軍家は那須野へ出陣したところ、信濃国の三原らの武士が狩倉[*1]を賄うためとして出発した。

集まった武士たちは数多に及び、二十五日、頼朝は武蔵国の入間川[*2]に到着して、部下に追鳥狩[*3]をさせたところ、藤沢次郎清親[*4]という者が日頃からの百発百中の腕前を見せ、五羽の雉、二十五羽のうぐいを射止めて見せた。

頼朝はこれに感激し、自身が乗っていた一郎と名付けた馬を彼に与えた。

頼朝の先祖である源頼義[*5]もまた、清原武則[*6]という人物が一本の矢で鳥の両翼を射抜いたことに感激し、馬を賜ったという。その話を思い出すことだ。

やがて四月二日になり、那須野に辿り着いた。その夜から勢子を分け、小山朝政[*7]、宇都宮朝綱[*8]、八田知家[*9]に各千人ずつ配置し、武田、小笠原、渋谷、糟屋、土肥土屋、岡崎に五百人ずつを配置。松田、川村[*10]にも三百人も配置した。

それぞれが思い思いに出立し、その勢子の総数は十万人に及んだという。

那須野は広いといえども、人馬が満ちて隙間はない状態だった。資光は駄餉[*11]を献じたが、弓と馬の名人であるということで、射手に加わることを提案された。

しかし資光は考えがあってこれを辞退し、自身の家の郎党を連れて那須野に向かい、狩場の様子を見ると、四方に人馬が充満して騒動していた。

しかし宇都宮と資家は山の地理をよく知っていたため、岩を伝い、谷を越え、山頂から攻めた。

多くの獣たちが山を下り、勢子の軍勢を破って逃げようとするが、資光らが追いかけて打ち殺す。この時、一丈（約三メートル）ばかりの大熊が現れた。その背には柏の木が生え、苔が生していたが、目は満月のように光り、勢子に猛り狂って暴れ回る。

＊1 狩倉…狩蔵とも書く。領主の独占的な狩猟区域で、所領内の狩猟に好適な山や野を選び、四至を定めて囲いこんだもの。

＊2 入間川…埼玉県の南西部を流れる荒川最大の支流。

＊3 追鳥狩…雉、山鳥、鶉などを勢子などに追い立たせ、狩りをすること。

＊4 藤沢次郎清親…生年九八八年、没年一〇七五年。源頼信の子。平忠常の乱、前九年の役などで武功を挙げ、東国に源氏の基盤を築いた。

＊5 源頼義…生没年不詳。平安時代後期の豪族。前九年の役にて源頼義に援軍の要請を受け、一万余りの軍を率いて合流し、一二年に及んだ前九年の役を終結させた。その功績により鎮守府将軍に任じられ、奥州における清原氏の基盤を築いた。

＊6 清原武則…生没年不詳。平安・鎌倉時代の武将。源頼朝に仕えた。保元・平治の乱や建仁の乱で活躍したという記録が残り、弓の名手として有名だったという。

＊7 小山朝政…生年一一五五年、没年一二三八年。平安・鎌倉時代の武将。源頼朝に仕え、一ノ谷の戦いなどで活躍した。

＊8 宇都宮朝綱…生年一一二二年、没年一二〇四年。源頼朝に仕えた。奥州合戦にて戦功を挙げるが、押領の罪を問われて一時土佐に配流。その後許されて下野国大羽にて出家、隠居した。

＊9 八田知家…生没年不詳。平安・鎌倉時代の武将。源頼朝に仕え、奥州合戦で東海道大将軍を務めた。次の源頼家の代には宿老として幕政を助けた。

＊10 武田、小笠原～松田、川村…那須野周辺の地名。

＊11 駄餉…本来は〈だしょう〉と読み、馬につけて送るかいばをいったが、平安・鎌倉時代以降は通常〈だこう〉〈だごう〉と読み、外出先での食事を指す語となった。

勢子たちは逃がすまいと取り囲もうとするが、敵わない。資光はその様子を見て三人張りの弓に矢を番えて放った。

この矢は熊の眉間に突き刺さり、弱ったところを角田（かどた）という武士が駆け寄って打ち伏せ、刀を刺して止めとした。

その時、五尺（約一・五メートル）ほどの野狐が二匹飛び出してきた。

毛は白にまだら模様があり、目は赤く太陽や月のように光を放っている。牙（きば）は上下に食い違い、口を開いて吠えると火炎を吹くかのように黒雲のごとき息を吐く。

資光らが討ち取ろうとするが敵わない。逆に野干は資光の胸に食いつこうと飛びかかる。そのため資光が切り払うと、一匹が岩に上ろうとしたため、前足に向かって刀を振り、斬り落とした。狐は足元に伏せるようにして動かなくなった。

そのため残った狐はより怒り、三浦介の勢子の軍を破って走り出したところを和田義盛が射った。この矢は狐の体の真ん中を貫き、それでもなお狐は義盛を食おうとするも、朝井三郎（あさいさぶろう）[*1]という者が取り押さえ、口の上下をつかんで引き裂き、義盛に死骸を献上した。

義盛はこれを郎党に運ばせ、頼朝に献上したところ、頼朝は喜び、言った。

「日本無双の野干である。玉藻の化生とはこれのことだろう。この狐に従う野干はまだいるはずだ。しかしながら、みな驚いて原野や岩窟に隠れていると見える」

そして一首歌を詠んだ。

「武士（もののふ）の矢並（やなみ）つくろふ籠手（こて）の上に霰（あられ）たばしる那須の篠原[*2]」

（那須の篠原で武士が矢の並びを直している。その籠手には霰が降りかかり、飛び散っている）

その時、資光が打ち取った野干と大熊を頼朝の前に持ってきて見せたところ、頼朝はやはり限りなく喜んで言った。

「先ほどの義盛と同じぐらいの手柄である。感動した。このたびの忠節により、源氏の白旗を取らせよう。先例に倣い、那須の武者所に任じる。もし国が乱れる時は、この旗を持って出陣し十分に忠節を尽くすのだ」

資光はこの言葉にありがたしと答え、旗を頂戴したという。

＊1　朝井三郎…不詳。
＊2　武士の矢並つくろふ籠手の上に霰たばしる那須の篠原…本来は『金槐和歌集』にある源実朝の歌。

巻五

一、殺生石のこと

篠原稲荷大明神*1の由来を尋ねると、これは玉藻前の霊魂であり、殺生石の精であるという。昔のことだ。能登国の諸嶽山総持寺*2の峨山和尚*3という人は、博学にしてその徳行は天下に知らぬ者はいなかったため、内裏に呼ばれて祈祷の師となった人物であり、公家から武家に至るまで尊敬しない者はいなかった。峨山和尚は二十五人の弟子の中から器量の優れた者を選び出した。一番に選ばれた大源和尚は寺を建て、普蔵院*4と号した。

二番目に選ばれた通源和尚は庵を建て、妙光庵*5と名付けた。

三番目に選ばれた無端和尚は伝法庵*6を建て、四番目に選ばれた大徹和尚は如意庵*7を建てた。

五番目に選ばれた十峯和尚は洞泉庵*8を建て、これらはみな禅家五流*9の祖となった。

その頃、那須野における玉藻前の成れの果ては、通常は大石の姿で谷に伏せており、その上を飛ぶ鳥類が死なないことはなかった。またある時には一丈（約三メートル）ばかりの大きさの野干となって現れては人を食い殺し、里に出ると美しい女に化けて人々を迷わせた。

*1 篠原稲荷大明神…現在の篠原玉藻稲荷神社。栃木県大田原市にある。

*2 諸嶽山総持寺…現在の石川県輪島市にある寺院。

*3 峨山和尚…峨山韶碩のこと。生年一二七五年、没年一三六六年。鎌倉時代から南北朝時代の曹洞宗の僧侶。比叡山で出家し、当初は天台宗を学んだが、故郷の加賀で瑩山紹瑾の元で修行し、禅宗に転じた。総持寺の二世となって多くの弟子を育てた。

*4 大源和尚・普蔵院…太源宗真のこと。生年不詳、没年一三七一年。鎌倉時代から南北朝時代の曹洞宗の僧侶で、太源派の祖。能登総持寺の峨山韶碩の法を継ぎ、峨山の死後、総持寺三世となった。普蔵院は太源が開創となった塔頭で、総持寺五院のひとつ。

*5 通源和尚・妙光庵…通幻寂霊のこと。生年一三二一年、没年一三九一年。南北朝時代の曹洞宗の僧。十七歳で大光寺の定山を師として出家し、能登の総持寺峨山の元で参禅。多くの優秀な弟子がいた総持寺の峨山和尚の弟子の中でも特に優れた「峨山五哲」の一人。妙高庵は総持寺の住職を輪番で務めた塔頭五院のひとつで、通幻が創建した。

*6 無端和尚・伝法庵…無端祖環のこと。生年不詳、没年一三八七年。南北朝時代の曹洞宗の僧侶。多くの優秀な弟子がいた総持寺の峨山和尚の弟子の中でも特に優れた「峨山五哲」の一人。伝法庵は総持寺の住職を輪番で務めた塔頭五院のひとつだが、創建は無端ではなく同じ峨山五哲の大徹宗令とされる。無端が創建したのは後出する洞川庵である。

*7 大徹和尚・如意庵…大徹宗令のこと。生年一三三三年、没年一四〇八年。南北朝時代の曹洞宗の僧侶。筑前国の妙楽寺の無方宗応に師事した後、能登国の総持寺の峨山韶碩に師事した。多くの優秀な弟子がいた総持寺の峨山和尚の弟子の中でも特に優れた「峨山五哲」の一人。如意庵は総持寺の住職を輪番で務めた塔頭五院のひとつだが、創建は大徹ではなく同じ峨山五哲の実峰良秀とされる。大徹は前出の伝法庵。

*8 十峯和尚・洞泉庵…実峰良秀のこと。生年一三一八年、没年一四〇五年。南北朝から室町時代にかけての曹洞宗の僧侶。多くの優秀な弟子がいた総持寺の峨山和尚の弟子の中でも特に優れた「峨山五哲」の一人。洞川庵は恐らく洞泉庵のことで、総持寺の住職を輪番で務めた塔頭五院のひとつだが、創建は実峰ではなく同じ峨山五哲の無端祖環とされる。実峰が創建したのは如意庵。

*9 禅家五流…峨山五哲が開祖となった禅の五つの流派。太源流、通幻流、無端流、大徹流、実峰流がある。

ある時、那須越後守である那須資世[*1]の長臣、角田庄左ェ門尉総利が鶉狩りをしようと五十余人の部下を連れて那須野に出かけ、鶉や雲雀を狩っていた。

時は明徳元年（一三九〇）正月下旬のことであったが、美女が一人、忽然と狩場にやって来た。総利はこの女を見て追いかけたが、女は生い茂る茨の中に隠れてしまった。そこで数十人の部下を呼んで女を外に引き出したところ、美女は打ちしおれた様子で袂を顔に当て、言った。

「私はふとしたことで国を出てこの場所に迷い込んでしまったものです。顔を晒すのは、恥ずかしくてなりません」

そうひとしおの涙を流す。

総利はこの様子を見て、この女性は心惹かれる人だと思いながら言った。

「どこの国のどなたの息女でありましょうか。お送りしましょう」

「父の名を教え、国に帰るならば、ここまで来た甲斐がありません。私は事情があって都に上ったのです」

そう女が涙を流す。総利はこれを聞き、言った。

「私は未だに妻を持ちません。我が妻となるのはいかがでしょう」

そう近づくと、女は打ちしおれ、総利の袂に縋りついた。これには角田も目の前が真っ暗になり、心も消えてしまうばかりに魅了され、女を抱き留めた。

すると女はたちまち悪鬼の姿に変じ、総利を黒雲に吊り下げ、空へ上ろうとした。

その時、総利は心得たとばかりに三浦家に伝わる太刀を抜き、切り払うと、手応えがあって化生は大声を上げた。

「汝が先祖、三浦介と上総介がこの野を狩り、ついに私は命を失った。その執心こそが今の私です。汝の命を取って鬱憤を晴らそうと思うたが、取り損じたのは無念。いつか本望を遂げましょう」

そう言って化生は虚空（こくう）に飛び去り、消えてしまった。

総利はこれを聞いて、我が命を取ろうとしていたとは思いもよらなかったと天を睨（にら）んで仁王立ちしていたが、やがて馬を引き寄せ、飛び乗って自分の館を目指して帰って行った。

主君である那須資世はこの報告を聞き、総利に言った。

「そのようなことは神に祈るべきであろう。まず鎌倉に注進して参れ」

そのため総利は急いで鎌倉へ上り、事の次第を報告した。するとそのことが左馬頭（さまのかみ）である足利満公（あしかがみつあきら）（満詮）の耳に入り、このような乱世においては、必ず天下に不思議なことが起きるものだと、能登国の峨山和尚に調伏（ちょうぶく）させる旨、命令が下った。

和尚はこれを了承し、弟子の大徹を呼んで言った。

「下野国（しもつけのくに）の那須野に玉藻の成れの果てである霊石がある。この霊石が国民を取って食らうことにより、これを調伏せよとの勅命があった。先だって、汝が赴（おもむ）き、殺生石を見て参れ」

これに大徹は「畏（かしこ）まりました」と答え、下野に下り、那須山に入ってかの霊石を尋ねた。しかし霊石と思しきものは見当たらず、なお幽谷に入り込むと、生臭い風が吹いてきて、空恐ろしく、進むのが難しくなった。

それでも分け入ると、禽獣（きんじゅう）はもちろんのこと、人間の男女の死骸が谷を埋めていた。

さらにしばらく進むと、たくさんの石の中に七尺（しゃく）（約二・一メートル）ばかりの大石があった。

＊1　那須資世…生没年不詳。那須資藤の子。越後守を務めた記録が残る。

もしやとこの石に近づくと、法威を恐れたのであろう。三尺（約九十センチ）ほどの距離に到ると、石は大量の汗を流し始めた。

そこで手を伸ばして撫でてみると、手の当たるところが砂のように沈んだ。また石は生身のように温かく、これが殺生石に間違いないと大徹は喜び、さては法力が効くだろうと急ぎ幽谷を出て、能登国に帰った。

この時、峨山和尚の弟子二十人の中に源翁という僧がいた。源翁にも弟子が十人おり、諸国に十カ所の寺院を建てていた。源翁禅師もまた那須野に下り、堺村に寺を建て、五峯山泉渓寺と号した。次に源翁は会津に隠居し、慈眼寺[*1]という寺に住んだ。

那須は初めて開山となった場所であったため、第一の弟子である齢山和尚に譲っていた。このほかにも結城に安穏寺[*2]、鎌倉に扇谷寺[*3]、薩摩国に五寺[*4]を建て、国々の各所に開山となった寺は多かった。

その頃、源翁和尚は会津の慈眼寺の居室で黙坐し、深く禅定に入っていたが、突然こう言った。

「霊山より告げられることがあった。下野の那須郡に殺生石がある。汝、急ぎ行って引導せよ、とのことだ」

源翁は立ち上がると、左右の弟子たちに告げた。

「我が祖師、道元[*5]が夢に出てきて霊山に告げた。大唐明州の天童山[*6]に行けば、必ず因縁が熟するという。道元はかつて入唐し、天童山に到った。そこで如浄禅師[*7]に会い、教外別伝の旨[*8]を伝えられ、帰朝して曹洞宗の開祖となり、広く群像の闇を照らし、その教えは今に至るのだ。霊山のお告げがあったのは幸いなこと。無駄にしてはならぬ」

そう言うや否や、源翁和尚は会津を出て那須に向かい、幽谷に入ると、そこに見えた山の形が夢のお告げに合致した。

これは至徳二年（一三八五）八月十三日のことであった。源翁がなおも奥に進んでみると、霊石と思しき石があり、地上より四尺（約一・二メートル）ほどのところに浮いていた。

霊石は源翁が来るのを見ていたようだが、近づくと足元にひれ伏した。源翁は手を伸ばし、石を撫で、戒(かい)を授ける。[*9]

「汝は元来、その名を殺生石という。霊はいずこに随(したが)い、いずこから生まれ、去るのか。今より後、汝の仏性、その真如を霊と言おう」

そして源翁が告げる。

＊1　慈眼寺…現在の福島県喜多方市にある曹洞宗の寺院。源翁が示現寺という名前に改めたという記録が残る。

＊2　安穏寺…現在の茨城県結城市にある寺院。

＊3　扇谷寺…現在の神奈川県鎌倉市扇ヶ谷にある海蔵寺のこと。

＊4　五寺…現在の鹿児島県鹿屋市にある玉泉寺のことか。源翁が開山となった由来が残る。

＊5　道元…生年一二〇〇年、没年一二五三年。鎌倉時代の禅僧。日本における曹洞宗の開祖。一二二三年に入宋し、天童山、天台山など諸山を歴訪。曹洞禅を体得して帰国した後、吉祥山永平寺を建立し、曹洞宗を開いた。それから京都、鎌倉などで禅の普及に努めた。

＊6　天童山…生年一二〇〇年、没年一二五三年。鎌倉時代の禅僧。日本における曹洞宗の開祖。一二二三年に入宋し、天童山、天台山など諸山を歴訪。曹洞禅を体得して帰国した後、吉祥山永平寺を建立し、曹洞宗を開いた。それから京都、鎌倉などで禅の普及に努めた。

＊7　如浄禅師…天童如浄のこと。生年一一六三年。没年一二二八年。中国、宋代の曹洞宗の僧。天童山景徳寺の住職となった際、日本の道元禅師が入宋し、如浄に師事し伝法を受けたという。

＊8　教外別伝の旨…禅宗で言われる言葉。仏の悟りは言葉や文字で伝えられるものではなく、直接心から心へと伝えるものであるということ。

＊9　戒を授ける…仏教において修行者、信者としての守るべき戒を授けること。

「偈頌[*1]にはこう書かれている。法は法、塵は塵であるように、物事の本質を捉えなければならない。本来の面目、すなわちあるがままを理解する心は、汝には存在しなかった」

源翁は柱杖で石の頂を三度撫で、言う。

「道理を解せ」

この時、殺生石は三つに裂け、中から霊魂が現れた。

源翁は目を怒らせ、これを睨んで言った。

「汝は本来の仏性に至り、万物の主となりなさい」

そして柱杖によってなおも石を打つと、化生はたちまち消え去った。

これを見届けた源翁は奥山から帰り、鎌倉でその報告をした。これを左馬頭の足利氏満[*2]が聞き、将軍 源 義満に言上して、内裏にも奏聞した。これにより勅使が立てられ、源翁が京に呼ばれた。源翁はこの功績により源翁能照法王丈和尚と宣旨を与えられ、鎌倉へ帰って氏満に伝えた。氏満はこれを喜び、扇谷の扇谷寺に源翁を住まわせ、崇敬した。

そんなある時、この寺の庭でうぶめの声[*3]が聞こえることがあった。

寺の人々は驚き、庭に出てみると一人の美女がいた。懐妊の始まりであろうか、この女の腹の中から赤子の声が聞こえてくる。近寄ってよく見ようとすると、女はたちまち薬師如来の姿に変化した。

住み込みの僧が香花を供えて三拝し、以来、鎌倉はもとより、近隣諸国からさまざまな人々が寺に参詣するようになった。

この薬師は腹ごもりの薬師と呼ばれ、今でも寺に安置されている。

この頃、峨山和尚は源翁を能登国へ呼び寄せ、こう言った。

「お前は師の命を受けず、殺生石を調伏した。これはけしからぬことだ。二百年の間罰を与えよ」

このため、源翁は鎌倉に帰り、寺門を閉じて引きこもった。これには参詣しに来た人々もみな涙を流した。

それから後、源翁は殺生石の三つに分かれた破片のうちひとつを衣に包み、白川の常在院（じょうざいいん）[*4]に向かった。

この寺は住職がいなかったため、もったいないと考えた源翁は殺生石を寺の後ろの谷に隠し、この寺に住んで修行を始めた。

この寺の南に小さな池があったが、源翁がその畔（ほとり）にささげ[*5]を植えておいたところ、池から河童が現れてささげを取って食おうとした。

それを見つけた源翁はこのけだものを捕らえて柱杖で打つと、河童は源翁の足元に平伏して息を吐き、言った。

「我はこの池の主です。命を助けてくだされば、望みを叶（かな）えましょう」

源翁はこれを聞き、言う。

「それならば命を助けよう。この寺には用水がない。寺内に水を出しなさい」

＊1　偈頌…仏教経典中で、詩句の形式をとり、仏徳の賛嘆や教理を述べたもの。

＊2　足利氏満…生年一三五九年、没年一三九八年。南北朝時代、室町時代の武将。第二代鎌倉公方。足利基氏（もとうじ）の子。足利義満の失政を機に義光に代わり将軍職を得ようとして事を起したが、関東管領上杉憲春（のりはる）の諫死により断念。明徳（めいとく）の乱後、後年陸奥（むつ）、出羽（でわ）の支配権を与えられた。

＊3　うぶめの声…赤子の声のことと思われる。

＊4　常在院…現在の福島県白河市にある寺院。

＊5　ささげ…マメ科の一年草。

「容易(たやす)いことです。必ず清水を出しましょう」

河童はそう約束し、池に入って行った。

翌朝、源翁が寺の庭を見ると、石の谷間に水が注(そそ)ぎ出る場所があった。柱杖で小石を打ち、どかしてみると、清水が湧き出ていた。

この水はあの池に通じるものと見え、池水が濁る日には湧き水も濁り、池が澄んでいるときにはより澄んで見えた。

このように、この寺において仏法の威徳は未だ地に落ちることはなく、何とも不思議であることだ。

『殺生石』（謡曲）

「心誘う雲水のような気持ちに従って、あてもない浮世の旅に出よう」

私は玄翁という道人だ。仏教修行の道場にてひとつの悟りを得て、払子を打ち振り、人に教えを説いて歩いている。このたびは奥州を訪れたが、次は都に上り、冬月の安居を結び、修行に勤めようと思う。

雲や水に誘われるままに、この身は定めなき旅を続ける。浮世の旅に迷いながら進む。心の奥で何を思うかも知らず、しかし真の悟りを得ようと念じながら、陸奥の白河を出て旅を続け、下野を過ぎ、やがて那須野の原に行き着いた。この場所でしばし休もう。

そう思っていた矢先、自分の旅に連れてきた従者が騒いでいた。

「ああ、落ちるわ、落ちるわ」

「何を騒いでいるのですか」

私がそう問うと、従者は遠くのほうを指さして言う。

「見てください。あの石の上に飛ぶ鳥が落ちてきます。それを不審に思っていたのです」

彼の指す方を見れば、まさしく大きな石の上を飛びすぎようとした鳥が落ちるところだった。

「確かにこれは不思議なことです。近づいて見てみましょう」

「急いでご覧ください。しかし、誰か来ましたね」

私がその石のほうへ歩もうとすると、従者がまた何かに気づき、私に告げた。見れば、この近くの里に住むのかと思われる若い女が、こちらのほうへ歩いてきている。

里の女は私のほうを見ると、咎めるように口を開いた。

「そこのお坊様、その石に近づいてはなりませぬ」

「この石の近くに寄ってはならないのですか。その理由をお聞きしても」

私が問うと、女は答える。

「それは那須野の殺生石（せっしょうせき）と呼ばれるものです。人は言うに及ばず、鳥類も畜生（ちくしょう）もそれに触れれば命はありませぬ。そのように恐ろしい石と知っても、お坊様方はまだ近づいてご覧になりたいと仰いますか。それは進んで死地に入るようなもの。そこから遠ざかったほうが身のためです」

女の話を聞き、鳥が落ちたのはそのためだったのかと合点（がてん）がいく。しかしそうなると、今度はその殺生石なる石の由来を知りたくなる。

「さて、この石はいつの頃からそのように命を奪うようになったのでしょう」

「昔、鳥羽（とば）上皇の時代に、童女として上皇に仕えた玉藻前と仰る方がおりました。その方が執心のあまり、石となられたのです」

女はそう由来を語った。私は重ねて問いを投げる。

「不思議なことです。玉藻前というお方は、上皇に仕えていたのでしょう。それなのに、このような都から遠い場所に魂を留めているのはなぜなのでしょうか」

「それにも言い伝えがあります。昔より語り継がれていることです」

「あなたのお言葉を聞くと、それを知らぬことはないように思えます」

そう私が言うと、女は少しはにかんで、玉藻前なる人物の過去を語り始める。

「そこまで詳しくはございません。では、お話ししましょう。白露（はくろ）[*1]の玉藻前と聞くお方は、かつては都にお住ま

*1　白露…「置く」「奥」「消ゆ」「たま」などにかかる枕詞。ここでは玉藻前にかかる。

いだった。今、魂は都を離れ、この辺境の地に残り、悪念を振りまいています。そしてこの野辺を行く人に仇をなしています」

私は思う。那須野の原に立つ殺生石は、苔が朽ち果てるような長い時を経ても、執心は残り続け、この草原に帰ってくる。物悲しい秋風が吹き、梟は松や桂の枝に鳴き、狐は蘭や菊の花の中に隠れ棲む。この原にも荒涼とした秋の夕暮れが訪れる。

その薄闇の下で、玉藻前の伝説が女の口から紡がれる。

玉藻前の物語を、詳しくお話ししましょう。

そもそもこの玉藻前というのは、出生は定まらず、どこの誰とも知られぬ、高貴な身の上の方でした。

しかしいつも美しく身を装い、容姿端麗であったため、帝に深く寵愛されました。

玉藻前は類稀なる才女であり、どんな問いかけにも滞ることなく答えることができました。仏典、儒教の教え、和学、漢学のこと、詩歌管絃のことまで、どんなことについて問われても、明瞭に答えることができました。

いずれのことにも曇りなく明らかであったため、美しく輝く玉、そして水底の美しい藻にたとえられ、玉藻前と呼ばれるようになりました。

ある時帝は、清涼殿に赴かれて、そこで殿上人の中でも能芸に優れた者たちを集め、管絃の演奏をさせておりました。

季節は秋の暮れ、月のまだ見えぬ宵の空、それを覆うように雲がかかり、風が吹き荒れ、清涼殿の松明を消してしまいました。その暗闇の中で殿上人らは騒ぎ始め、松明を持ってこようとしておりました。しかしその時、玉藻前はお体より光を放ち、その光は清涼殿に満ち、東南の隅にある屏風の絵や、北の室である萩の戸までも見えるほどでした。それはまるで月が現れたようであったといいます。

しかしそれ以来、帝は病に倒れ、床に臥せました。そこで陰陽師の安倍泰成を呼び、占わせたところ、泰成は「これは玉藻前の仕業でありましょう。朝廷を壊してしまおうと、美しい女の姿に化生して現れたのです。調伏の祈祷を行いましょう」と申し上げたので、帝が彼女を寵愛する気持ちも消え、それを察した玉藻前は本性を現しましたが、争いに負け、この那須野の地に露と消えた跡がこの殺生石なのです。

女の話はそれで終わりのようだった。そして私はその子細を語る彼女の正体が何者であるかを察し、あえて問う。

「このように詳しく玉藻前のことを語りなさる御身は、何者なのでしょうか」

女もまた、そう問われることがわかっていたように微笑し、答える。

「今は何を隠すことがありましょう。私こそがいにしえに伝わる玉藻前。そして今は那須野の殺生石、その石に魂となって宿り憑いているのです」

そう語る彼女に、もはや人に対する敵意は見られなかった。むしろ何もかも諦めてしまったようなその顔に、私は言葉を投げかける。

「真に大きすぎる悪念は、却って善心ともなるものです。なれば衣鉢を授けましょう。そのために、私にあなたの本性を見せてはくださいませんか」

女、玉藻前は、今度は驚いたような顔をして、その後少しだけ嬉しそうな笑みを見せた。

「ああ、お恥ずかしきことです。私の姿は、まだ日の残る夕闇の下では浅ましく見えるでしょうから、夜になれば、この懺悔の姿を現しましょう。今宵見る私の姿は、灯火の明かりに照らされた私の影であると思ってくださいまし。そのため、どうか恐れないでお待ちください」

女はそう言い残すと、殺生石の影へと消えてしまった。

木石には心はないというが、万物はみな仏に成ることができると聞く。それならばこの石にも、彼女にも元より仏となるための条件は備わっている。ましてや衣鉢を授けるならば。成仏できることに疑いなどあるはずがない。

やがて夕暮れに日は沈み、宵闇に空が覆われる。私は殺生石に花を手向け、焼香し、回向する。

「汝は元来殺生石の身。石霊よ、問おう。いずこより現れ、今この殺生石の身となったのか。汝よ、その執心から去りなさい。これより汝を成仏させ、仏体真如の善心[*1]となしましょう。この祈りを受け取りなさい」

石に精あり。水に音あり。風は大虚に吹き渡る。

殺生石はふたつに割れ、中から光が溢れ出し、やがて玉藻前の魂が現れた。その姿は狐の形でありながら、人の姿が重なって見える不思議なものであった。

そして玉藻前は語り始める。伝説を伝え聞いた里の女の姿と口とを借りるのではなく、今度は妖狐、玉藻前そのものとして。

今は何を隠すことがありましょうか。私は天竺（インド）にては斑足太子が信仰した塚の神、大唐にては幽王の后、褒姒、そしてこの国においては鳥羽院の寵愛を受けた玉藻前として、現れました。

私は王政を傾けるため、美しい女の姿となりました。そして鳥羽院に近づけば彼は病み伏し、もう命を取ったようなものと喜んでおりました。そこに安倍泰成が現れ、調伏の祈祷を始めたのです。

彼は祭壇に五色の幣帛*2を立て、私に御幣を持たせました。そして命懸けで祈り始めると、やがて私は全身を苦痛に苛まれました。耐えられなくなって、私は壇上の幣帛を奪い取り、空を飛んで逃げました。雲を翔け、海山を越え、この那須野に辿り着き、隠れ住んでいました。

しかし、その後に勅使が立てられ、三浦介義明、上総介広常に私を退治せよとの命令がくだされました。彼らは、狐は犬に似るからと犬を使って稽古し、百日にわたって犬に矢を射りました。これは「犬追物」の始まりとも言われていますね。

そして両人は狩装束を纏い、数万の武士を率いて那須野にやってきて、草を掻き分けて私を探しました。私は追われて、追い詰められて、ついに彼らの放つ矢の下に立たされ、射抜かれて殺されました。命はすぐに消え去りましたが、執心だけはこの野に残り、殺生石となって、長年に渡り人を取り殺し続けました。

しかし、今こうしてこのようにありがたい供養を受けて、これ以降、悪事をいたすことはありません、そう御坊に誓いましょう。

それが玉藻前の最後の言葉となった。石のように固い誓いを結んで、彼女の姿は消えてしまった。

*1 仏体真如の善心…真如とはあるがままにある状態のこと。善心は仏道に入り、精進する心。ここでは成仏させよう、という意味で使われている。

*2 幣帛…幣束と同じ。

関連資料

❖黒羽

黒羽藩の*1城代家老である浄坊寺何某の*2館を訪れた。

この思いがけぬ訪問に相手も喜び、昼夜を問わず語り合っていた。彼の弟の桃翠*3などは、朝も夕もこの館に通いつめ、また自らの家にも一緒に連れて帰ってくれるなどした。さらに一族の方々にも招かれ、日を経ていたある日、郊外に足を伸ばし、あの九尾の狐を追い詰めたという犬追物が行われた跡を見て、那須の篠原を通り、玉藻前の古墳を訪れた。

それから那須八幡宮に参詣した。

那須与一が扇の的を射った時、「別しては我が国の氏神正八幡よ*4」と誓ったのもこの神社であったと聞くと、感動はことさらであった。日が暮れたので桃翠の家へと帰った。

また修験光明寺*5という寺があった。

そこに招かれ、役行者*6を祀る行者堂を参った。

夏山に足駄（あしだ）をおがむかどでかな

（夏山を超えられるよう、高下駄で山を行き来したという役行者を拝んだ。この旅が無事に終わるよう、門出の祈り捧げよう）

＊1　黒羽藩…かつて下野国那須郡に存在した藩のひとつ。藩庁は現在の栃木県大田原市前田に置かれた。

＊2　浄坊寺何某…浄法寺高勝のこと。生年一六六一年、没年一七三〇年。黒羽藩の城代家老で俳人。松尾芭蕉の門下で俳号を桃雪と号し、秋鴉とも号した。

＊3　桃翠…鹿子畑（かのこはた）翠桃のこと。生没年不詳。鹿子畑左内の二男で、本来の名は豊明。翠桃は俳号。

＊4　別しては我が国の氏神正八幡よ…『平家物語』に「南無八幡大菩薩、我が国の神明、日光の権現、宇都宮、那須の湯泉大明神、願はくは、あの扇の真ん中射させてたばせたまへ」とある。

＊5　修験光明寺…かつて現在の栃木県大田原市にあった寺。現在は史跡が残る。

＊6　役行者…役小角（えんのおづの）とも。奈良時代の山岳呪術者。

❖殺生石・遊行柳

黒羽を立ち、殺生石を見に行った。

黒羽の城代家老[*1]が馬で送ってくれた。

するとその馬子[*2]が、歌を一首書いた短冊が欲しいという。

風流なことを望むことだと思い、

野を横に馬ひきむけよほととぎす
（那須の野原でほととぎすが鳴いた。馬を横に引いて、その声を二人で聞こうじゃないか）

と書いて短冊を渡した。


殺生石は温泉の湧き出る山陰にあった。

石が放つという毒気は未だに消えていない。

蜂や蝶の類が真砂の色の見えないほど、地面を埋め尽くして死んでいた。

それから、西行法師[*3]が歌を詠んだ清水の流れる柳を訪ねた。柳は蘆野[*4]の里にあり、田のあぜ道に残っていた。

ここの領主である戸部某[*5]という人が、この柳を見せたいと折につけ言っており、どのような場所なのだろうと思っていたところ、今日ついにこの柳の影に立ち寄ることができた。

田一枚植えて立ち去る柳かな

（西行法師が田に清水を流し、稲を植えるほどの時間を過ごした柳がここにあるのだ）

＊1　城代家老…江戸時代、城を持っている大名の留守中に、その城を守り、すべての政務をつかさどった家老。

＊2　馬子…駄馬を引いて人や荷物を運ぶのを業とする人。

＊3　西行法師…生年一一一八年、没年一一九〇年平安時代末期から鎌倉時代初期にかけての僧侶。元は武士であったが、二三歳で出家。生涯を仏道と歌道に捧げた。『山家集』、『新古今和歌集』、『聞書集』などの和歌集にその和歌が収められ、「願わくは花のしたにて春死なむそのきさらぎの望月の頃」等の和歌が広く知られている。また、妖怪退治の伝説で有名な藤原秀郷の十代孫でもある。

＊4　蘆野の里…現在の栃木県那須郡那須町芦野の辺り。

＊5　戸部某…蘆野資俊のこと。生没年不詳。江戸時代前期の旗本で、俳人。蘆野氏十九代当主。松尾芭蕉の門人の一人で、俳号を桃酔とした。芦野温泉神社を建立したことでも知られる。

『下学集』犬追物

昔、西域[*1]に斑足王という王がいたが、その夫人は悪逆の過ぎる人物であった。

彼女は斑足王に千人の人間の首を切り取らせた後、国を出て支那[*2]に渡り、周の幽王の后となった。その名を褒姒という。

褒姒は人を惑わせ、国を滅ぼし、死した後に今度は日本に生まれ変わり、近衛院の時代に玉藻前と称された。

玉藻前は人を傷つけることを好み、ある時白狐の姿に変化して多くの人々を害した。

世の人々はこの狐を退治するため、先に犬を使って騎射の鍛錬をしたところ、白狐はそのことを知り、矢から身を守るため、自ら石となった。

飛ぶ鳥も走る獣も、その石の殺気に当てられると立ちどころに倒れたため、石は殺生石と呼ばれるようになり、今でも那須野にあるという。

またこの狐を射るために犬を使って行った鍛錬にちなみ、犬追物が始まったという。

＊1　西域…中国から見て西方地域に対する総称として用いられた言葉。
＊2　支那…中国に対してかつて日本人が用いた呼称。

『臥雲日件録』玉藻前ノ説話、那須ノ狐

享徳二年（一四五三）の二月二十五日、林光寺*1の住職である脩山*2がやって来て、犬追物の話をした。

彼が言うことには、鳥羽上皇の時代、美しい女性が突然現れた。彼女の出生を知る者はいなかった。彼女は名を玉藻前といった。

彼女は上皇の寵愛を得て、天竺や唐土のことをよく話した。その後、天皇が病を患ったが、これは玉藻前が災いをなしていたのであった。

そこで祈祷を行うと玉藻前は狐の姿に変わり、逃げ去った。

この狐は下野国那須野にいることがわかったため、将を派遣したが、狐は素早く、捕まえることができなかった。

そこで鳥羽上皇に彼女の退治を命じられた武士たちは、馬に乗って犬を射る鍛錬を行った。これにより上総介という者が狐を射殺した。

この狐の尾には二本の針があり、上総介はこれを源頼朝に献上した。

---

*1　林光寺…現在の京都府京都市上京区にある寺院。相国寺の塔頭。

*2　脩山…修山光謹のこと。生没年不詳。足利義嗣の子。名は「修山清謹」ともされる。

頼朝はこれを得たことでついに天下を平定（へいてい）することとなった。また上総介は後に源氏の武士となった。今の世においても犬を射る行事が残っているのは、これがもとである。またこの玉藻前という狐は、かつて唐土においては周（しゅう）の褒姒（ほうじ）に化けていたという。

『甲子夜話』

❖巻六十七

六月の末、箕輪里（栃木県下野市）にある大関括斎*1の隠居所を訪ね、よもやま話をしていた時のこと。主人が言うことには、彼の所領する土地である那須野において、遥か昔、狐を狩ったことがあったという。この狐は世にいう玉藻前の化身のことで、この狐が眠っている古墳は今でもはっきりと残されている。

今ではあの三浦介、上総介に射殺されたこの大狐の霊を祀るため、小さな祠が建てられている。里の人々はこれを稲荷祠*2と呼ぶ。

そこから二、三里（七～十一キロメートル）隣に堀の内村*3という村がある。この村は、かつて狐狩りがあったとき、勢子として参戦した者の末裔が住む村であるという。それゆえか、勢子の子孫が稲荷祠に参詣すると必ず災いが

*1　大関括斎…大関増業のこと。生年一七八二年、没年一八四五年。江戸時代後期の大名。下野黒羽藩主大関家十一代当主。藩校として何陋館を設立した。『甲子夜話』の著者、松浦清（静山）と交流していた記録が残っている。

*2　稲荷祠…現在の栃木県大田原市にある玉藻稲荷神社のこと。

*3　堀の内村…不詳。

あり、暴風雨が起きたり、怪我をしたり、大喧嘩をしたりと、そういったことが起こらないことはない。

何百年の時を経ても、玉藻前の旧(ふる)き魂が祟(たた)るのだという。

また、この勢子の子孫でなくとも、掘の内村に住む人が稲荷祠を訪れると祟りがあるという。

一年前、村の人が一人、どうしてそのようなことがあろうかと祭りの日に勢子の子孫に代わってこの祠に参詣しようとしたが、突然鼻血が出て止まらず、参詣することは叶(かな)わなかったと聞く。

なるほど、今の世まで玉藻前の名前が伝わっているのも納得の悪狐であることだ。

参考資料

『絵本三国妖婦伝』

・高井蘭山『絵本三国妖婦伝』（高橋恭次郎出版、高橋活版所、一八八五年）

・和漢比較文学会『近世文学と漢文学』（汲古書院、一九八八年）

・二階堂善弘『封神演義の世界 中国の戦う神々』（大修館書店、一九八八年）

『玉藻の草子』

・横山重・松本隆信『室町時代物語大成 第九 たま〜てん』（角川書店、一九八一年）

・京都大学文学部国語学国文学研究室『京都大学蔵 むろまちものがたり 5』（臨川書店、二〇〇二年）

『糸車九尾狐』

・山東京伝全集編集委員会『山東京伝全集 第6巻 合巻1』（ぺりかん社、一九九五年）

『那須記』

・黒尾東一『那須記』（横田印刷所、一九六九年）

『殺生石』

・観世左近『観世流特製一番本 殺生石』（檜書店、一九九七年）

・天野文雄『能楽名作選 上 原文・現代語訳』（KADOKAWA、二〇一七年）

『おくのほそ道』

・松尾芭蕉『おくのほそ道』（萩原恭男校注、岩波文庫、一九七九年）

『下学集』

・東麓破衲『下学集』（国立国会図書館デジタルコレクション、https://dl.ndl.go.jp/info:ndljp/pid/2532290、最終閲覧：二〇二一年六月二十五日）

『臥雲日件録』

・東京大学史料編纂所『大日本古記録 臥雲日件録抜尤』（岩波書店、一九九二年）

『甲子夜話』

・松浦静山『甲子夜話 5』（中村幸彦・中野三敏校訂、東洋文庫、一九七八年）

その他

▼文献

・中村禎里『狐の日本史 古代・中世びとの祈りと呪術』（戎光祥出版、二〇一七年）
・星野五彦『狐の文学史』（万葉書房、二〇一七年）
・横山泰子『江戸歌舞伎の怪談と化け物』（講談社、二〇〇八年）
・鶴屋南北研究会『鶴屋南北論集』（国書刊行会、一九九〇年）
・那須文化研究会『那須の文化誌 自然・歴史・民俗を読む』（随想舎、二〇〇六年）
・榎本菊雄『那須野物語 原野の情念と回帰』（国書刊行会、一九七六年）

▼論文

・伊藤慎吾「妖狐玉藻像の展開：九尾化と現代的特色をめぐって」（『学習院女子大学紀要』22、学習院女子大学、二〇二〇年、一～一四ページ）
・武居真穂「玉藻前説話における王権：三種の宝物と歴史的背景から」（『国文目白』57、日本女子大学国語国文学会、二〇一八年、一二三～一三二ページ）

［付録エッセイ］

狐の窓

大屋多詠子（おおや・たえこ）
青山学院大学文学部教授。専門は日本近世文学（読本）。
著書に、『馬琴と演劇』（花鳥社、二〇一九年）など。

良い狐と悪い狐。狐の性分は本来どちらであろうか。

❖江戸の遊びと狐

あやかしの正体を見分ける手遊びをご存じだろうか。その名も「狐のお窓」。指で作った窓から、あやかしを覗くと、本来の姿を知ることができるという（本書一九七頁の注にも言及がある）。

文政十三年（一八三〇）成立の随筆『嬉遊笑覧』には、「わらべの戯に、左右の手をうしろ前にして、指を組み合わせ、中に穴あくやうにする。是を、狐の窓といひて、其穴より覗き見る事す也」と簡潔に説明する。文政二年（一八一九）刊の絵本『化物念代記』には指の窓を覗く男の挿絵があり［❶］、「此見やうは、日にも時にもかまはず、何ンでもあやしいと見たらば、図のごとく指を組み、化生のものか、魔性のものか正体を現はせ、と三遍唱へて覗けば、元の姿をあらはす」と、化物の正体を見破るためのまじないであるという。

その指の組み方は言葉で説明するのは少々難しいのであるが、いささか自己流で説明すると、以下のようになる。右手も左手もまず狐の形（耳に見立てた人差し指と小指を立てて、残りの三本は指先を突き合わせ狐の鼻先に見立てる）を作る。そのまま右手は掌を下に向け、左手は掌を上に、狐の耳に見立てた四本の指の腹と腹を合わせて大きな窓を

❶『化物念代記』（国立国会図書館蔵『大当桂月弓』等二作と合綴）

作る。そのまま狐の鼻に見立てた左右の残りの三本指を伸ばし、中指薬指の背で反対の手の人差し指の背を押さえ、左右の中指の間に窓を残しつつ、両の指を滑らしながら深く編み込む。左右の親指も、それぞれ反対の手の中指薬指を編み込むように押さえつければ完成である（笹間良彦著画『日本こどものあそび図鑑』〈遊子館、二〇一〇年刊〉を参考にした）。

遊びといえば、じゃんけんにも、古くは「狐拳」がある。猟師・狐・庄屋で勝負をするものであるが、猟師は狐を撃ち、狐は庄屋を化かし、庄屋の前に猟師は頭が上がらない、という三竦み拳で、それぞれ猟師は鉄砲を撃つ手つき、狐は両手を耳に見立てる手つき、庄屋は膝を手に置いて背を正すという姿勢をとって遊ぶ。

江戸時代の大人の酒席では、「狐釣」という遊びもある。狐を罠にかけることを、釣るというわけであるが、たとえば「釣狐」という狂言もある。狂言の「釣狐」は、狐が猟師に狐釣りを止めさせようと、伯父・白蔵主に化けて猟師に意見しながらも、帰路、罠の誘惑に負け、危ういところを何とか逃げ出すといった軽妙なやりとりがある。対して、江戸の遊びの「狐釣」は、女性を伴う酒席の遊びで、浮世絵にもしばしば女性の姿が華やかに描かれる。猟師役の二人が、紐をゆるく結わえて丸い輪の罠を作り、紐の両端を持って座る。狐役は、その輪に手を入れて、輪の向こうに置いた渡盞（台）の上の酒盃を取る遊びである。紐を引き絞られぬうちに狐役は盃を取らねばならない。

これらの江戸時代の遊びは、おそらく今の我々が狐に抱いているイメージをよく伝えている。狐は人を化かすものである。一方で鉄砲を持ち、罠をしかける猟師の前には非力な獣でもある。餌(えさ)の誘惑に勝てぬ狐は笑いの対象にもなる。

❖生活のなかの狐

遊びでは笑われもする狐だが、実生活においても人はずいぶん狐を恐れてもいたようである。江戸時代の生活百科事典ともいうべき「重宝記(ちょうほうき)」というジャンルがある。これは暦(こよみ)の吉凶から、年中行事、人相や手相、手紙の書き方、民間療法など、何でも載っていて、当時の人々が普段の生活で困った時に繙(ひもと)く本だが、そのなかにも狐狸(こり)は鏡で照らすと正体を現すとか、狐狸に化かされない呪いや、狐が憑(つ)いた人を見分ける方法、狐憑きを落とす方法、そのための呪符(じゅふ)の書き方などがさまざま記されている。それだけ狐は身近にあって、人は狐に化かされることを恐れていたのであろう。

畏(おそ)れ多くも、というように、恐れは敬意にも通じるが、お狐様は、お稲荷様のお使いとしても敬われ、親しまれている。江戸時代は、「伊勢屋、稲荷に、犬の糞」と言われるほど、稲荷が多かったという。今も庭先に稲荷の祠(ほこら)がある家も残っているだろう。他にも神の使いをする狐の伝承はあって、たとえば、諏訪(すわ)明神も狐を眷属(けんぞく)とし、諏訪湖の神渡りといわれる現象も、その狐によるものと、寛政九年刊(一七九七)『東遊記(とうゆうき)』後編(橘南谿(たちばななんけい))には見える。明和三年(一七六六)初演の人形浄瑠璃『本朝廿四孝(ほんちょうにじゅうしこう)』(後に歌舞伎)でも、八重垣(やえがき)姫は、武田の諏訪明神の法性の兜(かぶと)を守護する霊狐(れいこ)の力を借りて、許婚(いいなずけ)の勝頼に危機を伝えるべく諏訪湖の氷上を走る。

このように江戸時代の庶民の生活の中では、狐は、人を化かすものとして恐れられ、神の使いとして崇(あが)められもした。

❖創作のなかの狐

遊びのなかの狐とも実生活における狐とも違って、人形浄瑠璃や歌舞伎の芝居や、小説の中で活躍する狐は、人に化けるあやかしながら、人に似て情愛深く、どこか哀れで儚げである。江戸時代に広く親しまれ、歌舞伎で今なお、繰り返し上演されてよく知られているのは、葛の葉狐と忠信狐（源九郎狐）であろう。

葛の葉狐は「子別れ」の話である。享保十九年（一七三四）初演の人形浄瑠璃『蘆屋道満大内鑑』（後に歌舞伎）では、葛の葉狐は、狩人に追われるところを助けられた恩に報いるため、安倍保名の妻・葛の葉に化け、保名との間に一子（安倍晴明）をもうけるが、やがて人間の本物の葛の葉が現れて、狐の正体が露見し、泣く泣く子供と別れて去っていく。野生の狐は、巣立ちの時期が来ると、それまで愛情深かった母狐が突然子狐を独り立ちさせるために追い出しにかかるそうである。親と子とどちらが去るか、という違いはあれど、「子別れ」は、元来は、狐の生態から考えられた話なのであろう。当時の人々が狐を身近に知っていたからこその芝居である。

延享四年初演（一七四七）の人形浄瑠璃『義経千本桜』（後に歌舞伎）の忠信狐（源九郎狐）は、源義経の家臣佐藤忠信の姿に変じて、義経の恋人、静の危機を救ったことから、義経に源九郎の名を賜り、静の守護を命じられる。静の持つ初音の鼓の音につられて、狐は、静の傍に付かず離れず現れる。それは鼓に、両親の皮が使われて

香蝶楼豊国「見立三十六句撰」の静と狐忠信（国立国会図書館蔵）

いるからであった。義経は、父に早くに死に別れた親不孝、兄弟不和の自分自身を顧み、孝行な狐に感じ入る。義経に鼓を与えられた狐は喜び勇んで、敵を引き付けて去っていく。

恩愛に引き裂かれそうになりながら、子供を置いて去っていく葛葉の母狐。鼓の皮にされた親狐を慕う孝行な忠信狐。この二作は、親子の恩愛と別れの悲哀を、狐に託して描いている。狐の姿を通して、あるべき親子の恩愛を描いているからこそ、虚構ながら時代を超えて人々に訴える力を持っているのであろう。

さて、これらに加えて、江戸時代の小説でも芝居でも、忘れてはならない有名な狐、それが、本書に収められた、三国（さんごく）伝来の九尾の狐玉藻前（たまものまえ）である。こちらは右の二作とうってかわって、美しくも強く恐ろしい残虐な女性に化ける。中国、天竺、日本を股にかけ、美女に変じては、その美貌と賢さで、三国の王を蕩（とら）かして、政道を乱れさせてしまう。日本では玉藻前として鳥羽（とば）帝に寵愛される。三国いずれも、異能をもった家臣らが必死に抵抗するが、彼らは狐よりもむしろ、蒙昧（もうまい）な王たちに振り回される。那須の殺生石（せっしょうせき）が、この玉藻前が化した姿と伝わり、能の「殺生石」として知られている。宝暦元年（一七五一）初演の人形浄瑠璃『玉藻前曦袂（あさひのたもと）』の改作、文化三年初演（一八〇六）『絵本増補玉藻前曦袂』は、今なお文楽（人形浄瑠璃）としてしばしば上演される。

この九尾の狐は、美しくも恐ろしい妖女の姿をかりた悪狐であるが、その狐の姿を通じて、腐敗しやすい政治が風刺されているのであろう。

江戸時代の人々は、身近な狐を通して、戯（たわむ）れの遊びに興じれば、また狐の子育ての様子に、親子の恩愛を確かめた。その反面、人間自身の孝不孝、政道の在り方に厳しい眼差しを向けてきたのである。

指を組んで、その狐の窓の向こうに見えるのは、人であろうか、獣であろうか、それとも魔性か。本当に怖いのは狐ではない。むしろきっと人間なのである。

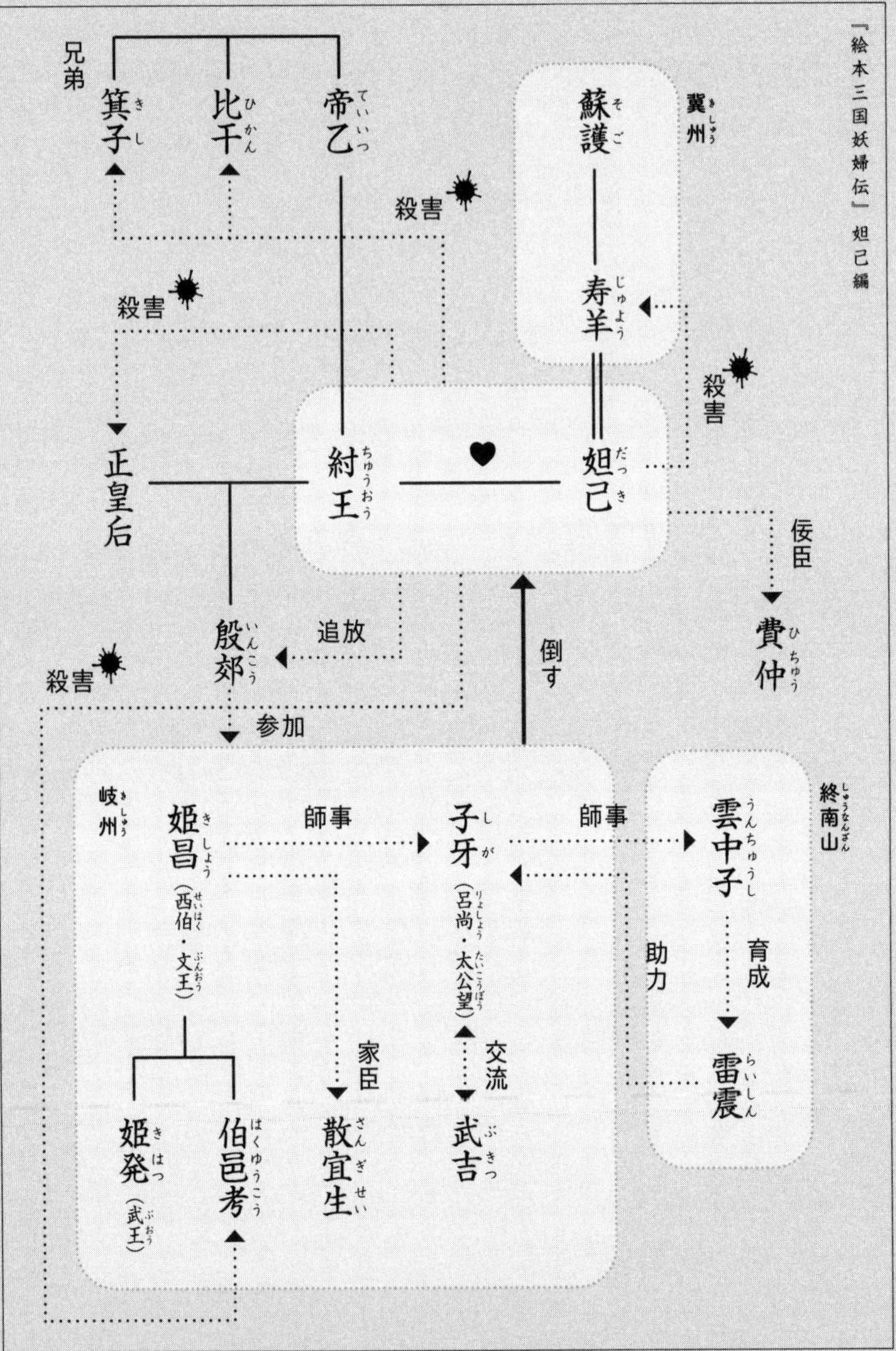
兄弟
箕子
比干
帝乙
冀州
蘇護
寿羊
殺害
殺害
殺害
紂王
妲己
正皇后
佞臣
費仲
殷郊
追放
殺害
倒す
参加
岐州
姫昌
（西伯・文王）
師事
子牙
（呂尚・太公望）
師事
終南山
雲中子
育成
助力
家臣
交流
雷震
姫発
（武王）
伯邑考
散宜生
武吉

『絵本三国妖婦伝』華陽夫人編

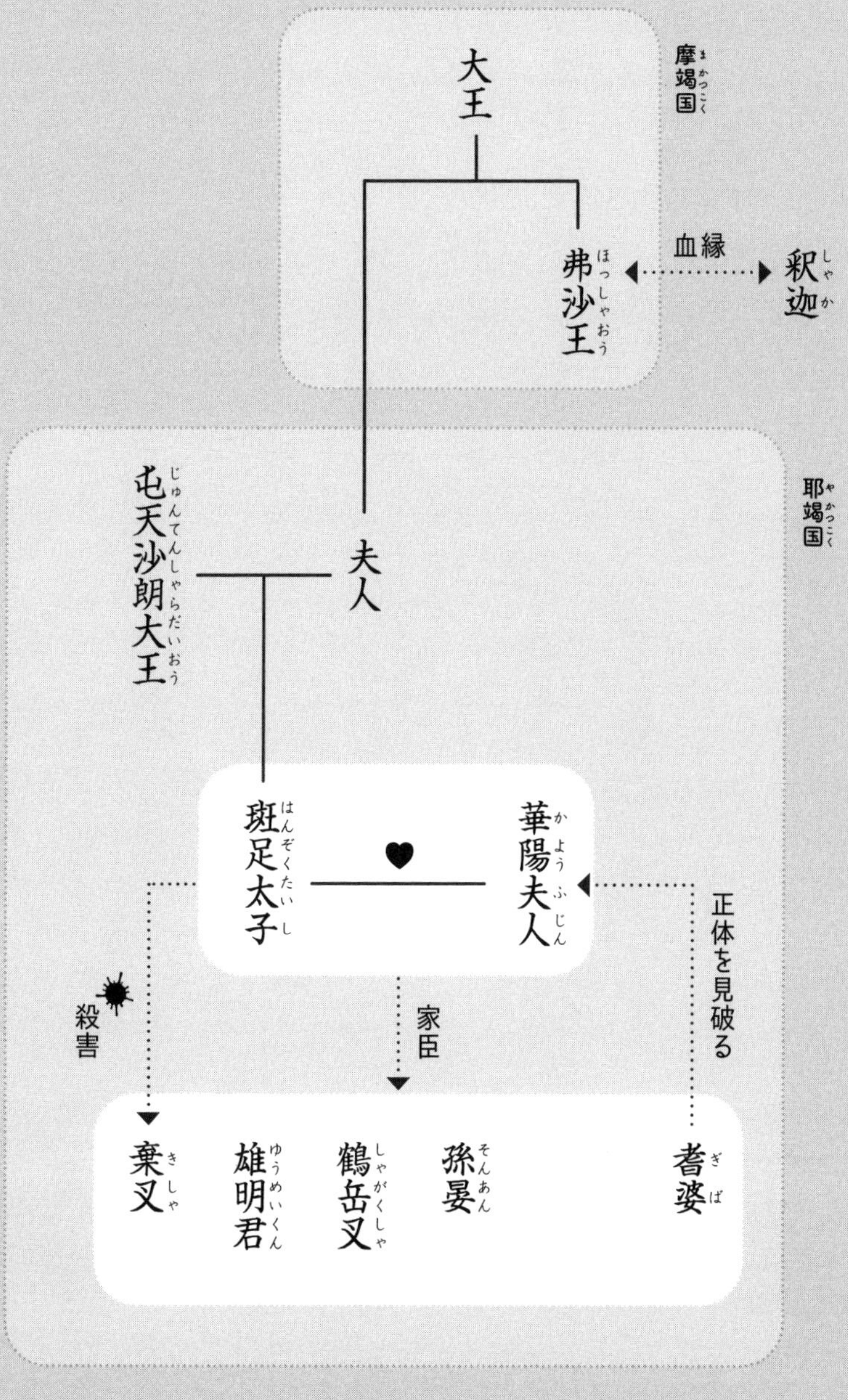

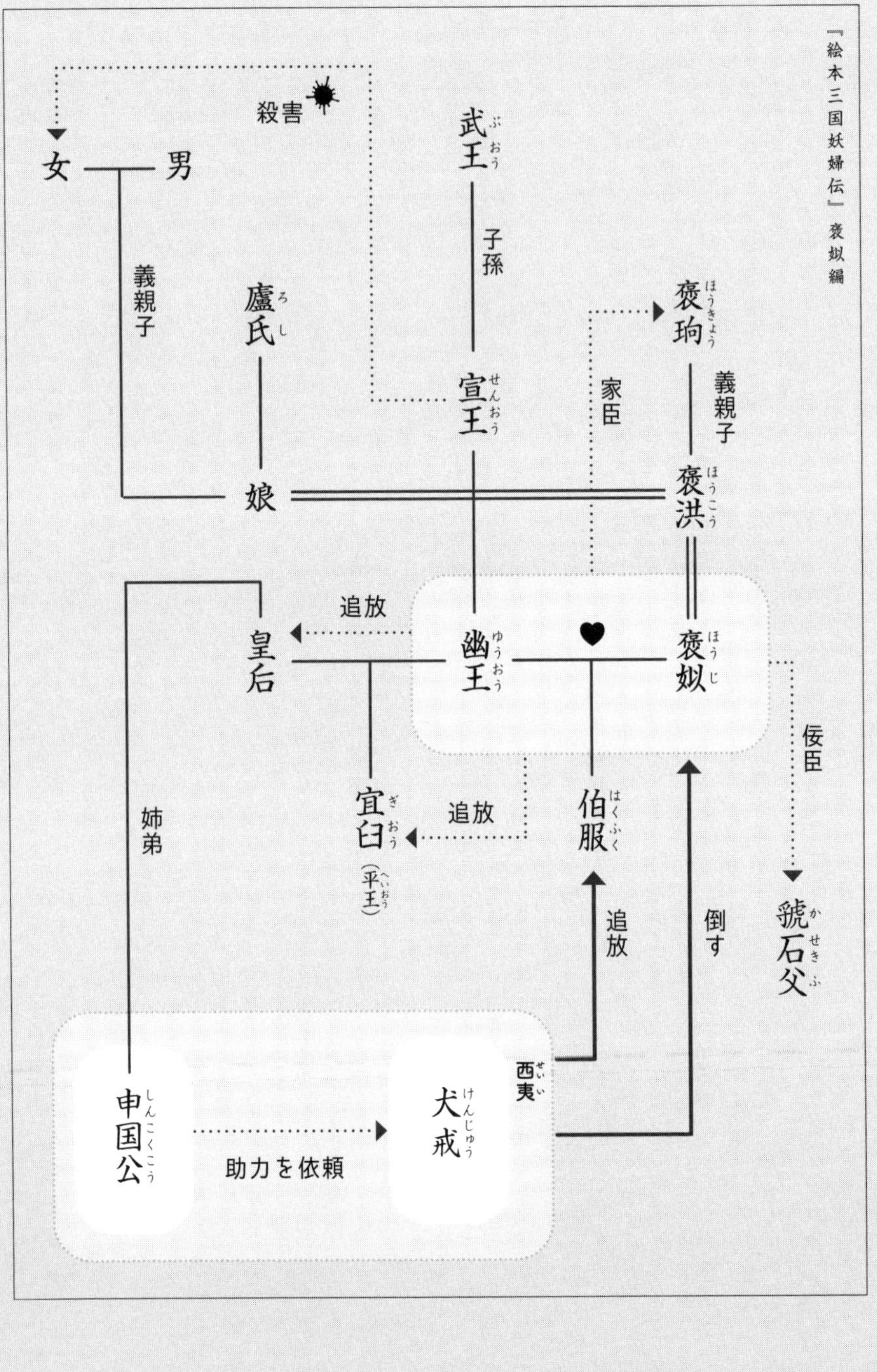

殺害
女
男
義親子
武王（ぶおう）
子孫
盧氏（ろし）
宣王（せんおう）
娘
褒珦（ほうきょう）
家臣
義親子
褒洪（ほうこう）
追放
皇后
幽王（ゆうおう）
褒姒（ほうじ）
佞臣
宜臼（ぎおう）（平王（へいおう））
追放
伯服（はくふく）
姉弟
追放
倒す
虢石父（かせきふ）
西夷（せいい）
申国公（しんこくこう）
犬戎（けんじゅう）
助力を依頼

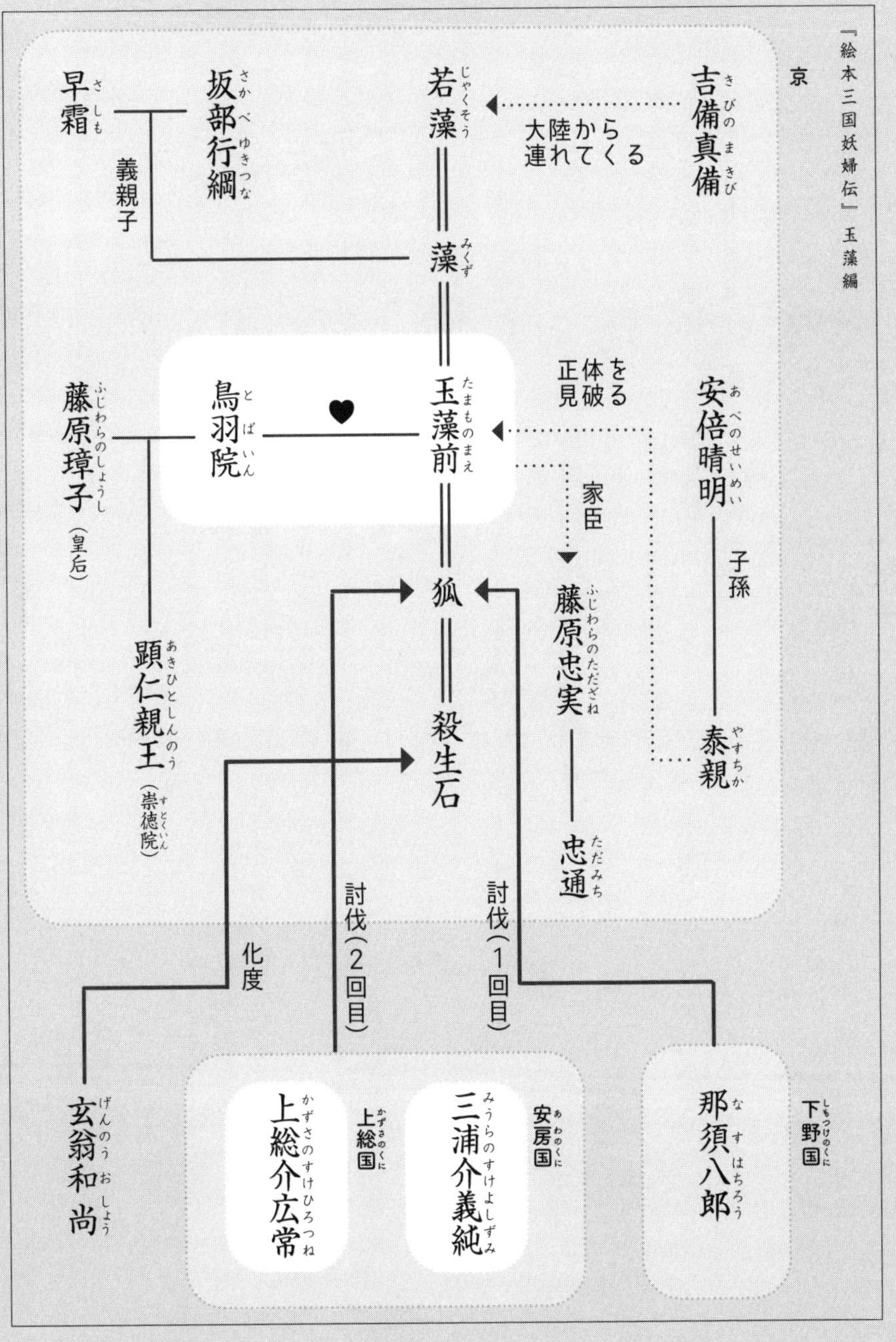
『絵本三国妖婦伝』玉藻編
京
吉備真備（きびのまきび）
大陸から
連れてくる
若藻（じゃくそう）
坂部行綱（さかべゆきつな）
早霜（さしも）
義親子
藻（みくず）
安倍晴明（あべのせいめい）
体を
正見破る
玉藻前（たまものまえ）
鳥羽院（とばいん）
藤原璋子（ふじわらのしょうし）
（皇后）
家臣
子孫
狐
藤原忠実（ふじわらのただざね）
顕仁親王（あきひとしんのう）
（崇徳院（すとくいん））
殺生石
泰親（やすちか）
忠通（ただみち）
討伐（2回目）
討伐（1回目）
化度
玄翁和尚（げんのうおしょう）
上総国（かずさのくに）
上総介広常（かずさのすけひろつね）
安房国（あわのくに）
三浦介義純（みうらのすけよしずみ）
下野国（しもつけのくに）
那須八郎（なすはちろう）

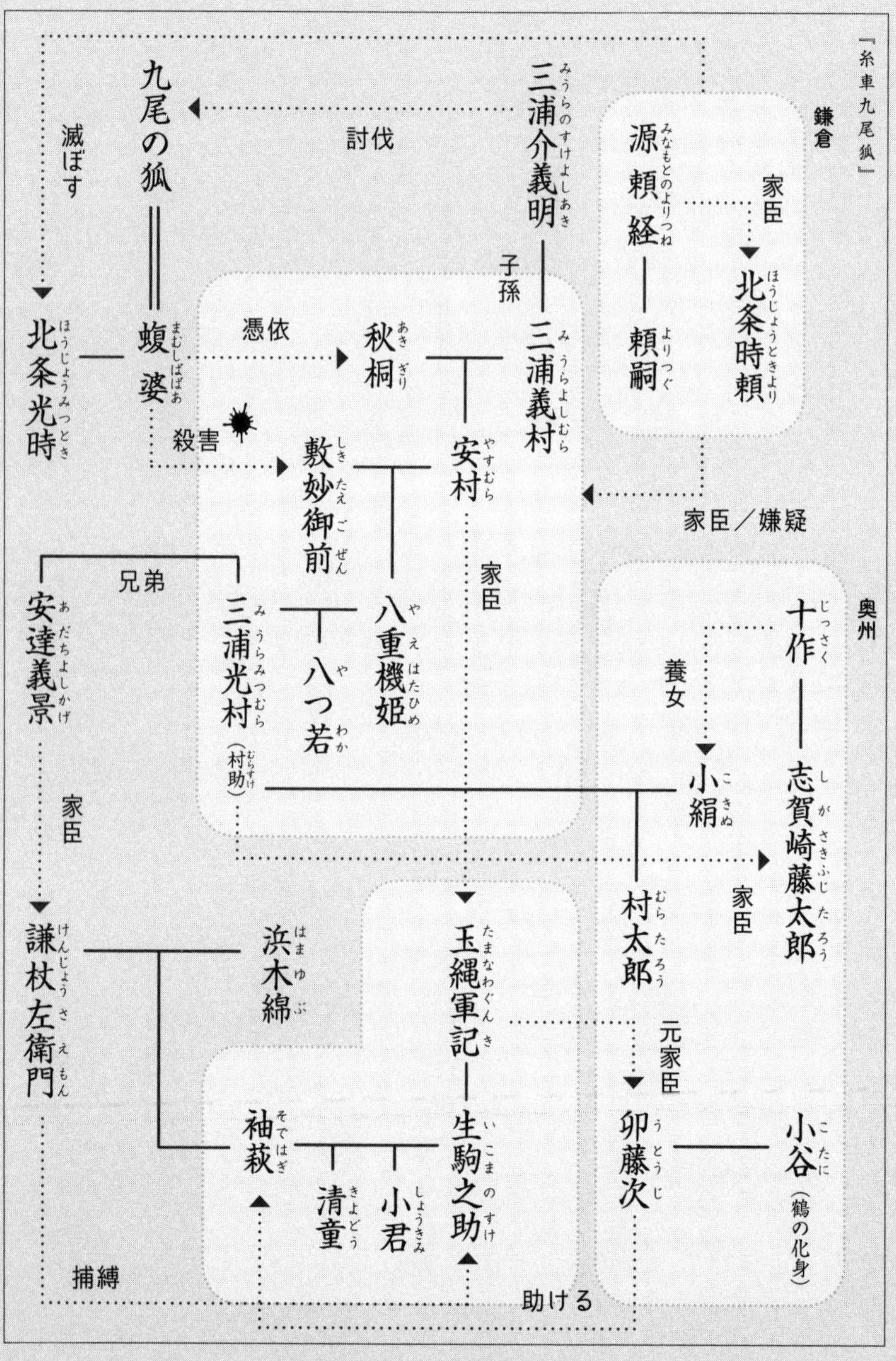

『糸車九尾狐』
鎌倉
源頼経
家臣
北条時頼
頼嗣
三浦介義明
討伐
九尾の狐
滅ぼす
子孫
三浦義村
秋桐
憑依
蝮婆
北条光時
殺害
安村
敷妙御前
家臣／嫌疑
兄弟
安達義景
三浦光村
（村助）
八重機姫
八つ若
家臣
奥州
十作
養女
小絹
志賀崎藤太郎
家臣
家臣
村太郎
謙杖左衛門
浜木綿
玉縄軍記
元家臣
袖萩
生駒之助
卯藤次
小谷
（鶴の化身）
清童
小君
捕縛
助ける

編著

朝里　樹（あさざと・いつき）

怪異・妖怪研究家。1990 年北海道生まれ。法政大学文学部卒業。

在野研究者として怪異談の収集・研究を行う。

著書に、『日本現代怪異事典』『日本現代怪異事典 副読本』（笠間書院）ほか、「好きなものに取り憑かれて」（荒木優太 編著『在野研究ビギナーズ 』明石書店）、『歴史人物怪異談事典』（幻冬舎）、『1 日 1 話、つい読みたくなる世界のミステリーと怪異 366』（監修、徳間書店）、『大迫力！禁断の都市伝説大百科』（監修、西東社）、『放課後ゆ～れい部の事件ファイル たったふたりのヒミツのクラブ』（集英社みらい文庫）、『21 世紀日本怪異ガイド 100』（星海社新書）など。@asazato4

カバーイラスト

とびはち

動物好きのイラストレーター。web、書籍の装丁を中心に活動中。@tonbippo08

玉藻前アンソロジー　殺ノ巻

2021（令和 3）年 7 月 30 日　第 1 版第 1 刷発行

ISBN978-4-909658-59-3　C0095　

発行所　株式会社 **文学通信**

〒 114-0001　東京都北区東十条 1-18-1 東十条ビル 1-101

電話 03-5939-9027　Fax 03-5939-9094

メール info@bungaku-report.com ウェブ http://bungaku-report.com

ご意見・ご感想はこちらからも送れます。上記のQRコードを読み取ってください。

発行人　岡田圭介

本文デザイン　齊藤 穂［バイカモ デザインズ］

装丁デザイン　文学通信

印刷・製本　モリモト印刷

シリーズ刊行予告

❖生之巻（二〇二二年七月予定）

『絵本玉藻譚』（読本）、『玉藻前曦袂』（浄瑠璃）ほか収録予定

❖石之巻（二〇二三年七月予定）

『殺生石後日怪談』（読本）、『簠簋抄』（『簠簋内伝』注釈書）ほか収録予定